本書出版得到國家古籍整理出版專項經費資助

後村先生大全集

第四冊

宋·劉克莊 撰
王蓉貴 向以鮮 校點
刁忠民 審訂

四川大學出版社

後村先生大全集卷之六十一

外制

何式軍器少監兼權度支郎官

非歷郡不爲郎，先朝病其法之拘也，或繇二監徑通要津，於以越故常而待奇傑。爾起蜀道，來漢廷，凛然寒露之潔，温然春風之和，大夫國人皆稱其賢。丞宗正，郎版曹，寖顯榮矣〔一〕，是用擢貳武監〔二〕，仍兼計省。夫工技之精、出納之吝，非所以煩儒者也，姑養資望，朕將不次進汝矣。可。

〔一〕寖：原作「寑」，據翁校本改。

〔二〕是用：原無，據翁校本補。

姚希得大宗正丞兼權金部郎官兼沂王府教授

國朝以宗室耆老典司屬籍，而丞則以庶姓士大夫爲之。親賢參用，古之道也。爾出蜀有聞望，倅閩有惠愛，昔去國，今立朝，有本末，志益剛，材益練。茲予命爾贊治公姓，輔道藩邸，又以其官太清、事太簡也，俾兼珍部，以主委輸。昔在先漢得人爲盛，通世務者三儒而已。爾其勉哉，朕將觀爾體用之學。可。

蔡抗樞密院編修官兼權屯田郎官

朕甚重朱氏之學，誦其詩、讀其書者皆尊寵之，況於其門人高弟之後乎！蓋早從考亭，深入閫奥，晚坐錮黨以終者〔一〕，爾王父也；隱居丘園，不求聞達，獨抱遺經以老者，爾嚴考也。爾源委如是，故試玉堂則陳正大之論，掾公府則有忠益之言，及對便朝則空臆犯顔，無所回隱，非師之傳人、家之鉅子乎！樞屬爲真，郎潛共二，予不吝褒嘉之寵，爾益思嗣守之難。可。

〔一〕錮：原作「鍋」，據翁校本改。

劉厚南著作佐郎兼沂王府教授

自嘉定以來，政出一門者再世，士鮮不附卿衮以求進、挾水山以爲重者。爾非其里人乎，而三十年間，二相之門曾無一跡，其特立獨行有如此者。朕初改紀，還之修門，嚴重之風矜式五學，清介之標輝映六館，兹用進汝於太史氏。夫秉直筆以詔來世，班、馬之任也；談經誼以輔宗藩，申、白之選也。朕之所以期汝者遠矣。可。

陳協秘書郎兼景獻府教授

漢以東觀比道家蓬萊山，唐以入館爲登瀛洲。本朝五星聚奎，文治尤盛，凡有列於郡王府者，必極一時之選。爾勵志操，富藝文，周旋乎掌故、學宫、博士、議郎之間亦云久矣。晉郎秘丘，仍傅藩邸。昔劉向、揚雄讎書天禄，申公、穆生授《詩》王國，或文字之不朽，或道義之可尊。勉追昔人，何遠之有！可。

徐霖校書郎

屬者一相獨運，氣焰所鑠，朝野皆瘖。爾以新進士毅然上封書，首折其鋩〔一〕，有劉向、周堪之風。朕不俟積日累月，拔爾於朝，給札之言切於上封，造膝之言切於給札，學積而愈厚，氣養而益剛。玉立道山，退則掩關肅然，無所造請，是能貴重其身矣。序遷校郎，進用未已。夫盛名難居，初節易立，先朝館閣如歐陽修、尹洙〔二〕，如朱松、范如圭輩人，皆終始持一論，壯老堅一節。爾其勉哉，誰謂華高，企其齊而。可。

〔一〕折：原作「發」，據翁校本改。
〔二〕陽：原脱，據翁校本補。

孟奎換授奉議郎

成周公族，皆如麟趾，豈獨其質之美哉，抑學力焉。爾當佩觿之年，知開卷之樂，其還華秩，俾就家塾。爾益勉勵，毋荒於嬉。可。

建康都統劉全轉親衛大夫

《軍志》曰「賞不踰時」，貴其速也。復郢之役，今九年矣，有司始以爾功級來言。歲月雖久，血衣猶在，其遷一秩，薄旌爾勞。夫拔一城，取一邑，偏校之事也。爾既建大將旗鼓，閫外功業有大於復郢者，朝家爵賞有大於遷秩者，爾其懋哉！可。

趙孟傳直寶章閣知嚴州〔一〕

桐廬郡今右扶風也，嚴光之高風、范仲淹之遺愛在焉，牧守之寄，其選尤遴。爾幼慕間、平，壯從申、白，其有聞於父兄師友之際矣。久丞外府，自詭專城。茂陵奎閣，新定左符，併以寵汝。夫垂魚以入侍，擊鮮以爲養，人子之至樂也。及瓜往戍，以治行聞，朕將下璽書召汝矣。可。

〔一〕寶：原作「實」，據文意改。

趙性夫直華文閣再任浙東提刑

吾尤重部使者之選，非其人不輕畀，得其人不數易也。爾繇尚書郎出按近畿，飭己而後律人〔一〕，故廉而恕；察情而後用法，故剛而仁。集事既清〔二〕，閫務亦理，浙水東七州數十縣皆安之。民惜其去，朕難其代，陞華嫣閣，增重繡衣。夫久則玩，人之常情也；不倦以終之，前賢之格言也。爾益奮勵〔三〕，以對寵光。可。

〔一〕飭：原作「飾」，據翁校本改。
〔二〕集：似當作「臬」。
〔三〕益：原無，據翁校本補。

孫夢觀知嘉興府

漢用健吏治扶風、馮翊，皆以發摘擊斷爲能，我朝家法則異於是。深念近畿根本之地，壹用儒者拊摩之政。爾端潔之操、潤温之文，方盛年策上第，而立朝平正，若無所挾者。稍遷郎監，縻之不可，嘉禾輔郡，畀以左符。夫政之得民也淺〔一〕，教之入人也深。王尊、張敞，材則材矣，視文翁之儒雅、吳公之治平殆未及焉。爾當思所以副予臨遣之意。可。

〔一〕夫：原作「失」，據翁校本改。

鄭逢辰直寶章閣依舊江西提刑兼知贛州

江右之俗悍强，小輒尚氣好勝，以珥筆爲能；大或依險負固，以弄兵爲常。吾有司小失牧馭，則易動爲難安。爾學問本師友，議論依名節。始建庾臺於撫，褰帷廉訪，郡縣震悚，毋憚大吏；繼陳臬事於贛，衣繡捕逐，將士奮躍，汔殲渠魁。貪暴者解印，蕩析者奠枕，厥功茂焉。夫久任則政凝，數易則民敝，況居一路按察之長，總四州節制之重。就加奎閣，仍擁皇華，以慰遮道借留之人，以勸奉公振職之吏。可。

莊同孫大理丞

李寺長屬，不專取法家〔一〕，必參用士人。仁哉，我祖宗之心也！爾恬静之操，温醇之文，頃嘗獻言，有益治道，頌臺列屬，濬然自守。擢丞廷尉，其選益高，曰欽恤、曰審克云者，皆汝所素講，否則一獄吏所決耳，豈以煩儒臣哉！往究乃心，嗣有明陟。可。

〔一〕專：原作「剸」，據翁校本改。

趙汝腴太常寺簿

士大夫一門之内，珠聯璧合〔一〕，接武於朝，自鞏、肇、軾、轍以來，蓋不多見。爾之伯氏既持文墨議論爲吾近臣矣，汝又結綬繼登〔二〕。思惟列院非所以處汝也〔三〕，進之頌臺，塗轍益清。汝其勉旃，塤倡篪和，非惟侈衣冠之盛，抑以爲邦家之光。可。

〔一〕珠：原作「殊」，據翁校本改。
〔二〕繼：原無，據翁校本補。
〔三〕思：原作「幾」，據翁校本改。

吳子良直華文閣江西運判

朕樂衆賢之和朝〔一〕，惜一士之去國。其欲去也，必維之縶之以致其意；及其不可留也，又必恩斯勤斯以華其行。爾志尚端介，文律古雅，在周行輒齟齬而去，使畿内有清苦之名。武監史筵，屬方嚮用，勇退之疏，却而復至。晉班嫣閣，往試外庸。朕以東甌支壘，南海遠藩，非所以處汝也，復出江右之節焉。爾其慨然一行，訪問疾苦，禁約貪暴，培養根本，務以甦息十一郡之凋瘵。居無幾何，朕將有久不見生之歎矣。可。

〔一〕朝：翁校本作「衷」。

趙希𢡟秘閣致仕

近世清白吏指不多屈。爾司絭於閩，以飲冰食蘗、一介不取達於予聞。方出漕節，遣使番禺，庶持一廉，盡洗五瘴，云胡抗疏，諗疾辭榮！朕嘉王章牛衣之清風，哀馬援鳶跕之壯志，而知其不可留也，寓直中秘，以華其歸。可。

鄭士昌贈寶謨閣待制〔一〕父少師乞以進書轉太保一官回授

朕優崇元老，旌録象賢。補《蘭陔》之詩，悵莫諧於養志；候松階之對，庸特許於貤恩。具官某場屋有聲，膠庠得雋，每欲由名第選，不屑爲恩澤侯。終、賈奇才〔二〕，可推而用世；參、騫至行，僅見於事親。自云啜菽飲水之歡，奚減曳紫紆朱之樂。栖遲滋久，培養益深。洎蟬冕之來歸，俾斑衣而娱侍〔三〕。予方閒燕，獨容孔鯉之趨庭；公既瞻儀，共羨伯禽之拜後。云胡美疢，遽隕盛年！晉參持橐之聯，加厚書棺之渥。噫！魂無不之也，深悲季子之言；秀而不實夫，誰與《太玄》之草！諒而精爽，歆我寵褒。可。

〔一〕待：原作「侍」，徑改。

〔二〕賈：原作「賁」，徑改。「終、賈」，乃指漢人終軍、賈誼也。

〔三〕斑：原作「班」，據翁校本改。

楊纘太社令

朕念恭聖罔極之恩見於羹墻，而顧其家尤厚。爾少有華問，入幕者再，丞郡者三，材益老矣。社令華選，列於奉常，往哉靖共，以對甄擢。可。

京湖制置申岳州平江縣軍民舉留知縣楊寅得旨轉奉議郎候再作縣滿日與陞擢差遣

征戍未熄，科調繁興，近民之吏獲乎上者多不獲乎下，欲推而去之蓋有之矣，欲挽而留之則未之聞焉。爾綰銅墨三年，羽書旁午，乃於其間興學聘士，減賦賑災，有爲國家培根本之意。制閫推轂而薦，可能也；若士若民若兵攀轅而留，不可能也。朕將擢汝，而有司以資考爲言，姑遷一階，以示明陟，再書邑最，進用未晚。可。

趙與茉太府丞〔一〕

朕選拔近屬之俊秀而官使之，然皆試之以事而後進之於朝，所以老其材也。爾藹然賢譽，澹乎清修。出丞輔藩，既能同寅協恭以佐其守矣；入丞外府，必能洗手奉職以佐其長也。華涂方開，益自勉勵。可。

〔一〕茉：翁校本作「茱」。

章大任司農丞

先漢盛時，太倉之粟至於紅腐，賈誼猶云公私之積可以哀痛。今倉庾氏所儲斤斤如也，朕既擢宰士領扈農，又爲之謹簡其僚。爾久於朝，暢練乎實，往佐而長講求所以阜通之策，則固無不足之患，爾爲通務之儒矣。可。

陳垓國博李伯玉太博

有列於朝，或以材進，或以藝選，惟師儒之官率以中高科、負盛名者爲之。爾垓南宮獻賦第一，爾伯玉大廷對策第二，留滯周南，久方來歸。入太學，誨諸生，有春誦夏絃之樂，無朝齏暮鹽之歎，其所養者益厚矣。夫序遷非所以待英髦也，姑養雅望，以俟殊擢。可。

馮惟説武博

國家設學教養，文武並用，而右庠之士議論氣節尤勁，培植而作成之，師儒責也。爾蕭然澤臞，屹然壁立，生晚而慕前修之志操，官卑而抗御史之威怒，多士聞風久矣。昔夫子論仁者之勇，子思言南方之强，蓋孫、吳之所未講也，其以是道訓迪諸生。可。

鄭士懿太學正章公權太學録

唐用韓愈爲學官，可謂妙選矣，而愈之自叙，當時館下諸生有非議於列者，然則師儒之任其難尚矣。爾士懿恬於榮利，潛心下帷；爾公權通於倫類，爲書滿家。往訓成均，罔俾韓氏專美於有唐。可。

趙與熢宗學諭

比歲屬籍之秀多出於學，先帝作人之効也。爾擢儒科，有屬名，表率宗庠，無以易爾。麟趾公子皆有師法矣，《詩》不云乎：「豈無他人，不如同姓。」可。

李遇龍軍器監簿特差京湖制參

唐世幕府皆兼内職，國家倚重閫帥，閫帥倚重賓介，既殫婉畫，宜寘周行。爾起諸生，游邊地，從温造、石洪禮羅之聘，有陳琳、阮瑀草檄之長。時方乏材，良足嘉歎。列屬武監，仍謀閫事，汝益淬勵，以趨功名。可。

蹇巳之大理正

廷尉民命所繫，其屬備；正亞於卿，其選高。爾踐履之間，有猷有守；仕巳之際，無喜無愠。練事多而燭理明，庶可以持天下之平者。昔定國陰德，高其門閭，固美矣，然未若蘇公式敬長我王國之爲大也。汝往欽哉，毋廢朕命。可。

莊序軍器監簿

朕懲重内輕外之弊，郡國二千石有治理者〔一〕，必下璽書召用之。爾茂陵從臣之子，擢世科，識時務。其牧巴陵也，不以荒遠鄙夷其民，藹然古循吏之風。奉計來歸，寘彼周行，庶幾有土有民者咸知所勸。可。

〔一〕者：原作「故」，據翁校本改。

湯中右文殿撰湖北運副

朕惟今上流，非復曩日，疆埸多故，郡邑凋殘，科調繁興，田里愁歎。前數遣使，未聞獲五善以報者，於是煩吾近臣一行焉。爾在朕左右，清苦端介，嘉言盈耳，諫書滿篋，立螭無幾，何抗章勇退，留之不可。禮樂華遺，論撰隆名，叱馭而前，風稜竦動。吏貪濁者汰斥之，民蕩析者安集之，某賦重當弛，某糧乏當儲，小者立行，大者驛聞，重湖雖遠，如在畿内矣。昔仁祖命臣修漕河北，寧考命臣德秀漕江左，皆於鞭算之暇〔一〕，時有囊封之獻。朕方法兩朝之故事，爾其慕二賢之遺風。可。

〔一〕暇：原作「服」，據翁校本改。

史嵩之守金紫光禄大夫永國公致仕〔一〕

朕守位以仁，退人以禮。大夫致君事，雖未及於希年；師尹具民瞻，務曲全其晚節。矧預陳於悃愊，俾遂掛於衣冠。具官某久歷邊陲，寖升廊廟。始猶沽譽，欲招徠名勝之流；及既盜權，專呼吸陰邪之黨。内擅朝而震主，外挾虜以要君。仇公論而失士心，倍權法而斂民怨。變遭陟岵，禮缺戴星，致清議之交譏，咎墨縗之非古。我聞在昔，求忠臣於孝子之門；人謂斯何，豈天下有無父之國！起廬之命，幸而中寢；行道之言，有不忍聞。靡俟終喪，遽先請老，自恃身謀之周密，安知衆口之沸騰。或昌言欲壞延齡之麻，或力執不下盧杞之詔。宇宙雖廣，有粟得而食諸？霜露既濡，啜泣何嗟及矣！其聽還於官政，以扶植於綱常。噫！罪臣猶知之，卿勿廢省循之義；退天之道也，朕樂聞止足之言。庶蓋前愆，亦保終吉。臘月廿二夜，丞相傳旨草制，次日被論，遂藏藁不出。

淳祐丙午孟冬朔日，予爲少蓬，當轉對，妄論國本事。越四日，上親享景靈宫，予立卿監班。既退，有詔皇姪孟啓除貴州刺史，同日擢臺諫侍從十有三人，予忝時暫兼權中書舍人之命，姓名在御筆之末。再辭免不允。翌日得省劄，俾行上三房，予力以上三房遜趙汝騰侍郎，又不允。自見游丞相白之，公曰：「上欲併下三房委公，某力開陳，已爲公免三房矣，又可辭乎？」十三日，始赴後省供職。制誥案吏人以三臺諫詞頭來，經夕以草授之。俄九從稾皆來促綸言，至十八日，皆畢。前所積下詞頭尚多，予日困應酬，每夕輒草一制，至臘月二十四日去國，在職七十餘日，所草外制七十道而止。外《史嵩之致仕制》，方謄藁付吏，適以臺評去國。然舊藁諸公見多之者〔二〕，不忍焚棄，姑存於編末。

〔一〕永：原作「求」，據《宋史》卷四一四《史嵩之傳》改。
〔二〕見多：翁校本作「多見」。

洪熹權户部侍郎兼知臨安府

以下係景定庚申以下作。

元祐以李常爲户部，謂其儒家者流；至和以王素領開封，亦以名臣之子。孰膺兹選，朕得其人。具官某承嚴考之嫡傳〔一〕，接諸老之緒論。酥酪相濟，塤篪迭吹。發其精華於斯文，遂爲宗匠；用其土苴於當世，亦號吏師。陳臬事則七聚見思，剖守符則三輔蒙福。發擿如神，而恥淵魚之察；勞費甚簡，又收流馬之功。由蘇而杭，升漕爲尹。朕以貨泉殫竭，待地官而阜通；民物浩穰，賴天府之彈壓。舉此二者，屬之全材。妙手之斲，自然成風；良庖之刃，若新發刃〔二〕。人且觀政，卿毋憚煩。噫！周典六官之分，尤先於掌教；商邑四方之極，必有以表民。兹惟爾能，奚俟予訓。可。

〔一〕具：原作「其」，據文意改。
〔二〕新發：原倒，據翁校本乙。

與呂右文殿撰兩浙運副

分十道置使，唐朝則然；合兩路建臺，畿漕而已〔一〕。自昔常難於稱職，乃今尤急於擇才。爾美秀而文，果藝以達，朝之典章素習，民之情僞盡知。牧人有召、杜之稱，居多遺愛；總賦無孔、桑之謗，自不乏興。朕遴選京畿按察之司，爾方居省闥彌綸之任。惟月之聯雖峻，觀風之寄不輕。屬者科調繁興，戒飭數下，化更而饕墨自若，歲豐而愁嘆未銷〔二〕。乃升論選之清班〔三〕，就俾將明於隆指。噫！使臣周度，不待歌《皇華》而送之；先正格言，宜深念民力之竭矣。毋替朕命，式觀爾能。可。

〔一〕畿：原作「幾」，據翁校本改。
〔二〕未：原作「本」，據翁校本改。
〔三〕論選：似當作「論撰」。

謝堂寶章待制提舉佑神觀仍奉朝請〔一〕

懷會稽之章，甫出臨於顓閫；候西清之對，俄入侍於燕朝。時乃異恩，夐無前比。具官某秀鍾台嶺，傑出相門。有映雪聚螢之勤，見聞甚博；無流水游龍之侈〔二〕，儒雅自將。簪笏萃於一門，麾節徧於數路〔三〕。惟今東浙，視昔南陽，以肺腑臣，爲股肱任。乍聞謡誦，懽迎郭伋之來；遽下璽書，俾奉吾丘之計。祠龥示均於勞佚，橐班加寵於親賢。釋簿書堆案之煩，遂詩禮過庭之樂。噫！鏡湖一曲，越人莫得而借留；奎閣四松，漢制不輕於選表〔四〕。益殫忠藎，嗣有褒嘉。可。

〔一〕待：原作「侍」，徑改。

〔二〕流水：原作「水流」，與「映雪」失對，今乙。

〔三〕徧：原作「偏」，據翁校本改。

〔四〕選表：原作「還表」，按《漢書·循吏傳》序有「公卿缺則選諸所表」語，後世遂以「選表」爲考績升進之故實，作「還表」則無義，因改。

謝𡨋集撰提舉佑神觀仍奉朝請

朕惟前代用人，不問疏戚，惟其才而已，故野王繼踵太守〔一〕，亮、翼迭居方岳，皆以事業自著見。爾典刑先相國之嫡傳，才學士大夫之妙選，凡牧數郡，皆有可紀。自移台、秀，用未盡材，而議者猶謂戚畹當事任非祖宗家法。朕上監成憲，下采公論，其以隆名真祠易汝郡紱，國家於爾兄弟可謂厚矣。可。

〔一〕繼：原作「立」，據翁校本改。

謝堅右文殿撰提舉佑神觀

士大夫弟兄同時位望通顯者，南渡以來蓋亦有數，求之左戚，尤難其人。吳氏惟琚，翰墨風流如晉、宋間人，璪、珽差不及矣。爾與二昆，珠聯玉映，有佳公子之譽。出而奉使典州，所至稱治，材臣能吏，退立下風。朕方欲起而用之，或言祖宗不責戚畹以吏事，肆命爾通班秘殿，均佚殊廷，有擁笏擊鮮之娛，無廻車叱馭之歎。惟忠惟孝，可保令名。可。

張淵微起居郎兼右庶子

昔我仁祖，尤號多士之朝，時則臣襄實執左史之筆。兹序升於魁彦，庶企及於前修。爾識造幾深，辭兼體要。董生奉對，異乎計功利之言；陸贄奏篇，粹然本仁義之諫。屬逢改紀，亟命予環。嘉季子之來歸，擢遂良而記注。何止重螭坳之選，又俾陪鶴禁之游。入則啓沃君心，出則輔導儲德。雖郎與舍人唯阿之間，然班亞法從位置甚高。噫！天子無戲言，朕益謹宫庭之顰笑；《春秋》書大事，爾宜公筆削之權衡。可。

徐經孫起居郎兼給事兼諭德

仕至卿列，已班麟寺之高華；古重史官，無過螭坳之清切。出於親擢，異乎序遷。爾介而能通，仁而有勇，頃自豸冠而出晝，久分虎節而入閩。臣甫丹心，去猶戀闕；遂良白髮，晚乃還朝。朕每於實踐而觀人，不以虛名而取士。使之司宗金掌，批勅銀臺。偉衣冠而從游，既造耆英之列；結絲絇而夾立，政須名勝之流。叠三命之寵褒，極一時之歆羨。噫！孔氏筆如棠之事，卿素講明；史佚書剪桐之言，朕當戒謹。有光汗簡，無愧訓辭。可。

承議郎告院翁宦轉一官

吾甚患士大夫清談多，實用少。爾頃以才選，使之行邊，西夔峽、北襄樊，往返萬里，能圖其險要、條其便利來上，何愛一秩，不以旌勞！可。

新知常州吳叔告改知嚴州

我朝尤重進士前三人。蘇洵有言：不及十年，未有不爲兩制者。朕乙未策士於廷，爾裒然爲舉首，入館有士譽，典州得民和。再以郎召，有毀鬲者，留滯周南且二十載，安於義命，所養益厚，朕聞而嘉之。桐江爲今輔郡，視漢扶風，朝報政，夕選表，蓋將引卿以自近矣。可。

張勝授拱衛大夫□州團練使武衛大將軍知漢陽軍

去秋狂猘越天塹南吠〔一〕，吾大臣以身徇國家之急，親履行陣，冒矢石，大小百戰，然後武昌之圍解，可謂有大勳勞矣。及幕府上功，乃推而不有，曰將士之力。具官某奮於行間，稟受方略，且戰且守，汔全金湯。戎團郡紱，朕猶以爲薄也，横行穹秩，併爲爾寵。其對揚於恩渥，益奮勵於功名。可。

〔一〕「狂」原作「往」，據翁校本改。「猘」原作「淛」，據文意改。

洪勳集撰知建寧府

朕尤重藩宣，申嚴更迭。士風躁競，所以奬恬退之人；吏習饕殘，所以調廉平之守。挽留莫遂，臨遣甚榮。具官某早推當家之鳳毛，晚執斯文之牛耳。凡言議風旨，皆雋偉光明。行世詞章，寓在北門之播告；回天力量，見諸西省之封還。方登要路之津，忽勇急流之退。惟建安之巨屏〔一〕，實孝廟之初潛，其生齒若富庶而實貧，其習俗若悍强而服義。必選擇晉陽之令，稍寬繭絲；必拊循渤海之民，盡解刀劍。靡待卜頒春之日〔二〕，已先騰來暮之謡。噫！勞侍從，厭承明，朕重違嚴助之志；在江湖，存魏闕，爾寧無子牟之心！少待潁川之褒〔三〕，即奉甘泉之計。可。

〔一〕巨：原作「臣」，據翁校本改。

〔二〕頒：原作「須」，據翁校本改。

〔三〕潁：原作「頻」，據翁校本改。

趙叓夫特授文林郎

世之爲富者，率幸歲歉，閉糶以自豐殖，視鄉鄰捐瘠終不肯拔一毛〔一〕，不仁甚矣。爾未第時，乃能傾囷賑荒，費家貲至萬餘緡。郡上其事於使者，使者以上於朝，爾雖已策名而仕，前賞其可格而不下哉！姑進一級，以勸强於爲善者。可。

〔一〕捐：原作「損」，據翁校本改。

任鄁追叙朝奉郎致仕

湖廣經總制之額，惟潁於番禺南倅者尤重〔一〕，至虛席累歲無敢就者。爾坐殿黜以死，非其罪也。其孤訟寃，惻然憫之，追復一階，澤尚及子〔二〕，爾可以無憾矣。可。

〔一〕此句疑有誤。
〔二〕子：原作「予」，據翁校本改。

謝奕熹將作監

朕選牧守之行能高者爲尚書郎，又選尚書郎之資望深者爲寺監之長，昔人詳試之義也。爾生相閥而無貴介之習，聯戚畹而有謙毖之行，出典名城以治辦聞，入主劇曹以心計稱。朕惟職事簡而班序峻者，莫大匠若也，肆以命汝。益進德，益養望，等而上之，嗣有明陟。可。

胡弌之工部員外郎

頃用事者專引浮薄新進布滿在列，《語》所謂先進、《書》所謂耆德，不山棲則巷處，躁競之風成，恬退之俗壞，朕甚厭之。爾當世宿儒，前由著廷出守，留滯周南久之，召還木天，色夷氣和。擢寘郎省，於是馮唐白首矣，非曰爲爾光寵，亦使天下知朝有老成之士。可。

後村先生大全集卷之六十二

外制

魏洪大宗丞

我朝以帝室近屬司宗，以庶姓爲屬，親賢並用，古之道也。爾曾王父爲阜陵賢相，爾考爲朕法從，而冲澹有孅譽，謙益無躁心。朕使介弟典宗祏之事，命汝佐之，步武寖高矣〔一〕。由三丞而應列宿者項背相望，其少需之。可。

〔一〕寖：原作「寢」，據翁校本改。

趙與峕户部員外郎

右曹轄在京局務稍廣，郎有薦舉之柄，足以奔走其僚，非才而賢不在兹選。爾明而不流於刻，嚴而能濟以寬，異時宰霅川，牧星渚，皆有遺愛，非如世吏以擊斷發擿爲能而已。前命汝以李丞、刑郎〔一〕，蓋重民命，兹列汝於地官之屬，又將寬民力焉，爾其懋哉！可。

〔一〕李：原作「季」，據文意改。「李丞」即大理寺丞。

吳堅著作郎兼禮部郎官兼太子舍人〔一〕

朕患士大夫干進務入〔二〕，風俗瀾倒，稍進擢恬靖自守、剛介難合者以挽回之。爾立身有本末，在朝無附麗。其疇昔傳授於師友、講明於翁婿者精且詳矣，頃列宰士，寧勇於一去，終不肯少貶以濡柄臣之沫，朕聞而嘉之。著廷專日曆筆削〔三〕，儀曹典尚書牋奏，至於儲宮初建〔四〕，從吾兒遊者尤極天下之選。疊是三組以命汝，庶以勸安義命、薄榮利之人。可。

〔一〕禮部郎官：原作「禮郎尚書」，據翁校本改。
〔二〕干：原作「於」，據翁校本改。
〔三〕廷：原作「定」，據翁校本改。
〔四〕至：原無，據翁校本補。

戴良齊太常簿

國家於稽古禮文之事無愧前代，凡有列於頌臺者皆名流也〔一〕。爾老於文學，有窮經析理之樂；恬於榮利，有難進易退之操。奉常華選，無以易汝，庶幾昔人召魯生制禮之意。可。

〔一〕列：原作「力」，據翁校本改。

項公澤將作監丞

朕惜百金之費，大匠備官而已，未始有營繕也。爾行能素高，華實相副，漢人所謂儒而通世務者。丞於雉監，姑養資望。然《考工記》列於六典，班氏述漢樞機品式，雖工技亦不廢。爾職雖簡，往其欽哉，毋若晉人以清談廢務。可。

林拾宗正簿

近世學士大夫同流以媒進〔一〕，枉己以希福〔二〕，滔滔皆是；至於獨立以決去，直道以觸禍，則吾未見其人焉。爾前在學館，言論風旨、離合去就之際，皆可暴之當世。朕既拔去凶邪〔三〕，曩之流落遷徙者以次進擢，汝久而後至，色無愠喜。瑶編大典，得以筆削，事簡職清，其益充養汝之浩然者以俟予用。可。

〔一〕世：原作「士」，據翁校本改。
〔二〕希：原作「布」，據翁校本改。
〔三〕邪：原作「邦」，據翁校本改。

提轄文思院趙希伉轉一官

朕定計建儲，溥率同慶，端蓍練日，鏤玉爲冊，其事重矣。在漢黃龍、五鳳間，工技咸精，非吏稱其職而然歟！爾於冊寶，咄嗟而辨，其進一秩，以旌爾勞。可。

曹元發國子博士

國家以數路取人，惟館與學非名流雅士不得而問津焉。爾之一門，其特起者爲世儒宗，其繼出者亦多士之望。爾尤老於文學，恬於進取，使教胄子，涂轍清矣。自漢置博士員，至唐猶未甚重，雖韓愈亦有冗不見治之歎。我朝則不然，繇學省擢緊官者相望，爾其勉旃！可。

郎伋翁宦爲講回易視舶司歲解捌倍各轉一官

宿師於邊數十年矣，國胡以支〔一〕！昔元嘉末，拓拔犯塞，上自王公，下至僧道，莫不借貸，以佐軍費。朕寧貧國而不忍加賦於民，稍收遺利之在官吏、商賈者〔二〕，亦不可已之勢也。爾伋爾宦，長於心計，小加檢挖，較之互市歲入數倍，各進一秩，以勸服勞於王事者。可。

〔一〕支：原作「至」，據翁校本改。

〔二〕遣：疑當作「遺」。

儲櫸太學博士

朕崇尚教育〔一〕，既擢鉅人長德爲長貳，凡有列於成均者，亦皆極一時之選。爾由舍法甲科進，視美官券内物耳。然爲人師難，羣天下士而立之師爲尤難。子謂門人：「我學不厭，教不倦。」夫不厭則味之益深，不倦則叩之不竭，言足乎己而後淑諸人也。此爾素所講明者，坐進此道，嗣有明陟。可。

〔一〕崇：原作「嵩」，據翁校本改。

葉彦晒叙復朝奉大夫

期叙法也，赦叙恩也。汝乾道名相諸孫，嘗立朝、典郡。前遭薄責，期有半矣，法宜叙；又經禋霈，恩宜叙。還汝舊秩，其益磨礪淬濯，以俟器使。可。

李丑父太府寺丞〔一〕

前日柄臣懵於士之賢否，專以與我善者爲善人，於是有闒冗而尊顯、凡庸而奮興者。爾以舊掌故學官召，未一再遷，又落落不合而去，然端靖之操、粹雅之文，當世固有公論，仇怨不能易也。朝廷設清望官以待名士，姑以外府丞起家耳，其陽休山立以俟之。可。

〔一〕府：原作「傅」，據本集卷一六四所載《李艮翁禮部墓誌銘》改。

陳堯道太府丞

朕臨御久，閱士多，每於進退去就之際觀人焉。爾以高科譽士有列於朝，當一相獨運，炙手可熱，獨褰裳而去之〔一〕。論久而定，凡前日留滯周南、考槃澗阿者，皆彈冠而起，爾亦丞外府矣。益勵志操，繼有褒擢。可。

〔一〕褰：原作「蹇」，據翁校本改。

馬光國武學諭〔一〕

朕並用文武，聚其英材而樂育之，蓋師氏之選尤遴。爾蚤游六館，通經矣；嘗客二閫，知兵矣。往佐而長，訓迪右庠，安知諸生間無郭汾陽者出焉！可。

〔一〕諭：原作「論」，據翁校本改。

洪勳依前集撰福建運副

一麾出鎮，方期膏澤之下民；七聚建臺，妙選福星而問俗。部封不改，事任益雄。具官某高簡而端凝，清通而亮直。議論據依名節，可聳動於一時；文章散落毫芒，已昭回於萬物。入從出藩之甚寵，過家上冢而未行。乃輟郡符，往將使指。全閩所部，繫命於鹽，饕者置別監而私其嬴〔一〕，刻者增撮買而窮其力，亭竈貧而民有怨氣，琴堂空而邑無長官。膠絃通變其誰歟，弄印無易於卿者。在慶曆際，選掄首及於蔡襄；及乾道間，臨遣有如於芮燁。皆清勁有風力之老，非鍥薄析秋毫之人〔二〕。勉企前修，益光前業。可。

〔一〕「監」原作「歷」，「贏」原作「羸」，據翁校本改。
〔二〕析：原作「折」，據翁校本改。

陳合著作佐郎

士在朝猶玉韞山、珠潛淵，草木爲之輝潤，其去也則黯然無光。爾爲諸生，已有盛名，既擢上第，學益老，文益工，德益進，太史氏南宫舍人，非爾其誰宜爲！顧使之卷懷而去，士林惜之，朕亦有久不見生之歎。昔季子來歸，《經》爲魯喜；兩生莫致，《史》爲漢惜。擢爾於承明著作之廷，庶幾古人烝髦士、進英俊之意。可。

考功郎兼權右司雷宜中爲前知建昌軍新築鳳山城特授朝散郎〔一〕

盱城後枕高阜，有警寇必下瞰。爾當狂猘南吠之際，先事豫防，别築鳳山城蔽遮其傍，累趾以石，甃外以磚，方五百丈，高餘二丈，闊一丈五尺，縻楮二十萬有畸、米一千五百斛。自以苦節之力爲之，不科降，不煩擾，難也；爲將士論功，自不言勞，尤難也。噫！今之牧守蓋有恃陋而不戒，亦有委之而去。進爾一秩，以爲守城郭封疆者之法。可。

〔一〕右司：原作「右師」，據本卷所載《雷宜中右司制》改。

何夢然右諫議大夫

惟辟作福威，既首懲於四罪；有臣同心德，其遂長於七人。乃出新綸，以褒直節。具官某有孟氏敬王之學，有河汾尊主之心。當去相之登庸，援私人而布滿，衆競由於捷徑，獨屹立於頽波。察其忠忱，付以風憲。入告猷於后，出不漏上前之言；見無禮於君，凜乎奮仁者之勇。但見拔凶邪之易，孰云去朋黨之難。厥今朝有紀綱〔一〕，邊無氛祲。鳴陽之鳳雖集，伺夜之狐實繁。欲新局之堅凝，冠上坡之峻緊。噫！虚懷樂聽，朕不待辛毘之引裾；闕政必規，爾益慕仲山之補衮。方將鉅用，尚克欽承。可。

〔一〕今：原作「介」，據翁校本改。

孫附鳳殿中侍御史

入閤而伏青蒲，增重七人之列；對仗而奉白簡，進提三院之綱。眷注益深，丰稜寀峻。具官某聞曾子之大勇，養孟軻之至剛。給札之所條陳，然藜之所記覽。貞觀學士，孰不豔榮；慶曆諫官，朕所拔擢。老姦宿贓之窟穴一掃，君子小人之界限甚嚴。雖騶虞鸑鷟雜遝而來，然訓狐黠鼠窺伺者衆，必鉏去凶邪之黨，必追還名勝之流。乃超拜於臺端，以力扶於國是。噫！敬黯而淮南憚，昔官止於拾遺；有勉而唐朝尊，今任雄於執法。尚殫辰告，益凜霜威。可。

王爚權禮部尚書

漢興一代之儀，儒生畢至；晉命六卿之長，民譽爲先。疇咨法從之賢，特振秩宗之拜。具官某制行朱絲絃之直，律身玉界尺之嚴。當群賢翕集之時，儀於禁路；及諸老凋零之後，存者靈光。歲晚來歸，風節尤勁。踰年典選，壹意首公。抑揚心度於持衡〔一〕，發摘膽寒於刻木。惟文昌台斗，莫如大宗伯之尊；以□長儲僚，下行小冢宰之事。自匪達才而成德，曷兼數器於一身。噫！夙夜寅清，卿素卑於綿蕝；日月獻納，朕方聽於履聲。益勵猷爲，對揚休寵。可〔二〕。

〔一〕度：原作「若」，據翁校本改。
〔二〕可：原無，據翁校本補。

趙崇熾權户侍兼檢正〔一〕

侍從論思獻納，乃雅望所宜居；財貨本末源流〔二〕，豈俗儒之能任？爰登時彥，以貳地官。具官某琨玉秋霜之嚴，冰壺寒露之潔。古有高陽才子，可以差肩〔三〕；或問近世名卿，蓋其稱首。出則郡國視爲師表，入則省闥賴其彌綸。勤勞百爲，壯老一節。朕惟元祐遴版曹之選，畀諸儒學之臣；裕陵置檢正之官，列之都曹之上。孰於此多多而益辦〔四〕，必其才綽綽而有餘。除書既肦，衆志咸愜。噫！大農之用不足，爾其畫筋以算鞭；中書之務未清，爾則提綱而振領〔五〕。勉殫忠力，對越寵光〔六〕。可。

〔一〕户侍：原作「户待」，徑改。按，户侍乃户部侍郎之省稱，與正文「以貳地官」之意合。
〔二〕末：原作「乏」，據翁校本改。
〔三〕肩：原作「屑」，據翁校本改。

〔四〕辦：原作「辨」，據翁校本改。
〔五〕領：原作「頓」，據翁校本改。
〔六〕越寵：原倒，據翁校本乙。

楊公幾爲宣司結局循兩資

吾大臣董師荆蜀，士之從者如雲，然有王命非板授者十九人而已。爾一選人而預於十九人之數，以才選也。策勳飲至，宜有旌異。可。

沿江制置大使馬光祖爲安慶府移治築城任責助費特轉光禄大夫

經始不日而成，閫帥幹方之略；有功見知則説，公朝勵世之規。眷言藩屏之賢，能設金湯之險，肆肦寵數，式奬勳庸。具官某挺文武之全才，膺安危之重寄〔一〕。當鐵騎倏游魂而至〔二〕，佩玉麟分方面之憂。樽俎折衝，屹若蔽遮於近甸；樓船下瀨，隱然掎角於上流。迨邊祲之肅清，贊廟謨之恢拓。自舒移治，有郡虚名，至煩行府之親臨，決就宜城而改築。難與慮始，昔嗟作合之莫成；知無不爲，今有制垣之任責。二紀之荆榛蔽野，一朝之雉堞連雲。滁濡、皖之氛埃，生蘄、黃之氣勢。俾圖來上〔三〕，宵旰頓寬。其疊進於穹階，以顯旌於殊績。噫！長江號天塹，卿其護腹背之風寒；聖人有金城，朕方賴股肱之忠力。益閎規畫，以副眷懷。可。

〔一〕膺：原作「庸」，據翁校本改。
〔二〕「騎」下原有「之」字，據翁校本删。
〔三〕俾：似當作「伻」。

謝垕敷文閣添差浙西安撫司參議

自晉以來，江左華宗惟謝氏尤盛。今爾一門亦然，丞相猶文靖也，亞保則封胡、羯末也。爾弟兄競爽，與靈運、惠連相頡頏。剡累倅名州，郎潛省户，資望高矣。議舍事簡，奎閣班清，而尤便於循陔侍膝。爾其欽承，益肩忠孝。可。

吳潔知泉州

温陵爲閩巨屏，舊稱富州，近歲稍趨凋敝，或謂非兼舶不可爲。朕猶記臣德秀出牧者再，未嘗兼舶，而郡何嘗不可爲哉？屬弄印久之，未得其人。子曰：「如有所譽，其有所試。」爾修於家爲美子，立於朝爲吉士，施於郡國爲良吏，有其譽美；嘗倅是州，以治辦聞，又見諸已試矣。乃輟戎監，往布寬條。今言郡難者有四：民夷雜居也，貴豪盤錯也，財粟殫竭也〔一〕，珠犀點涴也。朕謂民夷雜居，惟仁可以得衆；貴豪盤錯，惟公可以服人；財粟殫竭，惟儉可以足用；珠犀點涴，惟清可以範俗。此皆爾所習知而素講者。勉之哉，最聲達於朕聽，將下璽書召爾矣。可。

〔一〕殫：原作「彈」，據翁校本改。

方逢辰知嘉興府

嘉禾郡比右扶風〔一〕，今樂土也，仕者争欲得之。不選於貴介而選於書生，不屬之凡品而屬之魁彦，可以見朕志矣。爾昔奉對，剴切鯁亮，有九成、十朋之風。朕念久不見生，方將前席而問，倏來忽去，悵然惜之。起家二千石，雖小遲次，然凝香之地，去天尺五，其視自漢廷而江都、自江都而膠西者異矣。予渴高論，爾無遐心。可。

〔一〕「比」原作「北」，「右」原作「古」，據文意改。

程象祖太府丞

本朝名家惟韓、吕氏多佳子弟，豈非孟子所謂有賢父兄而然歟！爾吾大臣子，方其在家庭也醇謹，未嘗口外事；及其有列於朝也靖共，不妄發一語。盎然和粹，退然謙挹，可以大受遠到者。擢丞外府，方進進而未已，勉之哉！可。

内侍省押班主管莊文太子府黄頎爲思正上遺表除遥郡承宣使〔一〕

朝家留後之除〔二〕，靡容躐進；藩邸服勞之久，亦許序遷。具官某勤恪在公，温恭好禮。覽宗英之遺奏，愴然而悲；念宫省之舊人〔三〕，存者甚少。畀以貂璫之異數，亞於旄節之一階。祇服寵私，益綏祉福。可。

〔一〕思正：原作「思止」，據《宋史》卷二四六《莊文太子傳》改。思正，莊文太子嗣子。本集卷六三亦有以思正遺表轉官制，正作「思正」。

〔二〕「除」上原有「餘」字，據翁校本删。

〔三〕省：原作「者」，據翁校本改。

王鎔福建提刑

近歲部使者以蓋覆黜黜不按發爲寬大，民怨滿腹，吏饕磨牙，在在皆然。朕臨朝太息，既下元日之詔丁寧告戒，又擢廷臣之有風力者出持外憲。爾方以至公佐銓衡，高才秉史筆，朕憂七聚，卿勉一行。所至訪民利病而罷行之，察吏臧否而勸懲之，其尤貪刻無狀者以元日之詔從事，使囹圄無冤滯，田里銷愁嘆，則無愧於皇華之遣矣。可。

魏克愚浙東提刑

自漢人有南陽、洛陽不可問之語，後遂以爲口實。浙水東去天尺五，朕之初潛也，既爲之選廉平守帥，又擢近臣知德意志慮者出將使指，所以惠越人者至矣。爾以名臣子爲尚書郎，有清通之譽，其爲朕往建臬臺。昔臣光相元祐，以十科取士，惟監司必舉聰明公正者。夫聰明則愁嘆之民吐氣，公正則饕殘之吏革面。以敬讞獄，則可長我王國；以理決訟，雖帝鄉近親，豈有不可問者乎？欽哉，毋忽朕命。可。

陳淳伯史館檢閲

述作其難事乎！昔者孔氏言夏殷之禮，歎其文獻之不足；杜預序《左氏傳》，稱其廣記而備言。然則與其文獻之不足，不若廣且備者之猶有考也。朕方集諸儒於渠觀，相與勒成一代鉅典，爾以才學選，與聞筆削之事，瀛洲十八學士之一也。益勤脩纂，繼有褒擢。可。

陳蒙太社令

二令列於奉常，清選也。爾名父子，文獻典刑於是乎在，異於由貴介而進者矣。益養資望，以俟簡拔。可。

陳鑄太府少卿兼右司〔一〕

昔人以仕至九卿爲榮，非敭歷深而資望高者，不在兹選。爾以才名取世科，以清脩傳家法，外爲監牧有遺愛，内爲尚書郎、公府掾有孅譽，漢人所謂家之珍寶、國之英雋者也。其以外府卿少兼綜省闥之事。吾大臣欲凝庶績，爾宜惜於分陰；吾大臣欲集衆思，爾無嫌於十反。祇若予訓，適觀厥成。可。

〔一〕卿：原無，徑補。

陸鵬升國録

朕聞一士之佳，必致之於朝。爾在江鄉有雋聲，佐臺幕有賢譽，身端而行治，學廣而聞多，可以立諸生而誨之矣。華途在前，靖共以俟。可。

雷宜中右司

朕所與共圖回天下者，一相也，二三執政也。相、執政所與共謀議者〔一〕，宰士也，其任至要，而其選甚艱。爾聲價定於解褐之先，氣質見於舉幡之際，立朝有本末，畫幕有籌策，專城有治理效，含香郎舍而四選清，疊組都曹而庶務理。兹命爾爲真右闥，以將明其是否而陪輔其遺忘。夫謝安、王導之事業，吾大臣以身任之矣；至於州平、幼宰之忠益，將無望於公等乎？可。

〔一〕執政：原作「執致」，據前文改。

趙必普檢詳

方今甲兵之問日至廟堂，二三大臣汲汲圖修攘之政，於太尉掾之選尤遴。爾以場屋譽士、淮海俊人，閱事多，宣力久。其郎戎部也，軍中以武功拜勇爵者多不可算，爾精明足以簡稽；其贊樞廷也，邊頭以警奏煩科瑣者立而俟報，爾强明足以應接，可謂通世務、達國體之儒矣。朕惟光堯南渡，鼎、浚當國，如臣子羽、臣庶皆以西府佐屬立大功名。爾既爲真，益自奮勵。可。

直筆尚字朱妙妙知尚書内省事安康郡夫人賜名從潔

朕嘉彤管之潔，久宣力於尚方；錫脂田之封，俾提綱於廣内。非由倖進，蓋以次升。具位某號邦媛之賢，冠女史之列。七誡咸備，若曹大家所書；八法尤工，得衛夫人之訣。賜之湯沐，被以笄珈。予非私嬪御之恩，壹遵典故；爾既綜掖庭之事，益罄忠勤。可。

知襄陽府京西安撫副使程大元爲連年守邊遣援特授中衛大夫

敵王所愾〔一〕，既成夾擊之功；振旅而還，何愛横行之秩〔二〕？爰肹書贊，以奬戰功。具官某懷許國之忠，號冠軍之勇。方重圍未解，有裹鎗飲血之危；仍倍道疾馳，得被髮纓冠之義。迨此盪平之後，付之牧御之權〔三〕。新渥雖醲，前勞未録。噫！朕妙選扞城之彦，允賴折衝；爾雖無擊柱之言，豈容吝賞？勳階益峻，閫鉞有光。可。

〔一〕王：原作「三」，據翁校本改。

〔二〕秩：原作「扶」，據翁校本改。

〔三〕付：原作「村」，據翁校本改。

知襄陽府程大元轉三官於遥郡上轉行陞和州防禦使

付邊閫之中權，方資牧御；亞廉車之一等，昭示寵褒。具官某資本沉雄，志多慷慨。虜涉吾地，煩衮纛之親行；爾當是時，建鼓旂而傍譟。合群帥多助之力，成上流萬全之功。襄樊之境，晏然無虞；荆楚之士，從者甚衆。久宣勞於絶塞，兹進爵於公朝。班序寖穹〔一〕，事權加重。匈奴不侵上郡，良由素著於威名；丞相數言將軍，其勉未爲之勳業。可。

〔一〕寖：原作「寢」，據翁校本改。

編修官馬廷鸞乞以沂邸講堂徹章轉奉議郎回贈本生父灼承事郎

《傳》曰：「非此其身，在其子孫。」爾孝友脩於家庭，行誼著於州里。雖老死布衣，然廷鸞爲國脩士，拜疏自言，乞以邸講一階回貤〔一〕。朕於廷臣榮親之請皆可其奏，况廷鸞二父本同胞乎？其以京秩告爾墓。可。

〔一〕〔一〕上原有「以」字，據翁校本删。

奉議郎添差通判袁州邵忱爲宣司結局特轉一官

從丞相援蜀荆者，皆有勞於國，爾以學省名流與焉。聯鑣而來，題輿而去，固已高矣，然幕府上功則有不可得而揜者。其申前詔，俾進一階。可。

陳淳祖李丑父秘書郎

館閣極天下清選，自前世有道家蓬萊山、瀛洲之擬。然識奇字者乃貽漢儒之嘲，奉帝丘之對者未免爲貞觀學士之累，豈非儲材之地，以節守不以詞藝，以器識不以辨博歟！爾淳祖，爾丑父，皆老於文學，恬於仕進，皆嘗出爲郡守相〔一〕。昔避弋而繼去，今覽輝而俱下，置之風日不到之處。朕一日而得兩行秘書，不亦石渠、東觀之佳話歟！朝夕急材，爾益養望。可。

〔一〕郡：原作「群」，據翁校本改。

范純父軍器監簿

由邑最擢院轄，由院轄擢緊官，乾、淳家法則然。爾宰劇邑〔一〕，丞大郡，無留滯之歎，有廉直之聲，亦既寘之周行矣。顧筦榷非清流所宜居〔二〕，使之簿正戎監，益養資望，將以爲緊官之儲也。其佩玉徐行，以俟新渥。可。

〔一〕爾：原作「而」，據翁校本改。
〔二〕筦：原作「莞」，據翁校本改。

范純父監察御史兼殿講〔一〕

指佞觸邪，孰可進居於六察；澄源端本，莫如先正於一臺。疇咨鵷序之英〔二〕，超拜豸冠之峻。爾中而不倚，直哉惟清〔三〕。抱武夷精舍之遺編，漸者遠矣；彈單父琴臺之古調，去猶思之。拔自郡丞，列於髦士。朕惟乾、淳盛際，風憲緊官，固妙選於宸衷，鮮不繇於邑最。今夔龍之武雖接，牛李之朋實繁〔四〕。必也寢淮南之謀，使寒心而喪膽；譬之去河北之賊，盡壞植而散群〔五〕。其罄爾之昌言，以副予之親擢。噫！忠臣有五義，聳觀諫草之條陳；王人求多聞，更賴細旃之啓沃。可。

〔一〕兼殿講：原無，據翁校本補。
〔二〕咨：原作「茲」，據翁校本改。
〔三〕哉：原作「或」，按此處用《尚書·舜典》「直哉惟清」全句，據改。
〔四〕朋：原作「明」，據翁校本改。
〔五〕群：原作「郡」，據翁校本改。

陸合著作郎兼侍左郎官

館職儒臣之高選，著作郎又館職之高選〔一〕，史筆屬焉，非若校讎是正，矻矻於螢雪間而已。爾奏賦明光第一，盛名海内寡二，國人曰賢而不爲彼相所知，居中不容於中，補外復不容於外，其不苟合如此。朕既取妬賢嫉能者投畀有北，則前日難進易退者，其可尚留滯周南哉！莫清於承明之廷，莫要於銓衡之任，命爾疊組，使學士大夫曰是良史也，選人曰是佳吏部郎也，豈不爲本朝之重乎！可。

〔一〕作：原缺，據翁校本補。

御前都統制蘇劉義特轉十官得旨將六官作三官於右武大夫上轉行親衛大夫三官作一官轉行遥郡防禦使餘一官給據特授親衛大夫池州防禦使左衛大將軍池州駐劄御前諸軍都統制〔一〕

賞必視功，宜首及軒昂赴敵之士；時方多事，焉可無奔走禦侮之臣？乃進崇階，以褒殊績。

具官某古山西之氏族，今江表之英雄。傳一編書，與孫、吳之意合；學萬人敵，笑荆、聶之術疏。下襄樊之精甲如建瓴，援漢鄂之危城於累卵。雖禀大臣之妙算，亦資群帥之協心〔二〕。位亞廉車，秩超横列。執干戈以衛，爾既宣勞；聽鼙鼓而思，朕方注意。益恢宏略，庶答隆知〔三〕。可。

〔一〕前一「池」字原缺，據翁校本補。
〔二〕帥：原作「師」，據翁校本改。
〔三〕隆：原作「降」，據文意改。

阮思聰援蜀之功賞未酬勞鄂渚水陸戰禦獲捷非一特轉十官授黄州防禦使左衛大將軍知黄州〔一〕

予奔走禦侮，賴其張耀於國威；賞輕重視功，將以激昂於士氣。乃超武爵，以獎戰功。具官某沈鷙善謀，梟雄健鬭。桀石賈余餘勇，旂裘膽落而失驚；執殳爲王前驅，白刃身輕而可蹈。推鋒而巴峽枕奠〔二〕，返旆而漢江鏡清。佩專城之左符，亞廉車之一等。威稜遠憺，有漢家飛將之名；位望寖崇，加卿子冠軍之號。其祇新渥，益勉壯圖。可。

〔一〕黄州防禦使：原缺「黄」字，據翁校本補。

〔二〕推：原作「惟」，據《永樂大典》卷一三五〇六改。

〔三〕寖：原作「寝」，據翁校本改。

印應飛權户侍淮東總領兼知鎮江府

地官於六典之中，實司民版；王人在諸侯之上，盡總賦輿。自匪通儒，孰當隆委？具官某長材足以應萬變，圓機足以語九流〔一〕。蓋嘗覽鳳德而來，不果峨豸冠而去。間關湖嶠，綿歷節旄。屬者漢水鋒交，武昌圍合。彼畔離官次偷生，包委郡之羞；此激勵軍民效死，待援師之至。始堅壁而不動，終與城而俱全。賞未酬勞，時方多故。以言乎民力則弓已張而莫弛，以言乎軍費則竈無減而有增。擢之簪筆持橐之聯，課以畫笏算鞭之效。爾之責也，國其庶乎。噫！太倉之粟相因，方有資於主計；北府之酒可飲，矧兼綰於守符。益殫忠勤，以究勛業。可。

〔一〕圓：原作「圖」，據翁校本改。

印應飛權户部侍郎致仕

舍爵策勳，甫班持橐；負茲有疾，遽請垂車。曾未究於惟圖，悵莫違於雅志。具官某襟期磊落，機鑑清明。羽扇一揮，首却游魂之暴虜；雲梯百計，卒全累卵之危城。蓋儒生之知兵，雜武夫而奪氣。既清邊祲，趣上禁涂。昔且守且攻，有血衣之尚在；今將安將樂，胡美疢之未瘳！念素非避事之人，遂勉徇辭榮之意。噫！領客下缺。

後村先生大全集卷之六十三

外制

湯漢依前華文閣知寧國府

以捷徑窘步爲常，以急流勇退爲怪，以計功謀利爲巧，以正義明道爲拙，士大夫通患也。爾爲多士所宗，在名流之目，立朝有節守，牧民有惠愛，刺部有風力。然拜表即儲案則力辭〔一〕，使之漕全閩則又辭。昔紀瞻趨召而逡巡，孔勸於利與禄若退怯，朕高其風而賢之。奎閣价藩，姑遂雅懷〔二〕。嗟夫，久不見生，乃朕之初意；予豈舍王，亦爾之素心也，豈必真爲宛陵之行哉！可。

〔一〕即：似當作「郎」。

〔二〕姑：原作「始」，據翁校本改。

湯中特授焕章閣待制致仕〔一〕

不見生之久，每勤側席之思；致爲臣而歸，忽覽垂車之奏。念沉疴之幾殆，諒高興之莫回。具官某嘿而知言，澹然寡欲，進有百篇敬輿之諫〔二〕，退無隻字子公之書。三揖一辭，衆客方酣而先去；十年五召，六丁力盡而莫前。訪童子之釣遊，上先人之丘墓。歷考平生之高致，庶幾近世之全人。屬者膠瑟載調，蒲輪四出，始云貢禹尚可彈冠，寧謂遂良遽求還笏！其可神武門之請，俾尋耆英社之盟。噫！東首拖紳，未替孤忠之憂國；西清候對，宜超二等以旌賢。祗服絲綸，益親湯液。可。

〔一〕待：原作「侍」，徑改。

〔二〕進：原作「之」，據翁校本改。

杜澮大理丞

朕貴平進而賤躁求，先實踐而後虚譽。其取人也，率以是爲權度。爾宰相子，脩潔冲澹，繇筮仕以至登幾〔一〕，猶是選人初階，曰父命也。昔有臣栻，今爾亦然。朕法孝皇待栻故事，前命汝通閨籍，兹擢爾丞廷尉，庶幾平進實踐之士聞而興起。爾其努力以前修自勉。可。

〔一〕幾：似當作「畿」。

趙希㮚大理丞

異時寺評不歷民事，而速化者相望，近必試之民社，所以老其材也。爾出宰溪邑，有治辦聲。廷尉之屬，丞尤高選，爾材固優爲之。然昔之爲司士者，曰淑問，曰審克，不以深文巧鍛爲能也。爾其欽哉，以副朕謹刑之意。可。

家坤翁趙若𤩽農丞

太倉非有紅腐之粟，而連營待哺者衆，百谷之納不足以供尾閭之泄，吾爲是廩廩也〔一〕。夫積貯天下之大命，豈細事哉！爾坤翁博雅有家學，爾若𤩽强敏有吏能，俾丞農扈，往佐而長，商食貨之源流、求蠹弊之窟穴而變通之。若曰吾所職者出納之吝，則非予擢材之意。可。

〔一〕廩廩：原脱一「廩」字，據翁校本補。

李壎籍田令

國家雖以門閥取人，然非象賢而濟美者不輕用。爾淳熙參與之孫，喬木故家也，擢寘周行，不專爲恩。《詩》不云乎，「毋忝爾祖」，在爾勉之而已。可。

謝奕信軍器丞

自漢魏以後，率以門閥用人，或者至有「世胄躡高位」之歎。然舜之所舉非高陽之才子乎，夔之所教非當時之胄子乎，其來久矣。爾槐庭之聞人〔一〕，椒塗之群從〔二〕，朝躋民庸，固已詳試，又嘗簿正二監，益練習於其事矣。方今國家閒暇，除戎器，戒不虞，惟此時爲然。丞位亞於長貳，往其欽哉，以觀爾材。可。

〔一〕人：原無，據翁校本補。

〔二〕群：原作「郡」，據翁校本改。

趙與屬軍器簿

國朝麟宗近屬，皆生長富貴，不出宫邸，自熙豐始有歷中外任使者。至炎、紹而後，則名公卿輩出，與庶姓相頡頏而反過之矣。爾安僖諸孫，寘之周行，一以擢材，一以睦族。《詩》不云乎：「豈無他人，不如同姓。」惟忠惟孝，爾其勉旃。可。

陳協刑部郎官兼史館校勘

吾甚重郎選，以待牧守之行能高、士大夫之資考深者。爾頃以脩名雅操，内歷博士、議郎、太史氏、尚書郎之任，外膺二千石之寄，寖通顯矣〔一〕。屬者誤相憸人，其好惡取舍與天下相反，污其塵而濡其沫者滔滔皆是。爾於此時獨卷而懷之，可謂賢已。朕既汛掃朝廷，爾復羽儀省户。然爲秋卿之屬，謂之劇曹可矣，未清也；秉史官之筆，謂之清選可矣，未要也。爾益奮勵，以俟朕之位置。可。

〔一〕寑：原作「寢」，據翁校本改。

汪立信左曹郎官

朕覽《皇華》之詩，見古者使臣皆馳驅咨諏，有獲五善以告者。今部使者則不然，端坐未嘗濡轡也，深居未嘗褰帷也。自臨遣以至代去，曾一善之未聞，而況五乎？爾端慤平實，出使江表，閉齋閣之時少而行道途之日多。所部某賦重，某吏饕，不聞則已，聞必驛奏，合於馳驅咨諏之義矣。郎選所以待監牧之著聲績者，而地官之屬又劇曹也，爾其束裝，趣造於朝。雖江鄉惜福星之移，然省户增列宿之重。可。

胡太初軍器監

昔周、漢二宣，皆號中興之主，然詩人徒美其車械之修備，史臣亦稱其工技之咸精。矧在今日，除戎器，戒不虞，豈非所謂急政要務乎？爾早負才望，徧歷中外，臨郡國則昔之召、杜，在臺閣則今之常、楊。久矣爲郎，冠於列宿，晉長戎監，兼秉史筆，所以養爾之望而爲吾近臣之儲也。爾其帥屬勤職，使朝廷之上有文事武備，若詩人史臣之所以稱美周、漢者，則予汝嘉。可。

洪燾磨勘轉朝散大夫〔一〕

漢第從臣，莫高於兩禁；周計郡吏，必待於三年。爰錫賚書，俾陞華秩。具官某辨智而閎達，敏惠而恭寬。諷議朝廷，蓋嚴安、徐樂之比；彈壓京輦〔二〕，有張敞、王尊之風。然考課自昔之通行，雖貴近亦由於序進。在朝夕論思之列，爾益堅事國之忠；以日月積累爲功，朕深愧待賢之意。倚須奏最，將又陟明。可。

〔一〕燾：原作「壽」，據翁校本改。

〔二〕京：原作「涼」，據翁校本改。

殿前指揮使左右班包秀等授修武郎

爾服勤禁衛，積閲歲時，乃序情而閔勞，俾參選而入仕。可。

季鏞直秘閣知紹興府

在漢高、光之世，以豐沛爲湯沐邑，以南陽爲帝鄉，其來尚矣。會稽郡亦朕之豐沛、南陽也。屬者融風爲沴，民露居者十室而九，枚卜廷臣孰堪爲朕一行者。爾悃愊無華，恬靖有守，所至惓惓於教化之意，而亹亹於事功之實，不以鉤距爲明，擊斷爲嚴，而計其功效，有材臣能吏所不能及者。擢由支郡，就殿价藩。爾其登進父老，循行阡陌，蕩析者安輯之，困乏者振德之，愁嘆者拊柔之。使浙水東七郡之人皆曰朕爲初潛之地得賢師帥如此〔一〕，公卿有闕，舍爾其誰！可。

〔一〕「東」下原有「也」字，又「師帥」原作「師師」，據翁校本刪改。

楊瑱農少兼左司

農正、宰士，皆古官也。至漢爲大司農，爲長史，爲司直，以名儒蕭望之、鄭康成輩爲之。惟爾嚴考，乃朕舊學，有懷其人，凜然如生。爾象賢趾美〔一〕，科目自奮，居中補外，望實采重〔二〕，儒而不迂，吏而不俗。朕尤遴列卿、都曹之選，爾庶幾望之、康成之賢。使中書之務清，太倉之粟腐，則爾爲稱職，朕爲知人矣。可。

〔一〕趾：原作「誌」，據翁校本改。

〔二〕采：原作「深」，據翁校本改。

饒應龍諸王宮教

漢命賈生傅長沙、梁，董生相江都、膠西，若重宗藩而實疏儒者。我朝家法則異於是，宮邸皆聚輦下，擇名士而輔導焉。爾脩潔玉立，身端而行治。朕爲介弟擇友，往哉汝諧，異於漢之所以待賈、董者。可。

劉良貴太府丞

自體用之學不明，士大夫高虚者不省馬曹，瑣屑者或執牙籌，雅俗判爲二致，朕甚患之。爾諳理而不流清談，邁往而俯同群辟〔一〕，固嘗進於朝而與聞省闥之事矣。外府丞未究於用〔二〕，朕方以事功試汝。可。

〔一〕群辟：原作「群碎」，據文意改。《晉書·王羲之傳》載其與許邁書：「以君邁往不屑之韻，而俯同群辟。」

〔二〕「未」下原有「免」字，據翁校本刪。

劉良貴宗正丞兼金部郎官

三丞惟瑶牒最清，二十四司惟珍部尤劇，朕環顧在廷，得其人焉。爾博洽可以專筆削，精明可以燭姦欺。優游共二，既清且要，必極鋪張揚厲以成一代之鉅典，必究本末源流以足大農之經費，則爾爲有勞於國。丞郎而上，進之未已也〔一〕。可。

〔一〕之：原作「退」，據翁校本改。

王得一太常博士

劉歆欲列《左氏》於學官，衆議不同，歆移書惟太常博士之責，豈非其時通稱博士，而未有師儒、禮官之辨乎？厥後隸澤宮者職教，列頌臺者典禮議謚，其選高於師儒矣。如獨孤及、柳伉，或以文字行，或以名節顯。朕察爾之賢，寘之寅清之地，爾其懋哉，罔俾及、伉專美於有唐。可。

翁臣太府簿

詘於前而伸於後，非其身而在其孫，非人力之所能爲也，天也。惟爾王父以孤遠外官而抗御史威怒，左官而死，士論冤之。嘉定更化，詔雪前誣，澤延於爾〔一〕。所歷之官，勇於趨事，苟利於國，知無不爲。乃今簿正外府，駸駸華途矣，爾其勤舉職，强爲善。《詩》不云乎，「毋忝爾祖」。可。

〔一〕延：原作「迎」，據《永樂大典》卷一四六〇八改。翁校本作「及」。

陸逵武博

本朝故家，陸氏爲盛。自左丞以博學厚德吐金聲於中朝，至太史以高文大冊復玉振於江表，不但教行於家，其枝分而派别者，多賢且才也。爾美秀而文，玉立鴛行，華宗典刑，於是乎在。序升博士，豈直使誨諸生哉！館殿爾家舊氈，亦名流券内物也，其佩玉徐行以待。可。

工部侍郎楊棟磨勘轉中大夫

自昔考課之法，較銖不差；雖吾論思之臣，盈科而進。兹陞華秩，爰錫贊書。具官某揭日貴名，昂霄直節。第從臣頌，雄辭絶出於嚴、徐；從吾兒游，耆德何慙於園、綺？乃若一階之陟，亦拘三載之常。越格超資，卿何心於進律；積日累月，朕良愧於待賢。可。

方登太學録

自成周有升俊秀之法，至孟氏有育英才之論。惟兹廷臣，孰堪是選？爾科目之高，人物之勝，擢誨諸生，士論翕然，曰國子監不寂寞矣。先儒有言，師道立則善人多，汝其勉旃。可。

大理卿包恢秘撰樞密院都承旨兼侍講

道德安强之威，俾贊籌於宥密；老成典刑之重，宜開卷於緝熙。仍升論撰之華，昭示眷知之寵。具官某傳先儒之絶學，號近世之名卿。凡平生著見於事功，皆疇昔講明於師友。朕惟甲兵之問尚至於廟堂，仁義之言欲聞於旃厦。蓋詢猷黄髪晚矣，使涉筆丹書可乎！其導旨於樞庭，且横經於帝幄。近制序朝班壓柱史〔一〕，遂列論思；先賢謂君德在講筵，尤資啓沃。諒惟耆雋，奚俟訓辭。可。

〔一〕柱：原作「枉」，據翁校本改。

秘書丞安劉太常簿戴良齊爲思正上遺表各轉一官

朕簡求名儒，輔導近屬，爾劉、爾良齊與焉。每於講説，有所規益。比覽宗老拖紳之奏，深念舊府執經之僚，遺言甚悲，故典具在，其遷華秩，以奬前勞。可。

鄧垌司農卿

古之人曰「召彼故老」，曰「詢猷黄髪」。其未至也，則卑辭焉；其已至也，則乞言焉。爾重厚老成，多歷事任，今之耆壽俊也。不能諧世，卷懷退處。乃今幡然爲朕一出，典刑醞藉，照映班列。扈農非所以煩爾也，朕將引以自近矣。可。

陳堯道秘書郎

百執事，世之士大夫皆可爲。惟入館比之登瀛洲，苟非其人，視之有蓬萊、弱水之隔。爾以科第材學進，而所以自貴重其身者如圭璧。昔避矰弋而去，今隨弓旌而來，可謂進退不失其正矣。石渠、東觀，以待天下名流，益培資望，向用未已。可。

御帶知安慶府劉雄飛浚築了畢授濠州團練使

設險以守者，聖經之格言；恃陋不戒者，往事之明鑑。乃攽醲賞，以獎賢勞。具官某往來三邊，大小百戰。頃從炎嶠，移守古舒，稟行府之規橅，新宜城之板榦。昔若築道傍之舍，三年不成；今率先戲下之兵，百堵皆作。坐使茨棘，化爲金湯。其進秩於戎團，仍就紆於郡綬。四郊多壘，卿益勵其壯圖；萬里長城，朕方資於名將。可。

趙景緯小著

自趙蕃、劉宰而後〔一〕，朝家起隱之禮遂廢。非靳之也，未見其人也。爾有實踐，有高趣，巖居川觀，遯而無悶，樂而不改，亦蕃、宰之流矣。聘召而至，國人貴焉。甫擢中秘書，又進之佐太史氏，待遇之禮厚於蕃、宰。爾其奮勵，以副簡求〔二〕。可。

〔一〕蕃：原作「藩」，按蕃字昌父，號章泉，《宋史》卷四四五有傳，其事迹與本文符，又後文即作「蕃」，因改。

〔二〕「以」下原有「圖」字，據翁校本刪。

謝奕熹華文閣知嘉興府

親賢並用，古之制也。爾生相門而嗜學，聯戚畹而好修，可謂親且賢矣。嘉禾調守，朕以爾昔典州有嘉績，今立朝有嬂譽，其寓直嫣閣，往佩二千石印綬。勉之哉！布宣寬大，培養根本，使畿甸之民以安，則璽書且下矣。可。

謝奕中戎監兼勅令官

戎監，武備屬焉；勅局，民命繫焉。爾牧輔郡宜其民，郎省户勤其官，見於已試者如此。夫修車備器，方今要務，著律定令，亦豈細事哉！惟賢且材，爲能共二，非直以相閥戚家選也。爾往欽哉！可。

文林郎趙時懀因潮州山前捕到賊首轉儒林郎

乃者盜出没潮之支邑，調尉寨州兵，又益以摧鋒，不能盪定。爾能以計獲其首惡，薄進一級，以旌爾勞。可。

迪功郎靖安主簿陳和發因韃侵掠歿於王事贈宣教郎與一子下州文學〔一〕

虜犯内地，守吏委城，鬬士棄甲者多矣。爾眇然邑佐，斃於賊鋒，增秩澤子〔二〕，所以愧偷生失節者。可。

〔一〕主簿：原作「王簿」，徑改。

〔二〕子：原作「予」，據文意改。「澤子」即指題中所謂「與一子下州文學」。

皮龍榮參政

用儒而國無敵，久增重於本朝；得賢而基太平，兹遂參於大政。延登瓌望，播告綸言。具官某研幾而極深，任重而致遠。進而啓沃，非堯舜之道不陳；凡所建明，皆稷契輩人之語。周旋二府，精白一心。廟謨賴其同寅協恭，輿論稱其鉅人長德。乃序遷於丞弼，以共起於治功。國是宜堅定不宜動摇，善類宜翕集不宜涣散。必躬吐握以下士，必公衡尺以擢材。蓋一客失羹，能覆共食之鼎；若先賢設喻，欲平偏載之舟。其責不亦重乎，非卿誰與領此！噫，夫子必聞其政，異諸人之求；君陳入告斯猷，曰爾后之德。諒惟哲輔，奚待訓辭。

沈炎同知兼參政

有常立武，久翌贊於本兵；無競維人，併延登而共政。涣敭明命，孚諗群工。具官某貫日精忠〔一〕，昂霄勁節。親逢千載一時之運，徧歷三院七人之官。當群憸朋偃月之姦，門庭如市；獨疏數滔天之罪，堂陛始尊。圮族者殛於羽山，埒國者失其金塢。黜在廷而邪謀寢矣〔二〕，城伏閤而武夫拜之。洎秉事樞，倏踰歲籥。邊防屬宥府，既資籌筴之良；政本在中書，兼倚彌縫之助。必長駕遠馭以疆理戎索，必翕受敷施以奔走人材。位望愈隆，責任尤重。噫！大綱小紀，卿宜計天下之安危；内修外攘，朕欲討國人而申儆。其思職業，益勵猷爲。

〔一〕精：原作「積」，據翁校本改。

〔二〕邪：原作「邦」，據文意改。

何夢然端明僉樞

五材誰去兵，方講修攘之政；一賢可制難，宜居宥密之司。選於衆而得人，揚於廷而出命。

具官某有猷有守，至大至剛。君子素位而行，士惟孤立；正人無待於助，朕所獨知。擢於千官百辟之中，寘諸三院七人之長。明君臣之分而堂陛肅，審忠邪之辨而界限嚴〔一〕。積貨者散金塢之藏，方命者加羽淵之殛。人悉若爾，國嘉賴之。朕惟敢諫犯顏，賢百萬師遠矣；折衝禦侮，捨一二臣誰哉！爰登秉於事樞，俾推行其抱負。噫，曰天下已安矣，朕不忘危；討國人申儆之，卿宜思職。勉殫忠藎，庸副簡求。可。

〔一〕邪：原作「邦」，據翁校本改。

陳堯道監察御史

朕收倒持旁落之權，聿更大化；擇特立獨行之士，親擢緊官。兹得二賢，俾分六察。爾傳素王絶筆之學，標春官淡墨之題。頃進列於師儒，不見知於彼相。衆阿時好，議於聖世而錮人；獨有嘉言，意慕古人之存校。去若黄鵠之高翥，來如丹鳳之攬輝。選諸瀛仙，寘之臺憲。厥今共鮌之罪雖已伏辜，牛李之朋尚多漏網，楮糴之弊築底，輪雲之變無窮。士雖拔茅，兵未解甲。予既虚懷而容受，爾宜空臆以條陳。或昌言於朝廷，或密啓於旃厦。見聞咸聳，風采一新。噫！百奏丹青，孰不觀仁義之諫；萬事塵土，方當傳久遠之名。益罄忠忱，不孤簡拔。可。

劉應龍監察御史

上同陳察院。爾仁而有勇，和而不流，接物則霽月光風，持身則嚴霜烈日。直道見嗔於彼相，剛腸羞比於匪人。往賊過龜山之門，致敬而去；遺民奉巴東之祀，稱思至今。朕聞巖邑之最聲，監阜陵之成憲，頃者儲材於列院，進而執簡於一臺。方今國是略定而尤貴堅凝，朝綱雖肅而尚多垢玩。有官守，有言責，屬新龍象之觀；去賊易，去黨難，宜奮鷹鸇之擊。或密啓於旃厦，或昌言於朝廷。噫！百奏丹青，下同前。

江萬里吏部尚書

筆槖之班，莫高於太常伯；逢掖之論，於今有大宗師。肆疇試可之庸，特峻爲真之拜。具官某國之蓍蔡，學者斗山。老將拜伏閣之陽城，邪謀憚在廷之汲黯〔一〕。文字五千卷，混混江河之發源；仁義數百篇，炳炳丹青之垂世。祥麟之來，孰得而羈；蚍蜉之撼，真不自量。雖長往於山林，終不忘於畎畝。聞國難則投袂而起，逮師行則載筆以從〔二〕。推鋒而帝羓歸，回戈而佛狸走。頌召公虎于宣之作〔三〕，視吉甫而何慙；及丞相度來朝之初，與韓愈而偕至。遂登人望，寖長天官。門庭有毛玠之清，衡尺如山濤之審。但見拳拳於國事，未嘗汲汲於身謀。方並進於群公，可獨遺於一老？噫，賢能不待次舉，而况序升？丈夫何以假爲，無庸多巽。益殫忠藎，式對眷知。可。

〔一〕邪：原作「邦」，據翁校本改。

〔二〕逮：原作「建」，據文意改。

〔三〕作：原作「矣」，據翁校本改。

湯中上遺表贈太中大夫

掛冠之興莫遏，已謝宦情；易簀之言甚悲，未忘尸諫。乃加恤典，以慰遺忠。具官某於富貴如浮雲，有名教之樂地。今無此事，世賢其人。某水某山，吾所遊也；斯人斯疾，亡之命夫！卿何意於蓋帷，朕興懷於簪履。名德未遠，諫書猶存。噫！老氏知足之風，凛然起敬；賈生超遷之秩，維以飾終。

湯漢依舊華文閣江西提舉兼知吉州

朕念江鄉之民殘於兵而又病於糴也，思得剛勁有風力、廉勤有政事者，將明朕之德意志慮，以拊摩其瘡痍，甦息其疾苦。爾頃辭清望官而去，牧凋郡而不逋上供，剌劇部而毋憚大吏，漢人所謂通世俗之儒矣。其以庾節，兼領郡符。土風民俗，皆爾所諳。前此任糴事者，縱吏舞智規免者衆，朕爲之下履畝之令，可謂平矣。爾軺車所至，具述朝家不得已而糴之意，使軍不乏興，民有餘力。孟軻曰：「若夫潤澤之，則在子矣。」至於吏之饕殘爲吾民害者，其奉元日詔書從事。可。

楊棟轉太中大夫

三朝鉅典〔一〕，聿嚴尊閣之儀；一代鴻儒，分任纂修之事。屬視功而行賞，爰進律以旌賢。具官某鍾箕昴之精〔二〕，稟岷峨之秀。子雲所草，準羲、孔之微言；敬之之文，希屈、馬而無愧。雖去常存於魏闕，其來遂定於春宮。冠言語侍從之班，專討論潤色之筆。惟二祖丕哉之謨烈，既極鋪張；若先皇焕乎之文章，亦資詮次。其事備矣，何勤如之。噫！唐賢謂作史之難，寧非篤論；漢人喜稽古之力，適值明時。祗服寵光，益修職業。可。

〔一〕鉅：原作「距」，據文意改。
〔二〕昴：原作「昂」，據翁校本改。

程象祖秘閣知安吉州

朕仰遵烈祖紫雲樓之訓，選用牧守必求其有仁心仁聞者。爾相家子，立乎本朝，朕察其修潔明恕，有丞相之風。吳興去天尺五，與丞相所臨郡擊柝相聞。往爲朕拊摩其民，使郡人曰朝廷善調守、丞相能教子，豈不休哉！

陳淳祖著作佐郎

朕鑑昔人清談廢務、浮文妨要之弊，雖位置館閣之士，亦必先實踐而後虚譽。屬者寇至江上，諸城或不能自全，或委之而去。爾以諸生守孤壘，内能使軍民有固志，外能使寇不敢犯，可謂有德於民、有勞於國矣。選表而來，擢之中秘書，又進之佐太史氏，兼尚書郎，非爲爾寵也，所以旌其節而稱其勞也〔一〕。益堅志操，以待器使。可。

〔一〕稱：原作「侯」，據翁校本改。

江州分司檢閲成公策爲拘榷茶課及數特授太府簿依舊任

事非才不集，而有才者或過用其才，朕甚患之。爾宰邑監郡有治辦聲，使之治賦，未嘗施繆巧、事操切，而歲計之有餘，庶乎善用其才者。簿正外府，以旌爾能，毋廢前功，對越新渥。可。

高衡孫權刑部侍郎

内重外輕，唐世有登仙之羡；出藩入從，漢家嚴選表之規。乃疇牧守之庸，復寘論思之列。具官某傳祖訓而得髓，取世科如摘髭。南渡師儒，古所謂禮法士；慶元典冊，今號爲文章家。在省闥則綱舉目張，臨郡國則政平訟理。既持槖衮衮而登矣，乃拂衣落落而去之。鏡湖之興甚濃，頗適賀公之趣；潁川之治莫揜〔一〕，首褒黄霸之賢。惟古人敬獄而恤刑，況累聖以仁而立國。爰升時望，俾貳秋卿。噫！法三尺安出哉，固有後王之所是〔二〕；刑一成不變者，尤宜君子之盡心。豈惟淑問之長〔三〕，尚賴嘉猷之告。可。

〔一〕頹：原作「穎」，據翁校本改。
〔二〕是：翁校本作「定」。
〔三〕問：原作「同」，據翁校本改。

金文剛龍圖閣致仕

士大夫便文營私者多，盡瘁奉公者少。爾淳熙夕郎之孫，克肖前人，迭更事任，忠而能力，專城而民譽美，煮海而鹺莢羨，《周官》所謂廉能之吏也。今遽以疾請老，嗟夫瀕於殆矣，不可得而留矣。進直小龍，以勸勞臣，以識朕用才不盡之恨。

張桂大理司直

廷尉屬多用法家者流，惟司直以士人爲之，其選亦不輕矣。爾奮由科第，輻凑之智略、涌泉之才思，異時幕中檄草〔一〕，固已爲人傳誦。踐揚久，識慮審，可以佐其長而持天下之平矣。可。

〔一〕中：原作「辨」，據翁校本改。

後村先生大全集卷之六十四

外制

陳韡依前觀文學士特授正奉大夫福建安撫大使

朕歷覯先正，尤重故鄉。曾繇上宰之尊，嘗臨青社；琦以元勛之望，亦判相臺。肆起耆英，就顓方面。具官某一代經綸之賢佐，兩朝開濟之老臣。出若富、范之行邊，力既勞止；退如馬、吕之居洛，卷而懷之。身雖掛於衣冠，人猶問其年貌。及新大化，並致諸賢，首馳銀信以趣歸，屢却蒲車而堅卧。虛前師後誦之地，冀其一來；聞東甌南粤之民，德爾再造。屬帥垣之弄印，即里第而建牙，以大使而領州，若高皇之待浚。百年創見，七聚懽傳〔一〕。鶩行畏包老之嚴明，狙詐服宗爺之駕馭。馬騰士飽，練帳下之佽飛；海宿山行，絶草間之暴客。坐令遠俗，復覩太平。朕爲無媿於士民，卿亦有辭於父老。噫！園林之勝，鐘鼓之樂，幾人獲全；邦家之光，閭里之榮，二者孰美！勉建嘉績，用酬隆知。可。

〔一〕七：原作「十」，據翁校本改。

陳韡依前觀文學士特授宣奉大夫依所乞致仕

朕惠顧全閩，儀圖壽雋。閲禮樂謀元帥，甫就畀於中權；至將相歸故鄉，遽欲尋於初服。重違雅志，中錫恩言〔一〕。具官某鍾河嶽之英，傳關洛之學。始若莘渭之王佐，將以有爲；晚如齊魯之大臣，召而不至。嘉其廉退，處以便安。監成憲於祖宗之朝，布寬條於父母之國。僅及五月而報政，不許一年之借留。懇切而言，閔勞以事。千兵百吏，未嘗知晝錦之榮；一馬二童，俄復返深衣之舊。陟文階之峻品，拓采地之新畬。噫！明哲以保其身，卿素安於止足；體貌而厲其節，朕未替於眷懷。尚告遠猷，益綏純嘏。可。

〔一〕恩：原作「思」，據翁校本改。

臨江守臣陳元桂忠義之節照映今古特轉五官贈寶章待制與一子京官一子選人賜錢十萬貫助葬仍立廟賜謚正節〔一〕

過家而懷印綬，繡行極太守之榮；扞圉而死封疆，板蕩識純臣之節。方欲革臨難偷生之俗，所宜褒見危致命之人。具官某昨剖郡符，適罹狄患，不委國而大去，寧爲王而前驅。元歸如生，宛然先軫之面；血化爲碧，哀哉萇叔之冤。采行路無情之言，知罵賊不屈之狀。奎閣侯松階之對，水衡給助葬之錢，録其孤兒，節以一惠。噫！古有雙廟祀睢陽之守城，今無百身贖仲行之臨穴。諒惟英爽，歆此寵光。可。

〔一〕待：原作「侍」，據文意改。

趙與譔西外知宗

天眷聖宋，本支百世。昔也聚族京師，南渡於泉、福建外邸，文昭武穆，日大以蕃，常選宗室之有德望者以糾率之。爾内爲丞郎，外歷麾節，好謙而下士，樂施而疏財，所至有琴鶴之風，無珠犀之謗。清修足以勵俗，長厚足以容衆。使之居祭酒之任，而不責考功之課〔一〕，麟趾公子必有觀而化者。朕方嚴於更迭，爾豈久於滯留。可。

〔一〕課：原作「諫」，據文意改。

沿江制參京襯爲提督屯田歲收增額特轉一官

言留屯之便者多矣〔一〕，惟充國能行於湟中〔二〕，亮能行於渭上，是在人而已。吾視故府歲收二十萬斛者有賞，爾以議幕提綱，歲收不止及額，更羨五萬餘斛。制閫第勞來上〔三〕，其進一秩，以爲服勤盡瘁者之勸〔四〕。可。

〔一〕使：原作「使」，據翁校本改。
〔二〕湟：原作「涇」，據翁校本改。
〔三〕制：原作「副」，據翁校本改。
〔四〕勸：原作「勤」，據文意改。

吴湜湖北提舉

朕念重湖之北遠於天而近於塞，比歲驚騷，清野失耕，土之瘠者今不毛矣，民之貧者今靡孑遺矣，孰能爲朕任咨諏勞來之責，使胔骸復爲人、堇荼化爲飴乎！爾以儒發身，剛介自立，其以常平使者節攬轡一行，去吏之蟊賊，拯民於水火，以清約變污濁，以義理折强暴，湖外之民庶乎其稍有生意矣。昔熙寧遣趙濟，淳熙遣朱熹，千載而下，是是非非自有公議，爾宜擇於斯二者。可。

卓夢卿直寶章閣廣南提舶

朕監國初成憲，以守兼舶，而琛臺久虚。非刓印也，選擇而使也。爾昔執簡赤墀之下，談經細旃之上，知朕貴德而賤貨，奬廉而惡貪矣。昔先臣介仕於嶺嶠，郡有夷琛，衆争賤買，仁宗曰：唐介必不爾。命取其籍閲之，果然。此予命爾以貼職、送爾以皇華之意也，否則互市豈無他人，乃以煩前御史哉！可。

陸德輿依舊寶章學士知太平州

吳以長江立國，護數處之風寒；晉於姑孰置屯，壯下流之形勢。矧值脩攘之際，尤難牧守之材，自非近臣，曷稱隆委！具官某修之賢聞於天下，機之文貴於洛中。批勅瑣闈，凜若銀臺之風采；持衡銓部，皦然冰鏡之晶明〔一〕。頃辭長樂之麾，逕返平泉之墅。朕灼知薏苡之謗，起於無根；卿懇避刺相之行，爲之易填。屬時天塹，預講秋防，凡六朝諸名勝設險守國之遺規，與中興賢將相建事立功之陳迹，憑高感發，望古慨慷。壁壘旌旗，孰不仰臨淮之號令；繭絲保鄣，必且減晉陽之户租。先固羣心，坐收長算。噫！犢耕渤海，應無帶刀劍之人；鳳集潁川，行有下璽書之寵。可。

〔一〕冰：原作「水」，據翁校本改。

陳顯伯徽猷學士知建寧府

朕懷老成之舊，重恬靖之風。蒲輪加璧之招，確然辭巽；燕寢凝香之樂，處以便安。陟奎閣之隆名，需潛藩之近次。具官某博古通今之學，吐詞爲經之文。久冠橐班，熟識鄭公之履；嘗持文柄，尤多陸氏之莊。潤色皇猷之才高，調護儲闈之功大。頃勇急流之退，俄逢聖化之更。以周天官，兼唐内相。朕方渴想，召賈傅而使前；卿有遐心，嘆魯生之莫致。念其耆艾，命以尹盩。輟清都太微之廷，牧碧水丹山之郡〔一〕，實維鄰壤，諒愜雅懷。噫！黄霸化行潁川，毋令專美；子牟心存魏闕，尚告遠猷。可。

〔一〕牧：原作「收」，據翁校本改。

曾穎茂依前集撰知隆興府兼江西運副

朕慨念江鄉，簡求尹漕。頗聞會府，思廣平陽春之來；爰及列城，願子駿福星之照。選於已試，誰不曰然？具官某機足以語九流，智足以應萬變。論思禁路，並遊東、馬之間；彈壓神皋，不在敞、尊之下。頃拂衣而勇去，屬解瑟而載調。深惟翼軫之區，適值兵戈之後。蹀血踐數州之境，生聚殲焉；搜粟餉萬竈之屯，本根撥矣。孰可往甦於凋瘵，爾嘗洊擁於節麾〔一〕。必推救焚拯溺之心，必體被髮纓冠之義，必獲五善，必寛一分，使落霞孤鶩之觀復還，而木牛流馬之運不絶，民有生意，軍無乏興。噫！韋丹之政立碑，難忘於遺愛；魏牟之心存闕，尚告於遠猷。可。

〔一〕洊：原作「游」，據文意改。

沿江制參程若川爲監軍應白鹿磯之急轉一官

白鹿磯之捷與臣世忠、臣允文金山、采石之功相埒。爾於是時，能率下流援師來會，丞相謂爾征行良苦，濟助孔多，朕甚壯之。晉秩一等，以勸趨事赴功者〔一〕。可。

〔一〕勸：原作「觀」，據翁校本改。

鄭協秘撰廣東運副

頃者建制閫於西廣，命將調卒，旗鼓相望，大農窘於供億，乃竭東廣之泉粟以資助之。一旦寇至，制閫莫能式遏，蹀血數州，東路僅僅自保，而公私煩費，力竭而本撥矣。朕惟已疲之馬騾之則輿駭，久張之弓急之則弦絶，思得忠實體國、老成練事者往將隆指，而命爾協焉。陟使名，加美職，而歌《皇華》之詩以送之。昔河東之民目鮮于爲福星，嶠南之士祀濂溪於精舍，以仁賢不以材健也，爾其勉旃！可。

楊瑱寶章閣依舊浙西提舉〔一〕

朕以元日詔部刺史舉澄按之職，汰饕殘之吏〔二〕，爾適奉使畿内〔三〕，造庭稱觴。朕惟舊學之美子，公府之賢掾，深欲引以自近。念爾方褰帷問俗，爲天下郡國之倡，姑命寓直延閣，以汔外庸。可。

〔一〕浙：原作「游」，據文意改。

〔二〕汰：原作「法」，據翁校本改。

〔三〕奉：原作「秦」，據翁校本改。

賈明道都大坑冶

自此以下再兼掖垣所作

昔大防、純仁光輔元祐，大忠、純禮皆列外服，豈以兄弟之當國而廢朝廷之擢才哉！爾以高才妙質，久於郎潛，累遷卿少，出爲牧守，資歷深矣。及丞相歸衮，未之甄拔，非抑同産也，示天下大公也。朕以鎔臺命爾起家，非私丞相也，監我家成憲也。矧丞相嘗涖是官，士民至今烝嘗之，遵其成規，廣其遺意，大小馮君之歌，不得專美於前矣。可。

趙崇孅吏部侍郎兼檢正

朕躬攬權綱，首嚴銓綜。群趨左選，誰爲寒畯之階梯；妙選端人，俾掌天官之衡尺。與情允愜，素望久孚。具官某凜凜百鍊之剛，挺挺千尋之直。剸裁甚敏，聳觀郢匠之斤揮；發摘如神，靡事漢臣之鉤距。晝笏而計省之職舉，涉筆而中書之務清。遷選授之名司，峻論思之真拜。厥今士難得闕，吏或舞文。彼車載斗量，皆望山公之啓擬；此鏡明水止，專待行儉之公平。簪橐之聯有光，履屐之間咸當。噫！古人設小宰之職，權重於列曹；先賢謂同姓之卿，心存於宗國。益殫忠藎，庸副簡求。可。

孫附鳳右諫議大夫兼侍讀

有猷告后，每陳忠臣五義之言；以諫名官，遂冠天子七人之列。出於親擢，孰不聳聞！具官某塞直剛大於兩間，達智仁勇之三者，自更大化，徧歷緊官。見無禮於君，真有如鷹鸇逐鳥雀之志；距邪説害政，不下驅虎豹放龍蛇之功。凡冰山倚勢之人，若金谷望塵之友，抨彈略盡，窟穴一空。既振職於柏臺，直登賢於蒲省。汲黯入禁闥，可寢淮南之謀；陽城伏延英，不待昌黎之論。匪曰序遷之典故，茲爲柄用之權輿。噫！荷良臣美名，卿有魏鄭公之素願；事聖君無諫，朕疑荀卿子之失言。其益進於忠規，以欽承於眷奬。可。

范純父殿中侍御史

續諫垣之集，霜簡盛傳；提憲府之綱，風稜采峻。宜加顯擢，以示至公。具官某中有操存，外無附麗。卿取諸世者廉矣，朕選於衆而得之。頃列鴛行，晉峨豸角，字字中憸人之肺腑，言言切時政之膏肓。芟夷本根，銅山之賊掃迹；推求甲乙，金谷之友散群。論賑荒如拯溺救焚，請去貪必明目張膽。乃繇七争，晉二一臺。昔諷議優游，尚且伏青蒲而諫；今事權雄劇，皆當奉白簡以聞。奏篇之藁常存，公議之責亦厚。噫！古人仗下馬之喻，予豈諱言；先賢殿上虎之風，爾宜舉職。益殫忠告，以副眷知。可。

倪普監察御史兼殿講

朕收比年倒持之柄以肅朝綱，進當世能言之流俾分臺察，士有愜志，人無異詞。爾負藉甚之名，養浩然之氣。奉對丹墀之下，膾炙諸儒；給札玉堂之廬，馳騁千載。朕惟載之言不如見之事，幼而學固欲壯而行，擢自麟臺，列之烏府。厥今虜暴特皮膚之淺患，民饑爲心腹之近憂。蠲弛而調度繁興，戒飭而夙（一）愆自若〔一〕。惟有布端人於耳目，使之盡規；庶幾起壞證之膏肓，捨是無策。方欲挽回於世運，豈惟糾逖於官邪〔二〕。噫！《泰》道外小人，朕何幸陰消而陽長；《春秋》責賢者，卿當如日烈而霜嚴。其陳昌言，以快輿論。可。

〔一〕夙：原作「風」，據文意改。

〔二〕邪：原作「邦」，據翁校本改。

孫應鳳將作監簿

朕惟祖宗朝如庠、祁，如敞、攽，如軾、轍〔一〕，如鞏、肇，皆比肩而立；中興如鄱陽之洪、廬陵之曾，尤近者如蜀之李、建之徐，亦接武而進。此衣冠盛事也。爾一門二惠，珠聯璧合，而仲氏遂爲諫諍論思之臣。爾尤温良恬靖，既奏邑最、長餉幕、丞藩府矣，顧未開朝躋，可乎？簿正雉監，問津清要，廣廷之下，文石之上，庶華萼之相映，亦塤篪之迭吹。

〔一〕軾：原作「蘇」，據翁校本改。

徐經孫磨勘轉中大夫

論思班俊〔一〕，衮衮而登；考課法嚴，銖銖而較。雖如時望，必待年勞。具官某表和而裏剛，出藩而入從。既貳秋卿之事，仍兼夕拜之司。正色而言，東省爲之增重；塗歸之語，外廷有所未知。竭其獻替之忠焉，非必積累爲功者〔二〕。有虞陟明之典，久矣通行；先秦存古之官，豈其輕授！可。

〔一〕俊：似當作「峻」。

〔二〕必：原作「心」，據翁校本改。

鄧垌磨勘轉中大夫

漢第從臣之頌，以觀其材；周計群吏之功，必要諸久。蓋雖貴近，不廢故常。具官某典刑老成，禮樂先進。扈屬車法駕，每行黄道之間；侍廣厦細旃，密邇清光之側。班爵已高於兩制，銓衡當進於一階。噫！隆古盛時，嚴三載陟明之典；本朝成憲，累七期實歷之勞。祇服寵光，益肩忠報。可。

楊瑱太常少卿

禮官必屬之名士，卿選莫高於奉常。蓋將以爲論思獻納之儲，非使之治制度文爲之末。維爾顯考，事予潛藩，方倚代來之功，奄興川逝之嘆。賴有賢嗣，繼收世科，行能尤高，中外詳試。久煩以米鹽簿書之事，乃進之玉帛鐘鼓之間。出則典領曲臺，入則彌綸左闥。昔齊魯諸生知變，僅能就一代之儀；河汾高第逢時，終有愧明主之問。爾其討論典故，損益古今，勿安起蕝之卑〔一〕，行陟持荷之峻。可。

〔一〕蕝：原作「絕」，據翁校本改。

劉應龍農少仍兼説書

乃者風憲之臣，一遷他官，率不肯拜，往往遂聽其去。朕病其然，必維之縶之，與相終始，於以見朕容受忠言之意。爾爲御史，奏篇鯁亮，庶幾不負親擢者。卿選吾所甚重，非外更麾節、内歷郎監不輕授。兹由六察，徑升九列，一以擢才，一以賞諫，於爾加厚矣。矧巍冠旃厦，親近如故，天下事有可言者爾第言之，朕將虚己以聽。可。

右諫議孫附鳳磨勘轉承議郎

兩制之高，出於親擢；三年而計，必以序升。兹惟古今之常，亦自貴近而始。具官某靖共而好直，剛毅而近仁。仲山甫無畏强禦之心，群憸震慴；陸敬輿有本仁義之諫，千載流傳。擢寘上坡，號爲緊路。孰不羡九遷之衮衮，豈其較一秩之區區！顧審官之法則然，考績其來已久〔一〕。噫！當雷霆獨立，聳聞造辟之言；以日月爲功，深愧待賢之意。欽承新渥，嗣有殊褒。可。

〔一〕按句式，此句似脱一字。

趙師光侍右郎官

選人自一命以上參注者，率挾勢與力，惟小使臣賤無勢，貧無力，多受抑於胥吏，淹留困厄於逆旅主人者魚貫也，朕甚患之。爾老成暢練，牧三郡有甘棠之思，使五嶺無薏苡之謗。歲晚歸來，色夷氣和，由棘寺擢蘭省，則馮唐白首矣。惟吏事多則能指吏姦，惟秉心公則能守銓法，使鶡弁無失職之嘆，則爾有佳吏部郎之譽。可。

吳君擢司封郎官〔一〕

列宿之選甚重，非有名論、朝蹟、郡最者，不可以超資越録而至。爾早收科第，與貴游異矣；嘗歷丞郎，其塗轍清矣；又出爲牧守，其資歷深矣。司封在列曹中職事尤簡，昔多以名士爲之，亦爾舊氈，還以命爾。勉之哉，進修賢業，涵養盛年，有漢家含香之榮，毋唐人觀花之嘆。可。

〔一〕司：原作「可」，據翁校本改。

陳栩國子博士

有列於成均者皆師儒也，而教胄子者獨爲博士之長。唐以韓愈輩人爲之，然猶有冗不見治之歎，豈春誦夏弦之迂闊，不足以補朝虀暮鹽之淡泊歟！爾自爲諸生，每一篇出，紙價爲貴，才高氣剛，不能媚柔與□□□□□□□念其留滯周南之久也，使之佐□□□□□□□事皆屬畢焉。孟軻曰樂得天下□□□□□□夫有教育之樂〔一〕，則無冗與齏鹽之□□□□□□□爾其需之。可。

〔一〕夫：原作「大」，據張本改。

□□□□□□丞

□□□□□□券帑如山，而倉庾氏所積乃若□□□□□□□□今日隱憂也。爾昔出爲宰，入□□□□□□□□丞九扈，步武寖高。爾其條畫源□□□□□□□□求蠹敝之小者，佐其長而推行□□□□□□□□涉筆視唱籌而已。可。

□□□□□□該進經武要畧轉通侍大夫

□□□□□□閣衆皆進律寧過于用思，爾與□□□□□□□□官某動遵禮度，飽閱古今。竭其□□□□□□□□老于宿衛，號宫省之舊人。出聞□□□□□□□□侍元豐眷思之燈火。凡明謨雄□□□□□□□□脩由西府而來，然採摭亦北司□□□□□□□□隨加。朝昃不遑，朕方求禦戎之

□□□□□□□益罄事君之小心。可。

□□□□官郎官

□□□□□□亦凋匱爲鍾官者類曰膽水淡戾□□□□□□□□乳不可以復，珠池之珠不可還與□□□□□□□□猶前日也，然鼓鑄相權之子本□□□□□□□□嘗乏絕，豈非楹練足以斡旋〔一〕，精□□□□□□□□名曹，唐及本朝多以處佳士。爾□□□□□□□昭朕擢才旌能之意。可。

〔一〕斡旋：原作「斡旋」，徑改。

宗少劉震孫除直寶謨閣江東提舉〔一〕

端平初，朕號召賢俊〔二〕，蜀珍畢集于朝，爾其一焉。其後諸人相繼至宰輔〔三〕、侍從者十之九，爾家世人物、言論風旨皆西州第一〔四〕，顧留滯周南，坐老歲月。及舊人欲盡，鐵壁獨存〔五〕。□從丞相入獻戎捷，擢少宗正一而□□□□□□□□去，朕爲悵然。庚節非所以煩

□□□□□□□□繁〔六〕，科調急，郡縣空虛，田里蕭條，徙□□□□□□□□振德其困乏，汰斥其饔飧乎〔七〕。東□□□□□□□□□□按察也，非爲喜擇官中缺。昔孝皇命朱熹使浙東，爾其以前修自勉〔八〕。

〔一〕宗少劉震孫除：原缺。按本集卷九三《鐵壁堂記》引有此制節文，且云「詔起前少宗正朔齋劉公震孫直寶謨閣、江東提舉」，今仿制題體例、空缺字數補。

〔二〕「賢」上六字原缺，據本集卷九三《鐵壁堂記》補。

〔三〕「輔」上八字原缺，據本集卷九三《鐵壁堂記》補。

〔四〕「一」上八字原缺，據本集卷九三《鐵壁堂記》補。

〔五〕人欲盡鐵壁獨存：原缺，據本集卷九三《鐵壁堂記》補。

〔六〕「繁」字原在八空格前，據翁校本乙。

〔七〕汰：原作「法」，據翁校本改。

〔八〕以上二句凡十六字原缺，據本集卷九三《鐵壁堂記》補。

失題

□□□□□□所重，至本朝加重，其前列往往□□□□□□□□藻思，奏賦南宮第一，客授三載□□□□□□□□□亦殊擢也〔一〕。然教俟類易，教國□□□□□□□□模範尊，惟公明則有司之衡尺審。益勤表率，庸副簡求。可。

〔一〕殊：原作「殊殊」，據翁校本删。

張濟之太府丞

爲列郡選牧守難，爲本朝進英俊尤難。爾由儒科，邑最登畿，一再遷，嘗執經而傅朱邸，亦將建牙而坐黄堂矣。顧内與外孰重輕？其輟虎符，入儀鵷序。朕之外府既無珠玉玩好良貨賄之藏，所職不過九貢九賦惟正之供，與夫兵吏之券旁、鹾茗之鈔引而已。其佐而長脩舉職業，以俟明陟。可。

史繩祖直寶章閣江西提舉

江右今歲幸而有秋，然郡縣之創殘者未復，田里之凋瘵者未甦，民力窮而糴事方興，吏治偷而饕風尚在。朕於此時擇常平使者，歌《皇華》之詩以送之，其任不亦重乎！爾西州之望，覽輝而至。著書翼經學，奏篇切時弊，皆朕之所嘉獎。而白首郎潛，了無躁心。其進延閣之直〔一〕，爲朕攬轡一行，使江鄉之人皆曰福星見於翼軫之區，則向之創殘者、凋瘵者可還承平舊觀矣，民之窮者吐氣，吏之饕者革心矣。可。

〔一〕直：原作「真」，據本文題改。

劉良貴知嘉興府

邇者廬陵調守，詢之外廷，皆曰無以易堯。既剖左符臨遣，而中道顧以疾諗。朕察爾忠實非飾辭者，恬退非薄淮陽者，爲之改命易地焉。二城均爲望郡，嘉禾雖少需次，然巾車栗里，采藥鹿門，無幾何時東方千騎趣上矣。非惟慰爾欲便安之意，亦以示朕體群臣之心。可。

郎伋前任茶鹽檢閲官賣鹽增羨轉朝散郎

國家大計十之九取諸煮海，欲鈔引流通而無壅，必笏鞭畫算之有人。爾前以才選，分司采石，鹺息之入，有增無虧。爾不憚於宣勞，予豈容於吝賞！可。

趙孟博陞秘撰

士大夫孰無森戟凝香之興，及得千里之地，類顰蹙，曰未易爲，或曰不可爲，有鄙夷之心而無治理之效者十郡而九也。爾牧鐔津期年，他人刼刼無餘力，爾上供送使、廪兵禄吏未嘗乏絶，然未嘗牟利加賦而用足。郡人謂爾但飲此州水耳，日用百需皆取之於家，待百姓甚恩，御吏卒甚嚴，朕聞而嘉之。論譔木天，職清地禁，以慰邦人借留之心，亦以見朕褒顯循良之意。可。

汪立言浙西提刑

在漢渤海多盗，暴勝之繡衣持斧以威之而不止，龔遂使民賣劍買牛以安之而盗熄，非特可以見龔、暴二臣之賢否，亦足以判武、宣二君之優劣矣。爾頃以江表有澄清之志〔一〕，而又有拊摩之具，遂畀以畿右麾節。乃者水潦，災被三郡，吴僅半收，朕念吾民之昏墊阻饑也，數詔郡國賑贍而安集之。又以臬臺在吴，命爾蒞焉，蓋以一路民命付爾矣。夫均之爲民，惟窮無告者宜振德；均之爲盗，惟驅於饑者宜末減；均之爲吏，惟黷於貨者宜汰斥。此朕臨遣刑獄使者之意，爾其欽哉！可。

〔一〕以：原作「矣」，據翁校本改。

虞宓太學博士

朕患風俗之躁競也，思擢孤立平進之士以挽回之。爾通經學古，嘗奏邑最、開朝蹟、佐藩條而佩二千石印綬矣，顧有厭諠喜静之意，其安恬靖重如此，可以坐臯比、横塵柄而謀，可以立諸生而誨之矣。朝廷清望官未有不繇學省進者，爾其勉旃。可。

徐掄太社令

二令列屬於奉常，其職清；累朝顯以待雋胄，其選遴。爾先人賢執政也，爾佳公子也，又內爲掌故，外佐臺閫，則涵養熟而更練多矣。靖共爾位，嗣有褒陟。可。

知信州趙希訟轉朝散郎

屬者邊吏不戒，狂猘偷渡，內地震擾，而上饒遂爲傳烽過師之地，蕭然煩費。及氛祲掃清，則郡邑俱殘敝矣。爾剖符於公私赤立之後，而能扶持敗壞，訪問疾苦，摩拊瘡痍，牽補乏絶。兵民德之，轉而上聞，其進一階，庶幾虞廷陟明、漢廷增秩之意。可。

陳韡贈少師

朕加惠臣鄰，興懷勛舊。慭遺一老，忍聞垂絶之言；玆曰三孤，特厚飾終之典。哀榮鮮儷，眷注未忘。具官某知剛知柔，有仁有勇。家傳正學，蓋自紫陽翁而來；天與素書，不假黄石公之授。七聚遺黎脱虎狼之厄，三郡叛卒伏鯨鯢之誅。絶口不言其然，鞠躬盡力而已。出藩宣於四國，入唯諾於一堂。爾方慕洛下之耆英，拂衣去矣；朕欲起海濱之大老，側席久之。逼台衮而退急流，厭晝繡而返初服。頗適澗槃之處，奚異地行之僊。曷不期頤，遽兹奄忽！既輟朝而給賻，且節惠以易名，以勸於國有勞之人，以識用才不盡之愧。噫！圖功臣像，嘗居麟閣之中；爲帝者師，斯亦鷹揚之亞。凛然精爽，歆此寵光。可。

知臨江軍俞掞除湖南提刑

湘中曩被兵者三郡，潭岦岦僅自保，而屬邑之境獸蹄鳥跡皆至焉。朕閔湘民之禍至此極矣，勤恤猶恐其傷，固結猶恐其離，淑問猶恐其冤，孰能推朕之德意志慮於一路者！爾宰南昌有絃歌之愛，牧清江承鋒鏑之餘，乃能左支右吾，銖積寸累，變荆棘瓦礫爲官府市區，甫期而郡復舊觀，朕賢其人。湘臬弄印，無以易爾。必訪民疾苦，必去吏饕殘，前所謂勤恤、固結、淑問者，乃臨遣祥刑使者之意也。欽哉欽哉！可。

後村先生大全集卷之六十五

外制

淮東提舉章峒鹽賞轉一官

天下大計仰東南，而東南大計仰淮鹽。爾爲使者，鬻筴倍增，軍國賴焉，非周家所謂廉能、漢人所謂有心計者乎！爰晉一秩，以旌爾勞。可。

浙東提舉林光世解到十七界破會二十八萬五千貫乞送所司截鑿以助國用轉一官〔一〕

前詔郡國各收斷爛之舊楮來上，且設醲賞以待之〔二〕，而漠然未有應詔者〔三〕，豈無可收之楮耶？抑力不足以收之耶？將奉詔不虔而然耶？爾奉使畿内，䰍利視歲額加羡，又能銖寸累積以奉收楮之詔，非洗手奉公、悉心營職，疇克爾？昔漢家尊顯卜式至大位以風勵天下，一秩薄矣，姑以爲能體國享上者之勸。可。

〔一〕林光世：「光」原作「先」，據《會稽志》卷二《提舉題名》改。
〔二〕待：原作「持」，據翁校本改。
〔三〕然：原作「有」，據翁校本改。

楊鑄除太社令

朕惟恭聖先后輔佐寧考，援立眇躬，有大造於我家。其族益蕃，而多才子，爾其庭户之芝蘭也。社令之擢，遂開朝蹟，蓋以才選，不顓爲恩。可。

陳鑄除司農卿仍兼右司〔一〕

積貯天下之大命，古所謂九年之蓄者今無之矣，白粲之入不足以供赤幫之出，識者寒心焉。經常之費不可已，操切之術不可施，非通儒誰與領此！爾家世清修，中外詳議〔二〕，才愈老而卿尚少。兹命爾晉長扈農，庶幾漢人用鄭康成之遺意。夫坐而論與作而行者之情常患難通，爾既彌縫省闥，與聞廟論，則倉庾氏之利病〔三〕，可以建白而罷行之矣。咫尺兩禁，豈婆娑於九列者哉！可。

〔一〕右：原作「有」，據本集卷六二《陳鑄太府少卿兼右司制》改。

〔二〕議：似當作「試」。

〔三〕氏：原作「民」，據翁校本改。

馬廷鸞將作少監兼右司

我朝家法，雖操持衡尺以用人，亦度越拘攣而得士。由郡而郎，由郎而監，固也；然其待名流勝士，往往有位置於衡尺之外者，自乾、淳之世已然矣。爾由甲科郎歷館閣省闥，端介自守，有德有言。乃者賜對延和，奏篇鯁切〔一〕，朕覽而善之，是以有冬饗之除。夫朝廷之官有清於少匠〔二〕、要於都曹者，朕又將不次擢汝。可。

〔一〕鯁：原作「鞭」，據翁校本改。

〔二〕匠：原缺，據翁校本補。

戴良齊林秴著作佐郎

館閣皆以文史爲職，然曰日曆〔一〕，曰列傳，則屬之著作之廷。日曆實則當代之製作備，列傳實則人物之褒貶公，蓋瀛州諸學士，惟二者爲真史官也。唐人謂史有三長，爾良齊、爾秴之才學識，在孔門中游、夏二子也，在漢儒中齊、魯兩生也。共秉是筆，後有乎遷、固，將於汝觀書法焉。謹之哉！可。

〔一〕日曆：原作「曆日」，據下文乙。

曹元發秘書郎

百司庶府，各治其事，率事繁而官少，惟館閣無事可治，而備官自長貳至諸學士常十餘人，豈非儲才之地固異於百司庶府耶！郎亞於長貳丞，而班於同館之上，步伐寖高，不輕畀也。爾淹貫羣經，接諸老之緒言；表倡二庠，有多士之美譽。置之風日不到之處，清於山澤癯儒之仙矣。等而上之，進猶未已〔一〕。可。

〔一〕猶：原缺，據翁校本補。

歐陽守道校書郎

先朝館閣皆第一流，前則楊、晏，後則歐、蔡，又其後則黄、陳，至乾淳之世則名勝皆在焉，當國大臣至有恨進用早不得共游之歎。比歲選用稍輕矣，朕方思所以重之。爾學問貫通倫類，議論據依名節。他人片善寸長，惟恐人之不知；爾爲書滿架，藏稿如山，策名二十年，而考功無一日之課，其恬於進如此。乃者玉堂之對，稍露毫芒，士林膾炙，所謂通務之儒、識時之傑，非耶？由是進而校讎石渠、東觀，今有人矣。可。

方澄孫秘書郎

昔漢六世，得人爲盛，東、馬待詔給札，嚴、徐朝奏暮召，然尚有擯於膠西、滯於周南莫之顧省，尚論人物者惜焉。朕則不然，必欲置之於朝。爾幼爲家之奇童，壯爲國之譽士。負其壯圖，固將六月一息，顧僅開朝蹟而去。嘗畫幕，爲元戎磨盾鼻作檄而已；嘗丞郡，爲太守書紙尾而已。

晚得一麾，拊摩凋瘵，汲汲鮮懽。歲月幾何，昔之英妙，今亦老蒼。宰物者以爲言，朕有圖書之府，置爾其間，爾有逢辰之喜，朕無棄才之愧。可。

知邵武軍方澄孫在任政績轉一官

樵與汀鄰，其俗剽悍，易動而難安。爾以書生作牧，私淑其士，勤拊其民，昔之在城闕者今在頮矣〔一〕，昔之佩刀劍者今佩犢矣，又能以積累紓郡計，以節縮廣學宮。前命爾登瀛，以大臣言爾之才學也；今命爾增秩，以臺閫上爾之治行也，可謂之異恩矣。可。

〔一〕頮：原作「類」，據張本改。

金九萬太學博士

在三之誼，師居一焉，然漢弟子有嘲師者，唐諸生有笑於列者，必也典型足以模楷，博約足以循誘，馥馨足以沾丐〔一〕。爾三者備矣，坐臯比而執麈柄，非爾其誰！豈曰無氈，行且重席。可。

〔一〕馥馨：原作「腹」，據翁校本改、補。

杜濬大理正

昔先清獻爰立未久，山頹哲萎，天下至今謂其清忠粹德如光，亦謂爾濬底法父不忝父，有康之風。立乎本朝，冲泊自守，視榮進無躁心。李寺民命所繫〔一〕，朕不欲數遷改，由丞而正，若稍廻翔者，然步武寖高，差並於惟月、平挹於列宿矣。可。

〔一〕李：原作「奈」，據文意改。按：「李寺」即大理寺。

劉燧叔朱挺大理丞

郡國獄掾至微也，非有考舉人不輕授，況夫獄之重〔一〕、丞位之高，而可畀之少不更事者哉？爾燧叔、爾挺皆寧考法從子孫，皆嘗牧兩郡有聲績，皆閑退拙進取，皆老成知情僞，皆慈恕不刻深。起之閔山，擢之李寺，以勸孤立平進之士，以廣朕洗冤澤物之意。可。

〔一〕夫：似當作「天」。

林希逸依舊寶謨閣廣東運判

吾甚憂嶺海之民，地遠而天高也。地遠則饕殘易逞，天高則疾苦難愬。先朝部刺史，前有端頤，後有光朝，以儒學用，不以吏能進，至今士民稱之。爾嘗給札視草，文可思；嘗擁麾持節，才可用。然能高甚衆，往往蒙以虛誕而不考其實踐。歲中再召，使爾乘私車而來，負謗篋而歸，吾甚愧之。起家外臺，爾其以玉雪洗五瘴，以冰蘗倡百城，使遠民皆知吾用儒臣按部之意。可。

何夢然同知兼參政

朕位置弼臣，圖回國事。遣戍役以衛中國，既叶成道德之威；進英俊以强本朝，遂兼斡鈞樞之柄。誕修播告，昭示倚毗。具官某材全而德不形，器博而用無迹〔一〕。首膺親擢，見謂敢言。放驩兜，流共工，壯矣去凶之舉；沮延齡，叱義府，發於嫉惡之心。爲朝廷振頹壞之紀綱，爲君上肅凌夷之廉陛。洎登宥密，益罄忠勤。屬者水當潤下而橫流，雷已收聲而洊震。遠則四郊帶甲之士減竈之期賒，近則三州不粒之民内溝之慮切。誦《采薇》之詩有愧，念發棠之惠未周，必精神折銜，必饑溺由己。帷籌制勝，爰晉貳於本兵；鼎味主和，其與聞於大政〔二〕。仍陟文階之峻，以昭寵命之新。眷知愈隆，憂責亦重〔三〕。噫！與明主〔四〕，建長策，有如王吉所云；爲良臣，荷美名，毋負魏公之志。顧惟賢輔，寧俟訓言！可。

〔一〕迹：原作「近」，據《永樂大典》卷一三五〇七改。
〔二〕於：原作「其」，據翁校本改。
〔三〕憂責：原作「優責」，據翁校本改。
〔四〕與：原作「舉」，據翁校本改。

范東叟江東提刑

除授部刺史，百城休戚繫焉，賢則福星見，否則一路哭，蓋朕所甚重。爾西州之望，元祐太史家之白眉，召歸未久，朕賢其人，欲位置於清望官。顧以兄客江鄉，力求外補，留之不可，攬轡之行，將以尋對牀之約，朕愈賢之。先儒有言：凡天下之疲癃殘疾鰥寡孤獨，皆吾兄弟之顛連無告者。爾推愛兄之心以加諸彼，必欽恤，必平反，則九郡數十縣之民皆自以爲不冤矣。使事有指，典聽朕言。可。

姚希得沿江制置使知建康府江東安撫使兼行宮留守〔一〕

朕慨覽輿圖，特隆閫寄。第從臣之論思獻納，望高八座之聯；謀元帥以禮樂詩書，喜動三軍之衆。乃出綸而疏渥，遂建纛而啓行。具官某秀傑而粹温，魁閎而密察〔二〕。講明有素，可居四科九德之間；植立尤高，不在八俊三君之下。早慕袁高之塗詔，晚從裴度之視師。名節暴乎朝廷，勳業著於方面。藉甚桂、鄞之政，藹然羊、陸之風。屬朕興聽鼙之思，輟卿由曳履之列。西清學士寵矣，東方諸侯屬焉。輕裘緩帶而總中權，帕首腰刀而衘諸將〔三〕。隔一帶水，詎容持天塹之雄；如七尺身，盍預護風寒之處。江頭宮殿，筦鑰有嚴；塞下城池，枰圖取決。居留之任至重，事會之來無窮。宜減户租以厚晉陽之民，宜損軍市以饗邯鄲之卒，宜長駕遠馭，宜廣益集思。賴爾宣勞，副予注意。噫！上武侯遠離之表，曾靡憚勞；歌吉甫來歸之詩，會當飲至。欽承異眷，益懋壯圖。可。

〔一〕行宮：原作「行官」，據文意改。
〔二〕閎：原作「閲」，據翁校本改。
〔三〕衘：似當作「衛」。

蕭山則宗正丞

曩者有相，專進用尖新鍥薄小人，而雅人修士例束之高閣。朕既改絃，首變此風，弓旌所及，野無遺賢，朝廷之上半老儒矣。汝亦當時雅人修士之一也，嘗列鵷序而秉麟筆，何去之速，何來之遲！瑶編鉅典，丞亞於卿一等，鋪張揚厲，蓋所優爲。姑養汝望，朕固以清望官期汝。可。

陶夢桂司農丞

國家之憂有二：兵無宿儲也，民苦貴糴也。萬口嗸嗸待哺，執事者皆知瓶罄罍耻之可慮，而諉曰笏畫鞭算之無所施。爾於此時進丞扂農，難則難矣。往佐而長，共圖其所以救弊紓急之策〔一〕，揮利器於盤錯，奏游刃於肯綮可矣。若謂吾所職者出納之吝，則非朕擢才之意。可。

〔一〕圖：原作「國」，據翁校本改。

王夢得太府丞

古今之官不同，古太府掌貢賦，今屬版曹矣；掌圜法，今屬鍾官矣；掌珠玉玩好，今屬内帑矣。三者各有專官，而外府更以券旁鈔引爲職業，然券旁鈔引亦非迂緩不切之務也。丞亞於卿，華塗在前，往勤其官，毋若晉人不省曹務者，以俟甄擢。可。

王世傑宗學博士

自先帝復創宗庠，課試一視三舍之法，麟趾公子彬彬秀出，欲與素士相頡頏〔一〕，而博士班於國子先生之上。爾邃於理而耆於儒，其爲朕推所以訓迪諸生者而淑艾公族，庶幾作成之下，有能奏《七略》之書而奉三雍之對。可。

〔一〕士：原作「土」，據文意改。

曹怡老大理司直

廷尉之屬多以待明法者，惟司直顓以士人爲之，古人敬刑之意於是乎在。爾名法從之子，嘗宰邑監郡，資長厚而論平恕，猶有父風。使之秉讞筆以佐其長，可以活民命而長王國矣。若曰析律，豈無其人〔一〕？可。

〔一〕其：原作「已」，據翁校本改。

李壎軍器丞

古之甲有壽三百年者，矢有穿七札者，豈非函人、矢人善於其事而然？今邊備未弛，以除戎器爲急務，可不勤其官乎？爾淳熙名執政之孫，玆以才選，晉丞戎監。若周室車械之備、漢家工技之精，作而行之者之責也，汝其懋哉！可。

洪穮大理寺簿

南渡而後，一門父子兄弟同時鼎貴，前則鄱陽洪氏，後則天目洪氏。爾其家之佳子弟也，官業邑最皆可書，擢由綸邸，列於李寺。曰淑問，曰審克，爾與聞焉，豈特簿正乎哉！可。

王人英將作簿兼史館校勘

先朝以童科擢士，如億如殊，後皆爲名卿相。爾妙齡美質，來游木天，與聞修纂亦已久矣。夫固使之讀盡未見之書，而養成有用之器也，列屬雉監，兼秉麟筆。《詩》不云乎，「景行行止」，楊、晏何人哉！可。

陳綺前任江東運副兼提領茶鹽增羨轉中奉大夫

榷法非古也，然軍國大計繫焉。朕未能捐山海之利以予民也，然常以宣、政之改鈔法爲戒，以慶曆之不再榷爲法。若夫潤澤之，則存乎其人。爾以計臣提綱煮摘，期年之間，未嘗析於秋毫，乃有餘於歲計。殿最之法，僚屬不遺，況任典領之責者乎？一秩旌勞，以勸來者。可。

知武岡軍史椿卿在任政績轉一官

漢制：郡太守有治理效者，往往久於其官，或就賜金增秩，一則盡彼牧御之材，二則省吾迎送之費，朕甚慕之。爾所臨之郡固湘中佳處，然他人爲之寂寂無聞。爾期歲間修廢飾蠹，一城改觀，省民峒丁，各守條約，不相侵犯。貴公子乃能辦此，奇矣！朕欲趣還省户而又重於數易，姑遷一秩〔一〕，以俟選表。可。

〔一〕秩：原作「族」，據翁校本改。

史宇之大資政知建寧府

朕隆念舊之恩，重宅生之寄。世臣非謂喬木，猶有於典刑；刺史録名御屏，不輕於臨遣。方擁麾而赴鎮，乃乎號以揚廷。具官某奕葉英賢，三朝宰輔。事孝廟竭擎天之力，於眇躬宣扶日之勞。成季之忠，宣孟之勛，宜其有後；周公之宇，伯禽之法，賴以光前。出斂惠以專城，入視儀於二府〔一〕。談者云古括、會稽之政，庶乎有潁川、渤海之風。均佚殊廷，高揭浮丘之袂；初潛巨屏，往凝韋守之香。然民稠而鮮蓋藏，俗悍而帶刀劍，州貧增待哺之卒，邑壞無鳴絃之人。中更二牧之仁賢，暫息一方之愁歎。彼俱召用，頗聞遺老之去思；爾善拊循，必喜新侯之來暮。秘殿班延恩之亞，麗譙接畿郡之封，教條未出而已乎，治行轉聞之甚易。將今稱耄，復覩昇平。噫！虞朝岳牧奮庸，試以功而明陟；漢世公卿有闕，選所表而入爲。益殫乃心，衹若予訓。可。

〔一〕視：原作「眂」，據翁校本改。

王爚龍圖學士知平江府淮浙發運使

乃者吳中積燎〔一〕，境内薄收。民蕩析離居，未易灌輸於三路；卿溺饑由己，必能全活於一方。素束予心，匪由師錫。具官某有猷有守，至大至剛。矢之直，冰之清，端澄未已；涅不緇，磨不磷，堅白自如。細行形於視聽言動之間，大節著於離合去就之際。天留之以殿諸老，朕擢之以長六官。屬右扶風之儉荒，輟大宗伯之貴重，駕彼使牡，華以老龍。然而羣黎甚轍鮒之枯，列戍待木牛之餉。勸食抛糴，胡可並行；安富恤貧，詎容偏廢？昔汲黯發河内廩，真不辱使者之行；富弼活青州民，自謂過中書之考。若前脩之盛舉，皆賢牧所優爲。噫！潤靈河之波，豈惟九里；

奉甘泉之計，何待三年！治績朝聞，追鋒夕至。可。

〔一〕 爒：似當作「潦」。

陳懋欽國録

由掌故而學官，平進也；然未一歲再命，亦峻擢也。惟爾凝然端重，可以仰企前脩；盎然和粹，可以俯接後進。使教胄子，師道必有可觀者，豈但課試詞藝而已哉！可。

董宋臣脩造公主位了畢轉親衛大夫

游化人之宫，燕閒自適；築王姬之館，鳩僝有勞。具官某事不辭難，言皆底績。朕愛鍾貴主，方將諧禁孌之期〔一〕；頤旨信臣，爲別創更衣之所。甫伻圖而經始，俄輪奐之告成。乃若横行，雖曰武階之峻；可無醲賞，以旌心匠之能！可。

〔一〕 孌：原作「臠」，據翁校本改。

董宋臣又爲進書轉翊衛大夫

書以傳信，既鴻筆之先褒；賞不踰時，豈貂璫之獨緩？具官某久陪宿衛，備罄忠勤。號内廷用事尊寵之臣，能藏於密；凡一代稽古禮文之類，皆見而知。雖儒紳會粹之勞，亦史局兵司之助。超資越録，兹疊承優異之恩；損滿益謙，必深悟盈虚之理。可。

鄧峒磨勘轉太中大夫〔一〕

論思班政〔二〕，與庶僚不同；考課法嚴，自近臣而始。具官某古之耆壽俊，今之老成人。屬車在後，鸞旗在前，出而扈蹕；廣厦之下，細旃之上，入而談經。兹陟文階，亦循銓格。積日纍月，適成周大計之時；自卑升高，加先漢超遷之秩。可。

〔一〕鄧峒：按卷六七有《鄧峒除權吏部侍郎制》，字亦作「峒」，然卷六三、六四、六七均有鄧坰除官制，「峒」當爲「坰」之訛。鄧坰建昌人，官至吏部侍郎，見《萬姓統譜》卷一〇九、正德《建昌府志》卷一六等。

〔二〕政：疑當作「峻」。

葉夢鼎磨勘轉太中大夫

履聲貴近，獨高獻納之班；銓法森嚴，尤重超遷之秩。具官某璞玉渾金之器質，光風霽月之胸襟，出屢擁於節麾，入偏儀於筆橐。韓愈奏從官之技，無愧詩書；綺季從吾兒之遊，有功儲貳。然其序進，必以年勞。噫！周室設官，既長六卿而率屬；虞廷考績，適當三載之陟明。可。

謝堂爲磨勘轉朝散大夫〔一〕

候對之班，尤於天近；審官之法，必以年勞。具官某相閣挺生，天材軼出。偉中殿謙冲之德，倡外家損挹之風。巨鎮名藩，退而袖輪扁之手；珍臺閒館，超然拍洪崖之肩。然考課之法尤嚴，雖論思之臣不廢。面四松於奎閣，密邇清光；加一秩於冰銜，欽承新渥。可。

〔一〕「爲」字疑衍。

府丞游汶兩易農簿

江左賢相稱王、謝，然烏衣子弟有佩紫羅囊者，有拄笏看山不省馬曹者。爾清獻聞孫，好脩克守於家法，練事不流乎清談。扈農方以乏絶爲憂，往勤乃職，朕方觀爾之才焉。可。

謝埜司農簿

以閥閱取人，其來遠矣。爾槐庭聞孫，椒塗遠屬，其爲京兆少尹，蓋以才選，擢寘農扈。等而上之，其進未已。可。

司農簿謝埜兩易太府丞

農扈視唱籌之勞以給待哺之衆，目目少假。朕念爾方有子職也，外府之事稍簡，爲之改命焉。非惟慰亞保之心，亦以見朕體羣臣之意。可。

趙逢龍除將作監

書曰「人惟求舊」，《語》曰「吾從先進」，古之道也。爾議論接於諸老，德齒尊於一代，卷懷退處，若與世相忘者。朕聞其優游洛社，精悍未衰，召以大匠，將詢猷而乞言焉。宜疾其驅，以副延佇〔一〕。可。

〔一〕延：原作「廷」，據文意改。

韓禾考功郎官

吏部郎各治一職，惟考功合四選而兼綜之。士挾勢利而撓法，吏長子孫而舞文，非清通而簡要者不在列宿之選。爾以才學發身，昔游省户有能名，今陳臬事有風力。方衆賢和朝，孔鸞咸集，察史談之留滯，思賈生而召見，乃出新綍，復還舊氈，庶乎四選之弊可清，三尺之法可守矣。

翁合侍左郎官

朕改紀以來，弓旌四出，士或浮湛閭里，栖遁巖穴，莫不彈冠而起。況學校之譽髦，館殿之名勝，可使之留滯周南若是之久哉？爾擅凌雲之筆，負冲霄之志，覽輝而來，卷懷而出，其治郡有能名，刺部有風力，則不可得而揜。嗟夫！朕不見生久矣，屬將有夜半之問，庶幾聞朝陽之鳴。抑左銓劇曹也，爾合望郎也，惟剛則甄叙徇理而不徇勢，惟明則予奪聽法而不聽吏。朕方不次擢士，爾豈淹翔於省户者！可。

包恢磨勘轉中奉大夫

六典設二卿，春官尤重；三年計羣吏，古制則然。具官某異聞佩嚴考之緒餘，精義聆先師之謦欬。帝曰伯夷典禮，咨汝欽哉；子與卜商言詩，起予可矣。雖當代耆英之望重，然有司考課之法嚴。噫！夙夜寅清，既班高於兩禁；日月積纍，姑序進於一階。可。

知建昌軍魏峙職事脩舉轉朝請郎

朕覈名實而嚴殿最〔一〕，於郡國長吏稍汰其饕墨而罷輭者〔二〕，其有以廉能自著見，必尊顯之。爾相家子，牧名城，無嚴刑峻令而雄狡服，不巧取豪奪而財用足，其士皆曰待我有禮，其民皆曰拊我有恩，一郡之廢者興，蠹者飾，朕聞而嘉之。夫陟明舜典也，增秩漢制也，爾既能善其始，又能不倦以終之，則可以對揚休命矣。可。

〔一〕「朕」下原有「核」字，據翁校本删。

〔二〕汰：原作「法」，據翁校本改。

周坦磨勘轉朝請大夫

漢家聽履之班，在廷莫及；虞朝考績之法，歷代通行。具官某琅琅然董子天人之篇，炳炳乎陸贄仁義之諫。雖藩條宣布，被陽春之澤而光輝；然官閥推遷，計日月之勞而積纍。屬當會課，爰命出綸。噫！台斗八座之高，卿維達貴；冰銜一階之陟，予非濫恩〔一〕。可。

〔一〕濫：原作「監」，據翁校本改。

葉大有上遺表贈通奉大夫

子欲養，親不留，叵堪致毀；人云亡，國殄瘁，深憫遺忠。曾未替於眷懷，爰加隆於恤典。具官某對策冠鼇朋之前列〔一〕，窮經爲麟筆之素臣。繇大坡風稜之雄，踐文昌台斗之貴。其建明務爲平實，不喜尖新；其譏彈未嘗刻深，終歸渾厚。雖奉身而出晝，猶將母以行春。甫抱蓼莪之悲，忽驚梁木之壞。蹇蹇匪躬之故，恍如平生；琅琅垂絶之音，遂隔今古。僅成短夢，竟夭盛年。念嘗列聽履之聯，寧致厚書棺之渥。噫！積善餘慶，安知伯道之無兒；强諫不忘，尚冀臧孫之有後〔二〕。諒惟精爽，歆此寵光。可。

〔一〕對：原作「謝」，據翁校本改。

〔二〕臧：原作「藏」，據文意改。

趙希悦工部郎官

尚書郎惟起部文書絶少，廷中纔一二雁鶩，誇詡者病其無權，恬靖者喜其省事。爾自奮科第，問其居則西橋，叩其學則家庭，本其自出則考亭之外孫也。少之所濡染，壯之所講明，晚之所成就，庶幾卓雅不羣矣。朕擇清曹命爾，可以進德，亦可以養望，豈惟上應列宿而已哉！可。

章烱左曹郎官

地官之屬各治一事，而左曹所主天下户婚之訟。夫賦訟皆急務也，今長貳皇皇然會計錢穀之不暇，若訟牘則往往謙巽，屬之郎舍。天下之大，訟不平者之衆，孰宜秉此筆哉！爾以高材更煩使〔一〕，所謂嘗險阻而知情僞者。其悉而心，佐而長，訟至乎前，勢奪理、情撓法者顯絶之，官受欺、吏舞智者痛繩之，是非曲直易位者明辨之〔二〕。夫如是，則無一事之失平，一民之不獲，無愧於設官分職之意矣。可。

〔一〕「煩」下原有一空格，據翁校本删。

〔二〕辨：原作「辧」，據翁校本改。

全清夫寶章待制提舉佑神觀仍奉朝請

民歌牧守，方憩於棠陰；國重親賢，靡需於瓜熟。宜釋朱轓之寄，徑躋紫橐之聯。具官某宣慈而惠和，辨智而闓達〔一〕。惜陰書案，甚於孤寒士之勤；得雋詞場，豈若恩澤侯之易〔二〕？在中朝吉士之目，有兩京循吏之風。既至九卿而入承明，復把一麾而去江海。方且賦中和之政，不當奪慈惠之師。屬以儲闈正人倫之始，選諸戚畹得邦媛之賢。如卿行尊，盍主婚禮〔三〕。輟宣城之半竹，面奎閣之四松。玆外族之殊榮，亦我家之曠典。名爲閑燕〔四〕，實可論思。噫！東人欲留，出既宣於美化；西清侯對，入尚告於嘉猷。可。

〔一〕辨：原作「辧」，據翁校本改。
〔二〕侯：原作「侯」，據文意改。
〔三〕盍：原作「蓋」，據翁校本改。
〔四〕名：原作「必」，據翁校本改。

馬光祖依舊觀文學士提領户部財用兼知臨安府〔一〕

朕考祖宗之典故，重省府之事權。元豐以前，專任三司之使領；嘉定之際，或由兩地而尹鼇。況當大弊極壞之餘，又非承平無事之比。孰膺隆委，兹得全才。具官某奕世鉅儒，中朝宿望。磊磊落落，伏波章句士乎；巍巍堂堂，北平傑魁人也。氣吞北來飛渡之虜〔二〕，躬提下流赴援之師。安社稷見卿之心，全江淮緊誰之力！南仲于方之命，久矣宣勤；吉甫自鎬而歸，兹焉飲至。屬主計告大農之乏絶，而都人思舊尹之神明。官無紅腐之宿儲，民或赤窮而貴糴。常情處此，戛戛乎其難哉；老手爲之，綽綽然餘裕矣。視政塗之異數，仍書殿之隆名。如武侯之集衆思，如畢公之勤小物，上副朕心之注倚，下慰國人之瞻儀。噫！周官九府之藏，子欲阜通於財貨；商邑四方之極，予思培植於本根。乃眷耆龐，奚煩訓告。可。

〔一〕用：原作「賦」，據《宋史》卷四一六《馬光祖傳》改。

〔二〕吞：原作「吝」，據文意改。

後村先生大全集卷之六十六

外制

楊棟權禮部尚書

虞典三禮，有秩宗之名；周建六官，重春卿之職。履聲雖舊，褱望益崇〔一〕。具官某生靖恭諸楊之宗，鍾峨眉太白之秀。大對明董生之道誼，功利羞稱；微言聞夫子之性天，文章抑末。由其根深而蔕固，是以枝敷而葉繁。扈蹕則才過嚴、徐，輔儲則功高園、綺。腹藁成而羣吏脱腕，口義出而諸儒手抄。在日月獻納之班，已巍峨於台斗；然夙夜寅清之地，尤華要於秋官。覽壁記之舊題，踵蜀珍之芳躅。凡并、汾諸子所不能對，與齊、魯兩生所未及爲，自昔無傳，於今有望。噫！端委而治《周禮》，緬懷季子之賢；綿蕝而草《漢儀》，一洗叔孫之陋。益殫素藴，庸副異知。可。

〔一〕褱：原作「壞」，據翁校本改。

鄧峒權吏部侍郎〔一〕

天官居六典之先，具嚴於八法〔二〕；武部號三銓之劇，常選於貳卿。既疊組之甚宜，豈出綸之可後〔三〕？具官某德盛而仁熟，色夷而氣和。挹其標致，有前輩之風；出其土苴，在吏師之目。漢公卿之論，每及鄧先；晉名勝之流，亦推伯道。持橐而扈法駕，巍冠而侍細旃。孟子以仁義而敬王，武公既髦期而稱道〔四〕。朕惟鳩工事簡，風斤之巧安施；鶡弁員多，水鏡之明已試。若時少宰，宜屬耆英。噫！如申公、轅固之告君，老而益壯；如左雄、山濤之典選〔五〕，公而忘私。誰其兼之，擇斯二者。可。

〔一〕鄧峒：當爲「鄧埛」之訛，參卷六五《鄧峒磨勘轉太中大夫制》校記。
〔二〕法：原缺，據翁校本補。
〔三〕出：原缺，據翁校本補。
〔四〕公：原作「王」，據翁校本改。
〔五〕如：原作「加」，據翁校本改。

常挺權工部侍郎

二史記時政，既高兩省之班；六典闕冬官，尤遴貳卿之選。延登勝彦，增重邇聯。具官某文價今之掄魁，諫草古之遺直。始翔而集，方聳聞儀鳳之鳴；俄卷而懷，不肯作饑烏之噤。屬中朝之改瑟，馳急驛而予環。師席之所作成，經帷之所啓沃。或禁中片紙，奮筆以塗歸；或榻前一塼〔一〕，犯顔而抗議。忠嘉必告，補益甚多。久煩夾香案之傍，宜俾扈屬車之後。噫！昔司言動，不過如史佚所書；今擢論思，何止責工垂之事！益殫美報，庸副眷懷。可。

〔一〕塼：原作「槢」，據翁校本改。

陳綺右文殿撰樞密都承旨

古太尉掾〔一〕，均爲公府之僚；今承旨廳，實長樞廷之屬。粤自改元豐之新制，類多處法從之名臣。具官某智略輻凑於上前，麾節轍環於天下。心平氣定，居然龍見而雷聲；事至物來，甚於龜卜而燭照。治賦鄙牙籌之瑣屑，聽訟察鉅箱之隱微。久勞煩以米鹽簿書，且周旋乎亭幛堡戍。

朕方修車備器，圖回復古之功；孰能借箸運籌，俾贊本兵之地。與聞機密，稍亞論思。强本可以折衝，直前可以論事。噫！在元祐則安世由風憲除，在紹興則剛中以功名顯。益攄賢業，追企前修〔二〕。

〔一〕古：原作「右」，據翁校本改。

〔二〕追：原作「退」，據翁校本改。

謝子强起居郎

崑西羣玉之峰，長以老仙伯；極東一星之象，占爲郎舍人。名曰序遷，實由親擢。具官某制行淵冰之謹，持身玉雪之清。乘傳使閩，擁旄帥粤〔一〕。南宫蒙珠犀之謗，自昔已然；北歸攜琴鶴而行，於今罕見。冊府待世南之典領，儲宫喜綺季之從游〔二〕。朕有美官，孰堪妙選？立通明殿，命左史而記年；侍泰畤祠，第從臣之嘉頌〔三〕。號爲清切，列在論思。噫！古志謂天顔咫尺之威，固宜拜下；先賢借玉階方寸之地，毋憚直前。空臆而言，虚懷以聽。可。

〔一〕帥：原作「師」，據翁校本改。

〔二〕宫：原作「官」，據翁校本改。
〔三〕頌：原作「訟」，據翁校本改。

鄭雄飛起居舍人

伯臣司宗，麟寺之班已峻；右史記事，螭坳之拜尤清。具官某默然知言，仁必有勇。對延和則犯顔敢諫，傅資善則執古據經。濡蹕而遣使臣，威稜凛甚；加璧而延諸老，顔髮蒼然。獨惓惓憂愛之忠，見縷縷建明之疏。臣卿尚少，了無意於着鞭；君舉必書，方有資於執簡。非惟記注，亦可論思。必有以切劘君心，輔導儲德。噫！既居邇列，密依日月之光；毋使傍觀，或責《春秋》之備。可。

何逢吉叙朝散大夫利路運判兼四川制參

自蜀有狄難，士大夫避地東南者衆，幾置鄉國於度外矣。爾由策名解褐至擁麾持節，蓋登畿之日淺而仕蜀之時多。中罣吏議，縮手袖間。朕惟人才實難，詎宜以一眚掩德，稍復雁門之踦，付以飛輓之任。制垣初建，就命爾參其軍事。昔人被髮纓冠以救鄉鄰之鬬，爾其投袂而起，叱馭而行，以寬朕西顧之憂。可。

敘復奉直大夫鄭羽陞直寶章閣淮東提舉

淮鹽之利甲天下，東南大計仰焉，閩、浙、蜀、廣所産皆不及也。其選擇使者，視他路爲重。爾以才選，中外詳試，前總餉未煖席，而責以償數十年失陷之賦，廢絀其身，盪覆其家，豈理也哉！論久而定，亦既爲爾辨誣而復雁門之踦矣，乃今送以《皇華》，寵以奎閣，朕不以一眚而棄士，爾宜獲五善以報君。若夫亭民之休戚，榷法之利病，爾優於心計，必有以稱臨遣之意。可。

陳昉華文待制仍舊知建寧府〔一〕

初潛重鎮，最聲直徹於九重〔二〕；次對隆名，進律超加於二等。載嘉美績，爰出新綸。具官某介而能通，澹乎無欲。六卿帥屬，其進在一紀之先；四國於蕃，所至有百年之愛。籍甚建安之政，得之行路之言。一則爲邦人之借留，二則重長吏之數易。噫！下璽書而褒黄霸，風厲其餘〔三〕；盼銀信而召鄴侯，遄歸不遠。可。

〔一〕建寧府：原作「建寧軍」，按宋無建寧軍，「軍」必爲「府」之誤，正文云「籍甚建安之政」，建寧府又稱建安郡也。

〔二〕徹：原作「澈」，據翁校本改。

〔三〕厲：原作「屬」，據翁校本改。

陳昉户部侍郎兼權刑書

積多而有餘，寔天下之大命；刑成而不變，宜君子之盡心。招徠一代之英賢，登拜秋卿之長貳〔一〕。具官某有仁者之勇，得聖人之清。孤竹風標，坐使懦頑之志立；紫芝眉宇，能令鄙吝之意消。衆競爲於繭絲，爾勤求於芻牧。仁聲載路，東欲留，西欲歸；遺愛在人，社而稷，尸而祝。屬群賢之彙進，豈宿望之獨遺？以小司徒，兼太常伯，雖予環之已晚，然聽履之益穹。版曹有待於阜通，憲部尤資於欽恤。噫！無三年之蓄非國，賴主計之才；有一夫之泣向隅，亦司刑之責。對揚眷簡，愈罄忠嘉〔二〕。可。

〔一〕秋：原缺，據翁校本補。

〔二〕忠：原作「惠」，據翁校本改。

賈德生除秘閣修撰

丞相勛在盟府，朕常恨無官可酬〔一〕。遠稽前代，近考本朝，旦輔周室而伯禽拜後，浚佐中興而栻賜龜紫。昔固有之，今亦宜然。爾前言往行熟講於家，治法征謀與聞於內。幕有孝謹之譽，廷無貴介之風。涉木天論撰，奉竹宫香火，可以娱侍慈顔，涵養美質。前輩稱門户之盛、子弟之賢，惟韓、吕二家，爾其勉哉！可。

〔一〕酬：原作「訓」，據翁校本改。

賈德潤除直秘閣

古之王者幼吾幼以及人之幼，況其宰相子乎？爾生而穎異〔一〕，雖未勝衣冠而趍拜朕前，有成人之風。擢之延閣，示嘉獎奇童之意。此日之拱把，它日之聳壑昂霄者也。益勤於學，以對寵光。可。

〔一〕穎：原作「潁」，據文意改。

賈德生妻趙氏封吳興郡主

朕燕丞相壽母於禁中，爾以冢婦從〔一〕，禮度嫺雅，容止可觀，問其閥閱，則景獻之家、忠惠之子也。其疏鄉郡之湯沐，以旌閨壼之淑賢。可。

〔一〕冢：原作「家」，據翁校本改。

賈蕃世妻趙氏封宜人

爾侍曾祖姑兩國燕禁中〔一〕，温恭肅敬，蓋相門之賢婦，亦貴家之内則也。其錫新封，以昭異數。可。

〔一〕燕：原無，據《永樂大典》卷二九七二補。

何夢然參政

無敵用真儒，久與聞於廟論；立政惟吉士，遂參秉於國均。播告綸言，登崇環望。具官某發强而剛毅，肅括而閎深。拔去凶邪，無訓狐之止屋；收還威柄，有猛虎之在山。嘉其明目張膽之風，寘之聚精會神之地。吁咈都俞之意合，彌縫輔贊之功多。朕惟國威未張，虜狡叵測，先修政事，乃可外攘，能治國家，誰敢侮予！其進遷於丞轄，以陪貳於宰衡。必躬周公吐握之勞，蒐羅寒畯；必推后稷饑溺之念，全活畿民。使朝廷有九鼎之安，則邊塞絶一塵之警。噫！《詩》云「訏謨定命，尚告斯猷」；《書》曰「同寅協恭，乃底於道」。對揚休命，益懋壯圖。

馬光祖同知樞密院提領户部財用兼知臨安府

修介圭之覲，方委寄以浩繁；借前箸而籌，遂延登於宥密。乃敷播告，以示褒崇。具官某挺傑魁間出之材，禀光嶽未分之氣，出而召、畢，入則夔、龍。全江淮，濟中興，既勞還於天塹；先京師，後諸夏，重尹正於日畿。然張其目必先舉其綱，作而行孰若坐而論。疇咨公議，擢副本兵。朕欲周密樞機，爾叶心於邴、魏；朕欲彈壓輦轂，爾接踵於敞、尊。智略之所經綸，威稜之所震讋，内全活溝中之瘠，外掃清塞下之塵。運堂上之兵，賴有若人；扣囊底之智，足辦此事。至於米鹽凌雜，又其土苴緒餘。民貧宜弛已張之弓，政弊宜調久膠之瑟。噫！韓、富同升樞府，皆練習於邊情；歐、蔡兼領開封，尤精勤於吏事。顧如舊德，奚愧前修。可。

陳堅秘書監兼右諭德

漢起朝儀而齊、魯兩生皆辭不至，延儒學而伏生、轅固以老見遺。用不用於四士何加損，然所謂朝儀止於綿蕝之陋，儒學不過阿世之流〔一〕，漢之爲漢則可惜也。爾立身有本末，頃當國諱言，舉世瀾倒，欲以隻手挽而回之，雖退而名益重。朕既去凶舉相，朝半老儒，野無遺賢，獨爾辭安車之聘，安考槃之樂，此豈叔孫之所能致〔二〕、平津之所能客哉！蓬長所以領袖諸儒，宮僚所以輔導元子〔三〕，朕虚清望官以待爾。君臣之義，如何廢之。其賁然來思，以副延竚。可。

〔一〕「過」下原有「從諫」二字，據翁校本删。

〔二〕「孫」下原有「子」字，據翁校本删。

〔三〕宮：原作「官」，據翁校本改。

留夢炎宗正少卿

本朝自葉祖洽以希合時好爲舉首之後，三歲一魁，未嘗乏人。其間卓然以清風勁節照映千古者，前九成、後十朋而已。爾對策有直聲，造膝有忠言，可得而能也。出秉麾節，以玉雪持身，以冰蘗倡官吏，它人口談者爾躬行之，不可得而能也。改紀以來，孔鸞畢集，爾雖哀疚，朕懷其賢，亦既更素韠而御祥琴矣。麟寺鶴禁，皆爾舊游，其幡然一來，以究爾平昔之學，以慰朕久不見生之意。可。

仝槐卿太府卿

古之用人，右賢左戚，未嘗限畛域，分流品，惟其才而已。爾仁厚而有智略，儒雅而通世務，居中補外，資望寖高〔一〕。周旋數郡，不巧取豪奪而用足，無疾聲大呼而事集，遺愛在人，去而見思，所謂慈惠之師、廉平之吏。朝廷方急士，其可使之需次東郡乎？外府事簡，九卿班峻，非特掌有司出納之吝，蓋將爲法從論思之儲。

〔一〕寖：原作「寑」，據翁校本改。

潘墀府少兼太子侍講〔一〕

士大夫好直喜節者固不乏人，然有躬行不逮其言者，有一鳴而遂嘿者，有能暫而不能久者，朕常於此觀人焉〔二〕。爾立朝鐵石之剛，作郡玉雪之清，踐其言矣；郎省之疏切於寶祐，轉對之疏切於郎省，非一鳴矣；華途在前，澹然無躁心，壯老一致，可以久矣。漢人所謂白首骨鯁〔三〕、唐人所謂清苦守節者也。惟月之班聯峻，前星之僚寀清〔四〕，箴儆王朝，輔導儲禁，所望於耆英也。欽哉〔五〕，無替朕命！

〔一〕府少：原倒，據翁校本乙。

〔二〕朕：原作「勝」，據翁校本改。

〔三〕「骨」下一字原缺。按《漢書·鮑宣傳》：「朝臣亡有大儒骨鯁、白首耆艾、魁壘之士。」此用其意，當是缺「鯁」字，今補。

〔四〕寀：原作「釆」，據翁校本改。

〔五〕欽：原作「歛」，據翁校本改。

胡式之將作監兼國史

史稱文帝敬賢如賓，以其時考之，誼棄長沙猶曰少年之故，唐滯郎省不已白首乎？且帝既知唐之賢矣，又止輦而問之矣，終不聞有大遇合，何也？朕則不然，凡在列宿之選，莫不賜對以觀其人。爾老成而有定見，恬澹而無躁心，亦今之馮唐也，可不急用之歟！大匠班高事簡，以處者年雅望，《禮》所謂乞言、《書》所謂詢猷者，朕將舉行焉。可。

林光世司農少卿

先朝雖重科目，然時有特起之士，如王昭素、徐復、常秩、韓駒之流，或以經術〔一〕，或以文字，皆得之於科目之外，奮布衣，致通顯，朕甚慕之。爾始以《易》學進，及試之以言則辨麗而博，授之以政則果藝而達。由史屬至郎監，由牧守而至部刺史，若素官然。近覽奏篇，明王體而通世務，切當朕心。錫之科第，擢之卿少，出於獨斷，不世之遇也。必靖共正直，必據依名節，以副朕度越拘攣、選擇而使之意〔二〕。可。

〔一〕經：原作「繼」，據翁校本改。
〔二〕度：原作「虔」，據翁校本改。

吴叔告尚右郎官

漢重甲科郎，其褎然爲舉首者往往徒步至封侯拜相。本朝亦然，王旦有榮進素定之語，蘇洵有十年至兩制之羨〔一〕。朕端平更化，策士於庭，爾臚傳第一人，皆曰騰上必矣。然策名垂三十載，中間僅由館閣出爲牧守，居官之日少，考槃在澗之日多。朕屢以省官召，止或尼之，豈盛名難居耶？抑亦有命耶？所謂素定者有時而不然耶？尚右爲二十八宿之冠，其選尤遴，起倫魁，爲望郎，其向用未已〔二〕。蟄藏之久，必有以雷霆一世者。

〔一〕兩：原作「西」，據翁校本改。
〔二〕向：原作「尚」，據翁校本改。

卓得慶秘書郎

國家以數路取人，才學也，名第也，政事也，士有其一，如執券取償。爾策勛於翰墨場，才學不優乎？射策爲甲科郎，名第不高乎？德輿縣譜，見謂廉平，不在政事科乎？然同時一輩飛騰變化略盡，獨爾入無峻遷，出需遠戍，瓜熟輒爲有力者所奪。朕察其孤立平進也，起之議禮曲臺，進之紬書中秘。夫館閣清議之所自出，爾延和之對亦既開其端矣，朕又將前席而問焉。

賈貫道贈大中大夫寶章待制（一）

朕考先朝之故實，見名宰之同胞。絳拜頭廳，綜僅終於禁省；浚升次輔，滉因錫於儒科。雖天壽之命受之於天，然哀榮之文豈不在我！有懷英爽，追錫恩徽。具官某世德深長，天材超軼。諺云父如龍，兄如虎，盛矣蔑加；《詩》謂伯吹壎，仲吹篪，少而競秀。足以增光於嚴考，惜哉遽奪於長君。使小假靈椿之年，必及見常棣之貴。君臣際會，若爲酬麟閣之功；昆弟急難，思少慰鴒原之念。燕賚均占於尊幼，龍光奚間於殁存！進稾列以表阡，出綸言而告第。褒崇之異，今昔所希。噫！明堂賴一柱之扶，朕敢忘於勛德；奎閣候四松之對，爾無憾於幽冥。可。

〔一〕待：原作「侍」，據文意改。

魏克愚軍器監

由尚書郎以上，非歷麾節、著聲績者不可循序而進〔一〕。爾陳浙左臬事，主京畿漕計，民德其寬，吏憚其嚴，皆曰文靖之美子、近世之膚使也。進之戎監，雖若平遷，時方艱虞，《易》所謂除戎器者爲今急務。古有壽百年、二百年之甲，有中石没羽之矢，豈非工善其事而然歟！以爾之才，往閲武庫，必能修其當修者，備其未備者，以佐朕中興之治。可。

〔一〕「不可」下原有「宜」字，據翁校本删。

魏克愚直華文閣兩浙運副

朕以生民休戚、吏治孅惡繫乎部刺史之賢否，每弄印出節，必妙選而臨遣之。苟得其人，又必久其任而責其成。况畿漕爲諸道廉訪之首，席未煖而徙官，可乎？兹建臺屬〔二〕，爾聰明所及〔二〕，情僞必知。按吏有摇嶽之威，救荒有内溝之念。嘗攝京尹，府中稱治。假以歲月，盡其材能，庶幾范滂、王尊之流。戎監平挹九卿，選固高矣，然使畿民惜二星之移次，爲兩路計則未也。乃進貼職，陟使名，俾仍舊貫。《語》有之，「朝氣鋭，暮氣惰」，又云「堅凝之難」。爾既善其始，又能不倦以終之，則無愧《皇華》之詩矣。

〔一〕兹：原作「爾」，據翁校本改。

〔二〕「及」上原有「未」字，據翁校本删。

項公澤宗正丞

九卿之屬丞爲高，而三丞爲尤高，尚書郎有闕則次補，常以處當世名流。爾由甲科、邑最開朝績，累遷而至胄丞，佩玉徐行，異乎捷徑窘步者矣。贊我司宗〔一〕，天近地禁，瑶編鉅典屬筆於爾，雖凡例有前修之可法，然鋪張非老學其誰宜！小煩汗竹之勞，平挹握蘭之選。可。

〔一〕贊：原作「替」，據文意改。本集卷六七《黄應春除宗正寺簿制》：「由博士贊司宗」，可證。又「宗」下原有「正」字，據翁校本删。

游義肅大理寺丞

朕延訪羣臣，優容讜論，或一時不遇而去，然他日必思其言。爾頃既登朝，適當賜對，頗條時弊，遂忤要權。值奸佞之竄投〔一〕，起英髦於閒散。幸有奏篇之可覆，豈終讒謗之厚誣〔二〕！其上左符，俾丞叢棘，非獨旌故家之直諒，抑以示公朝之清明。可。

〔一〕值奸佞：原缺，據翁校本補。

〔二〕終讒謗之：原缺，據翁校本補。

全允堅補承務郎直秘閣〔一〕

朕爲儲宫選嫡妃，既告廷且成禮矣，加惠於妃之同産，親親之義也。爾早孤而嗜學，與女兄昔同其憂，今同其樂，不亦宜乎！初補爾直中秘，不試而擢幕賓〔二〕，是惟優恩。益勉進修，以基遠大。可。

〔一〕承：原作「丞」，據翁校本改。

〔二〕幕：原作「慕」，據翁校本改。

游文司農丞

朕於喬木故家之能象賢濟美者，必甄拔而任使之。爾大父清獻，朕之賢相，爾清獻之賢孫也。外府大農，兩煩簿正，邁往之韻，俯同羣倅。朕欲益養其望而老其材，再轉爲丞。其恪共於司存，以光紹於祖烈。可。

余尚賓太府丞

朕敬故而念舊，以厚其身者爲未足，又厚其嗣續焉。昔爾二父，事朕初潛，今豐沛故人存者無幾。爾傳義方而席餘慶，兹繇繕監，進丞外府，駸駸通顯。再世遭逢如此，其何以報朕哉！可。

家坤翁樞密院編修官兼度支郎官

方今急政要務，非兵與財乎？朕委任宰輔提其綱，又謹簡乃僚治其目。西府之有編摩，計省之有度支，凡邊防機密、國計盈虚，皆與聞焉，非止責以纂修經武之書，出納有司之事。爾名法從之子，材而賢，縣譜尤高，登巘有美譽，贊閫有婉畫，其以太尉掾兼尚書郎〔一〕。帷籌鞭算，必有以裨科瑣、紓經費者，汝往欽哉！可。

〔一〕「太尉」下有原「傅」字，據《永樂大典》卷一三五〇七刪。

周龍歸國子監丞

成均之屬，或教胄子，或誨諸生，惟丞兼之，學政皆屬筆焉，選亦高矣。爾登巘致靖共之譽，監郡著關決之能，簿正麟寺，色怡氣和，未嘗汲汲於進。胄丞居三丞之次，班博士之上，肆以命爾。益養資望，向用未已。可。

虞慮太常簿

官曹之清者，至圜璧曲臺而止。爾昨教胄子，后夔之任也；今擢奉常，伯夷之選也。一代稽古禮文之事，皆得與博士議郎共討論之，豈特簿正祭器而已哉！可。

林經德太學博士

乾、淳間，邑最有徑擢國子博士者，有入爲緊官者。爾頃宰巖邑，剿盗衛民之功久而未録，登畿再遷，不離學省，「才名四十年無氈」之語殆爲爾設。然爾素恬於進，昔通籍而請祠官，今入館而誨諸生，必無冗不見治之嘆。朕方崇獎廉退，靖共以俟。可。

劉叔子將作監丞

本朝之制，史無專官，自修撰、檢討至校勘、檢閲，率以他官兼之，不稍遷擢則滯矣。爾仕已至牧守，朕以其老於文學，使與聞汗青之事。久在館下，用未盡才，於是晉丞大匠。夫舍麟筆而掌雉工，雖不如汗簡之清，然猶可執藝而諫。可。

葉寔太學博士

師者所以傳道、授業、解惑，唐人猶有此論，其後專以課試程文爲職，古意微矣。朕方新美士風，妙選師儒，爾昔嘗訓迪諸生，今再入廣文館，其作成人材必有在於課試之外者。可。

楊文仲太學正

先漢五經各置博士，世有專門之譏，然講凡例之精，守師説之嚴，其專也不賢於涉獵乎！以太學之大，師儒之衆，適無治《春秋》者，爾抱遺經而究終始，亦已久矣。擢寘成均，爲朕招諸生而誨之。可。

趙紀祥轉和州防禦使

師直爲壯，屢嘗敵愾以效忠；戰功曰多，焉可踰時而吝賞？爰疏新渥，以奬前勞。具官某意氣激昂，智謀沉審。有鞭弭周旋之志，欲並駕於群雄；賦笳鼓競病之詩〔一〕，亦足豪於一世。擊賊之血衣猶在，解圍之露布有名。遂陟州團，且提戎律。屬當四郊多壘之際，豈計一資半級之時！乃詔有司，進官如格。噫！黄石一編之授，既將略之素優；仲行百夫之防，與使名而適稱。可。

〔一〕競病：原倒，據翁校本乙。

殿撰都承旨陳綺磨勘轉中大夫

導旨之班，貳卿接武；考績之法，三載陟明。具官某歔歷最深，行能尤異。與聞朝算，實參夙夜宥密之司；自結主知，遂寘朝夕論思之地。既平躋於兩禁，初何羡於一階！噫，先秦古官，蓋朝廷之所重；成周大計，雖貴近而必行。益勵猷爲，欽承恩渥。可。

李澤民贈朝奉郎

日虜掩我不備，上流震驚，爾以郢倅行邊，能贊鄂守效死勿去，以待援師。及宣威金鼓從天而下，却虜全城〔二〕，莫府上功，而爾已不及見，鄂人皆悲傷之。朕於勤事之吏，生榮死哀，兩極其至，進官澤子，度越常格，以慰宿草之恨，以勸羽林之孤。可。

〔一〕却：原作「欲」，據文意改。

知嘉興府謝奕熹陞直敷文閣

去歲水災，右扶尤甚。爾牧嘉禾郡，視民札荒若己饑溺，雖賑贍之力不足，然惻怛之心有餘。檢放而衆無譁，勸分而民順令。郡人歆其惠，部使者上其狀，晉職二等，以旌賢勞，且以勸有土有民者。今距食新尚遠，朕憂未歇，爾其謹終如始，毋廢前功。可。

知嚴州錢可則陞直華文閣〔一〕

嚴爲郡負山而瀕江，常有水患，而去歲特甚。爾職思其憂，有拯溺之勞而無凝香之樂，視澇救荒，家至户到，郡無流徙，達於朕聽，用是晉職二等，以勸列城。夫九仞虧功者常情也，一日必葺者善政也，爾其謹終如始，以對揚休命。可。

〔一〕陛：原作「陞」，據文意改。

龔集屯田員外郎

百執事皆可超遷，惟郎官非郡最不除，寺監長貳初除無對班，惟郎官得引見上殿，重其選也。爾著能聲而練世務，由朝行而牧江鄉，雖地褊小，用不盡才，然去天尺五，易於報政。兹奉甘泉之計，俾躋列宿之聯，豈久滯於閑曹，行且膺於劇寄。可。

孫桂發國子監簿莊文教授

寺監皆有簿正，而列於胄庠者尤清，異時有就拜緊官者，壁記歷歷可數也。爾在場屋則韋布重其文，處家庭則宗族稱其孝，出而仕則士大夫譽其賢者如出一口。才全而德備，是可以羽儀圜璧、輔導朱邸矣。益培清望，嗣有殊擢。可。

後村先生大全集卷之六十七

外　制

黄伯訦除司農寺簿

朕惟嘉定初元，寧考總攬，一時名臣，多出親擢。爾考於是時爲諫官，爲柱史，言論風旨聞於天下，朕不及識，追懷其賢。爾得傳受於父兄，講貫於師友者詳矣，由列院而贊大農，以才選非直以家世也。雖孝子顯揚，固不止此，然有司出納，其可忽諸！益殫賢勞，克紹先訓。可。

武功大夫帶行御器械前改差知江陰軍張稱孫特换朝奉郎〔一〕

朕於疏遠羈旅之臣有能以才學自著見，往往度越拘攣，拔擢而任使之，況其親近者哉！爾文恭之甥，嗜學工文，再領漕薦，嫻雅風流，一時籍甚，縻以勇爵，非其志也。顧官品已崇，且佩貳千石印綬矣〔二〕，换班之命，蔽自朕心。雖員外之秩稍卑，然郎監之選甚清，先朝如米芾、如吳琚，皆以胏腑之親而擅詞翰之美，爾其勉哉，以對殊渥。

〔一〕改差：原作「改羞」，徑改。又「稱」字原脫，據翁校本補。
〔二〕且：原作「日」，據翁校本改。

張稱孫除將作少監兼右曹郎官

人才各有所長，若其儒雅足與士大夫相頡頏，顧使之右橐鞬而左鞭弭，用違其材矣。爾以藩邸之姻，有士林之譽，屢上春官，鐵硯欲穿，而壯心未已，豈與噲伍者哉？少匠、尚書郎皆高選也，可以展究爾之才學矣，往其欽哉！可。

黄應春除宗正寺簿〔一〕

麟寺名掌屬籍，實以纂述瑶編爲職，地清天近，非名流不輕授〔二〕。爾經明而行脩，年高而德卲，《書》所謂耆德、《語》所謂先進、《詩》所謂典刑人也。緜博士贊司宗，一代大典，皆與討論焉。爾既兼史官學識之長，朕非責俗吏簿書之務。可。

〔一〕「除」下原有「官」字，據《永樂大典》卷一四六〇七删。

〔二〕名：原作「君」，據《永樂大典》卷一四六〇七改。

范丁孫除大理卿

范氏之望於蜀也久矣，其種德積善非一世，其象賢繼志非一人。門户之盛，爲衣冠美談，典刑文獻，於爾乎在。修於家則有禮有法，出而仕則有猷有守。累贊閫畫，洊將使指〔一〕，身逖乎西土而名動乎京師，朕將引以自近焉。先朝故家，萬里出峽，宜有以寵異之。棘卿高選，一武禁除，爾其疾驅，以對簡拔。可。

〔一〕洊：原作「游」，據翁校本改。

文天祥除正字

掄魁登瀛，故事也。然始進大率以虚名，既久乃知其實踐。爾則異是，初以遠士奉董生之對，繼以卑官上梅福之書，天下誦其言，高其風，知爾素志不在温飽矣。麟臺之召，何來之遲！《語》有之，「居大名難」，又云「保晚節難」。爾其厚養而審發之，使輿論翕然曰朕所親擢敢言之士。可。

謝塈除司農卿

郡國賦輿之廣，朝廷廩兵、禄吏之衆〔一〕，而倉庾氏乃無宿儲，使賈誼生於今日，見公私之積如此，其憂當何如哉！孰能爲朕修九扈之職，以紓一時之急者？爾精明足以燭姦欺，密察足以防滲漏，鋒鋭足以投肯綮，朕所爲選擇而使也。夫包茅是問〔二〕，逋租負殿，其來已久。然馬力窮則輿駭，弓張不弛則弦絶，郡邑有貧富，災傷有輕重。於斯時也，御取予以道，課殿最以公，爾必有以處此。算計見效，由九卿擢兩制矣。可。

〔一〕廪：原作「禀」，據翁校本改。
〔二〕「包茅」下原有「問」字，據翁校本删。

林疇黄瓌除大理評事

司馬遷有法家者流之目，韓愈有大理不列三后之論。信斯言也，《皋謨》、《吕刑》見黜於《書》矣。廷尉平佐其長決天下之獄，非中其科者不授。疇縣譜、瓌幕辦皆有可紀〔一〕，並升棘屬。讞筆高下，民命死生繫焉，其殫乃心，毋爲遷、愈所議。可。

〔一〕瓌：原作「環」，據本文題改。

朱子中除太社令

用門閥取人，非古也。然曰胄子，曰象賢，虞周盛時亦何嘗不尚論世家乎！爾輔臣之子，能讀鄭侯之書而遵萬石君之訓者，擢寘周行，將以進其德而老其才也。爾其勉諸！可。

錢庚孫除將作監簿

國家用人，或取之素士，或取之世家，惟其才而已。爾奕葉貴盛，固不與寒畯争進，然鵷行鷺序，宜參用傳世家文獻、知臺閣典章者。由郡丞佐繕監，益厚涵養，以待器使。可。

周漢國公主府從人葉氏封恭人

古之稱女婦之賢者，必歸功於保姆。爾執事貴主左右，昔見其衣裼，今見其築館，可以言勞舊矣。其錫温恭之號，俾霑優渥之恩。可。

右武大夫閤門宣贊舍人特除金川駐劄御前諸軍都統制兼知敘州張桂特贈容州觀察使

聲罪致討，勇於祭纛之行；殺身成仁，壯矣死綏之節。追懷英槩，加峻愍章。具官某躬秉戎韜，氣吞叛壘。危機太急，甘效命於戎行；大勢不支，猶握拳而血戰。妖氛未潰於塞外，將星忽隕於營中。邊候亟聞，朕懷震悼。爰陟廉車之秩〔一〕，以爲幽壤之光。噫！李陵之罪通天〔二〕，惡名遺臭；張巡之鬼厲賊，忠骨猶香。可。

〔一〕陟：原作「涉」，據文意改。
〔二〕陵：原作「俊」，據翁校本改。

武翼大夫閤門宣贊舍人特除慶府駐劄御前保定諸軍都統制金文德特贈復州團練使〔一〕

環高城而攻，忠存討逆；鑿凶門而出，義不求生。爾勇冠諸軍，誓梟叛將。赤心衛上，以國士報之；白刃在前，曰男兒死耳。力已窮而鬥愈急，骨可朽而名不埋。俾陟遥團〔二〕，以光幽壤。噫！馬革裹屍之志，豈不壯哉！豹死留皮之言，復何憾矣。可。

〔一〕慶府：疑是「慶符」之誤。慶符，叙州屬縣名。景定二年，宋潼川安撫副使劉整以瀘州降於蒙古，襲叙州，知州張桂、都統金文德死之。蓋文德本駐慶符也。
〔二〕句首原有一「宜」字，據翁校本删。

迪功郎錢昌大授耤田令

選人開朝蹟，殊擢也；耤令列奉常，清選也。爾家世貴盛，而能安於平進，選擢之異，蓋以其尚有典刑之故。爾益熏沐，以對寵光。可〔一〕。

〔一〕可：原無，據翁校本補。

工部侍郎常挺除兼侍講

陪細氈之列，久奉燕閒；加重席之榮，特優鴻碩。具官某凌雲之賦籍甚，凝霜之簡凛然。拂袖而素節無虧，予環而丹心不改。汝垂之命，非止鳩工；仲舒之文，尤宜爲誥。方賴辰猷之告，俾超夕説之聯。噫！求王人之多聞，吾自樂此；得講師之三昧，爾交修予。可。

馬世綸帶行太府寺簿尚書省市舶所檢閲官分司慶元府

鄞地瀕海，夷琛輻凑，異時領以使者，後俾郡丞兼之，權稍輕矣。爾家學縣譜，有聞於時，其以外府屬往任互市之事。嗟夫！寬征則海之賈可招，無欲則浦之珠可還也。選擇而使，可不勉哉！可。

包恢磨勘轉中大夫

秩宗之官，極寅清之高選；考課之法，必積累而序遷〔一〕。具官某世之達尊，國之大老，持橐入侍已八十餘，焚藁盡規凡再三告。士論咸推其晚節，吏銓適會其年勞，爰出新綸，俾升華秩。噫！周小宗伯，初豈計於一階〔二〕；秦中大夫，今遂班於五品。

〔一〕累：原作「案」，據翁校本改。

〔二〕豈：原重一「豈」字，據翁校本删。

趙與訔依舊寶章閣待制除江東路轉運使兼淮西總領〔一〕

職清地禁，頃已列於論思；師老財殫，今莫難於總漕〔二〕。思其强敏，起之燕閒。具官某知微知彰，有猷有守。爲諸道廉訪使之首，肅乎若稜；合比年京兆尹而觀，恢乎游刃。惓懷徑去，注想未忘。厥今江沱之勢稍安，塞下之積未實，甲士張頣之望切〔三〕，計臣束手而技窮〔四〕。緩則乏興，急將聚怨。朕直爲凜凜，孰能飽萬竈之屯；爾益辦多多，可並綜二臺之事。往任笏鞭之責，不併提鹺茗之綱。渭濱之運法可尋，湟中之糴政宜講。必民無加賦，必軍有宿儲，少紓識者之憂，不□□□□□。昔王旦云民力竭矣〔五〕，有味其言；邵雍曰諸賢□□，□□之意。可。

〔一〕待：原作「侍」，據文意改。
〔二〕今：原作「全」，據翁校本改。
〔三〕甲：原作「申」，據翁校本改。
〔四〕技：原作「援」，據翁校本改。
〔五〕昔：原缺，據翁校本補。

右武大夫陳天應團練有勞轉左武大夫〔一〕

功宜懋賞，詎容銓法之拘；官至横行，見謂武□□□。具官某以材自奮，遇事敢爲。頃緣獵狁之侵，□□□隆之募。立表下漏，頗整肅於軍容；執鞭屬櫜，□□□於環列。有司言狀，如格進官。噫！朕居重御輕，嚴□□九重之制；爾自右遷左，蓋古人二廣之遺。可。

〔一〕左武大夫：「大夫」二字原缺，據文意補，即正文所謂「自右遷左」也。

謝垕除軍器少監

朕方圖攘夷復古之功，講修車備械之政，凡□□□戎監者皆遴選也，況於帥其屬者乎？爾槐□□□□椒塗之懿戚，倍清廟髦士〔一〕，歷京兆亞尹，皆□□□□戎之拜，去郎宿卿月，猶健者之登梯，可躡級□□□。

〔一〕倍：似當作「陪」。

趙孟竂除藉田令

朕於麟趾公子之信厚者，皆甄拔而器使之，□□□近屬，爾尤修謹，可使之淹於常調乎！寘彼周□□□厚於宗藩之意。夫德以涵養而進，材以更□□□□除在前，靖共以俟。可。

趙孟蟻除大理司直〔一〕

朕惟安僖王國之近屬，其後多佳子弟，爾於其間尤謹飭好修，擢之鵷序，非私之也，所以昭朕懷族之意、見爾爲善之樂也〔二〕。其益進德，益講學，以奉三雍之對。可。

〔一〕孟蟻：按據制詞，此人爲安僖王趙子偁之子孫。查《宋史·宗室世系表》八，安僖王子孫無「孟蟻」而有「孟璞」，「蟻」與「璞」形近，疑爲「璞」之誤。

〔二〕見：原缺，據翁校本補。

承議郎范昌世牙契賞轉朝奉郎

中興以來，養兵之費廣，生財之道狹，而牙契所入遂爲國之大利，與筦榷並行。爾淳熙名執政之孫，善於其職，課以最聞，豈非會稽當而然歟！俾進郎秩，以旌賢勞。可。

史森卿除將作監簿

以世系論人物，自《左傳》、遷《史》已然，至晉之王、謝，唐之崔、盧，本朝之韓、呂，則尤盛矣。爾生長名閥，胚胎前光，乃今簿正外府，駸駸華除。夫怒長不如盈科而進也，窘步不如佩玉而行也，爾其謙毖，以基遠大。可。

朝奉郎家遇以脩浚静江府城池轉朝散郎

先朝既平儂寇，首城桂州，厥後承平日久，城圮塹湮，恃陋不戒。爾佐閫幕，能與將士叶力築浚，一旦寇至，卒能與城俱全，可以言智矣。俾進一秩，以酬前勞。可。

奉議郎何鑄以修築廣州城轉承議郎

屬者西寇震鄰，東廣戒嚴，城番禺乃所以援桂林、象郡而安扶胥、黄木也。爾佐閫幕，倡率吏士，躬板幹之役，成金湯之勢。帥臣上其賢勞，其可以吝賞哉！可。

李壎除太府寺丞

再轉爲丞，若平進者，然自監而寺則稍高矣。爾席華腴之胄，有儒素之風，歲中屢遷官，雖以名家之故，亦以美才而用，爾其懋哉！可。

太府寺丞郭自中知嚴州

桐廬郡有漢嚴光之清風，先臣仲淹之遺愛在焉，吾甚重其符竹，不以輕授。爾奕世之積累深，過庭之講貫熟，諫臣其伯父也，處士其嚴考也，典刑文獻於是乎在。新定調守，毋以易汝。夫有地千里，足以行志；去天尺五，易於報政。挹釣瀨以自潔，覽壁記而懷賢，可以爲侯度，可以致民譽，可以不墜先訓矣。可。

迪功郎鄭立道循承直郎

鹿磯之捷，蓋吾上相指授，亦師武臣力也。幕府上功，爾以書生有勞其間，如格進秩，以勸來者。

從政郎廣東提刑司檢法官林祖恭以韶州築城賞循文林郎〔一〕

屬者蠻韃深入，韶甚岌岌矣，爾佐臺幕，能與將士協力增陴浚壕〔二〕，隱然有不可犯之勢。憲臣言狀，薄進一資，以旌爾勞。可。

〔一〕從：原作「政」，據翁校本改。

〔二〕陴：原作「俾」，據文意改。

汪立信除將作監

朕具擇望郎廉訪諸道〔一〕，及使事膚公，則又進之於朝，所以課事功、均勞逸也。爾使江表有風力，牧毗陵有仁聞，朕念吳中災傷，俾之衣繡循行所部。爾於荒政如拯溺救焚，於臬事能洗冤澤物，可謂盡心焉耳矣。稱觴造廷，朕甚嘉之。大匠亞九卿一等，肆以命爾，以旌行能，以爲登車攬轡者之勸。可。

〔一〕具：原作「其」，據翁校本改。

汪立信除直寶章閣依舊浙西提刑

朕既拜爾大匠矣〔一〕，已而思之，爾臬事荒政皆開端而未及竟，舍之而來，是一路獄冤不見雪於膚使也，是三郡民饑不見乳於慈母也〔二〕。況人物眇然，非擇一朝士之難而求一監司之難，今代能有幾子駿乎！借雉監之望，爲壯駕之行〔三〕，且寓直奎閣以嘉寵之。爾其爲吳人勉留，前所謂開端而未及竟者，有始有卒矣。爾往欽哉，毋廢朕命。

〔一〕既：原作「載」，據翁校本改。
〔二〕見：翁校本作「得」。
〔三〕壯駕：疑當作「牡駕」。

吕文焕特授中大夫亳州防禦使依前職任〔一〕

敵王所愾，既斬馘而獻俘；振旅而還，乃策勳而舍爵。具官某見推勳閥，蚤總戎昭，傳授六韜而起家，間關萬里而赴援〔二〕。朕拊髀思名將，一掃兵氛；爾束髮戰匈奴，屢騰凱奏。宜加品秩，以獎忠勞。噫！花卿絶世之才，孰如英槩；鋮虎百夫之禦，雅稱使名。可。

〔一〕亳：原作「毫」，徑改。
〔二〕援：原作「授」，據文意改。

鄧垧除寶章閣待制依所乞予祠仍賜金帶〔一〕

召彼故老，甫登要路之津；賢哉大夫，忽勇急流之退。乃疏殊渥，以獎高風。具官某内有操存，外無表襮。朕惟貴德尚齒之義，樂於招延；爾有愛君憂國之言，見之獻納。方眷懷之濃甚，胡歸興之浩然！夫挽留固上之至仁，止足亦士之大節。次對一如於真從〔二〕，叢祠錫號於散人。一葉身輕，萬釘帶重。壯矣拂衣之決，過於行錦之榮。噫！訪童子之釣游，深諧雅志；續耆英之圖畫，奚愧先賢！茂對寵嘉，永綏壽嘏。可。

〔一〕賜：原作「贈」，據《宋四六選》卷四改。

〔二〕於：原作「有」，據翁校本改。

朝奉郎謝奕楙以前任都大解發新錢綱及數轉朝散郎

冶鑄歲以十五萬緡爲額，及額者賞，其來久矣。爾建鎔臺，善於其職，新錢源源暴暴而至。有司上其功狀如格，乃遷華秩，以旌賢勞。可。

武經郎丘宗之秉義郎丘淵特理作軍功出身〔一〕

武爵重軍功而卑入流，無換授法也。有司言鹿磯之捷，爾與有勞，俾之换授，非常之恩也，有出於法之外者矣。爾益奮厲，以報國恩。可。

〔一〕郎：原作「即」，徑改。

長入祗候殿侍盧進等換授保義郎〔一〕

侍衛換授之法，以年勞，亦以才力。汝於二者應格，可以出而仕矣。可。

〔一〕候：原作「侯」，徑改。

陳鑄除秘閣修撰樞密副都承旨

自改官制以來，導旨官不必備，顧今甲兵之問猶至廟堂，科瑣日不暇給，然則都副並置，亦集思廣益之義。爾明而恕故論主正平，介而通故事無凝滯。歷仕東西二府，與聞軍國大議，親密於州平、幼宰，彌綸之義弘矣。索虜垂盡，侵疆來歸，朕欲及閒暇之時講修攘之政。爾雖已列九卿，其以論撰亞太尉掾。孟時事惟侍立可咨訪〔一〕，邊機惟同堂合席可籌度也〔二〕。方將引爾自近，繼有殊擢。可。

〔一〕盍：疑當作「蓋」。

〔二〕惟：原作「爾」，據《永樂大典》卷一〇一一六改。

陳淳祖除右曹郎官

朕擇廷臣之有人望者出爲監牧，又擇監牧之有治績者入爲尚書郎，於以覈名實而勸事功。爾自著廷建外臺，風采疏勁，一時屬望。右扶水災，吳興最甚，就以常平使者兼領郡紱〔一〕。爾於荒政皇皇汲汲，傾囷倒廪不足，則勸分以續之，郡人德焉，身雖勞而所全活者衆矣。地官之屬，右曹尤劇，應宿之選，舍爾其誰！朝方急才，豈久滯於省户者？可。

〔一〕常：原作「當」，據翁校本改。

陳淳祖直秘閣仍舊浙西提舉兼安吉州

朕以元日命汝爲郎，已播告矣，顧饕墨之吏方凛凛革心，災傷之民尚嗷嗷望惠，倘移麾節於他人之手，是奪嬰孩於慈母之懷。其加隆名，俾仍舊貫。昔者侁出使，人以爲福星；璟出牧，人以爲陽春。爾雖淹留，民則全活，朕亦豈久勞爾於外服哉！可。

右武大夫徐安民昨知峽州半年間運米三十六萬石上夔特授左武大夫依前帶行御器械知江陵府

漕粟於邊，從古通患，汎舟之役，泝江尤難。既能體國以服勤，焉可踰時而吝賞？具官某爲將則頗、牧，牧民則龔、黄。頃守夷陵，有勞餉道。三峽倒流之險，跬步莫前；萬船連檣而來，銜尾不絶。馬騰士飽，師克凱還。雖旌麾移於渚宫，然功狀上於幕府。噫！進之左廣，峻品秩於横行；畀以中權，託藩宣於連率。可。

朝散大夫謝堂磨勘轉朝請大夫

侍漢雍之祠，特高候對〔一〕；考虞廷之績，可緩陟明？具官某風致幼輿，才華康樂。授鉞建牙於馮翊，焜燿繡行；簪筆持槖於甘泉，雍容綵戲。雖在列莫如其貴近，然還官不廢於故常。噫！奎閣巋然，固已班於兩禁；冰銜清甚，初何計於一階！可。

〔一〕候：原作「侯」，據翁校本改。

史能之貞州分榷倍增轉朝奉郎〔一〕

宿師於邊，財殫粟竭，朕知筦榷之病民而未能弛也。爾以選往涖其事，所入倍蓰，然未嘗有析秋毫之謗，可謂才矣。晉秩外郎，益勉事功。可。

〔一〕貞州：按宋無此州，疑是「真州」之誤。又「分」，翁校本改作「司」。

右武大夫高州刺史特添差江南西路馬步軍副總管范用特授拱衛大夫州團練使仍舊任〔一〕

執訊獲醜，累奏戰多；序情閔勞，超加勇爵。具官某勛名之志慷慨，忠義之膽輪囷。鎔纜蜀江，虜殲半渡；廻戈鄂渚，城解重圍。既奏愷而班師，宜第功而行賞。乃加穹秩，併陟遥團。噫！東騖西馳，昔摧鋒而敵愾；中權後勁，今蓄鋭以總戎。可。

〔一〕州團練使：「州」上疑脱一字。

武節郎夏榮顯歿於王事特贈吉州刺史更與一子恩澤

朕覽《國殤》之篇而哀死節之士。爾自淮援蜀〔一〕，忠州之戰，矢刃中脣及左右支而隕，可以愧怯戰偷生之人矣。追贈遥刺，又於格外録其孤兒，魂如有知，可以無憾。可。

〔一〕援：原作「授」，據文意改。

朱熠仍舊觀文殿學士知平江府兼淮浙發運大使

農業首八政，方將活青州之饑；大臣慮四方，其可安緑野之趣？起弼諧之舊德，總牧餫之重權。具官某學貫九流，材周萬變。伏青蒲而焚諫藁，忠愛之誼深；持色綫而補帝裳〔一〕，彌縫之功大。輔政於國家多虞之際，乞身於中外庶定之餘，出處付之無心，進退綽乎有裕。雖燕燕居息，與造物而共遊；然巖巖具瞻，遹生民而未可〔二〕。屬時吳會，積困澇傷，近則鴻雁之謀稻粱，遠則貔貅之待芻粟〔三〕，兼此二任〔四〕，畀之全材。節戟來迎，臺府並建。必集思廣益，罷行務合於羣情；必安富恤貧〔五〕，扶抑悉歸於公是。使四境咸無捐瘠，而連營不至乏興〔六〕。昔伊尹之澤被於匹夫，蕭何之功及於萬世，賴卿區畫，寬朕顧憂。噫！荒政救饑民之窮，諒多襁負〔七〕；仁人後天下而樂，行以衮歸。可。

〔一〕持：原作「時」，據翁校本改。
〔二〕生：原作「坐」，據翁校本改。
〔三〕「芻」下原有「豢」字，據翁校本删。
〔四〕「二」下原有「者」字，據翁校本删。

〔五〕貧：原作「貴」，據翁校本改。
〔六〕與：原無，據翁校本補。
〔七〕諒多：原作「人諒」，據翁校本改。

孫附鳳除端明殿學士簽書樞密院事兼太子賓客

論諫本仁義，既久罄於忠嘉；道德成安强，遂進登於宥密。疇咨碩輔，敷告路朝。具官某學造精微，氣函剛大。偏居風憲，愈峻霜稜。進則伏蒲，蓋屢抗犯顏之疏；退而焚草，未嘗漏造膝之言。邦無邪朋，國有公是〔一〕。屬春闈之造士，以時望而衡文。虎榜翩聯〔二〕，經品題而佳矣；鵠袍翹楚，皆摸索而識之。朕嘉其通材，擢之共政。厥今虜直郅支、呼韓之運，齊歸汶陽、濟西之疆，幸四鄙之稍寧，庶中原之復合。然可取孰可守，乃國老之至言；所憂重所欣，亦昔人之長慮。雖寄安危於元宰，尤資寅協於弼臣。籌帷幄而貳鴻樞，偉衣冠而陪鶴禁。肆升端殿，併陟文階。噫！予欲裨贊廟謨，爾尚希於淹弼；予欲輔導儲貳，爾奚愧於震冲！眷倚方深，對揚無斁。可。

〔一〕有：原作「無」，據翁校本改。
〔二〕翩聯：翁校本作「聯翩」。

范純父除侍御史兼侍讀

横榻劇雄，冠風憲紀綱之列；細旃密勿，讀典墳丘索之書。爰播明綸，以旌直節。具官某芒寒而色正，表和而裏剛。自結主知，徧司言責〔一〕。扶持世運，崇陽抑陰之甚嚴；憤嫉邪朋，拔本塞源而後已。愛善類如祥麟威鳳，去貪吏如鷙獸毒蛇。載嘉骾論之陳，特峻首端之拜。雖朝廷無大姦慝，卿其可廢於抨彈〔二〕；然道路有公是非，朕每欲通於壅蔽。出則糾繩於柏府，入而啓沃於華光。辰告尤親，風稜愈峻。噫！古有法家拂士，蓋謂争臣；今無大夫中丞，遂長御史。益殫忠讜，式副眷知。

〔一〕徧：原作「偏」，據翁校本改。
〔二〕「卿」原作「鄕」，「抨」原作「評」，據翁校本改。

陳堯道除右正言兼侍講

南臺執法，號爲敢言；西省拾遺，得於已試。寘彼七人之高選，異乎百辟之序遷。具官某勁節昂霄，貴名揭日，勇退於羣陰用事之際，來儀於九成合奏之初。未嘗躁求，遂被親擢。居風憲紀綱之地，久峨豸冠；於是非褒貶之間，壹用麟筆。嚴君子小人之界限，正外夷內夏之經常。奉白簡而前，吾聞其語矣；伏青蒲之上〔一〕，今未可言歟！黯願輸禁闥之忠，吉獲侍細旃之講。我明告子，爾交脩予〔二〕。扶公是於清時，留直聲於異日〔三〕。噫！聖朝無闕事，奚取從諛之言；天子有争臣，直進格非之論。可。

〔一〕蒲：原無，據翁校本補。

〔二〕予：原作「是」，據翁校本改。

〔三〕異：原作「是」，據翁校本改。

虞處除監察御史兼崇政殿說書

國有君子，允爲時望所歸；臺無長官，均任風聞之責〔一〕。疇咨勝彦，斷自親除。爾蕭然澤癯，屹若山立。横經圜水，甘鄭老之無氈；議禮曲臺，陋叔孫之起蕝。未嘗趨捷徑以窘步，惟知遵大道而徐行。朕急於求言，孰堪明目張膽之選；俾之執法，安用呈身識面之流？內出姓名，外新觀聽。方今邊遽寬而守備未弛，國是定而堅凝寔難。抵巇之徒尚繁，復隍之漸可慮。必排姦指佞，凛風霜擊搏之威；必陳善閉邪，殫日月就將之學。朕稽於衆而後用，人將於爾而求全。噫！無闕事，希諫書，未爲篤論；與明主〔二〕，建長策，益進昌言。可。

〔一〕聞：原作「間」，據翁校本改。

〔二〕與：原作「舉」，據翁校本改。

楊棟除禮部尚書兼職依舊

新進士策名之盛，舉無遺才；大宗伯衡文之公，宜有懋賞。甫題氈墨，即播絲綸。具官某色正而芒寒，根茂而實遂。長楊館之賦古，一洗篆雕；靖恭坊之譜蕃，相承冠冕。早簉嚴、吾之列，晚陪園、綺之游。遂長儀曹，俾司俊造。以唐文三變爲己任，以洛學四書爲指歸。摸索得之，注脚不輕於墨筆；品題嚴甚，點頭奚待於朱衣。喜水監之至明，峻台斗之真拜。平掌故議郎之聚訟，剖經生學士之羣疑。履班益穹，柄用伊邇。噫！虞書典三禮，古以命官；漢制參六經〔一〕，今寧求野！可。

〔一〕「六」下原有「官」字，據翁校本删。

後村先生大全集卷之六十八

外　制

葉夢鼎除兵部尚書兼職依舊〔一〕

春闈以行藝造士，拔其英華；夏卿有文武全才，付之衡尺。屬方峻事，爰命爲真。具官某學者師模，儒之鴻碩。嘗典三禮，古之伯夷、后夔；及擁雙旌，今之陽城、元結。最先諸老而召，來從吾兒之游。遂陟文昌，俾司俊造。入伯樂廐〔二〕，無非冀野之龍媒；號陸氏莊，不下唐朝之虎榜。卿亦勞止，朕甚嘉之。褒鑑裁而出綸，冠履班而疊組。及閒暇而簡稽軍實，以公平而甄叙人材。苟匪名流，曷膺高選。噫！時方經武，固資祈父之爪牙〔三〕；官曰納言，無愧尚書之喉舌。所優爲者，其往欽哉。可。

〔一〕除：原作「制」，據翁校本改。
〔二〕廐：原缺，據翁校本補。

〔三〕祈：原作「圻」，據翁校本改。

包恢除禮部侍郎兼職依舊

禮有崇卑，於以肅君臣上下之分〔一〕；國所尊事，其可無老成典刑之人？亦既優爲，宜加真拜。具官某聞師密授，得父單傳。逮精舍之久荒，儼靈光之獨在。和順所積，居然有德而有言；精悍不衰，靡煩祝哽而祝噎。雖奴隸知爲清白，非磨涅所能磷緇。晚就蒲輪，徑持荷橐。囊封應詔，凛然言議風旨之間；綿蕝草儀，出於制度文爲之外。所謂藥石愛我，夫豈玉帛云乎？積望推重於一時，落權奚待於滿歲？噫！刺經作制，可以洗諸儒聚訟之譏；析句分章，未若陳大人格非之説。顧如耆儁，寧假訓辭。可。

〔一〕句首原有「以」字，據翁校本刪。

徐經孫除刑部侍郎兼職依舊

式敬爾獄，久煩閲實於祥刑；明試以功，乃命爲真於法從〔一〕。疇咨偉望，申錫贊書。具官某介而能通，仁者必勇。生漢高士之里，抗志尤清；有唐司訓之風，持論近厚。出處了無所附麗，始終莫得而磷淄。偉衣從鶴禁之游，盡忠於輔導；濃墨批鸞臺之勅，見憚於貴權。凡有論思，居多補益。箴諫明洊雷之示戒〔二〕，囊封應元日之求言〔三〕。自躋從班，實掌憲部〔四〕。民有矯虔姦宄，無忿戾之心；吏或磨淬角圭，失哀矜之意〔五〕。朕方欽恤，卿每平反。乃出紵以落權，且錫鞶而疏寵〔六〕。噫！職分《周典》，皆云帥屬於貳卿〔七〕；書列《皐謨》，孰謂不儔於三后！可。

〔一〕真：原缺，據翁校本補。

〔二〕洊：原作「游」，據翁校本改。

〔三〕「求」下原有「賢」字，據翁校本删。

〔四〕掌：原作「堂」，據翁校本改。

〔五〕失：原作「矢」，據翁校本改。

〔六〕疏：原作「抗」，據翁校本改。

〔七〕帥：翁校本作「同」。

李廷芝除權兵部侍郎依舊兩淮安撫制置使知揚州〔一〕

班師振旅，嘉元戎十乘之還；舍爵策勳，峻司馬九伐之拜。爰疏異渥，以奬儁功。具官某學以輔其天資，儒而通於世務。商隱楚南之檄，俯視飛卿；正封郾城之詩，可肩韓愈。聚米圖山川之險易，投醪同士卒之苦甘。既環轍周行於三邊，乃授鉞獨當於一面。考室築爰居之百堵〔二〕，民始有巢；并兵攻未下之二城，士不解甲。其勤勞也至矣，果談笑而得之。因壘降崇，侵疆歸魯。奏捷既騰於夜報，第功宜陟於夏卿〔三〕。朕惟羊、陸之所懷徠，務先施於恩信；殷、褚之所營綜，有可乘之事機。鑑陳迹之在前，恢遠圖而淑後。厚培根本，宏立規模。噫！謀元帥以詩書，示加重中權之意；儆國人而箴訓，盍務爲外患之防。可。

〔一〕李廷芝：《宋史》及他書多記作「李庭芝」。

〔二〕「考」上原有「路」字，據翁校本删。

〔三〕宜：原作「豈」，據翁校本改。

廖瑩中除大理寺丞

自古大幕府多奇才，漢魏則班固、王粲、陳琳、阮瑀，晉則阮脩、孟嘉、孫楚、袁宏，唐則石洪、温造、杜甫、杜牧，□本朝則强至、謝絳、尹洙、李之儀之流〔一〕，皆以文墨議論望此府。爾鐔津名族，代有異人，載筆從戎車之後，輸環三邊，愈風之檄〔二〕、賀捷之表，多出其手，可謂之奇才矣。寺監之屬，丞爲高選，而棘丞尤高，肆以命爾。益養資望，以對甄擢。可。

〔一〕洙：原作「殊」，據翁校本改。

〔二〕檄：原作「徼」，據張本改。

林彬之除寶章閣待制依舊提舉江州太平興國宫

《書》稱耆壽俊，古之所嚴；《詩》曰典刑人，今其餘幾？乃眷論思之舊，久安寂寞之濱，嘗列邇聯，宜疏異渥。具官某凌雲逸氣，揭日貴名。射璺相之弓，衆人有揚觶而去者；奏《阿房》之賦，諸公争搢笏而誦之。拔於時髦，付以風憲。青蒲諷議，惓惓法家拂士之言；白簡指陳，凛凜君子小人之辨。遂繇緊路，徑上禁除。方眷注之郅隆，何疑嫌而勇退！雙溪疊嶂，難忘桐鄉烝嘗之思；二頃一區，不恨汾曲田廬之薄。朕念其侵尋八袠，留滯十期，因漢殿之稱觴〔一〕，法虞朝之上齒。肹昕廷一禮之寵，陟奎閣四松之班，以敬高年，以華晚節。噫！歸洛而會真率〔二〕，深嘉知足之風；臨雍而拜老更，尚有乞言之禮。可。

〔一〕因：原作「困」，據翁校本改。

〔二〕真：原作「貞」，據翁校本改。

翁合除直秘閣浙西提刑

士大夫多重内輕外。蕭、汲皆漢名臣，然望之則雅意本朝，黯則願出入禁闥；至唐則召者有登仙之美，出者有粗官之歎。其來久矣，朕思所以矯之。爾多士所宗，留滯周南，歲晚歸來則馮唐白首矣。方有清望官之擬，屬吳中災傷，朕數下寬恤之詔，而官吏饕殘，老弱轉徙自若〔一〕，思得王尊、范滂輩人〔二〕，付以勞來咨諏之任。木天隆名〔三〕，繡衣華遣〔四〕，一日並命，使大夫國人皆知修名姱節如爾合者而肯爲此行，庶乎外臺加重矣。少須右扶風無捐瘠之民，有革心之吏，朕又當出節召汝。可。

〔一〕「自」下原有「吴」字，據翁校本删。
〔二〕「得」原作「德」，「人」原作「入」，據翁校本改。
〔三〕木：原作「未」，據翁校本改。
〔四〕衣：原無，據翁校本補。

皮明德除太社令

古者造士自國子始，自貴游子弟始，見於《書》於《周官》者如此。爾輔臣之子，孝謹惟肖。社令列於奉常，蓋虞廷命樂卿教胄子之意也。爾其益進於學而由於禮，則而父有子矣。可。

拱衛大夫福州觀察使帶行御器械新差知和州陽孝信爲白鹿磯賞轉翊衛大夫〔一〕

有功見知，人情則悦；無賞不往，軍志之言。具官某積雁塞之威，與鹿磯之捷。爾執鞭弭，實從大幕府之行；朕聞鼓鼙，深惜故將軍之勇〔二〕。超横行之穹秩，佩共理之左符。噫！精神彊而折衝，方咨牧御；髀肉生而興嘆，益勉勛名。可〔三〕。

〔一〕知：原作「如」，徑改。
〔二〕句首原有「實」字，據翁校本刪。
〔三〕「可」上原有「尚」字，據翁校本刪。

皮龍榮除資政殿學士知潭州

詩書謀元帥，孰知近輔之賢〔一〕；富貴歸故鄉，茲狥養親之志〔二〕。出綸疏寵，建纛啓行。具官某材全而德不形，任重而道亦遠。巖廊賡載，端委而準百僚；翹館招延，握髪而進千贄。内宏開於正路，外盡返於侵疆。方資文武之全才，共翊丕平之景運。乃緣慈侍，浩然念歸〔三〕。求解繁機〔四〕，留之不可。朕惟禮大臣之義，爲擇便安；卿方將壽母而行，尤宜優異。就開相閫〔五〕，俾奉潘輿。若昔拯牧合肥，曾臨青社，皆以公清而賦政，至乎久遠而見思。戟衛森嚴，未忘恭桑梓之意；門庭洗掃，自然絶瓜李之嫌。惟仁可以甦凋瘵之民，惟廉可以洗饕墨之俗。噫！錦衣所至，諒多夾道之觀；衮繡以歸，何待三年之久！可。

〔一〕近：原作「該」，據翁校本改。
〔二〕兹：原缺，據翁校本補。
〔三〕念：原作「忘」，據翁校本改。
〔四〕求：原作「未」，據文意改。
〔五〕就：原作「孰」，據翁校本改。

吳堅除太常丞

昔舜命伯夷，其辭寂寥簡短，曰「直哉惟清」而已，此非選禮官之法歟！漢初齊、魯兩生良亦其人，漢不能致，使叔通輩爲之。通而知禮，必不改縫掖爲短後，必不捃摭秦儀以希合世主之好。本朝禮制大備，如南北郊、明堂、辟雍，如廟議，如謚法，微而冠昏喪祭之類，或參訂於詩書〔一〕，或折衷於儒宗〔二〕，或求之遠野，皆著爲令，定爲法〔三〕。而奉常典司之卿選久虛，少行長事，侍從闕則次補〔四〕，常以待天下名流。爾以直道立朝，以清規矯俗，是真可以典虞朝之禮，而異於漢野外之儀矣，豈玉帛云乎哉！可。

〔一〕詩：原作「古」，據翁校本改。

〔二〕宗：原作「學」，據翁校本改。
〔三〕定爲法：原作「稽爲決」，據翁校本改。
〔四〕闕：原作「門」，據翁校本改。

馬廷鸞除軍器監

弧矢之威見於《易》，殳矛之制訓於《周官》。車馬器械修備而周中興，干戈斧鉞朽鈍而唐不競。然則所謂除戎器者，亦今日之急務也。爾由科目進而爲瀛洲學士，又進而爲公府掾，持文墨議論與吾大臣可否大政事，清且要矣。戎監若非所以處爾，顧今兵未可弭，有文事者必有武備，使有司所藏皆良勁，不亦可以信國威、壯軍容乎！往其試哉，繼有顯用。可。

徐復除秘書少監

國家設清望官，以名勝士爲之。朕自庚申改紀，去凶擧相，拔士滿朝，而於所謂清望官者尤遴其選。爾由前御史勇去，巷處且二十年。他人能立初節，久之不堪，率自貶而求合。爾獨壯老不變，於要路無一迹，於權門無一字。嘗佩龍溪左符〔一〕，一清如水，公帑露積，歸裝琴鶴而已，朕聞其風而賢之。羣玉山人間仙地，爾昔爲青藜學士，今爲白頭老監，豈非館閣之嘉話、朝廷之盛舉歟〔二〕！涂轍既清〔三〕，向用未已。可。

〔一〕符：原作「待」，據翁校本改。
〔二〕廷：原作「建」，據翁校本改。
〔三〕涂：原作「除」，據翁校本改。

陳存除尚左郎官

皇祖有訓，非郡最不除郎，自乾、淳至今未之有改。太末三輔之劇郡也，素難治；尚左列宿之長所也，尤遴選。爾由館閣出牧，憩棠有循吏之愛，拔薤有仁者之勇，二年而輿人歌之〔一〕。爾於難治之郡，既恢乎游刃；朕於遴選之官，烏得而刓印哉！古之善典選者曰清通簡要，今寒畯覓官率受吏操縱，魚貫索米於長安市皆是也。往佐而長，抑吏姦而伸士氣〔二〕，則朕爲知人，爾爲稱職。可。

〔一〕輿：原作「與」，據翁校本改。

〔二〕而：原作「之」，據翁校本改。

張濟之除秘書丞

館閣皆號天仙，惟丞與著作尤高，有徑擢二監二史者，平遷亦郎潛矣。爾則奏賦第一，父子聯名雁塔，科目之盛，才學之高，器識之遠，詎可遠煩爾以吏事乎！朕有美官在風日不到之處，非爾其誰宜爲？昔在漢儒，或以讀未見書爲喜，或有清浄寂寞之嘲，然則青藜下照，反不若長檠高張乎！朕方儲英材於是中，爾益壅培，以需甄拔。可。

陶夢桂除大宗正丞

朕以介弟典大宗正，而又選庶姓之朝士佐焉。爾以儒發身，然試之事則通而無滯，敏而有功。其在外府、扈農皆然，進之司宗，可謂不負丞哉之選。郎宿有闕，朕將以次選擇。可。

李仁永除太府丞

士大夫求速化者多，安平進者少，朕於用人常以是爲權度。爾淳熙參與之孫，有恬靖之趣，無貴介之累，秀眉黄髮，老於常調。擢寘周行，所以旌故家、尊高年也。進用差晚，猶勝不遇。可。

劉夢高除司農丞

人才實難，持文墨議論者易得，而有志於功名與事業者難值，朕所以有臨事乏使之歎也。爾奮起諸生，周旋當世，嘗著縣譜，部郡符，參閫畫，皆有能聲。邑農數告乏絶，爾於是時轉而爲丞。夫公私之積多可哀痛〔一〕，朕與大臣之責；出納之吝謂之有司，非長貳與其屬之職乎？朕方於此觀汝。可。

〔一〕多：原缺，據翁校本補。

章鑑除太常博士

士君子立身大節，常於離合去就之際見之。爾揭貴名而挾高科，嘗有列於朝矣。出而倅袁，凶相方以多簿録、窮隱寄、廣連逮爲富强，堂檄三倅，各行一郡。爾當之衡，獨不肯受風旨，且昌言其非，遂觸相嗔罷去，其大節有可觀者。使之横經，進之掌禮，非曰爲爾光寵，顧今奉常古夷、夔之任，宜屬之清流。夫《儀禮》蓋曲臺淹中諸家聚訟之案祖也，謚筆亦華衮斧鉞隻字褒貶之遺意也，人將於爾有考焉。可。

舒有開除軍器監丞

朕於用人，有所譽必有所試。爾自策名以來，宰邊邑，倅藩府，參閫畫，試之詳矣。部鑰戎丞，政未酬勞。昔讀《周官》，見其造弧矢及戈殳戟矛之屬，莫不有制，雖尋尺長短，該括詳備，然後知先王戒不虞之意如此，其可諉曰百工之事哉？等而上之，進用未已。可。

周應合危昭德並除史館檢閲

史官惟其才而已。昔曾鞏辟陳師道，當時以師道未解褐寢而不行。至朕度越拘攣，有自山林布衣爲史長者，有起諸生爲屬者。爾應合〔一〕，爾昭德，皆場屋知名，科目命士，嘗游幕府而秉檄筆。屬予留意史事，既命諸老提其綱領，又致兩生，俾操簡牘而從焉。其益竭於三長，庶有光於千載。可。

〔一〕合：原作「令」，據翁校本改。

侍右郎官趙師光陞郎中

均之郎潛而有員外、正之異，可以積勞而陞，不可以一蹴而至也。爾出爲一路福星，入應六曹列宿，有司上爾資考應格，宜正含香握蘭之秩，少酬持衡典銓之勞。益殫乃心，以振厥職。可。

陳仲昉除工部郎官

日卿陛辭之潮〔一〕，去京且三千里。朕深維體羣臣之義，不欲煩耆年遠役也，爲擇便安焉。起部職清事簡，亦爾舊游。挽之使留，優恩也；引以自近，美意也。重陪漢廷含香之班，毋發唐人看桃之歎。可。

〔一〕潮：原作「朝」，據翁校本改。

趙希哲辟知瓊州

瓊筦控馭海南四郡，調守尤遴〔一〕。前此官吏激黎之變，而欲以補救爲功。爾以元僚奉檄書，涉鯨浸，談笑而事平〔二〕。帥臣推其功於爾〔三〕，就剖左符以鎮臨之。昔季康子患盜，子曰：「苟子之不欲，雖賞之不竊。」以廉化貪也。渤海多盜，暴勝之衣繡持斧不能勝，龔遂使民賣劍買牛而盜熄，以仁勝暴也。爾其典聽朕言，一意綏撫〔四〕，溪洞皆吾赤子，豈以黎母山爲恨哉！可。

〔一〕尤：原作「先」，據翁校本改。
〔二〕平：原作「乎」，據翁校本改。
〔三〕帥：原作「師」，據翁校本改。
〔四〕綏：原作「緩」，據翁校本改。

親衛大夫和州防禦使左衛大將軍知安慶府池州都統制蘇劉義爲昨在重慶全城却敵特授五官

曩騰戎捷，坐收全取勝之功；今奬戰多，殊媿不踰時之義。雖稟元臣之方略，亦資羣帥之忠勤〔一〕。具官某頃提師干，往援井絡〔二〕。金城全璧，數州脱鬼簿之危；氈帳隕星，萬里載帝羓而去。相既歸衮，爾亦擁麾。及兹踐信賞之言，示不忘前勞之意。噫！武爵重横行之秩，舊典可稽；廉車袪法從之班，中權增重。可。

〔一〕帥：原作「師」，據《永樂大典》卷一三五〇六改。
〔二〕援：原作「授」，據《永樂大典》卷一三五〇六改。

右武大夫高州刺史左衛大將軍權知蘄州王益爲守黄援鄂功特授左武大夫依舊職任〔一〕

昔臧質以盱眙拒佛狸，杜慆以泗州却龐勛，朕懷其人，孰繼之者！具官某頃牧齊安，虜犯鄂渚，震於其鄰矣。爾且戰且守，能以孤壘自全，隱然爲上流聲勢。有司上其功狀，陞左廣之秩，畀專城之寄，非以華爾也，將以勸疆埸勤事之臣也。可。

〔一〕援：原作「授」，據文意改。

陳塏除端明殿學士依舊提舉江州太平興國宫

尊事黄耇之禮，從古已然；魁壘白首之臣，於今有幾！乃疏異渥，以奬耆英。具官某源委深長，風標峻潔。持身接物，聖之清、聖之和；事上臨民，古之直、古之愛。曩諸賢共游於洛下，今舊人僅存於靈光。有柴門而常關，非蒲輪所能致。晉鄙之俗，薰陽先生；畏壘之民，祝庚桑子。朕以其年開九袠，名重一時。雖國人瞻儀，莫不願其歸衮；然老者筋力，恐不屑於給扶。昔元祐畀軾以端明，熙寧處光以崇福。卿童髦一節，輝映二賢，因列辟以奉觴，詣大廷而出綍，以見公朝優異之意，以倡天下廉退之風。噫！汾水之曲，疏屬之南，曾不改王通之樂；江湖之上，魏闕之下，諒未忘子牟之心。尚告遠猷，以永終譽。可。

陳堅除寶章閣待制致仕〔一〕

典東壁之圖書，力辭華近；陪西清之筆橐〔二〕，渴想老成。諒雅志之由衷，挹高風而起敬。具官某頃以師儒而掌教，適逢鬼質之盜權。惡投匭之多言，方植碑而深刻。當路防民之口，既著爲於丹書；司成去國之身，欲挽回於清議。迨兹調瑟，首命予環。以世南長秘書，煩綺季輔元子。出綸已久，側席甚勤。地禁職親，夫豈招之不至；昔病今愈，庶幾扶以造朝。胡爲抗章，必欲謝事！歎耆英之莫致，加法從之峻遷。噫！對松階之班，用華晚節；飲菊潭而壽，永保龐眉。可。

〔一〕待：原作「侍」，徑改。
〔二〕西：原缺，據翁校本補。

馬天驥除資政殿大學士依舊知福州福建安撫使

朕惠顧甌閩，眷懷師帥。以前執政之貴，勤於拊綏；加大學士之名，獎其安静。事權增重，寵數一新。具官某學貫古今，名垂宇宙。所陳三策，豈非通務之儒哉；兼綜九流，可謂圓機之士矣。出藩宣於四國，入唯諾於一堂。智略足以圖回，力量足以負荷。鼎將覆餗，安能爲伴食而留；瑟既調絃，尚不改考槃之樂。屬福唐之弄印，起舊弼而建牙。以清修苦節而裕財，無疾聲大呼之駭物。昔蔡襄罷酒禁，爾能生萬户之春；常衮興文風，爾方升三舍之俊。既騰績效，乃下璽封。冠書殿之邃嚴〔一〕，爲閫垣之表倡。噫！期月可也，信如夫子之格言；輿人誦之，可見國僑之遺愛。諒惟拱北，豈久滯南！可。

〔一〕邃：原作「遂」，據文意改。

趙崇絢除將作監

由郎官以上皆爲卿從之儲〔一〕，常以待麾節之有聲者。爾牧古括，輿論稱其廉平〔二〕；郎憲部，讞筆多所全活。久於省户非滯也，所以老其歲月、厚其資望也。大匠班高而事簡，兹以命爾。昔漢宣中興，史臣述其行事，首曰樞機，次曰品式，微如工技，亦曰咸精其能，則繕監所掌，顧可以薄物細故而忽之乎！益勤鳩僝，以對寵光〔三〕。可。

〔一〕皆爲：原倒，據文意乙。
〔二〕「其」下原有「賢」字，據文意删。
〔三〕寵：原作「龍」，據翁校本改。

趙崇絢除直秘閣知婺州

朕於支郡偏壘，調守必惟其人，況左馮名藩，去天尺五！曩以處貴近之均佚者，近歲號稱難治，郡縣則曰貴豪以輸賦爲恥〔一〕，田里則曰官吏因實産肆擾，朕弄印不知所屬。爾前治括有聲，今獨不可移之於婺乎！華以延閣，往佩左符。昔兒寬爲左内史〔二〕，負租當殿，民恐其去，大家牛車，小家負擔，課更以最。爾能爲寬，安有不肯輸之賦！國僑爲政，褚其衣冠，伍其田疇，輿人誦之，惟恐後人之不能繼。爾能爲僑，安有不可實之産！先漢於循良之吏，或下璽書褒美，或以補公卿之闕，爾其勉旃，毋忽朕命。可。

〔一〕輸：原作「輪」，據文意改。

〔二〕左内史：原作「右内」，據《漢書》卷五八《兒寬傳》改、補。

知南康軍趙與夏職事修舉轉一官

朕重於數易長吏，其有治理效者，必旌異而借留焉。爾嘗有朝蹟，屢奏郡最，星渚之政達於朕聽，璽書增秩，漢制也。先民有言，「不倦以終之」，又曰「堅凝之難」。爾其勉旃，毋廢前勞。可。

胡侁仍舊直秘閣知泉州

朕惟温陵邑屋繁雄，軍府殷實，素號閩之樂土。今之郡猶昔之郡也，而談者類曰凋匱不可爲，安得一廉平之守往佩二千石印綬哉！爾向列於朝〔一〕，累十三遷始擢臺察，侍邇英，然又不久而去，既去蕭然巷處。其於名利之際淡泊如此，推以治郡，必能勵冰蘗之操，變珠犀之俗〔二〕，必能還殷富之舊而洗凋匱不可爲之謗矣。可。

〔一〕向：原作「尚」，據翁校本改。
〔二〕「俗」上原有「屬」字，據翁校本删。

張晞顏除監察御史兼崇政殿說書

若稽祖宗，尤重風憲。以人望進，如慶曆之親除；由邑最升，則淳熙之故事。孰膺是選，茲得其人。爾蹈君子之中，有仁者之勇。斗間紫氣，所稟得造化之清；日下色雲，其應爲科名之瑞。邕江三異之美，粵俗百年所無，至今行人口碑之言，皆謂宰君琴調之古。朕廣開賢路，欲正百官先肅一臺；仰法阜陵，有自列院徑分六察。不待呈身而柬拔〔一〕，冀聞造膝之忠嘉。今西北必至之患稍紓，中外可言之事尚衆。況有法筵龍象，聳聽於舉揚；雖無當道豺狼〔二〕，宜防其覆出。密勿華光之誦說，森嚴柏府之威稜。噫！臺無長官，旨哉唐御史之論；國必有故，仰止鄉先生之風。可。

〔一〕不：原作「下」，據翁校本改。
〔二〕無：原作「每」，據翁校本改。

沈炎除資政殿學士提舉臨安府洞霄宮

清朝辭位，尋故里之釣游；邃殿冠班〔一〕，奉殊庭之香火。身名俱泰，禮貌愈隆。具官某直哉惟清，卓爾有立。進用匪由於捷徑，自柬眷知；指陳每及於權門，乃無附麗。極力破倚冰之黨，昌言擊偃月之姦。擢自上坡，延登政路。幹鈞樞之二柄，殫寅協之一忱。大在廷，細在邊，籌帷之計審；賢和朝，物和野，調鼎之功多。曾委任之未衰，何嫌疑而勇決。退有一辭之易，出無三宿之難。先朝創資政以來，不輕除授；舊弼解繁機而去，宜示褒崇。仍典領於竹宮，俾燕熙於枌社。名途巇險，孰如還政堂之高；物表逍遥，深得獨樂園之趣。載嘉晚節，奚愧前修。噫！曾侍堯階，應效華封人之祝；回瞻魏闕，寧忘公子牟之心！式對寵光，永綏壽嘏。可。

〔一〕邃：原作「遂」，據翁校本改。

鄭雄飛除權户部侍郎

夾香案以視朝，甫登清切；扈屬車而上雍，遂簉禁嚴。苟當選掄，奚拘久近！具官某聞曾子之勇矣，養孟氏之浩然。所信古書，可謂直諒之友；及摹世務，庶幾通達之儒。告上敢言人所難，立身不枉道而進。是良史也，方資倚相之能；不亟用之，將恐柬之之老。超拜論思之列，渴聞啓沃之忠。仕有逢時，舉寧待次。噫！小材積日，不離於卑官；君子競辰，方觀於晚節。可。

奉議郎行太學博士林經德昨任建寧宰平寇轉一官

朕前命邑令皆以尉、寨兵軍正繫銜〔一〕，所以備不虞也。爾所涖邑近寇巢穴，一旦突如其來〔二〕，衆驚欲潰。於斯時也，爾一舉足則民社墟矣。既與其孥誓死勿去，又能舉軍正之職，激勵戍兵弧卒，馘渠魁而走餘黨。臺閫上其功狀，朕甚嘉之。孟子曰：「舍豈能爲必勝哉，能無懼而已。」乃增華秩，以爲臨難無懼者之勸。可。

〔一〕令：原作「今」，據翁校本改。
〔二〕突：原作「哭」，據翁校本改。

朝散大夫前紹興府許彪祖寄居於瀘逆整誘之使降朝服以拜天地祖先率一家由少而長自絞而死可特贈中奉大夫直秘閣除致仕恩澤外更與一子恩澤

朕遭時艱虞，思古忠義。卞侍中父子同罹寇鋒，顔平原兄弟繼隕國難。乃若闔門之守節，尤爲曠世之罕聞。爾西州掄魁之家，茂陵名從之子，安榆枌而重徙，釋符竹而閒居。屬整不臣，脅爾從逆，一城偷生者衆，十口視死如歸。被髮左衽爲夷〔一〕，忍污於賊虜？稽首再拜乃卒，不負於君親。行路涕洟，臨朝震悼。進文階而寓直，越常格而推恩。喟然憫焉，嗟何及矣。噫！指壁下之殯，壯哉遺言；求袴中之孤，冀其有後。可。

〔一〕爲：原無，據翁校本補。

歐陽守道除秘書郎

漢唐皆以館閣儲才，及以史考之，有三世不徙官者，有十年不調者。雖飛騰速化非士君子之意，然英雋久淹亦宰物者之責。爾策名早，取世廉，未嘗汲汲於進，而朕所爲汲汲於爾者，將以愧躁競而奬靖退也。中秘書高於是正校讎矣，昔瀛州學士後皆爲名公卿，爾其以貞觀諸賢自勉也。可。

後村先生大全集卷之六十九

外制

保義郎廉節可贈忠訓郎與一子進武校尉

爾懷闔擻羅麥於瀘，整於是時已蓄異志，增價争糴，惡其從傍掣肘也，一旦遂甘心焉。然爾於身謀雖甚疏，於王事則甚忠矣。進秩録孤，以勸來者。可。

武功大夫沿江制司諮議官呂文信總統兵船在𣙜林夾白鹿磯陣殁於王事得旨特贈寧遠軍承宣使其子師愈特與帶行閤職除合得致仕恩澤外更與一子恩澤仍與立廟賜額〔一〕

殺身成仁，嘗聞斯語；舍生取義，今見其人。追懷敵愾之勛，特厚褒忠之典。具官某頃參閫晝，力抗虜鋒。彼衆我寡而直前，路窮力竭而猶戰。花卿猛將，豈非絶世所無；南八男兒，恥爲不義而屈。衽金志壯，埋玉骨香。加唐藩鎮留後之崇班，用漢羽林録孤之故事。噫！死當廟食，初何減於封侯；魂爲鬼雄，終不忘於厲賊。可。

〔一〕槲林：翁校本作「槲林」，《宋史·呂文信傳》作「斛林」。

武功大夫淮西副總管廬州駐劄仍釐務御前强勇右軍統制王友直爲戍守嘉定特與帶行閤門宣贊舍人職任依舊

日虜深入，蜀腹背受敵，殆哉岌乎矣。爾總戎赴援〔一〕，且戰且守。使嘉定孤壘屹然全壁，誰之力也！閫臣以聞，華以閣職，俾將偏師。爾尚奮勵，以大功名自勉。可。

〔一〕援：原作「授」，據文意改。

進勇副尉兩雄軍總轄權江西路分劉信□爲興國戰功贈承信郎〔一〕

虜犯武昌，爾自廬陵泝流赴援〔二〕，遇賊江中，握拳猶戰，隕於飛矢。及丞相金鼓從天而下，掃清氛祲〔三〕，班師奏凱，而爾不及見矣。贈官録孤，以旌爾節，以識予哀。可。

〔一〕兩雄軍：似當作「南雄軍」。
〔二〕援：原作「授」，據文意改。
〔三〕氛：原作「氣」，據翁校本改。

武功郎帶行閤門宣贊舍人重慶府駐劄御前諸軍都統制王達爲瀘城戰捷特授□州刺史依舊帶行閤門宣贊舍人

去歲賊將據瀘，我師環而攻之，爾在諸將中勞績尤著，遥刺閤職，一日並命。夫事會寧有終極，而將相寧有種哉！勉立雋功，予有醲賞。可。

秉義郎淮東副總管盧青爲取東海力戰贈武義郎與一子恩澤

攻海之役，爾肉薄先登，以身死之。夫貪生怖死，人之常情。然彼怯戰而生，奄奄如九泉下人；爾力戰而死，凛凛有生氣矣。贈官録孤，以昭予哀。

武功大夫京西南路兵馬鈐轄均州駐劄仍鼇務史伯英爲應援鄂城特授帶行閤門宣贊舍人依舊任

朕賞援鄂之功，尤致其厚。閫臣言爾欲以階官易閤職，朕烏得而刓印哉！總戎亞於帥，武當鄰於塞，爾既爲閫臣愛將，戍國家要郡，宜思所以上報主恩、下報己知者。可。

洪勳除兵部侍郎

漢刺史六條，最既優於七聚；周司馬九伐，任尤重於貳卿。還爾舊氈，出予新綍。具官某英偉天目之間氣，名節家廷之嫡傳。負荷斯文，底法乃父。風雷鼓舞於天上，聳動四方；毫芒流落於人間，光燄萬丈。典冊則元祐學士，封駁則熙寧舍人，每抗論而陳謨，皆有功於改紀。厥承明勞侍從，靡貪上雍之榮；送禮樂有光華〔一〕，誰謂八闔之遠。於筦榷不祖孔、桑籠奪之智，於舉刺庶幾尊、滂激揚之風。朕念史談之滯留，思賈生而召問。從容禁橐〔二〕，冀獻可替否之忠；密勿細旃，賴温故知新之助。不見也久，何來之遲！噫，五材誰去兵，雖幸邊烽之寢息；六官各帥屬，宜勤軍實之簡稽。可。

〔一〕光：原作「功」，據翁校本改。

〔二〕容：原作「頌」，據翁校本改。

朝奉郎京西南路安撫大使司參議官魏崍爲鄂城功賞轉一官

鄂渚解圍，凡有勞其間者，朕皆不敢忘也。爾以相家子游邊，姓名見於守臣、閫臣所上功狀，爰進一階，以勸城郭封疆之臣。可。

龔溱除刑部郎官

乃者秋卿長貳數以擇郎吏爲言，朕非刓印也，念天下之獄至憲部而止〔一〕，民冤伏於隱微，吏文極其深巧，擬筆輕重之頃，囚之死生繫焉，其選不亦艱乎！求之郎舍，爾明而恕可以雪幽枉矣，勤而練可以燭姦欺矣。往佐而長，凡奏當之上，疑者讞之，誣者雪之，以廣朕好生之德。可。

〔一〕「止」上原有「至」字，據翁校本删。

劉汝礪除太常丞

百司惟禮官尤清，三丞惟奉常尤高，率以待天下勝流。爾有士譽，有邑最，入爲博士、議郎，出爲散人、傲吏，喜愠不形於色，安義命而齊得喪，有足嘉者。頌臺乃爾舊游，起家爲丞，非惟獎恬靖之風，且以重寅清之選。可。

中奉大夫新知撫州吴焯特授直秘閣守本官致仕

士大夫徐行平進，不汲汲宦達，固有之矣。若夫壯老一致，終身不改其度，未見其人焉。朕曩視朝，有金紫而班於百僚之底者，問其姓名則爾焯也。於是始開朝蹟，稍遷丞郎，出於親擢，非由啓擬。晚以專城起家，昔之人或耆耄不謝，或自詭尚堪一行，爾獨援禮經，願上二千石印綬而致其事，出處之際可謂全矣。木天寓直，非以華爾，將以愧躁競之人而倡廉退之風。可。

吴君擢除將作監兼侍左郎官

爾自霅守召還郎舍也，朕命大臣擇職業可以自見者試爾之才，乃掾公府，甚宜其官。屬夏享原廟，序進羣僚，朕惟大匠最清，左選尤劇，爾以有餘之材治甚清之職，直易易耳。銓曹持衡尺裁量天下選人，官失其柄，使主令得以施其伯州犁之手，賢愚同滯，孤寒失職，識者病之，所爲選擇而使子也。以清局兼劇曹，庶乎益有以自見矣。可。

朱文炳除軍器監仍舊四川都大提舉川秦茶馬兼報發御前軍馬文字兼夔路提刑提舉

全蜀盛時，茶馬使者權力埒於制總；亂離以來，司存非昔日矣。爾授任於殘創之餘，宣勞於風寒之處，凡賊虜動息、將帥功罪，無巨細皆馳驛以聞，使朕明見萬里之外，爾有力焉。戎監卿從之儲，班聯最高，事權加重。朕聞明數者言，蜀亂當先定，惟此時爲然。益殫忠勤，勉建勳績，朕將不次用爾。可。

李與趙趙與檼並陞直華文閣與趙潼川提刑提舉兼運判與檼成都路提刑提舉並權四川制參〔一〕

自蜀有狄難，而識者預言其亂先定，至此而瀘叛平，虜之整居於内者皆去。雖天道福華而禍夷〔二〕，亦吾師武臣力所致。爾與趙以西州之彦，與檼以屬籍之英，觀風一道，參畫大閫，宣勞既久，進職因任。爾其思載馳周咨之義，勿置四方而不問；贊拓裹撑表之策，勿使外邪之再入。則參井之墟有高枕之漸，朕寬顧憂，爾爲能臣矣。可。

〔一〕李與趙趙與檼：原脫一「趙」字，據題之下文及正文，皆與趙、與檼分稱，「與趙」李姓，而「與檼」爲「屬籍之英」，自然姓趙，因補。

〔二〕雖：原作「難」，據文意改。

謝埜除太府寺丞

自昔人材萃於一門，不多見也〔一〕；萃於一門而又萃於一時，尤爲不多見〔二〕。爾家廷之内，璆琳琅玕，輝彩相映，雖漢陰、馬，晉王、謝何以加諸〔三〕！朕登進髦士，戚賢並用，如爾秀發，擢丞外府，益自磨礪，以對休寵。可。

〔一〕「不」下原有「見」字，據翁校本删。

〔二〕不多見：翁校本作「衣冠之美談」。

〔三〕謝：原作「敬」，據翁校本改。

趙時𣶃除大理寺丞

廷尉屬多取法家者流，然必參用温良長厚之人，蓋曰淑問，曰審克，有在於司空城旦書之外者。爾更事多而用法平，再丞李寺。勉之哉！可以長王國，亦可以高門閭矣。可。

陳緯武學博士彭方迥武學諭

朕求文武如不及，羣天下英雋而教育於國學，師儒皆極天下之選。爾緯鄉國之善士，爾方迥科目之勝流，其爲朕往教右庠。昔山濤不學孫、吳，暗與之合，先儒張載始亦好論西事，蓋有名士而談兵者矣。其淑艾而作成之。可。

陳夢發除諸王宮教授

朕惟宗藩親無如介弟，朝夕所與講習而親炙者，一二賓友而已。爾寔周行有賢譽，入太學有師道，使之開黄卷，傅朱邸，可以廣元王受《詩》之意而助東平爲善之樂矣。可。

陳大中除史館校勘

朕於史官尤遴其選，有以郎監而兼校勘者。爾策名二十餘年，歷官不苟〔一〕，積譽尚微〔二〕，一旦儕之瀛洲學士之列而與聞汗青之事〔三〕。夫述作才也，遇合命也，人將觀爾之書法焉。可。

〔一〕不：原作「雖」，據翁校本改。
〔二〕尚：原作「甚」，據翁校本改。
〔三〕儕：原作「擠」，據翁校本改。

楊起莘除宗學諭

中興以來，士有已奉對南廊而復傳臚集英者，往往貴盛。在紹興則德元，在端、嘉則大同，豈非鬱積之久，騰上之速，乘除之理然歟！爾荆楚奇材，晚擢鼎魁，當求士如不及之時，乃久滯於外。召寘周行，非直使之訓迪麟宗而已，清資華貫於焉權輿。可。

知漳州洪天錫除直寶謨閣依舊任

昔汲黯在廷，以嚴見憚，及出爲右内史則職事不廢，守二郡則閉閤卧治而政清，視嚴助、吾丘壽王數年不上計〔一〕，至勤璽書督責者異矣。爾由前御史牧清漳，其未至也，皆有薄淮陽之疑〔二〕；其既至也，躬細務而不流於清談，舉大綱而不事於小察。士曰吾得嚴師矣，民曰吾得慈母矣，朕以爲有黯之風。奎閣寓直，雄堂借留〔三〕，用漢故事，以爲郡國二千石之勸。可。

〔一〕助吾：原缺，據《永樂大典》卷一三四九九補。
〔二〕有：原作「以」，據翁校本改。
〔三〕雄：原缺，據翁校本補。

洪天錫依舊職除廣東運判

朕方褒爾郡最，且爲千里借留，屬五筦之東，漕臣弄印，夫六百石之禄雖不重於二千石，然十四郡之戚休則大於一城矣。爾昔仕粤〔一〕，風俗素諳，今牧漳壤地相接，其上符竹，往乘使者車。

嶺海五瘴之尤毒者，官吏三風之未悛者，爾其扇仁風以蕩滌之，勵清節以激揚之，罔俾端頤專美於先朝。若夫飛輓之事，則有司存。可。

〔一〕仕：原作「住」，據翁校本改。

吴勢卿除軍器監依舊淮東總領

總餉之難久矣，重以去歲澇傷，圍田之入虧四十餘萬斛。戍不可撤也，竈不可減也，賦不可加也，識者爲此寒心。爾授任未幾，適丁是時，洗手奉公〔一〕，悉心營職。雖朝廷不輟補助，然爾左支右吾，斡無爲有〔二〕，於財殫粟竭之際〔三〕，收士飽馬騰之效，可謂有用之才、通務之儒矣。夫持空談易，課實用難，爾已能底績如此，進之戎監，班序益高，事權加重，以昭朕獎賢勞、勸事功之意。可。

〔一〕手：原缺，據翁校本補。
〔二〕斡：原作「幹」，據文意改。斡，轉也。
〔三〕財：原作「則」，據翁校本改。

吳勢卿糴足五十萬石特轉朝奉大夫

連營待哺，倉庾氏無以繼，至於糴以足之，勢不容已，非得已而不已也。然糴固難，而糴於歉歲尤難。爾承澤竭之餘，當水毁之後，招誘有方，措置得宜，無疾聲大呼，不低估高量，而歲額五十萬斛告足。世之自詭功名者多能言，惟爾能踐其言，信乎有勢於國矣。其進一階，以勸使於四方不辱君命者。可。

林希逸除考功郎官

朕愛惜人才如珪璧，而於當世知名之士尤致其厚。爾老學雄辭，昔嘗開卷丹地、執筆玉堂矣。一收朝蹟，坐閲五閏，居常有久不見生之歎。改紀以來，再予環，一出節，止或尼之，於朕心終不釋然。尚書郎爾前銜〔一〕，館閣爾舊游，疊組起家〔二〕，出於簡記。《緇衣》之詩曰敝者三，曰改者三，朕於爾可謂得詩人好賢之義矣，爾其可安安而居、徐徐而來乎？可。

〔一〕銜：原作「御」，據翁校本改。

〔二〕疊：原作「壘」，據文意改。

李伯玉除尚右郎官

我朝崇科目而重名勝，朕率由舊章而加厚焉。爾乙未魁亞，嘗歷館閣、掾省闥，言議風旨聞於天下。法當騰上久矣，顧留落江湖，虛老歲月。朕並致諸賢，獨遺大雅，寧非闕典？尚書郎爾舊氈也，姑借是起家耳。出處有義，遇合有命，惟賢者安之，唐人玄都觀桃花之歎陋矣。爾其疾驅，以副延佇。可。

洪熹除寶謨閣待制知太平州

懷綬需會稽之戍，閫寄固專；易麾爲姑熟之行，江防尤重。筆橐之班加峻，金湯之勢增雄。具官某宣慈而惠和，辨智而闓達，典刑肖乎先德，事功著於當時。作郡國會計之圖，弛張有道；賦京兆神明之政，剖決如流。眷懷方賴於論思，雅志力求於更迭。朕惟西瀍東澗，密邇周畿；右扶左馮，均爲漢輔。出綸謀帥，衣錦過家。屬險要護風寒之衝，難於調守；若文武可畏信之彦，無以踰卿。乃超松階之高華，以壯采石之形勝。噫！臨淮於營壘麾幟之末，初無改更；尹鐸於保障癘絲之間，能有決擇。益固根本，以寬顧憂。可。

趙孟傳依舊秘閣修撰除提舉福建市舶兼知泉州

互市置使，非寶遠物也，所以來遠人也，後之居是官者失其意。彼愚民以命易貨於鯨波萬里之外〔一〕，幸登於岸，重征焉，強買焉，或陷之罪而乾沒焉，商賈失業，民吏胥怨，朕弄印久之，不知所付。爾清吏也明使指，近屬也知朕意，緤臺之選〔二〕，無以易堯。玉之在鄭商者可勿買，珠之去合浦者可復還矣。可。

〔一〕波：原作「浸」，據翁校本改。

〔二〕緤：原作「集」，據翁校本改。

趙孟玠除軍器少監

《記》曰：「君子不可不早有譽於天下也。」爾少而英妙，長而温雅，有佳公子之目。昔人有以四十專城爲榮，爾未四十而兩佩二千石印綬矣。有已試之能，顧使之需未及之戍，豈急才之義乎？

戎監長貳，亞於九卿，靖共爾位，以俟進擢。可。

吳潔除將作監致仕

乃者温陵調守，疇咨在列，皆言爾嘗監郡，識民夷情僞〔一〕，知財貨源流，遂使之佩二千石印綬。久之，部使者言爾不治，無幾何又以危篤聞矣。嗟夫，豈郡果不可爲耶？抑卧病閉閤，神明已耗而然耶？朕於戚畹常致其厚，不欲使爾有加膝墜淵之嘆，擢大匠，進文階，俾致爲臣而歸，以昭朕終始待遇之意。可。

〔一〕識：原缺，據翁校本補。

趙時橐除户部郎官

袁在江右，昔稱樂土，屬者寇震於鄰，四封告警，調度繁興。爾當俶擾之餘，任牧御之寄，乃能以安静拊摩凋瘵，以節縮支吾乏絶，境内稱治。昔吳公於河南，文翁於蜀，霸、遂於潁川、渤海，或以治平，或以儒雅，或以循良，爲當時奬擢。朕召爾以尚書郎，猶漢家選表之意也，亦烈祖非郡最不除郎之制也。可。

奉直大夫新差知泰州姜虎臣昨因應援懷遠以解重圍特轉朝議大夫

懷遠吾必守之地，寇環而攻之，爾以制閫元僚提兵赴援，突圍而入，解圍而出。昔有上馬擊賊、下馬草檄者〔一〕，其若人之流歟！閫臣言狀，進階一列，以勸功名之士。可。

〔一〕下：原作「上」，據翁校本改。

趙日起除檢詳

今邊猶宿師〔一〕，士未解甲。爲朕運籌制勝者，大臣也；爲大臣圖事揆策者，公府掾也。爾以蜀珍參諸老，游三邊，兵機敵情料之審矣，王體國論講之詳矣。當甲兵問廟堂、文書盈几格之時，强敏足以應接，精明足以檢泥〔二〕，見於已試，進之爲真。慮患必萬全，商事必十反，是爲稱職。可。

〔一〕今邊猶宿師：原作「令猶邊宿帥」，據翁校本改。

〔二〕泥：翁校本作「視」。

王世傑除秘書郎

自昔清華之涂有二，館學而已。然世南號行秘書，終不在孔穎達輩師儒之列；韓愈歎博士之冗，有「羡鄭涵校理」之句。爾前典教宗庠以行誼選，茲爲郎秘監以才學進，清資華貫，爾迭居之，比之是正校讎步武高矣。摶風而上者九萬里〔一〕，所至詎可量哉！可。

〔一〕摶：原作「培」，據翁校本改。

黄應春除宗學博士

我朝學制大備〔一〕，中興僅創太、武學而宗庠猶未之及。先皇慨然經始，壹如承平盛時，英才彬彬輩出，與寒畯等，其師氏之選尤遴。爾齒髪之宿，德義之尊，可以輔導朱邸而作成青衿矣。《詩》不云乎：「尚有典刑。」可。

〔一〕大：原作「天」，據翁校本改。

潘凱除華文閣待制知漳州〔一〕

朕視邦選侯，重南國藩宣之寄；惟人求舊，起西清宿老之賢。乃陟隆名，式資共理。具官某精金百鍊，直幹千尋。頃被親除，首陳讜議。攻南昌而請劍，奚塹攀檻之雲〔二〕；論公孫如發蒙，獨憚在廷之黯。嗚陽之疏不朽，出晝之身甚輕。屬予調瑟之初，念汝考槃之久。乃開宣室，以訪賈生；忽厭承明，莫留嚴助。尹漕之政，真古遺愛；甌閩之俗，至今去思。人才實難，居常當饋而興歎〔三〕；名臣欲盡，詎容袖手而傍觀！班冠四松，符分半竹，蓋前輩高登之里，有故侯朱熹之風。噫！朕覽元結舂陵之行，豈輕調守；爾有蕭生本朝之意，諒不忘君。治績轉聞，追鋒踵至。可。

〔一〕待：原作「侍」，徑改。
〔二〕雲：原作「游」，據翁校本改。
〔三〕歎：原作「難」，據翁校本改。

秘書郎曹元發卓得慶並除著作佐郎

二著館職之高選，日歷國史之張本，非老文學而諳典故，孰可秉此筆哉？爾元發知名士也，爾得慶甲科郎也，其志同，其道同，其官又同，兹由中秘書佐太史氏。朕嘗歎史院初草，吏文居十之九，所爲命爾兩生，欲實事求是，欲訂訛糾繆，欲削繁趨簡，使他日作述一經者有所稽據〔一〕，可以傳信萬世矣。可。

〔一〕述：翁校本作「宋」。

馮夢得除宗正寺簿

昔人以大幕府爲小朝廷，謂人材之所聚也。從吾大臣援蜀者多矣〔一〕，爾其一焉。甫開朝蹟〔二〕，卷懷而去。起參淮閫軍事，俄而青、齊拓土，濟、汶歸疆矣。夫有磨盾作檄之才，必能秉檢玉泥金之筆，朕以瑶編初草付爾筆削，將極文章之用。陳琳、阮瑀之事淺矣，尚勉其遠者大者。可。

〔一〕援：原作「授」，據翁校本改。

〔二〕蹟：原作「績」，據翁校本改。

郭德安除兵部郎官

士大夫當以事功自見〔一〕，垂長衣、橫麈柄者〔二〕，坐談客耳，如事功何？爾奮儒科，仕邊地，表淮裏江之形勢知之審矣，老校退卒之見聞訪之詳矣。朕合兩淮建閫〔三〕，爾以刑獄使者參其軍事，耀兵漣海，三年克之，賢賓主之勤勞至矣。朕既命制臣貳夏卿，又命爾爲郎，蓋漢人拜龔遂水衡、以議曹丞水衡之意。增重觀風之寄，徑班應宿之躔。可。

〔一〕夫：原作「功」，據翁校本改。

〔二〕麈：原作「塵」，據翁校本改。

〔三〕閫：原作「梱」，據翁校本改。

郭和中除大理寺丞

朕讀《左氏傳》，於「强諫有後」之語而有感焉。爾考嘉熙諫臣，言議風旨聞於天下，爲諸賢存命脉，爲萬世扶綱常，所謂歿而不朽者。爾典刑惟肖，有嫩譽而無躁心，擢丞李寺，朝蹟寖高〔一〕。朕每於對班覯人，百執事皆得以盡言無隱。爾勉之哉！父諫觀魚，子諫納鼎，罔俾臧孫專美於魯。可。

〔一〕寖：原作「寑」，據翁校本改。

魏克愚除太府少卿兼知臨安府主管浙西安撫司公事

六飛都杭以來，尹、漕皆治輦下，皆以名卿爲之，尹闕則漕次攝，或就拜，列聖相承皆然。爾岷峨之英，文靖之子。得於天稟者高〔二〕，故心通而神悟；講於家庭者熟，故見廣而聞多。使之陳臬事，主漕計，無擊斷之迹，有治辦之實。朕察其才有餘而用未究者，京兆弄印，無以易堯。其以卿少行大尹事。先朝多命儒臣領開封，所以示表倡而厚根本也，豈必若趙廣漢輩，設鉅筩鉤距以察爲明乎〔二〕！或謂今之京邑至難者有二，曰糴價，曰物估。蓋昔之長於心計者惟劉晏，史稱其能權萬貨重輕，使無甚貴賤而物常平。然則平其末減之價，下其甚高之估，爾必有以處此。孟子曰：「若夫潤澤之，則在子矣。」爾其勉之！可。

〔一〕稟：原無，據翁校本補。
〔二〕鈎：原作「鈞」，據翁校本改。

趙與可除直秘閣兩浙運判〔一〕

今二浙，古三輔也，其寄公多勢要，其大吏多貴近，奉使畿内者以行忠振職爲難。朕欲爲南陽、洛陽解不可問之嘲，環顧在廷，孰將隆指！爾宗英也有天才，望郎也有風力，桐川之政，輿人誦之。寵之以中秘清華之職，付之以兩路按察之任。求民之瘼〔二〕，必詢度之周；當官而行，何强禦之畏！昔人《皇華》之詩，爲遠使言也。爾弭節輦下，美政嘉績接朕見聞。嚴六條之問，獲五善之報，將先諸道采而受上賞矣，何待四牡之遄歸哉！可。

〔一〕「直」上原有「秘」字，據文意删。

〔二〕瘼：原作「莫」，據翁校本改。

右武大夫左領軍衛將軍知無爲軍節制軍馬吴日起乞將景定元年三月三日隨大丞相行府於蘋草坪殺賊功賞封贈父母

蘋草坪之捷，與前代之赤壁、合淝水，南渡之采石、皂角林相望於千載，凡從丞相於是行者，論功行賞有差。爾子日起獨請以其官贈父封母。夫敵愾忠也，榮親孝也，爾有子而我亦有臣矣。可。

朝請大夫試尚書兵部侍郎洪勳磨勘轉朝議大夫

磨勘法行〔一〕，由三百六旬而積〔二〕；論思望峻，何八十一士之拘。具官某忠清之節傳家，典雅之文行世。於高原下隰，歌《皇華》而周咨；扈法駕屬車，第侍臣之嘉頌。雖班爵極顯榮之寵，然銓衡有考課之常〔三〕。乃出新綸，俾遷崇秩。噫！佩荷囊而從上，寧計官資；對蒲璧以封男〔四〕，仍開鄉國。可。

〔一〕法行：原倒，據翁校本乙。
〔二〕由：原作「田」，據翁校本改。
〔三〕「然」下原有「考」字，據翁校本删。
〔四〕對：翁校本作「出」。

寶章閣直學士朝請大夫知徽州軍州事周坦磨勘轉朝議大夫

上同洪侍郎。具官某貴名揭日月而行，諫紙挾風霜之氣。聽尚書履，冠常伯之邇聯；懷太守章，踐先儒之補處。雖班爵極顯融之寵，然銓衡有考課之常。下同。

敘復朝請郎新除華文閣待制改差知太平州軍州事潘凱磨勘轉朝奉大夫〔一〕

國家待法從之臣，固難用例；祖宗立審官之制，必論積勞。具官某有萬丈光燄之文，有百篇仁義之諫。持橐陪甘泉之獻納，入罄忠嘉；建牙護采石之風寒〔二〕，出分憂顧。然考課其來尚矣，雖貴近何可廢哉！乃下新綸，俾遷華秩。噫！見德業之久大，益懋遠圖；計班資之崇卑，諒非雅志。可。

〔一〕待：原作「侍」，徑改。

〔二〕采：原作「呆」，據翁校本改。

武翼郎荆湖北副總管統援蜀諸軍黄仲文可特贈武顯郎除致仕恩澤外更與一子恩澤

昔酈瓊舉合肥降虜，獨喬、張二大將不屈而死，廟食至今，名標史冊。爾駐兵於瀘，賊整獻城，强以從逆。爾握拳嚼齒，罵不絶聲，寧折首而不肯屈膝於虜。茶馬使者爲朕言其狀，與喬、張死節先後相望，是可以列忠義之傳而寒亂臣賊子之膽矣。進五秩，録孤兒，英爽凛然，歆此休命。可。

後村先生大全集卷之七十

外　制

文天祥除校書郎

新進士唱第前，舉首必召，故事也。爾以陟岵之故，稽登瀛之擢。一旦來歸，如麟獲泰畤，鳳集阿閣。甫繙黄本，俄映青藜，在他人爲速，在汝爲晚矣。昔人云不可及者年也，不磨者名也，至哉天下樂者書也，朕將老汝之才而極其用焉。可。

鄭大有除軍器少監

昔先忠定，予之甘盤、阿衡也。厥子早世，有孫而賢，由鵷序剖虎符，吏士且來迎矣。爾深念王母大耋之年，憚於修阻；朕不奪孝子順孫之志，處之便安。擢貳戎監，班聯寖高。爾其奉輕軒板輿，就養京師，以慰朕懷舊傅、思名宰之意。可。

鄭大節陞直寶章閣添差沿海制置司參議官

朕於故家雋胄皆甄録而器使之，況舊學前揆之再傳乎？爾丞外府，修謹自將，朕方賢鄭公之孫，爾乃抗令伯之表，去爲軍諮，將以娱侍。然奉潘輿來越，豈若鄞閫之尤便安乎？奎閣清資，制垣上介，出籌筆草檄，入擁笏垂魚，忠於長，孝於親，則德進而譽起矣。可。

文及翁除太學録

朕蒐羅賢雋，士有占小善、名一藝，莫不聞風而至，然科目、學問、節槩如爾及翁者，乃獨留滯於外，幾於摭星宿而遺羲娥者〔一〕。使之入太學，誨諸生，大夫國人皆有矜式矣。可。

〔一〕幾：原作「畿」，據翁校本改。

錢可則除吏部員外郎

右扶環象日之畿，左銓冠應宿之列。更出迭入，所以均勞佚、勸事功也。爾生相閥而有謹厚之風，聯戚畹而無貴介之累，其牧桐江，見謂廉平。朕方求一佳吏部郎俾佐選事，爾其人矣。與其復駕朱旛而出守，孰若徑襆青綾而入直！益勤職業，以副眷知。可。

王華甫除兵部員外郎

近歲士大夫多謂郡不可爲。赤城畿内佳處，亦趍於壞，調守多矣，譬之族庖屢更刀而屢折。爾爲之期年而治，二年而大治。廉如公儀休，惠如子産，不畏强禦、不侮鰥寡如仲山甫，崇德而尚賢，先教而後政，未嘗急賦而上供、送使〔一〕、廪兵、禄吏未嘗乏絶，然則天下豈有不可爲之郡哉！朕甚嘉之。選於所表，漢制也；非郡最不除郎，祖訓也。其上二千石印綬，來游省户。可。

〔一〕送：原作「秩」，據翁校本改。

臧元哲除太府寺簿

今弊事膠轕，人物衰少，常有臨事乏使之歎，朕所爲兼收而並蓄也。爾承先人之緒，在才子之目，使之縮手袖間，老歲月於長史、司馬，可惜也。簿正外府，駸駸得路，益自磨礪，以需器使。可。

陳淳伯除武學博士孫炳炎除武學諭

朕並用文武，右庠英俊彬彬輩出，其射策廷中、舉幡闕下者，與太學諸生相頡頏，模範之選，必屬名流。爾淳伯由璧水，爾炳炎由金耀，擢之師氏，倡其名節之風，作其功名之氣，毋徒曰角課試、媒利禄而已。可。

趙孟儀除將作監丞〔一〕

有列於朝，率久而後遷。爾秉平反之筆於李廷，未久而遷者〔二〕，以其爲國近屬也，以其爲佳公子也。大匠之事簡，丞之班高，益厚涵養，以對簡擢。可。

〔一〕儀：翁校本作「議」。
〔二〕遷：原作「選」，據翁校本改。

汪立信除華文閣知江州主管江西安撫司公事

察州畿輔之内，風采聳聞；謀帥翼軫之墟，事權采重。峻其貼職，錫以命書。爾平實而蘊奇謀〔一〕，深沉而達機變。昨陳臬事，適值澇傷。叢棘寃清，于門有容駟之兆〔二〕；發棠功大，禹甸無爲魚之災。朕監成憲於思陵〔三〕，移中權於潯浦，遴禮樂詩書之選，屬文武威風之人。輟霄漢之黼衣，下青冥之斧鉞。彤弓盧矢，方伯奉而專征；帕首腰刀，小侯見以軍禮。陋六代畫江之陳迹〔四〕，廣中興建閫之宏模。擊楫誓洪流之中，賜履包長淮之右。彼騎千羣而奚用；險固可憑；此舟一物之不牢，咎將誰執？算多則何戰不勝，守堅則無暇可攻。諒素定於胸中，初不膠於紙上。噫！江濤恬息，伏波無下瀨之勞；幕府從容，庾亮有登樓之暇。對揚新渥，勉勵壯圖。可。

〔一〕蘊奇謀：原缺，據翁校本補。
〔二〕兆：原作「逃」，據翁校本改。
〔三〕陵：原作「稜」，據翁校本改。

〔四〕代：原作「伐」，據張本改。

牟巘除大理司直

司直班於廷尉評之上，由掌故升者爲殊擢。爾之才學，漢人所謂家之珍寶、國之英俊者，秉平反之筆以廣哀矜之意，非爾其誰宜爲！可。

余鼃除司封郎官

人材以用而後見，端坐而談治忽者，平居可以諧世取名，用則泥矣。爾以淮海之俊、場屋之彦，出佐大閫，尤長策畫。入掾二府，與聞機要，朝蹟深而郡最高，蓋有實用而非事清談者。當賢哲馳騖不足之際，袖手傍觀可乎？召還省户，以待器使。可。

余鼃除浙西提刑

右扶舊歲滂傷之後，臨遣使者非直取其風力霜稜，必求懇惻忠厚之人，使之兼舉勞來咨諏之誼，其選不亦重乎！爾居中補外，類有可紀，以敏識裨内修外攘之政，以寬條柔易動難安之民。予環而來，把繡而去，良以一路蕩析者望安集，阻飢者望全活，青社之事，可舉而行。使爾有山嶽動摇之名，豈若爲朕銷田里愁歎之聲！使事有指，爾其典聽。可。

王起晦除知宜州

唐置五筦，宜居其一，後改支郡，地望猶雄。爾奮起場屋，周旋幕府，歲月深而才識老。不憚瘴茅之遠，肯分半竹而行。夫𪗾駿之法屢變〔一〕，財未易生也；儂韃之寇兩至，兵未易强也。所恃者人心耳，爾尚勤而拊之，以無負朕封疆之寄。可。

〔一〕駿：原缺，據翁校本補。

楊棟除端明殿學士同簽書樞密院事兼太子賓客〔一〕

二三執政，朕方寄以安危；第一流人，孰有如於魁彦！延登瓌望，播告綸言。具官某古柏後凋，神蓍先見。其文獻接乎諸老，故體用該；其學問本之四書，故源流正。發梗概於言議風旨，推緒餘於號令辭章，冠冕秩宗，領袖儲寀。朕簡求哲輔，翊贊洪樞。晉未可圖，以有偉人之故；魯安得削，由用真儒而然〔二〕。試平時素修之方，對今日可治之證，以祈天永命，以尊主庇民。胡運百年而衰，横行易耳；王師萬全而出，嘗試可乎！必廣益集思〔三〕，必深謀遠慮，定鼎復還於郟鄏，歸疆何止於鄆讙〔四〕！偉績可書，令名不朽。噫！君陳曰我后德，尚告爾之謀猷；綺季從吾兒游〔五〕，汔煩公之調護。益恢經濟，式對眷知。可。

〔一〕學：原無，據翁校本補。

〔二〕用：原作「是」，據翁校本改。

〔三〕「廣」下原有一「集」字，據翁校本删。

〔四〕止：原作「上」，據文意改。

〔五〕綺：原無，據翁校本補。

吴堅除起居郎徐復除起居舍人

朕考累朝之記注，嘉先正之忠賢。襄授臺端，綱條不滲〔一〕，良貴叱對班之久，臣銓攻和議之非〔二〕。雖異時各極騰上之榮，然萬世猶壯直前之舉。乃登雅望，以繼高風。爾堅珪璧其身，端介不容於鬼質〔三〕；爾復玉雪之操，清貧無改於儒膠。亦既于于而來，未嘗汲汲於進。居然爲曲臺道山之重，進之侍玉階香案之傍。戲言出於思，當謹剪桐之際；大事書之策，可無執簡之人！眇躬有賴於論思，元子亦煩於輔導。噫！《祈招》詩未遠，良史不知之乎；起居注不書，天下亦記之矣。祗若予訓，益修爾官。可。

〔一〕不：原作「水」，據文意改。

〔二〕攻：原作「功」，據翁校本改。

〔三〕鬼：原作「瑰」，據翁校本改。

武功大夫右領衛將軍建康府駐劄御前諸軍副都統制施謀特授右武大夫依前職任

執訊獲醜，既收鏖戰之勛；序情閔勞，宜授横行之賞。具官某素諳邊事，分總戎昭。力解重圍，虓怒而截淮浦；氣劘賊壘，長歌而入漢關。嘉吏士之上功，覽閫臣之言狀。噫！今之赴敵，孰勇於先鋒；古者制兵，尤親於右廣。其加命秩，以勸賢勞。可。

吳大圭除國子正

□□秩者必試邑，法也；不待試邑而登畿者，擢才於法之外也。爾以甲科郎滯於侍郎選，恬然有安時處順、窮經考古之樂。朕爲六館諸生求師儒，爾無愧於是選矣，往欽哉！可。

武功大夫左屯衛將軍權發遣高郵軍事張世傑白鹿磯功賞轉右武大夫依舊職任

漁舟透渡之變，可謂危機；鹿磯奪橋之功，各需醲賞。具官某於是役也，嘗有勞焉，其度越有司之拘攣，以激昂壯士之勇敢。噫！良將守要處，專城既剖於左符；男兒重橫行，穹秩宜加於右廣。可。

武功大夫忠州刺史左屯衛將軍京湖制置大使司計議官周鼎戍瀘及援重慶功賞轉右武大夫陞帶右屯衛大將軍依舊任

赴援解圍，雖元戎之方略；摧鋒陷陣，亦群帥之忠勤。具官某昨者戍瀘，勇於捍塞，倍道趨古渝之急，挺身居諸將之先。及既班師，詎容吝賞？武爵重横行之秩，是以出綸；皇家列右廣之屯，使之叠組。可。

朝奉大夫新除寶章閣待制提舉江州太平興國宫林彬之特授朝散大夫依所乞守本官職致仕

侍對高華〔一〕，方舉褒崇之典；引年懇切，載嘉止足之風。加厚徽章，重違雅趣。具官某端方而有執，粹美而無疵。突兀百官之班，聳觀直節；芬芳萬世之後，賴有諫書。每密告於辰猷，乃不容於時宰。力辭寶婺，俄牧宣城。騰叔度來暮之歌，政聲籍甚；尋興公《遂初》之賦，歸興浩然。朕念其嘗陪上雍之聯，垂及釣璜之歲，久即安於東里，就進律於西清。緇衣好賢之心，初無厭斁；赤松從游之志，不可挽回。宜疏遷秩之恩，曲狥垂車之請。噫！可以仕，可以止，允矣全人；俾爾壽，俾爾昌，保兹晚福。顧如耆德，寧有遐心！可。

〔一〕侍：原缺，據翁校本補。

右武大夫高州刺史左領衛大將軍吕師龍將藾草坪所得兩官及父文德回授兩官轉左武大夫

藾草坪之捷，雋功也；横行之秩，上賞也。具官某既有雋功，宜受上賞，況乃翁又以二秩回貤乎！可。

左武大夫高州刺史左領衛大將軍吕師龍將節次所得參官特與轉行遥郡團練使

唐尤重戎團，嘗横於郡國矣，故晉州男子三十字中，乞罷團練居其一焉。厥後但爲寄禄官而無事權，然勇爵積累至此，亦豈易哉！具官某一門之中，將才萃見，視蘇、辛父子著名山西殆相頡頏。甫陟左廣，又與遥團〔一〕，以戰功不以例冊也，國家於爾厚矣。益自奮勵，朕有醲賞。可。

〔一〕與：原缺，據翁校本補。

潘墀除秘書監兼國史兼太子侍讀

自唐世尤重大蓬之選，貞觀初以徵、世南輩人爲之。爾貌不踰中人，而奏疏剴切如徵；外若不勝衣，而議論持正如世南。然則佩水蒼玉，典領羣儒而上石渠，非爾其誰哉！今儲德日進，賴衆宮僚輔導；史帙山積〔一〕，賴諸學士筆削。爾以耆德雅望照映其間，所謂有□□進則朝廷尊者，豈獨爲道山蓬萊之重而已！可。

〔一〕積：原缺，據翁校本補。

吴蒙除司農寺丞

士有抑於暫而伸於久者。爾早以才業自見，更歷中外，向用矣〔一〕，止或尼之。退而里居者累年，有汾曲講學之樂〔二〕，無周南留滯之歎。屢剖左符，甘需久戍。兹訪求遺才而得爾焉，入丞農扈，姑用是起家耳，朕方將任汝以事〔三〕。

〔一〕矣：原作「哉」，據翁校本改。
〔二〕學：原缺，據翁校本補。
〔三〕任：原缺，據翁校本補。

吴蒙除刑部郎官

朕念天下民命繫乎秋官，既命蘇公、吕侯之倫任長貳之事矣，然奏當之上，輕重高下必先屬之擬筆，遇尚書郎弄印，常難其人。爾明恕足以洗寃澤物，密察足以摘伏發姦，往佐爾長，盡心閱實，彼舞文法、長子孫，欲施其伯州犁之手者，無所容其巧矣。欽哉欽哉，毋替朕命。可。

劉良貴除秘書丞兼金部郎官

自六朝以秘書丞爲第一官，瀛洲諸學士莫敢望，非老於文學，其誰宜爲！爾通倫類而明體用，前由丞郎拜牧守，擁麾而不果行。時方急材，起家冊府，遂亞長貳，士林之選也。疊組珍部，實掌出納，郎舍之劇曹也。人效一官而不足，爾兼二者而有餘。可〔一〕。

〔一〕可：原無，據翁校本補。

劉叔子除太府寺丞

爾丞匠監未久，朕以其才業優而資歷深，又進之外府焉。夫丞一也，然寺則高於監矣，繼是又有高於外府者以待汝。可。

趙時願除太常博士

朕於甲科郎多拔擢而尊顯之。爾麟趾公子，大廷對策第五，一收朝蹟，十有三載，雖剖左符，尚需遠戍。昔號英妙，今亦老蒼，以奉常召，所以蒐遺逸、拔滯淹也。昔之爲議郎者，國有大典禮或據經以對，或引誼以争，不止於綿蕝朝儀若叔孫子而已，爾其勉諸！可。

孫桂發除太常寺簿兼太子舍人

朕於士之懷才抱藝者，惟恐不知之，既知之惟恐其伏於下僚，而騰上之不速也。爾修於家庭，人無間言，行乎州里，立乎本朝，士無異論，所謂達才成德者。禮官清於學省，儲寀要於藩邸，朕爲官擇人，非爲爾擇官也。爾其懋哉，以對殊擢。可。

翁孟桂除國子監簿

成均之屬，各有分職，博士、正、録掌學之數〔一〕，丞、簿掌學之政，均之爲國子先生，其選尤遴。爾奮儒科，開朝躋，出爲閫屬、郡丞無躁心，入爲王官無喜色。由奏邸擢胄監，塗轍清矣，豈簿正云乎哉！益養資望，進擢未已。可。

〔一〕數：似當作「教」。

朱埴除太學博士萬道同除太學録

古之所謂師者，傳道、授業、解惑也，今惟課試而已。然因今之法寓古之意〔一〕，則存乎其人。爾埴，爾道同，南宮集英之前列，使誨六館諸生，爲朕分任升俊造士之責。有講義非傳道乎？有命題、發策，非授業、解惑乎？範模之下，必有觀而化者。可。

〔一〕「因」下原有「之」字，據翁校本刪。

鮑成祖除軍器監簿

《易》曰除戎器，戒不虞，爲平世言也，况多事之秋乎！均之爲弓，有挽六鈞者；均之爲矢，有穿七札者，不曰工善於其事歟！爾奮儒科，通世務，幕畫、邑最，恢乎餘刃。列於監屬，凡材革出入、工徒衆寡，皆得以簿正焉，朕於是觀爾之才。可。

謝奕楙除直寶謨閣知漳州〔一〕

清漳佳郡，俗淳而事簡，南渡以處内相，淳熙以處大儒，朕屢以處法從，不輕畀也。爾出爲廉使，入爲望郎，庶乎知稼穡之難與民生之不易者〔二〕，於保障、繭絲二者辨之審矣。進直延閣，以華其行。夫烈祖紫雲樓之言及朕訓廉戒貪之詔，爾盤杅几杖間〔三〕，不可斯須離也。能如是，則毋負朕臨遣之意。可。

〔一〕直：原無，據正文補。
〔二〕與：原作「興」，據翁校本改。
〔三〕杅：原作「行」，據翁校本改。

曾鎬除尚右郎官

士大夫謀利計功、干進務入者多，而脩身謹行、安時處順者，蓋絶無而僅有也〔一〕。爾退居而里人熏其德，歷官而民間飲其惠，立朝而輿論稱其賢，畀之麾則容與而未上，予之環則逡巡而不至，其於一世之所羡慕者不寝近而愈疏。朕閲士多矣，如爾所立，非盆盎中古罍洗乎〔二〕！尚書郎雖爾舊氈，朕方借爾以重列宿之選。昔晉武餉山濤常少，其言曰：「將由欲者不多，遂使與者忘少。」朕於爾亦云。可。

〔一〕蓋：原作「益」，據翁校本改。

〔二〕罍：原作「壘」，據翁校本改。

常挺唐鑑徹章轉朝議大夫

朕高拱燕間，博延鴻碩。以古爲監，文皇言炳於蓍龜；其人若存，太史論嚴於衮斧。玆及徹章之際〔一〕，載嘉執卷之勞。具官某色夷而氣和，德盛而仁熟。以少常伯，兼中書君。今進讀邇英之編，昔授説先賢之作〔二〕。朕率光堯聖訓，寶之尤甚諫書；卿於祖禹格言，合者殆如符券。顧涼德方資於三益，考舊章宜陟於一階〔三〕。噫！覽貞觀金鏡之書，唐祚所由興也；陳永平印綬之賜，漢儒不亦鄙哉！尚賴交修，勉殫忠告。可。

〔一〕徹：原作「澈」，據本文標題改。
〔二〕之：原作「而」，據文意改。
〔三〕考：原作「故」，據翁校本改。

季鏞除將作監

會稽朕之豐沛，頃者融風扇沴，闤闠爲墟，朕爲之蹙然不怡。爾謀帥於倉卒之中，建閫於荒殘之後〔一〕，而能視民疾苦，如身恫瘝。比及歲餘，化荆棘之區爲甍棟，措塗炭之民於筦簟。然以佚道使民，無疾聲急呼也；以苦節裕財，不重征苛斂也。軍府遂還舊觀，而爾綢繆拮据之力至矣。朕美其績效，察其忠勤。昔漢褒龔遂，召拜水衡。今繕監蓋古大臣，班高而職清，卿從之儲也，於以見朕重循吏、勞還帥之意。可。

〔一〕閫：原作「梱」，據翁校本改。

季鏞除陞直焕章閣依舊知紹興府兼主管兩浙東路安撫司公事

漢黄霸有言：「數易長吏，送故迎新之費及姦吏緣絶簿書盜財物，公私費耗甚多，皆當出於民，所易新吏又未必賢，或不如其故〔一〕。」霸爲西京循吏之冠，其論如此，可謂天下之名言矣。朕以爾帥越有治理，故以大匠召，昔人選表於郡國之意也。然未再歲三調守，送故迎新，得無費耗公私乎？吏得無緣絶簿書爲姦乎？所易新吏又未必賢乎？夫爲寺監擇長官易，爲一路擇守帥難，是用進律奎閣，姑爲越人少留，庶幾吏守成規，民拜終惠。麥之兩岐、禾之同穎者可食，棠之蔽芾者可勿剪，且以慰鄭人歌僑、河内借恂之意。可。

〔一〕或：原作「盛」，據《漢書》卷八九《黄霸傳》改。

王鎔職事修舉除直秘閣仍舊福建提刑〔一〕

朕患部使者之不行部、不按吏也，遂有辛酉元日之詔。爾自朝列臨遣，乘傳入閩，安居之日少而驅馳原隰之日多，所至咨詢諏度，情僞盡知，審克平反，幽枉必察，凡大吏之有憑恃而饕墨者、小吏之無忌憚而恣睢者，皆馳驛以聞，風力甚勁。朕欲召歸，顧難其代，晋直木天，以爲使於四方、不辱君命者之勸。可。

〔一〕王鎔：翁校本作「王瑢」。

胡太初職事修舉除直秘閣仍舊知饒州

仕者類曰番不可爲，他郡闕守〔一〕，人競趨之，惟番多憚往者，往輒弗績。爾雅士也，詞臣也，爲之期年，外則剜肉補瘡以供億王人急急之符牒，内則節衣縮食以廪禄州家嗷嗷之兵吏。勤勞甚矣，然其爲政不失儒者指歸，有唐元結、陽城之遺風。進直木天，以上媲虞庭陟明、漢朝選表之意。爾其謹終如始，以慰朕心。可。

〔一〕郡：原作「人」，據翁校本改。闕：原作「關」，據文意改。

後村先生大全集卷之七十一

外制

錢可則陞直徽猷閣除浙東提舉

浙水東，今之左馮，漢家近親萃焉，或者以謂難治。然天下惟道理最大，法行自貴近而始，孰謂帝鄉之不可問哉！爾爲仁皇大長主、茂陵昭文相之孫，早有賢譽，出典輔郡，入冠望郎矣。奎閣隆名，軺車華遣，非直煩以煮摘之事，民利疚皆得以興除，吏臧否皆得以按舉。《詩》不云乎：「不侮鰥寡，不畏强禦。」朕所望於爾者如此。可。

趙希訪除湖南提舉兼知衡州

吾甚重部使者之選，或采之士譽，或拔之郡最。爾頃牧上饒，當警遽未寧、調度繁興之際，而有酬酢之智、拊摩之具，輿人誦之，達於朕聽。夫臺使按察之權大於專城，湘民兵燼之禍烈於内地，孰能爲朕勞來而安集之歟！庚節郡符〔一〕，豈無他人，顧以命爾，惟其才也。爾其以昔治上饒者治一路，繩束饕殘之吏，使之革心，振德瘡痍之民，使之復業，以副朕不次擢用之意。

〔一〕庚：原作「瘦」，據翁校本改。

武功大夫淮西副總管御前武勝左統制李貴爲鄂城功賞除帶行閤門宣贊舍人

鄂城之圍，爾當東隅，且戰且守，不解甲者百餘日，血衣猶在，吝賞可乎？既陞總戎，兼領閤職，以旌勞績，以倡勇敢。可。

武功大夫淮東總管孫立柳世隆淮西總管金之才兩淮制司帳前都統制孫應武武略大夫淮西副總管吳思忠武義大夫淮西副總管朱世英爲漣水戍役功賞並除帶行閤門宣贊舍人

漣水之役，吾將士暴露戰甚苦，三年然後克之。閫臣以爾六人者功狀來上，吾尤重閤職，命爾兼領。益殫忠力，以報國恩。可。

吳湜除廣東提舉

朕於當世知名士，必詳試而後用之。爾内丞奉常，外陳臬事，資歷高矣。朕念東廣監㬾筴沛然有餘，今椇然築底，豈時異事殊，不可返乾、淳之舊耶？將由嘉熙增鈔所致耶？抑官吏洗手奉公者少而染指營私者衆耶？安得一剛介有守、清修無欲之士往將使指哉！大臣以爾充選，其爲朕正己律人以澄其源，體國愛民以養其本，革去苞苴私覿則窘態紓，不以膏脂自潤則元氣復，此皆爾所優爲。至於鈔法之因革〔一〕，有當權時之宜，商推歸於是者〔二〕，其草奏馳驛以聞，朕將擇而罷行焉。可。

〔一〕之因革：原作「大因草」，據翁校本改。

〔二〕推：原作「權」，據翁校本改。

新定郡夫人陳氏贈泰國夫人

小君錫命，未歇芳華；大數有終，奄歸冥漠。爰盼恤典，以播徽音。具位陳氏選自良家，長於禁掖。居常輦從，見推魚貫之聯；俄頃琴亡，忽操鸞離之曲。念久執盥匜之禮，詎容無簪履之情？宜改沐封，用光泉壤。噫！詩人之美容服，委佗有若於山河；釋氏之喻色空，變滅乃如於露電。諒惟慧性，必悟浮榮。可。

游文除樞密院編修官〔一〕

本朝名相家多佳子弟，不惟韓、吕二氏而已。爾先清獻當國之日雖淺，然開忱布公之量休然有容，進賢退不肖之辨凜然甚嚴，至今朝野推重，以爲名宰。爾在家庭，早有賢譽。清獻之喪，願解銅墨，居廬三年。世有陟岵而謀起復者，聞爾之風〔二〕，可以少愧矣。由農官擢樞掾，豈特編摩云乎哉！清獻帷幄之籌歲月未遠，爾其以膝下所聞、手澤所記，歷歷爲吾大臣言之，於以見世家文獻之存，亦可爲省闥彌綸之助。可。

〔一〕游文：本集卷六五有《府丞游汶兩易農簿制》，皆爲「清獻」之後，又皆爲農官，當是同一人。

〔二〕爾之：原倒，據翁校本乙。

舒有開除樞密院編修官

編摩列於樞掾，然官制既行，或以選人爲之。至茂陵而其選寖重〔一〕，有朝下除目夕兼臺郎者，與三丞二著等矣。爾丞戎監未久而有此授，豈不以其老成詳練、通世務而知邊事乎！昔丙吉聞有警奏，乃始科瑣邊吏。《傳》曰「事豫則立」，又曰「有備無患」，必待警奏然後科瑣，則已晚矣。吾大臣方憂邊思職，爾其竭忠益而佐廟謨焉。可。

〔一〕寖：原作「寢」，據文意改。

楊錡除太社令

二令高選，今爲奉常之屬〔一〕。爾左畹之才子也，昉開朝躋，榮除在前，益懋進修，以對簡拔。可。

〔一〕今：原作「令」，據翁校本改。

鄭璹除大理評事

朕患夫明法者之少也，爾嘗中其科，試邑稱治，寺評虛席，舍爾其誰！今天獄久虛，然郡國猶繫於刑，奏當之上，盈於几格。以不忍之心秉平反之筆，則可以無冤民矣。可。

張稱孫除軍器監兼權右曹郎官兼删修勅令

朕以爾通於方，左右具宜〔一〕，使之副大匠，郎劇曹，兼敕局，皆優爲之，異乎晉人清談不省何曹者。夫才以用而見，循故常、守尺度則進取之途狹，越拘攣、任事功則材智之士出〔二〕，朕厲世磨鈍之微權也。擢長戎監，小却亦平挹九鄉矣，爾其益養望舉職，以副朕拔尤取穎之意。可。

〔一〕宜：原作「冥」，據翁校本改。

〔二〕任：原作「垓」，據翁校本改。

馬廷鸞除國子司業兼太子諭德〔一〕

朕惟後世士有科舉之累，雖韓愈以師道自任，其誨人猶不離於言語文字〔二〕。惟陽城首以忠孝教諸生，明日謁城還養者二十輩，孝秀德行者升之，不省親、不率教者斥之，若咈衆而泥古矣。及城去，諸生何蕃等二百人頓首闕下請留城。噫！城何以使人至此哉，所謂不言而躬行者耶？少司成弄印，朕以爾身端行治，足以表率，輟從省闥，領袖辟雍〔三〕。爾其以城、愈遺意推而明之，將有孝秀德行者出焉。可。

〔一〕廷：原作「迂」，據翁校本改。

〔二〕猶：原作「猷」，據翁校本改。

〔三〕袖：原作「神」，據翁校本改。

葉寔除國子監丞

儒官之屬，博士、正、録掌學之教，惟丞掌學之政，絲粟事必涉筆焉。爾誨澤宮有師道，對延和有忠告，昔惟課試諸生，今位亞長貳〔一〕，學之教法政令皆與聞之矣。培養益厚，進擢未已。可。

〔一〕今：原作「令」，徑改。

金九萬除國子博士兼莊文教授

博士爲儒者高選，唐以韓愈輩人爲之。官雖冷矣，然以道義私淑諸生〔一〕，以文字膏馥沾丐後學，天下之至樂也。唐人見愈滯於其官，有國學頻頻之嘲，豈知愈者哉！爾在學省久矣，今兹國子先生之授亞於長貳，必能踐傳道、授業、解惑之言，必無冗不見治之歎〔二〕，朕將不次用爾。可。

〔一〕以：原無，據翁校本補。
〔二〕歎：原作「歟」，據翁校本改。

王鎔除侍左郎官

朕讀《詩》至《四牡》、《皇華》之章，其遣也以禮樂送之，其來也又陳詩勞之，蓋先王待臣下其厚如此。爾乘傳入閩，禽逋寇，雪冤獄，繩大吏，風采竦然，差强人意〔一〕。久任王尊叱馭之役〔二〕，豈忘子牟存闕之心！《詩》所謂勞使臣之來者，不可緩矣。朕惟選人屈伸通塞，繫於吏部郎之筆，爾昔兼領，既善其職，今遂真拜，益公乃心。時方急才，豈久滯於省户者！可。

〔一〕强：原缺，據翁校本補。

〔二〕任：原缺，據翁校本補。

陳懋欽楊文仲並除太學博士

選師儒與選百執事異，百執事以才，師儒以學以望，其選顧不遴歟！爾懋欽一封投匭，直聲響撼；爾文仲萬里出峽，貴名日起。朕求經明行修、可爲人師者，而得兩生焉。爾其進弟子員而私淑之，使人人有士君子之行。可。

曾穎茂除寶章閣待制依舊江西轉運使兼知隆興府

職兼牧餌，久煩荷橐之英；詔奬賢勞，俾陟松階之峻。仍其封部，寵以事權。具官某機圓而流略通，才高而盤錯解。出馳華隰，所至澄清；入從甘泉，遂參獻納。褰帷而行赤縣，衆謂神明；拂衣而歸丹霞，獨尋仙隱。朕顧念襟期切矣〔一〕，卿欲安槃澗可乎？重乘使軺，併綰郡紱。彼虜獸蹄鳥迹所過，悉返耕鋤；吾民鷄鳴犬吠相聞，絶無桴鼓。但有貪吏解印而去，不使長官負弩而迎。皦皦遠瓜李之嫌，謙謙盡桑梓之敬。載嘉美績，乃出新綸。噫！南國憩棠，勿剪之陰常在；西清簪筆，候對之班最高〔二〕。毋爲久居，行且趣召。可。

〔一〕期：原缺，據翁校本補。

〔二〕候：原作「侯」，據翁校本改。

楊修之除直秘閣潼川運判兼提刑提舉

爾者胡運寖衰〔一〕，蜀難稍紓，然整居之寇雖去，而負固之叛自若。此皆吾之故臣舊民也，孰能爲朕以忠義勉其豪傑，以恩信懷其部曲，以寬大拊其黎庶，豈非部使者之責乎！爾西州之彦〔二〕，外歷四麾二節，内再爲郎，艱難險阻備嘗之矣。兹以延閣起家，將指而西。一路鋿臬事權不輕，雖司存暫寓於古渝，然號令寔行於屬部，爾其叱馭以趨鄉國之急，以毋負朕丁寧告戒之意。可。

〔一〕寖：原作「寢」，據文意改。

〔二〕西：原作「四」，據翁校本改。

文林郎楊潮南盜賞循儒林郎

乃者盜起寧遠，延及零陵，二邑之民騷然失寧。既而遂討平之，雖閫臣之功，亦幕僚之助，爾潮南與焉。其進一資，以奬爾勞〔一〕。可。

〔一〕奬：原作「槳」，據文意改。

朝奉郎新除監察御史兼崇政殿説書韓□常特授朝請郎守本官致仕〔一〕

士大夫砥名礪行，或不爲上之人所知，若夫知之矣，又用之矣，而奪之之速，是可悲已。始初改紀，召爾峨豸，爾亦感慨許國，幡然而起。朕渴聞辰猷之告，衆聳聽朝陽之鳴，遽以疾諗，一夕奄忽，烏虖亡之，命矣。遷秩二等，以昭朕惜賢之意。可。

〔一〕特：原作「持」，據翁校本改。

周龍歸除太常寺丞兼沂靖惠王府教授

奉常之屬皆以待當世名流，丞亞於卿少，其選尤遴〔一〕。爾立朝有賢聲，教冑子宗藩有師道，擢寘頌臺，凡朝家稽古禮文之事，上可與長官，下可與議郎、博士討論而修飾之，豈特周旋揖遜於玉帛鐘鼓間哉！直哉惟清，以對簡擢。可。

〔一〕選、遴：原缺，據翁校本補。

李獻可除司農寺丞兼國史

古史官必世其業，自重黎下至談、遷、向、歆、彪、固皆然。惟爾先人史學名世，在京師者家有其書，藏名山及屋壁者或未之見。朕患祐陵長編之繁蕪也，方命諸儒裁訂，皆言爾有父風，兹以扈農起家，實將屬史籍焉〔一〕。爾其疾驅，以叶成一代之大典。可。

〔一〕史籍：原缺，據翁校本補。

趙逢龍除司農少卿兼太子侍讀

隆古之世，貴德而尚齒。孟子雖以爵德齒爲三達尊，又曰烏得有其一以慢其二，然則有天下國家者之所貴尚宜孰先哉？爾德尊一代，人之師表，年開九秩，國之耆俊，其清介雖頑夫興起，其精悍雖少年不及，使事豈可久煩吾黄髮之老乎！司農，鄭康成之官也；儲寀〔一〕，園公、綺季之選也。朕久側席，爾毋俟駕。可。

〔一〕寀：原作「宋」，據翁校本改。

親屬楊鑑楊鐸楊錀爲周漢國公主遺表各轉一官〔一〕

選尚未幾，禯華奄逝，朕念恭聖罔極之恩〔二〕，感愛女垂歿之言，既加恩於鎮之重親，三季皆鎮同胞，各進華秩。噫！朕於倫紀之際，可謂厚矣。可。

〔一〕遺：原作「遣」，徑改。

〔二〕恭：原作「茶」，據翁校本改。

秘書郎王世傑宗學博士黃應春爲周漢國公主遺表各轉一官

朕乃者館甥，爲之擇友，爾世傑文律高古，爾應春詩學名士〔一〕，於是煩耆壽儁傅佳公子。凡閨門雍睦、琴瑟静好者，亦爾輔導之功〔二〕。曾謂禯華，遽至奄忽，遺奏來上，愴然予懷。加恩府僚，各遷一秩，以昭朕厚倫崇儒之意。可。

〔一〕名：原作「博」，據翁校本改。

〔二〕爾輔：原作「而轉」，據翁校本改。

朝散郎直寶章閣新權發遣池州軍州事趙溍承事郎添差通判信州軍州事趙淇爲白鹿磯第一功各轉兩官〔一〕

淝水之役，晉賞群謝。鹿磯之功不下淝水，溍也淇也，以宰相子與焉，健旗來上〔二〕，姓名聯翩，有群謝之風矣。各進二秩，以勸有志功名者。可。

〔一〕朝：原作「潮」，徑改。

〔二〕健：翁校本作「捷」，似當作「捷」。

文及翁彭方迥並除秘書省正字

百執事惟正字與館職試而後命，今正字徑除，惟館職必試，重其選也。爾及翁龍泉太阿之氣，爾方迥秋濤瑞錦之文，聲價素定，奚待給札〔一〕！及奏篇來上，則又懇切輸忠，調直無隱，覽者以爲朝陽之鳴。並擢是正，益養德望。朕得兩生，石渠、東觀中有人矣。可。

〔一〕札：原作「礼」，據翁校本改。

留夢炎除秘閣修撰福建提舉〔一〕

朕重名流而敬端士。召爾而未至也，側席以待之；且至也，虛柱史經筵以處之。然爾雖翔而未集，將覽輝而不果下，則又爲之悵然太息。昔王仲舒厭事，不樂在京師，願得一道以自見，此朕命乘使者車之意也。閩爲郡八，負山之民剽悍，瀕海之民貧窶，牧伯多顯人，郡邑少良吏。爾其叱馭而往，爲朕拊柔其剽悍者，振德其貧窶者，而繩其强禦不受令、汰其饕墨不奉法者〔二〕，則在外猶居中也。方今名流端士指不多屈，朕前以表郎儲寀召爾而莫致，後以鄉部漕節畀爾而辭行〔三〕。士風不競久矣，如爾之所自立，韻高而識遠，一代不數人耳〔四〕。洪都距爾寓里接壤，巋然大藩，命爾部符焉。有需次歲月少休息，有故鄉水丘可釣游，吏士以瓜熟告，則父老幡花〔五〕、兒童竹馬迎於境上矣。然朕每念久不見生，豈必果爲此行哉！可。

〔一〕留：原作「畱」，據《福建通志》卷二一改。

〔二〕汰：原作「太」，據翁校本改。
〔三〕畀：原作「卑」，據翁校本改。
〔四〕數：原作「教」，據翁校本改。
〔五〕父：原作「文」，據翁校本改。

雷宜中除廣東提刑

昔臣光相元祐〔一〕，以十科拔士，而監司一科必以聰明公正者充選，豈非聰明則無壅蔽，公正則有風力歟！爾曩爲諸生，舉幡累疏，有符融、郭泰之名；晚爲宰士，擬筆十反，有州平、幼宰之忠。偶以風聞而去，事久論定，朕懷其賢，起陳臬事。嶺民多貧薄，地惡也；南官鮮廉白，天遠也。爾其褰帷露冕，勤求隱瘼，飲冰食蘗，痛戢饕殘。平反多則囹圄無冤囚矣，誅求少則嶺海如近甸矣。夫如是，則無愧於元祐選監司之意，亦可對揚朕辛酉元日之詔。可。

〔一〕祐：原作「始」，據翁校本改。

林彬之贈中大夫

惟茲四人，甫峻松階之陟；慭遺一老，忍聞薤露之歌！其進崇資，以旌舊德。具官某中而不倚，介而能通，鄉評稱其善人，輿論謂之長者。殿前作賦，膾炙一時；袖中彈文〔一〕，芬香十載。持橐方濃於主眷，辭麾遠避於相嗔。朕思耆壽俊之賢，爰加異數；卿愜歸去來之興，自佚高年。曾不少留，爲之深悼。噫！候西清之對，寔參雍從之華；題南陽之阡，咸羨秦官之古。可。

〔一〕袖：原作「袺」，據翁校本改。

牟子才除寶章閣待制知温州

朕惟東嘉之名郡，擇牧良難；有西清之舊臣，僉言其可。庸峻松階之陟，以增竹使之華。具官某經濟之英，論思之老。入而持橐，從警蹕於甘泉；出而建牙，護風寒於采石。卷舒以道，出處何心。朕既焚中山之謗書，爾宜得康樂之補處。列之次對，寘之近畿。雖需次之小淹，然起家之甚寵。噫！望之試馮翊之政，猶待考詳；子牟存魏闕之心，不忘忠愛。可。

曹孝慶陞直寶章閣除浙東提刑

朕仰憲慶曆選監司之意，而於諸道刑獄使者尤不輕授，況浙水東乃朕之豐沛乎！爾以才學自奮，踐更中外，端介而不苟從，韜晦而不亟售。頃列省闥，向用矣，遽罹風木之艱而去，朕常懷之。兹御祥琴，出節起家。爾其奉辛酉元日之詔，廣咨諏以通下情，公舉刺以清吏習，多平反以雪獄冤，使越人皆曰朕爲帝鄉間求膚使如此，則無負於臨遣矣。可。

吴君擢直焕章閣知嘉興府

嘉禾郡去天咫尺，素稱樂土，今歲又大有年，然田里之愁歎者未銷聲，流徙者未復業〔一〕，朕思得良二千石以勞來安集之。爾久掾省闥〔二〕，知朕德意，嘗典畿輔〔三〕，知民疾苦，其佩左符以往。昔唐人覽《春陵行》之篇，曰得結輩十數公〔四〕，可使萬物吐氣。彼乃荒遠小縣〔五〕，能行其志如此，況爾所涖乃右扶風十萬户之州乎〔六〕！宜布教條〔七〕，以鎮雅俗。可。

〔一〕徙：原作「徒」，據文意改。

〔二〕闉：原作「闑」，據翁校本改。
〔三〕典：原缺，據翁校本補。
〔四〕曰：原缺，據翁校本補。
〔五〕縣：原缺，據翁校本補。
〔六〕之：原缺，據翁校本補。
〔七〕教：原缺，據翁校本補。

僉書樞密院事楊棟乞以特轉一官回贈故姊楊氏得旨贈安人〔一〕

士大夫恩貤於父母若王父母若昆弟則有之矣，回貤女兄〔二〕，自吾樞臣。爾始生靖恭楊之裔，媲曲江張之孫〔三〕，賢而不壽，宰木已拱，而樞臣尚右之感如新，豈非疇昔女嬃之戒靈均、道韞之勉幼度者，不止於怡愉而已〔四〕，有切偲之益焉。其加婦爵，以昭友恭之誼。可。

〔一〕「姊」原作「娣」，據翁校本改。得旨：原作一「音」字，翁校本作「旨」是也，然「旨」上當有「得」字，本集卷六一、卷六二等題中均有「得旨除某官」之例，據改。
〔二〕回：原作「曰」，據《永樂大典》卷二九七二改。

〔三〕曲：原缺，據《永樂大典》卷二九七二補。
〔四〕怡：原缺，據《永樂大典》卷二九七二補。

魏洪除知安吉州

右扶風去秋之水〔一〕，苕霅爲甚，今歲乃大熟，前之阻飢者含哺鼓腹，流徙者襁負復業〔二〕，拊摩而綏安之〔三〕，非良二千石責乎？爾秀出故家，早有賢譽〔四〕，其爲朕往鎮雅俗〔五〕。昔詩人頌魯僖公，曰「周公之孫，莊公之子」，爾勉之哉〔六〕！使愁歎之民吐氣，饕殘之吏革面〔七〕，則郡人必曰是淳熙賢相之孫、淳祐名從之子。最聲轉聞，嗣有褒擢。可。

〔一〕右：原作「古」，逕改。
〔二〕徙：原作「徒」，據翁校本改。
〔三〕綏：原作「緩」；安：原缺。據翁校本改、補。
〔四〕賢譽：原缺，據翁校本補。
〔五〕其：原缺，據翁校本補。
〔六〕勉：原無，據翁校本補。

〔七〕吏：原作「使」，據翁校本改。

劉震孫除太常少卿

漢起朝儀，兩生莫致，其言曰：「禮樂必積德百年而後可興。」此論爲漢初發也。我家祖功宗德重熙累洽三百餘年〔一〕，異於五載而成帝業者，使兩生值今日〔二〕，皤然入關矣。爾學識節守爲皇祐丞相諸孫〔三〕，家文獻與國基祚相爲長久。朕屈指端平朝士凋零無幾，惟爾巋然殿後，沃灃而歌《皇華》，豈若使之端委而治周禮哉〔四〕！擢貳頌臺，今而後聚訟者有所折衷〔五〕，求野者有所稽據，法從有闕〔六〕，當以次補。可。

〔一〕洽：原作「治」，據文意改。

〔二〕使：原作「始」，據翁校本改。

〔三〕識：原作「職」；皇：原作「言」。據翁校本改。

〔四〕周：原作「風」，據翁校本改。

〔五〕訟：原作「頌」，據翁校本改。

〔六〕有闕：原作「關」，據翁校本補、改。

後村先生大全集卷之七十二

外制

皇弟太師武康軍節度使判大宗正事嗣榮王與芮三代謚贈

故高祖太師秦國公子奭追封周王賜謚元肅〔一〕

朕隆《棣華》之友愛，加厚於天倫；念《葛藟》之本根，皆原於祖訓。發百年之潛德，節一惠以追榮。具官某故高祖具官某，恂恂族黨之間，肅肅閨門之際。雖高才不試，世但知公子之賢；然陰隲尤多，里素有善人之譽。積此餘慶，施於後昆。朕因覽班書，參稽漢事。交與彭祖，易名彼得其一偏；王視古人，較德此爲於全美。有如英爽，無媿褒崇〔二〕。

〔一〕元肅：「肅」字原誤入正文之首，今改正。趙子奭之謚號不載諸史，或以本文原題爲據，以爲單謚「元」，實誤，此由本文末語可證。其語云「交與彭祖，易名彼得其一偏」，蓋指楚王劉交卒謚「元」、趙王劉彭祖卒謚「敬肅」也，合二者之謚而爲「元肅」，故曰「此爲於全美」也。二王事見《漢書》

本傳。

〔二〕媿：原作「魏」，據翁校本改。

故曾祖太師齊國公伯昕追封楚王賜謚孝節

朕廣累朝睦族之恩，嘉介弟榮親之志。雖真王大國，褒崇極一字之封；然潛德幽光，鬱積歷百年之久。乃裒逸事，備著贊書。具官某故曾祖具官某，挺麟宗近屬之英，值羯虜亂華之變，爲醜類所執而往矣，伺守者之怠而斃之〔一〕。履屯而亨，抗志不撓。范蠡去而變姓，陳平嬴而刺船。長嘯借一帆之風，赤手活萬人之命。當千騎肆模金之暴，潛往故鄉；舉二親已埋玉之喪，歸葺寓里。其處家國之際，豈非今古所無？戴白之老能談，汗青之筆未載。噫！朕節二惠，非由議郎博士之言；史不一書，永爲忠臣孝子之勸。可。

〔一〕怠：原作「追」，據文意改。

故祖太師魯國公師意追封吳王賜謚宣獻

朕有介弟，賢如文恭。孝事親，忠事君，允蹈先訓；物本天，人本祖，誰無是心！參稽節惠之文，昭示發潛之義。具官某故祖具官某，生重光之世，有令聞於時。虬鬚天人，遠矣神明之胄；

麟趾公子，藹然信厚之風。凡引翼於後昆，皆胚胎於王考。史官失其逸事，故老記爲美談。參沈約、賀琛之群言，蔽以獨斷；合河間、竟陵之二美，錫兹嘉名。益衍慶源，永垂後裔。可。

故高祖太師秦國公子奭追封周王

朕加厚天倫，追榮先德。以世家而論人才，自古已然；如水木之有本原，其來遠矣。英爽雖九京之隔，褒崇極一字之封。具官某故高祖具官某，稟大雅不群之資，生太平無事之際。蕭然衡泌，壯圖未展於風雲；修於家庭，素行見推於月旦。果上穹之福善，慶奕葉之生賢〔一〕。儻非侈茅土之恩，何以慰棣華之志。噫！惟乃四世祖，亦朕屬籍之親；其以大邑周，爲王賜履之國。可。

〔一〕葉：原作「棄」，據翁校本改。

高祖妣秦國夫人王氏贈周晉國夫人

仁人於弟，隆一時友睦之恩；婦爵從夫，極四世褒崇之寵。具官某故高祖妣秦國夫人王氏，出烏衣之名族，儷麟趾之宗英。靡好紛華，相安隱約。宜家宜室，寔始開後人之祥；如山如河，既追封小君之號。朕舉皇朝之曠禮，慰王邸之孝思，以衍慶源，以旌懿範。昔荒殺雍，蓋循典故之常；今益晉周，用廣湯沐之邑。可。

故曾祖太師齊國公伯旿追封楚王

周封姬姓之國，尤重宗盟；漢非劉氏不王，遂爲家法。朕篤友于之至愛，發逝者之幽光，既錫嘉名，遂躋極品。具官某故曾祖具官某，生富貴而負軼群之氣，履患難而包周身之防〔一〕，忠孝兩全，仁智兼盡。近者因詞臣之固請，命太史而特書。昔遵守舊章，已冠乎五等之爵；今褒崇大節，何靳於一字之封！其改全齊，俾王故楚。可。

〔一〕患：原作「忠」，據翁校本改。

故曾祖妣齊國夫人劉氏贈楚越國夫人

朕篤厚倫之愛，察尊祖之情。孝於親，忠於君，已光汗簡之載；正乎外，位乎內，宜旌彤管之賢。度越常彝，舉行曠典。具官某故曾祖妣齊國夫人劉氏，本卯金之裔，儷磐石之宗。俾夫子能垂久遠之名，亦小君有相儆戒之道。礌礌落落如日月，王既加茅土之封；委委佗佗如山河，爾宜異笄珈之禮。其賜二邦之湯沐，以爲九原之寵光。可。

故祖太師魯國公師意追封吴王〔一〕

古者封建同姓，蓋以宗强；天之報應善人，常於身後。朕加厚天倫之愛，載褒世德之賢。具官某故祖具官某，典刑老成，被服儒雅。啜菽飲水之樂修於家庭，重珪疊組之祥施於孫子〔二〕。慨先朝之耆舊，嘉介弟之顯揚。雖宰木成陰，冠劍之藏已久；然分茅裂壤，綸綍之言維新。自曲阜而移封，合全吴而賜履。可。

〔一〕國：原無，據翁校本補。

〔二〕疊：原作「壘」，據翁校本改。

故祖妣魯國夫人石氏贈吴魯國夫人

朕友愛於弟，褒崇其先。行修於家，凛祖風之如在；言不出梱，蓋女子之未知。爰錫贊書，以昭懿範。具官某故祖妣魯國夫人石氏，截髪之事韙，斷機之訓嚴。原奕世貴盛之由，皆大母賢淑所致。孫方濟美，以真王而襲封；夫既追榮，豈婦人之無爵！改湯沐於二國，萃恩徽於一門。可。

榮文恭王故外孫魏關孫贈承奉郎直秘閣〔一〕

爾名相之孫，名法從之子，而朕介弟之甥也。幼慧而敏，蓋童烏、倉舒之倫，苗而不秀，朕甚傷之。其以京秩中秘告爾墓。可。

〔一〕「文」字原缺。按趙與芮父希瓐嗣封榮王，卒謚文恭，見《宋史》卷四六《度宗紀》，據補。

太保右丞相兼樞密使兼太子少師賈似道封贈三代〔一〕

故曾祖太師魯國公嗣業追封魯國公

國家蔵事於九筵，人神胥悦；臣子追封於三世，宰輔則然。極昭代之褒崇，表前人之積累。具官某故曾祖具官某，樂名教之地，食經訓之畬。世稱鄉里善人，知之淺矣；古有丘園隱德，庶乎近之。生能安於一尊二簋之貧，歿不逮乎萬鍾五鼎之養。傳冢嫡紬書於渠觀〔二〕，至孫曾紀績於旂常。焚老上之庭，漢地息傳烽之警；祀文王於廟，鎬京有奠枕之安。妙算卓然，慶源遠矣。噫！飲福受胙，孰先麟閣之元勛；裂壤分茅，仍啓龜蒙之舊宇。寵光優渥，英爽哀榮。可。

〔一〕師：原作「卿」，據《宋史》卷四五《理宗紀》五改。
〔二〕家：原作「家」，據文意改。

故曾祖母魯國夫人於氏贈魯國夫人

燔燎之禮，行於合宫；湯沐之封，及於曾廟。既告成於熙事，必推本於慶源。具官某故曾祖母魯國夫人於氏，秉德淑均，宅心慈恕。冲約安荆練之素〔一〕，功言合圖史所書。甔石常空，截鬟而享客；誦絃不輟，圓膽以課兒。惟其積之豐而取之廉，所以嗇其前而昌其後。挺生端揆，顯相精禋。四郊息羽檄之虞，九扈奏金穰之喜。追榮三世，足慰重泉。噫！告江漢淮夷之功，相予宗祀；啓曲阜東蒙之宇，爲爾脂田。永播徽音，益蕃來裔。

〔一〕素：原作「輒」，據翁校本改。

故曾祖母魯國夫人於氏贈魯國夫人〔一〕

柴燎之禮既成，厥施斯普；石窌之封雖舊，其命維新。既典領於頭廳，宜褒崇其先廟。具官某故曾祖母魯國夫人於氏，賢淑如《周南》所詠，幽閒有林下之風。敬夫如賓，不嫌於舉案；歸妹以娣，所賴以續絃〔二〕。居常炊扊扅而烹雌，不待高門閭而容駟。積是餘慶，在其後人。江漢浮浮湯湯，纘成功而獻捷；宮廟雝雝肅肅，慶熙事之告成。祭澤可通於漏泉，慈容豈隔於長夜！辟公率周多士，實爾家之孫曾；仲子爲魯夫人，視惟垣之爵邑。可。

〔一〕下一「魯」字原脱，據翁校本補。
〔二〕續：原作「績」，據翁校本改。

故祖太師越國公偉追封越國公

類於帝，禋於宗，既成祼薦之禮；物本天，人本祖，皆有顯揚之心。載嘉元台使領之功，追獎王父義方之訓。具官某故祖具官某〔一〕，貫穿千載之學，鼓吹六經之文。以科目之名儒，逢乾、淳之真主。青藜照夜，陪瀛洲十八士之游〔二〕；晝戟行春，任漢家四千石之重。有其志而無時命，非其身必在子孫。績紀旂常，名垂竹帛。施及調元之老，巋然安社之臣。王命來宣，武夫洸洸而虓怒；公率以祀，多士濟濟而駿奔。真再造於皇圖，宜首褒於祖德。成洛邑，祭清廟，允資顯相之勞；探禹穴，上會稽，不改舊封之大。顧如精爽，服我寵靈。可。

〔一〕祖具官某：「具」原作「某」，據制詔行文通例改。
〔二〕陪：原作「部」，據翁校本改。

故祖母越國夫人於氏贈越國夫人

衮衣相祀，實總統於元台；錦告追榮，遂褒崇其王母。緬懷賢範，加厚徽章。具官某故祖母越國夫人於氏，履行懿恭，秉姿和順〔一〕。俗尚閥閲，求王、謝之華宗；世爲婚姻，有朱、陳之古意。及夫子已雙旌而五馬，而夫人不副笄而六珈〔二〕。傳子至孫，出將入相。游魂之□□，助祭之士駿奔。既徹俎霈漏泉之恩，乃出綸爲幽穴之寵〔三〕。噫！國之大事惟祀，成洛邑之肅雍；家之積慶有餘〔四〕，仍會稽之湯沐。於今鮮儷，其後益蕃。可。

〔一〕秉：原作「惟」，據翁校本改。

〔二〕而夫人：原缺，據翁校本補。

〔三〕穴：原缺，據翁校本補。

〔四〕慶有：原缺，據翁校本補。

故祖母越國夫人陸氏贈越國夫人

注黄流之潔，已畢精禋；補彤管之遺，追勞慈訓。新恩疏渥〔一〕，幽隧有光。具官某故祖母越國夫人陸氏，通籍華宗〔二〕，作嬪名士。繼室以聲子，見謂淑賢；舉案如孟光〔三〕，尤相賓敬。

懿範可儀於族黨，慶源萃見於子孫。功在旂常〔四〕，志安社稷。掃清妖祲，永絶投鞭之謀；收召□□，咸在奉璋之列。摹畫皆元台之力，胚胎由王母之賢〔五〕。雖文駟雕軒，生不拜小君之號；然錦囊金詔，没猶加大國之封〔六〕。苗裔相承，熾昌未艾。可。

〔一〕恩：原缺，據翁校本補。
〔二〕籍：原缺，據翁校本補。
〔三〕如：原作「知」，據翁校本改。
〔四〕功在：原缺，據翁校本補。
〔五〕賢：原缺，據翁校本補。
〔六〕加：原缺，據翁校本補。

故父太師魏國公涉特進封魏郡王

朕率由舊章，稱秩元祀。奉璋助祭，冠使領於合宮；徹俎均釐〔一〕，先宰衡之禰廟。矧英爽尚存於遺烈，豈褒崇可限於常尋〔二〕？具官某故父具官某，蔚乎名臣，事我寧考。入則簪筆持槖而上雍，出則輕裘緩帶而帥邊〔三〕。紅衲之降附滋多，玉帳之規恢甚遠。忠臣義士，知祖逖誓江之心；故老遺黎，悲宗澤過河之志。事載太史〔四〕，慶鍾象賢。於皇家有再造之功，爲嚴考纘未成之緒。露布奏行營之捷，氛祲掃清；衮衣侍清廟之祠，月星明概。凡今者彌縫之妙用，皆向焉傳授之義方〔五〕。噫！文右饗之，成禮賴上公之相；魏大名也，剖符峻異姓之王。益闡幽光，永垂來裔。可。

〔一〕徹：原缺，據翁校本補。
〔二〕限：原作「恨」，據翁校本改。
〔三〕帥：原作「師」，據翁校本改。
〔四〕載：原作「哉」，據翁校本改。
〔五〕焉：原作「馬」，據翁校本改。

故母魏國夫人史氏特贈魏韓國夫人

朕聿隆孝治，肇舉宗祈。右之饗之，爰霈漏泉之澤〔一〕；顧我復我〔二〕，誰無凱風之思！況元勳方佩於安危，豈慈訓可稽於崇獎〔三〕？具官某故母魏國夫人史氏，自生貴閥，媲於名臣。如友如賓，肯以牛衣而動念；從夫從子，孰云象服之不宜。奈何鸞鶴之別離，弗覩麒麟之圖畫。乃者外騰戎捷，内講精禋，邊陲罷傳柝之虞，郡國奏嘉禾之瑞。皆爾三遷之教，致茲再造之功。熙事既成，乃賜文武之胙；徽音未遠，其荒韓魏之封。存没有光，哀榮鮮儷。可。

〔一〕澤：原缺，據翁校本補。
〔二〕顧：原缺，據翁校本補。
〔三〕訓：原缺，據翁校本補。

生母秦國夫人胡氏特封秦齊國夫人

聖人饗帝，施大賚於群臣；君子篤親，況元台之賢母。載嘉懿範，申錫賁書。具官某生母秦國夫人胡氏，稟淑惠之姿，有平均之德。是生名宰，光輔眇躬。屬者氈裘逞航葦之謀，鼎祚危綴旒之勢。南陔養志，每扇枕問庭闈之安；北堂教忠，遂投袂狗國家之急。指麾而鼇足再奠，談笑而旄頭一空。人皆誦端揆之功，相則曰聖善之訓。露布馳，捷書奏，適重屋之慶成；壽觴舉，慈顏和，實頭廳之創見。魚軒容與，鸞告煇煌。荒兩大國之封，實維異數；回百官班而賀，可繼前聞。茂對寵光，永綏茀祉〔一〕。可。

〔一〕綏：原作「緩」，據翁校本改。

故妻華國夫人綦氏特贈楚國夫人

朕銷弭外虞，嚴恭大執〔一〕。禮成胙飮，先使領之忠勤〔二〕；澤及漏泉〔三〕，矧宰衡之伉儷。

具官某故妻華國夫人綦氏，產祥華族，作嬪元勳。舉案相賓，肯發烹伏雌之歎〔四〕；斷絃莫續，豈勝操別鶴之悲！雖流彤管之芳徽，不覩袞衣之貴顯。出征萬里，空漠南之王庭；入率群公，朝洛邑之清廟。成績有太常之紀，追榮及中饋之賢。啓宇□嵩，昔已峻小君之號；移封鄢郢，今宜賜大國之名。顧惟淑靈〔五〕，歆此休寵。可。

〔一〕執：原作「孰」，據翁校本改。

〔二〕使、勤：原缺，據翁校本補。

〔三〕澤：原缺，據翁校本補。

〔四〕歎：原作「難」，據翁校本改。

〔五〕顧：原缺，據翁校本補。

朝請大夫試中書舍人兼直學士院洪勳弟朝請郎直敷文閣兩浙運判熹封贈父母勳贈妻〔一〕

故父端明殿學士謚忠文已贈宣奉大夫洛夔可特贈銀青光禄大夫〔二〕

朕蕆嚴父配帝之祠〔三〕，霈昭天漏泉之澤。凡通朝籍，追榮皆及於九泉；況列廷紳〔四〕，濟美有如於二季。其加錫命，以奬義方。具官某故父具官某，節高而名全，身没而言立。陸贄百篇之諫，亘古不刊；鄭公一鑑之亡，至今追慨。遠矣積慶，萃於象賢。詩禮庭趨，若伯魚之善學；絲綸世掌，何謝鳳之足云！屬餕惠之溥行，想英風之如在。銀青之秩，慰人子不洎養之悲〔五〕；燎黄於阡，使天下知爲善之報。可。

〔一〕燾：原作「壽」，據翁校本改。
〔二〕特：原作「恃」，據翁校本改。
〔三〕朕：原缺；蕆：原作「藏」。據翁校本改、補。
〔四〕列：原作「烈」，據翁校本改。
〔五〕子、洎：原無，據翁校本補。

故母普寧郡夫人阮氏可特贈平陽郡夫人

婦爵從夫，已峻小君之號；母貴以子，載加大郡之封。具官某故母普寧郡夫人阮氏，嬪我名臣，賢哉内則。半生隱約，居常井臼之同操；一旦顯融，曷不笄珈而偕老！宰木已拱，庭蘭競芳。生不厭於荆練，没乃疏於湯沐。瀧岡表阡之作，何以加諸；凱風寒泉之悲，可少慰矣。可。

勳故妻宜人張氏可特贈令人

朕推祭澤於天下，小大之臣其親若媲皆被恩渥，況吾法從之令妻乎！爾早嬪華宗，克相夫子。鄙牛衣之卧泣，和熊膽以課書。雖賢淑可流彤管之芳，然奄忽不覩藁砧之貴。其加五命，以賁九原。可。

通議大夫守刑部侍郎兼國子祭酒兼侍讀江萬里弟承議郎新差充提領犒賞酒庫所主管文字萬頃封贈父母

故父燁任奉議郎致仕已贈朝請今擬贈奉直大夫〔一〕

顥、頤理學，本珦之賢；軾、轍文宗，亦洵之教。爾潛心大業，養氣至剛。傳經若西京之儒林，著録多北面之弟子〔二〕。蓋嘗擢置廷尉之屬，且爲親灑韋齋之題。奄終耇老，賴有冢嫡，食爾詩書之澤，冠吾獻納之班。扈蹕甘泉，奉璋清廟。類於上帝，載嘉顯相之勞〔三〕；祭以大夫，少報義方之訓。可。

〔一〕直大夫：原缺，據翁校本補。

〔二〕錄：原作「籙」，據翁校本改。
〔三〕載：原作「哉」，據翁校本改。

故母令人陳氏今擬贈碩人

爾有仲妻辟纑之操，故夫爲名士；有歐母畫荻之訓〔一〕，故子爲名臣。及見其夫列王官，子長御史，可謂榮矣。屬者朕饗帝親，爾子實扈屬車上雍，雖爾之宰木已拱，可無餕惠以獎義方？可。

〔一〕歐：原缺，據翁校本補。

萬里故妻令人黄氏今擬贈碩人

《詩》詠魯侯之令妻，史傳漢京之列女，昔所聞者，今亦有之。爾上承舅姑，下睦姻族。考其四行，合女誡之七篇；胡不百年，與君子而偕老！其霈漏泉之澤，以爲黄壤之榮。可。

萬里妻鄧氏今擬封碩人

昔曾鞏序《列女傳》，歎後世學問之士多徇外物、顧利冒恥者〔一〕，往往以家自累，朕讀而嘉之〔二〕。惟汝夫子，爲吾近臣，中嘗卷懷退處者十有四年〔三〕，有考槃之樂而無華軒之羨，豈非爾能攻苦食淡、有儆戒相成之道而然歟！祭澤流行〔四〕，肆命汝從夫之爵，汝益敬共，以對休寵。可。

〔一〕冒：原無，據翁校本補。
〔二〕嘉：原作「加」，據翁校本改。
〔三〕處：原作「遽」，據翁校本改。
〔四〕祭：原作「際」，據翁校本改。

事奉大夫試工部侍郎兼太子詹事楊棟弟武節郎擢權知江陰軍事履之封贈父〔一〕

故父任武德郎已贈大中大夫端仲特贈通奉大夫

蜀無它姓之楊，世家各異；眉有静恭之族，苗裔益蕃。眷予法從之臣，由爾義方之訓。具官某故父具官某，大門禮法，前輩典刑。識面卜鄰，多交友鉅人長德；把麾出守，不鄙夷小國寡民。修齡八袠之尊〔二〕，美子萬金之産。乃推餕惠，以慰孝思。噫！藁葬一丘，返青神而尚遠；爵登三品，燎黄誥而有光。可。

〔一〕事奉大夫：按無此官名，當爲「正奉大夫」或「通奉大夫」之誤。

〔二〕衷：原缺，據翁校本補。

朝請郎權禮部侍郎兼侍講詹文杓封贈父母妻

故父九齡贈奉議郎

《樂記》曰：「祀於明堂而民知孝。」朕推祭澤於海内，臣子之疏遠者且得以榮其親，況貴而近者乎！爾學《易》有師法，居里有賢譽。雖終身不解褐而死，然小宗伯遂爲朕言語侍從之臣〔一〕，彼謂天道逶迤，儒效迂闊，其論有不然者矣。議郎之秩，有司常典，方將屢書不一書，以告爾墓。可。

〔一〕遂：原作「遠」，據翁校本改。

故母安人陳氏贈令人

婦人從夫之爵，爲夫在言也，夫殁則從子矣。爾之夫終老布衣，而子貴爲法從。今兹燎黄於阡，議郎再命而令人五命，烏虖，亦足以發萊妻孟母之幽潛矣！可。

故繼母安人周氏贈令人

先賢如尹伯奇、曾參之流，皆以善事繼母爲孝。令人之慈子也，有平均之德〔一〕，盡母道焉；小宗伯之奉母也，無前後之異，盡子道焉。鸞誥象服，併爲爾寵，幽明有知，對越休命。可。

〔一〕德：原缺，據翁校本補。

妻安人陳氏特封令人

士大夫位望通顯，有爲居養所移者，況女婦乎！爾之夫子起書生，位禁從，爾清貧如處糟糠之日，冲約不改荆練之舊，其賢如此，可以笄珈而偕老矣。可。

中大夫試吏部侍郎兼太子左庶子王爚弟奉議郎權知台州軍州華甫封贈父母

故父任朝奉郎致仕已贈朝請大夫夢得特贈中散大夫

先賢以兄弟致一世盛名，惟燕山竇氏、眉山蘇氏。當時稱儀、儼者，歸美於義方之老；而軾、轍自相告語者，亦曰其家有師。噫，有自來矣！爾蕭然隱約，不出閭巷，而積於身、修於家者猶足以熏晉鄙之人，有龐公、管寧之風。是生雙璧，伯爲朝家魁壘之臣，仲亦郡國循良之吏。夫爲人子者，孰無榮親之志，然必忠孝兩全、身名俱泰如爾二子，而後可以言榮。蓋古之所謂顯揚者在此而不在彼也。玆以祭澤，晉秩中散，諒惟冥漠，歆此寵嘉〔一〕。可。

〔一〕嘉：原作「加」，據文意改。

故母令人胡氏特贈碩人〔二〕

昔季路有負米千鍾之感，孟子有前士後大夫之辨，此爲禄不洎養者言也。爾庭蘭競秀，昔不以華軒之陳於庭者爲喜；宰木已拱，今豈以黄誥之燎於阡者爲榮哉。噫，人誰無子，至於立朝則古之遺直，牧民則古之遺愛，非斷機擇鄰之訓而然歟！此祭澤之所必及，而朕心之所深嘉而屢歎也。可。

〔一〕特：原作「時」，據翁校本改。

煸故妻令人周氏特贈碩人

曠蕩之典，極昭漏之恩〔一〕；伉儷之情，無没存之間。爾以望族，嬪於名卿。敬君子而無違，可書彤管；哀若人之不淑，莫續斷絃。屬餕惠之旁流，嗟徽音之未遠，其從夫爵，以慰閨魂。可。

〔一〕昭：翁校本作「照」。

資政殿大學士正奉大夫沿江制置使知建康府馬光祖郊恩封贈三代

故曾祖已贈少保千里特贈太保

竣合宫之熙事，丕擁蕃釐；眷顓閫之名臣，方膺隆委。爰推慶典，加賁曾門。具官某故曾祖具官某，養素家林，游心藝苑。絳帳諸生之授，熏染師資；白眉五常之良，源流世德。至老埋光而韡彩，於今隤祉而發祥。緊爾有孫〔一〕，爲予分陝。顯相阻陪於禋禮〔二〕，追崇宜視於政途。申伯於蕃，任莫尊於居守；召公爲保，榮奚間於幽明！可。

〔一〕緊：原作「繄」，據翁校本改。
〔二〕相：原作「祖」，據文意改。

故曾祖母崇國夫人葛氏特贈福國夫人

配天其澤，寵光首逮於邇聯；徹土而封，伉儷並崇於曾廟。肆稽舊典，申錫愍章。具官某故曾祖母崇國夫人葛氏，本出高華，來嬪鴻碩。動循禮敬，恪羞澗藻之共；親授詩書，及見階蘭之秀。積累端由於世德，安危方託於闖臣。禮視鈞樞，恩加湯沐。福不專饗〔一〕，爰均惠於麟符；逝者有知，尚欽承於象服。可。

〔一〕饗：原作「卿」，據文意改。《宋景文集》卷三八《謝覃恩轉給事中表》：「福不專饗，澤乃普頒。」

故祖已贈少傅之純特贈太傅

禋於宗，類於帝，餕惠方行；非其身，在其孫〔一〕，慶源甚遠。爰頒襚典，加賁泉扃。具官某故祖具官某，尚友古人，潛心大業。聯名雁塔，韓、歐爲同榜之俊游；講道牛谿，房、魏多及門之高弟。富有茂陵之俊藻，僅終康海之題輿〔二〕。惟嗇於前，遂昌厥後。蕆祀既陳於騂享〔三〕，分膰首逮於麟符。肆繇孤卿，晉陟帝傅。祭則受福，誕霈燔柴之恩；没而有知，對越面槐之寵。可。

〔一〕其：原作「某」，據翁校本改。

〔二〕題輿：原作「題興」，據文意改。

〔三〕蕆：原作「藏」，據翁校本改。

故祖母吉國夫人樓氏特贈慶國夫人

專閫分憂，體貌既均於二府；合宮竣事〔一〕，寵光亦逮於九原〔二〕。矧如王母之賢，加峻封君之號。具官某故祖母吉國夫人樓氏，門高四近，德著三從。禮敬如賓，可書於彤管；義方訓子，不羨於金籝。鍾慶後人，賜名大國。噫！佩麟符而建旗鼓，所宜均飲胙之恩；奉鸞誥以白松楸，足少慰含飴之念。可。

〔一〕宫：原作「官」，據翁校本改。

〔二〕原：原缺，據翁校本補。

故父已贈少師正已特贈太師

予嘉乃績，邊籌允賴於制垣；父教之忠，祭澤必先於禰廟。爰躋極品，以慰孝思。某故父具官某，襲詩禮之親傳，視軒裳而若浼〔一〕。乘下澤，御欵段，有少游之風；施絳帳，居高堂，無季長之侈。是生鴻碩，方佩安危。屬禋祀之告成，與臣鄰而飲福。念陪京留鑰之重，阻宣室前席之咨，慶霈既行，具瞻采峻。噫！禮嚴牡荐，昭吾事帝之心；詩美鷹揚，遂爾榮親之志。可。

〔一〕浼：原作「況」，據翁校本改。

故母惠國夫人伍氏特贈衛國夫人

敬祭重祠，既舉類禋之典；報本反始，難忘顧復之恩。載嘉制閫之賢勞〔一〕，加厚親闈之寵數〔二〕。具官某故母惠國夫人伍氏，功言咸備，禮法自防。清節凛然，鄙牛衣之卧泣；義方嚴甚，和熊膽以助勤。鍾慶輔臣，分憂方岳。雖主陪京之鑰，亦均宣室之釐。昔啓宇羅浮，已極魚軒之貴；今移封淇澳，益增馬鬣之光。可。

〔一〕嘉：原作「加」，據文意改。

〔二〕加：原作「嘉」，據翁校本改。

故母肅國夫人葉氏特贈相國夫人

掃地而祭，霈皇家漏泉之恩；裂土而封，慰賢子凱風之念。乃疏寵渥，以發幽潛。具官某故母肅國夫人葉氏，迪德溫恭，宅心慈恕。家無甔石，相安織屨而辟纑；門有軒車，不但剪髲而市酒。推本由三遷之教，産祥爲一代之英。笄珈不及於生前，湯沐追崇於身後。兹由餕惠，復峻徽章。噫！移相臺之封，次國固殊於支郡；勒瀧崗之表，先賢不假於它人。冥漠有知〔一〕，哀榮無憾。可。

〔一〕漠：原作「漢」，據翁校本改。

故妻東陽郡夫人丁氏特贈普安郡夫人

朕藏事國陽，加恩閫外。君子偕老，悵遺恨於中闈；婦人從夫，既視儀於二府。音徽未遠〔一〕，寵數聿新。具官某故妻東陽郡夫人丁氏，備班史之功言，寶彤書之慈儉。屬者陪油幢而西泝，俄而愴畫翣之東歸。苦澹相安，每感貧賤糟糠之語；芳菲易歇，可勝死生契闊之悲！兹霈金鷄之慶條，加賁玉麟之賢偶。湛恩所被，潛德有光。稱曰小君，昔已隆於命服；賜名大國，今益廣於脂田。可。

〔一〕未：原作「木」，據翁校本改。

觀文殿大學士金紫光禄大夫判平江府事浙西兩淮發運大使程元鳳封贈三代并妻

故祖已贈太師正特追封崇國公

蕆事精禋，皇矣邦彝之舉；睠懷名宰，基於祖德之傳。爰錫徽章，俾光幽壤。具官某故祖具官某，丘園隱曜，泉石養高。少游使鄉里稱爲善人，不求聞於當世〔一〕；于公知子孫必有興者，果鍾美於後昆。昔經體以贊元，今幹方而作屏。顯相阻陪於宗祀，追崇遠遡於慶源。已峻師垣，肇開蜀土。公槐極品，焕先廟之衮衣；宰木成陰，燎佳城之黄誥。尚爾英爽，歆我寵光。可。

〔一〕於：原作「丘」，據翁校本改。

故祖母齊國夫人方氏特贈齊國夫人

稱袟元祀，蕃釐既格於媪神；貴極人臣，積慶端繇於王母。乃推駿惠，申錫愍章。具官某故祖母齊國夫人方氏，簡澹無華，温恭有度。早日嚴斷機之訓，素篤義方；平生慕舉案之風，相安隱趣。寧劬躬而燾後，宜繼世以生賢。美矣孫枝〔一〕，屹然國棟。屬藩維之作屏，阻左右之奉璋。顧朕懷注倚之方深，豈先德褒崇之可後？作三公之媲，典冊聿新；奄四塞之都，封圻維舊。祗承寵渥，永播芳徽。可。

〔一〕矣：原作「以」，據翁校本改。

故父已贈太師追封昌國公放特追封福國公

价人維藩，大邦維屏，煩該輔之元臣；聖人饗帝，孝子饗親，俱函蒙於景福。誕揚愍冊，丕闡幽光。具官某已故父具官某，奥學沉潛，雄文絢爛。居常欲陳治安之策，不遇乃著窮愁之書。文中子禮樂之傳，蓋及門之高選；伯休父卿士之任，使易地以皆然。惜有志而無時，乃非身而在子〔一〕。肆予考績〔二〕，緊爾教忠〔三〕。森庭宇之三槐，屹邦家之一柱。雖莫侑合宫之享〔四〕，固宜均宣室之釐〔五〕。進爵名都，追榮禰廟。噫！七聚無諸之故國，非若邇封；一經韋氏之傳家，詎容專美！凛然精爽，歆此哀榮。可。

〔一〕而：原作「之」，據翁校本改。
〔二〕績：原作「謹」，據翁校本改。
〔三〕繫：原作「繁」，據翁校本改。
〔四〕宮：原作「官」，據翁校本改。
〔五〕宣：原作「宜」，據文意改。

故母魯國夫人吴氏特贈魯國夫人

告成熙事，迎后土富媪之休；興念元臣〔一〕，有潁谷封人之義。乃推餕惠，申錫綸言。具官某故母魯國夫人吴氏，躬行備七誡之全〔二〕，家法嚴三遷之訓。泝延州來之胄，遠有慶源；媲伯休父之宗，素推名閥。是生英衮，作屏价藩。雖奉璋不及於侍祠，然徹俎敢忘於致胙？極存没哀榮之禮，慰君蒿悽愴之情。噫！國仍曲阜之封，不更其舊；子作瀧岡之表，自足以傳。終始哀榮，幽明感慨。可。

〔一〕臣：原缺，據翁校本補。
〔二〕七誠：原作「己誠」，據翁校本改。

故妻廣國夫人吳氏特贈周國夫人

禮成重屋，首舊揆之褒崇；恩及中閨，慨元妃之凋謝。爰盼異數，以獎徽音。具官某故妻廣國夫人吳氏，毓質名門，齊眉碩輔。内則可書於箴史，外言不入於房帷。警戒相成有道焉，殆天之合；夭壽不貳立命也，豈人之爲！生徒共於糟糠，殁乃霑於雨露。繇番禺之偏壤，易豐鎬之上都。噫！蟬冕衮衣，不及覩藁砧之貴；魚軒錦誥，猶足爲泉穸之光。冥漠有知，哀榮無憾。可。

今妻慶國夫人汪氏特封漢國夫人

《清廟》祀文，莫先於嚴父；《閟宫》頌魯，爰及於令妻。眷台鼎之舊臣，有閨門之賢助，肆因祭澤，申錫恩言〔一〕。具官某妻慶國夫人汪氏，出自高華，嬪於鴻碩。隱約無牛衣之歎，賢德有鵲巢之風〔二〕。謂婦職尤在於奉先，故薦蘋之禮肅；謂母道多牽於慈子，故畫荻之訓嚴。屬者蟬冕出藩，魚軒並駕，雖職守阻陪於大祭，然霈恩亦逮於小君。使吴會、右扶之間，見漢廣、二南之化。羅舞八佾〔三〕，介媪神之蕃釐；副笄六珈，美君子之偕老。欽承休寵〔四〕，式燕壽祺。可。

〔一〕申：原作「由」，據翁校本改。

〔二〕德：原缺，據翁校本補。

〔三〕八佾：原脱「佾」字，據文意補。翁校本作「溢」，亦以音近而誤。

〔四〕欽：原作「叙」，據翁校本改。

後村先生大全集卷之七十三

外制

少保保寧軍節度使充萬壽觀使謝奕昌封贈三代

故曾祖已贈太師追封魯王景之特贈太師餘如故

朕成民而後致力於神，既嚴恭於薦享；祝釐而不專鄉其福，爰敷錫於親賢。穹班備孤棘之儀，顯相畢燔柴之禮。衰時嘉貺〔一〕，燕及曾門。具官某故曾祖具官某，高蹈丘園，素耽墳籍。《易》曰必有餘慶，理之固然；《傳》云非此其身，信而有證。積善啓槐庭之貴〔二〕，鍾祥爲椒掖之賢。兹霈澤之旁流，豈外姻之可後？執珪幣以事上帝，天棐惟章；錫土田以保東方，王封惟舊。仍峻師垣之秩，以隆戚畹之恩。益顯前光，永綏來裔。可。

〔一〕衰：原作「衰」，據翁校本改。
〔二〕啓：原作「放」，據翁校本改。

故曾祖母魯國夫人胡氏贈魯國夫人

惟泰元尊，祭以忱而受福；爾曾祖母，禮推本以均釐。乃錫徽章，以光幽壤〔一〕。具官某已故曾祖母魯國夫人胡氏，功言有則，法度自將。爰相其夫，成一家之仁遜；克昌厥後，懋兩社之勳勞。既開台揆之祥，益衍孫枝之福。助二南之風化，爲六宮之表儀。祭澤旁流，慶源甚遠。告之新廟，尚想於徂徠；頌彼令妻，何慙於史克〔二〕。可。

〔一〕壤：原作「讓」，據翁校本改。

〔二〕史：原作「吏」，據翁校本改。

故祖任少傅觀文殿學士致仕益國公贈太師追封魯王謚惠正深甫特贈太師餘如故

展采親祠，宗文王而配帝；儀圖先正，相寧考以在天。屬鉅典之熙成，賴信臣之嚴扈。載嘉前烈，爰錫徽章。具官某故祖具官某，學號儒宗，材優王佐。系從謝邑，鍾神氣於崧高；望重東山，擅風流於江左。緝熙君德〔一〕，康濟民生。昔作股肱，立相而置諸右；今爲胏胕，非身而在其孫。眷言后族之尊，已極王封之貴。大祭有畀〔二〕，矧喬木之世臣；太師維垣，仍分茅於故國。

尚其英爽，服此寵光。可。

〔一〕德：原作「綍」，據翁校本改。
〔二〕畀：原作「卑」，據翁校本改。

故祖母魯國夫人林氏特贈魯國夫人

合宮肆祀，繁釐錫於媪神；左畹疏封，介福鍾於王母。有如懿範〔一〕，宜畀徽章。具官某故祖母魯國夫人林氏，翛然林下之風，作此謝人之式。于歸之子，共美夫人之起家；胡然而夭，不使君子之偕老。積至孫枝而益衍，恩加宰木而有光。南陽帝鄉〔二〕，近親首拜胙膰之賜；惠公元妃〔三〕，孟子宜申湯沐之封〔四〕。爰世保於東方，益慶延於後嗣〔五〕。可。

〔一〕如：原作「加」，據翁校本改。
〔二〕鄉：原作「卿」，據文意改。
〔三〕公：原作「然」，據翁校本改。
〔四〕封：原作「風」，據翁校本改。
〔五〕益：原作「保」，據翁校本改。

故祖母魯國夫人林氏特贈魯國夫人

先王保衡，餕惠首朌於大享；繼室聲子，沐封申畀於小君。仁篤於親，禮行自近。具官某故祖母魯國夫人林氏，存心慈恕，迪德柔嘉。佐君子以求賢審官，得國風之意〔一〕；正家人以外男内女，如卦義所云。爰開伉儷之祥〔二〕，皆由積善之慶。屬合宫之竣事，宜祖廟之追榮。奉鸞誥於阡，有光新渥；啓龜蒙之宇，不改舊邦。可。

〔一〕國：原缺，據翁校本補。

〔二〕「爰」原作「美」，「伉」原缺，據翁校本改、補。

故父任朝奉大夫已贈太師追封衛王渠伯特贈太師〔一〕

奏鸞路龍鱗之曲，蕆事合宫〔二〕；原關雎麟趾之風，均釐禰廟。雖高爵極維師之品，然宗祈推嚴父之恩。爰出新綸，以昭異渥。具官某故父具官某，恭寬而信敏，宣慈而惠和。聞禮聞詩，得諸侍家庭之際；止敬止孝，見於事君親之間。惟高材嗇其生前，故餘慶鍾於身後。占之以夢，惟女子祥；貴不可言，爲天下母。兹歆福致胙膰之禮，宜追榮及胏胕之賢。噫！周王子孫，嚴大祭而薦牡；漢家勳戚，有七葉之珥貂。以古準今，於斯爲盛。可。

〔一〕父：原作「文」，徑改。
〔二〕蔵：原作「藏」，據翁校本改。

故母韓楚國夫人郭氏贈韓楚國夫人

朕式祖宗之典，薦此一忱；后於父母之家，均茲五福。乃霑漏泉之澤，以慰凱風之思〔一〕。具官某故母韓楚國夫人郭氏，寶婺華宗，汾陽貴胄。雖言不出梱，若無可書；然善積於家，必有餘慶。祥鍾少麓，位冠椒房。推母儀資内助之賢，於聖善有如存之感。茲因餕惠，遠想徽音。噫！荒二邦之封，既倍增於湯沐；筆列女之傳，曾未泯於芳馨〔二〕。可。

〔一〕思：原作「恩」，據文意改。
〔二〕曾：原作「習」，據翁校本改。

故妻齊國夫人吳氏特贈齊國夫人

朕載祀合宮〔一〕，加恩左畹。惟吾亞保，既面棘而曰孤；慨爾令妻，不副笄而偕老。乃因餕惠〔二〕，申錫蜜章。具官某故妻齊國夫人吳氏，生天台仙佛之鄉，同皐陵法從之譜。儷相家之綦貴，蘋薦甚恭；訓子舍以義方，棣華競爽。閨門之懿，朝野所推。茲有事於帝親〔三〕，宜追榮於賢淑。噫！過江名族，無出於謝高；裂土分封，莫如於齊大。其歆新命，俾奄舊疆。可。

〔一〕載：原缺，據翁校本補。
〔二〕餕：原作「餞」，據翁校本改。
〔三〕茲：原作「慈」，據翁校本改。

通奉大夫除權吏部尚書兼直學士院陳顯伯封贈父

故父任迪功郎已贈太中大夫千能特贈通議大夫〔一〕

禮報本反始〔二〕，既成熙事於合宮；澤昭天漏泉，爰及近臣之禰廟。其加異渥，以闡幽光。具官某故父具官某，躬寒窗膏火之勤，味陋巷簞瓢之樂。積善家有餘慶，陰隲通於神明；能仕父教之忠〔三〕，陽報鍾於冢嫡。出藩入從，移孝於君。屬峻事於類禋，遂均釐於貴近。肅後皆義方之力，榮親視法從之階。噫！勒石表阡，會見龜趺之揭；燎黃告墓，有光馬鬣之封。可。

〔一〕中大夫：原脫「大」字，據翁校本補。

〔二〕反：原作「及」，據翁校本改。

〔三〕仕父：原倒，據翁校本乙。

大中大夫敷文閣待制知慶元府兼沿海制置使姚希得封贈父妻

故父端珪贈通奉大夫

哲王明德恤祀，既有事於合宫；孝子立身揚名，首追崇其禰廟。載嘉先懿〔一〕，爰示殊褒。具官某故父具官某，詞賦之聲摩空，勢利之心如水。靈椿丹桂，宛然竇氏之義方；白髮青衫，全矣凝之之高節。久煩諸貴之推轂〔二〕，靡待希年而挂冠。及攜子爲京師之行〔三〕，有買田老陽羨之志。冢嗣久聯於禁近，霈恩奚間於没存！埋玉土中〔四〕，雖莫究生前之藴；燎黄松下，猶足爲身後之榮。可。

〔一〕嘉：原作「加」，據文意改。

〔二〕久：原作「丹」，據翁校本改。

〔三〕子：原作「于」，據翁校本改。

〔四〕埋：原作「理」，據翁校本改。

妻令人賈氏封碩人〔一〕

成禮宗祈，蕃禧格於富媪；加恩法從，燕喜及其令妻。具官某妻令人賈氏，生長世代詩書之家，佩服姆師圖史之訓。不出於梱，未嘗知於外言；相敬如賓，真可爲於内則。屬均餕惠，始自近臣。夫方仗鉞而專征〔二〕，爾則副笄而偕老。《傳》褒列女，視前載以奚慙；《詩》詠碩人，與美名而適稱。可。

〔一〕賈：原作「價」，據翁校本改。正文同。
〔二〕仗：原作「伏」，據文意改。

寶章閣直學士朝散大夫知徽州周坦封贈父

故父已贈朝議大夫澈贈中大夫

禮報本反始，適熙事之成；孝立身揚名，皆義方之力。爾善積諸己，行修於家。舉郤桂之枝，是生魁彦〔一〕；無莊椿之壽，不究壯圖。雖韜晦於丘園，屢褒崇於泉壤。噫！上昭下漏，廣祭統之十倫；生榮死哀，亞從臣之一秩。可。

〔一〕彦：原作「産」，據翁校本改。

朝請郎寶謨閣待制提舉江州太平興國宮潘凱封贈父〔一〕

故父勝之已贈通直特贈朝散郎

福善之報不於其近而於其久。昔者覲老選調而修柄用，洵僅一命而軾、轍鼎貴。爾生以大宗師教其里，殁以鄉先生祭於社〔二〕，所學毫芒不試〔三〕。是生賢子，爲朕法從，言論風旨聞於天下，國人皆曰父之教也。茲以外郎，燎黄墓阡，亦足以見天定矣。可。

〔一〕州：原作「洲」，徑改。
〔二〕鄉：原作「卿」，徑改。
〔三〕學：原作「舉」，據翁校本改。

通議大夫王景齊弟奉議郎國子博士景峴封贈父母妻〔一〕

故父任朝奉郎已贈中奉大夫保大特贈通議大夫

上帝六宗，成禮霈類禋之澤；一翁二季，均鼇極存歿之榮〔二〕。具官某行著鄉閭〔三〕，文傳學館。大庭射策，早標龍虎榜之名；清廟奉璋，嘗簉鴛鷺行之列〔四〕。生前半竹，身後雙珠。伯持橐於甘泉〔五〕，仲橫經於圜水。際兹熙事，慰彼孝思〔六〕。噫！昔解褐起家，僅止議郎之秩；今燎黄告墓，遂躋法從之階。可。

〔一〕王景齊：原脱「景」字，按本題下述其弟名「景峴」，又本卷後有景齊妻封贈制，據補。
〔二〕均：原作「內」，據翁校本改。
〔三〕鄉：原作「卿」，據翁校本改。
〔四〕鴛鷺：原倒，據翁校本乙。
〔五〕持：原作「特」，據翁校本改。
〔六〕思：原作「恩」，據翁校本改。

故母令人吳氏特贈碩人

掃地而祭，澤溥被於羣工〔一〕；陟屺之嗟，爵遂加於六命。具官某故母令人吳氏，篤生華閥〔二〕，作媲名儒。翰墨祖傳，不羨衛夫人之帖；範模女憲，奚待曹大家之書！一念積仁，二惠競爽。乃緣子貴之義，俾從夫爵而封。噫！擇鄰之遷，世久無斯賢母；表阡之作，汝寔有此佳兒。可。

〔一〕工：原作「二」，據翁校本改。

〔二〕篤：原作「荐」，據翁校本改。

景齊故妻令人高氏潘氏蔡氏贈碩人

舉古者燎禋之禮，適告熙成；慨近臣曒日之情，載加褒贈。具官某故妻令人某氏，閱家整肅，約己儉勤。媲伯鸞之清高，相安苦淡；逮仲卿之貴重，已隔幽明。乃如徽音，宜被祭澤。噫！詠令妻之喜，悵偕老之莫諧；衛歌碩人之賢，錫嘉名而無愧〔一〕。可。

〔一〕嘉：原作「加」，據文意改。

承務郎知信州玉山縣丞趙時淬封母

母劉氏可特封太孺人

吾甚重高年，有司言爾九衮加二〔一〕，可謂之壽母矣。其錫初封，以慰爾子榮親之意。可。

〔一〕衮：原作「襄」，據翁校本改。

迪功郎婺州東陽縣尉張龍應封父

父壽玉特封承務郎致仕

吾甚重高年，有司言爾九十有四，紹興之遺民也。其畀京秩，以慰爾子榮親之意。可。

從官明堂加恩

寶謨閣直學士正奉大夫提舉江州太平興國宫奉化郡開國侯食邑一千二百户袁商加食邑三百户〔一〕

小心以事上帝，既享於中辛；大賚而富善人，可遺於一老？式稽舊典，溥錫徽章。具官某繼踵世科，單傳家學。法駕扈從，論思常冠於嚴、徐；偉衣從游，調護尤高於園、綺。雖愜乞鏡湖之興，未忘存魏闕之心。屬者有事國陽，加恩海内，環顧奉璋之列，興懷聽履之臣，乃出紵以旌賢，俾分茅而胙土。噫〔二〕！對宣室鬼神之問，尚欲諮詢；繪洛社耆英之圖，益綏壽嘏〔三〕。可。

〔一〕侯：原作「候」，徑改。

〔二〕噫：原作「意」，據翁校本改。

〔三〕「綏」原作「緩」，「嘏」原作「諔」，據翁校本改。

顯謨閣學士宣奉大夫提舉江州太平興國宮六合縣開國子食邑六百户徐㮚加封三百户

上同袁尚書。具官某機鑑精明，器能英濟。都民談趙京兆之政，敬之如神；選人憚毛尚書之清〔一〕，甚於畏法。雖愜買山之高興，未忘存闕之丹心。下同。

〔一〕清：原作「情」，據文意改。

朝散郎寶章閣待制知建寧府永嘉縣開國男食邑三百户陳昉加封一百户

帝有合宮，既陳牡荐；王多吉士，各效駿奔。興懷扈蹕之臣，阻與奉璋之列，屬推餕惠，溥錫徽章。具官某窮理際乎天淵，制行凛乎玉雪。鶚翅豹尾，幾年立持橐之班〔一〕；虎節麟符，所至留憇棠之愛。乃者朕禋重屋，卿牧潛藩，雖莫殫顯相之勞，然不替朝宗之志。爰稽舊典，俾拓新封。噫！宣室席前，良渴賈生之對；潁川詔下〔三〕，深知黄霸之賢。

〔一〕持：原作「特」，據翁校本改。

〔二〕潁：原作「穎」，據翁校本改。

朝議大夫試中書舍人兼直學士院兼同修國史實録院同修撰兼崇政殿説書洪勳依前官職特封錢塘縣開國男食邑三百户〔一〕

小心而事上帝，既慶熙成；大賚而富善人，當從近始。乃如法從，宜有湛恩。具官某繼踵世科，單傳家學。危言讜論，居然追先正之風；大冊高文，足以鼓天下之動。屬蔵中辛之祀，實陪上雍之聯，舊典禮多所講求，新詔令皆其潤色。爰加采地，以奬橐班。噫！受宣室之釐，聳聞精論；第甘泉之頌，獨擅雄辭。茂對寵嘉，益裒福祉〔二〕。可。

〔一〕實：原作「寶」，據翁校本改。

〔二〕裒：原作「衰」，據翁校本改。

大中大夫敷文閣待制知慶元府兼沿海制置使鄞縣開國男食邑三百户姚希得進封開國子食邑加二百户

小心而事上帝，既享於合宫；大賚而富善人，可遺於分閫？載稽舊典，溥錫徽章。具官某禁省名臣，藩宣重德。繼李藩批勅，屢奮筆以回天；從裴度視師，盍聯鑣而向闕。屬鄞弄印〔一〕，煩爾建牙〔二〕。麟符爲諸鎮之雄，鯨浸無一波之警。妖氛盡掃，熙事告成。緬懷宣力之臣，宜在均鼇之數。噫！駿奔清廟，奉璋阻列於髦髦；鳳集潁川〔三〕，選表莫先於太守。姑欽餕惠，嗣有褒綸。可。

〔一〕鄞：原作「勤」，據翁校本改。
〔二〕煩爾建牙：原作「頒爾建才」，據翁校本改。
〔三〕潁：原作「穎」，徑改。

資政殿學士提舉臨安府洞霄宫信安郡開國公馬天驥食邑三百户

小心以事上帝，既畢於宗祈；大賚而富善人，可遺於舊弼？其頒異數，庸廣湛恩。具官某鍾間氣之祥，負倫魁之望。出臨方岳，勤勞四國之蕃宣；入秉事機，密勿一堂之唯諾。曾未展爲霖之手，乃不爲偃月所容。久寂寂以閉關，每惓惓而存闕。屬予禋類，念爾滯留。燔柴之禮莫陪，食采之地宜拓〔一〕。噫！肆丹鳳門之眚，式隆賜胙之儀；詠白駒谷之詩，未替懷賢之意。可。

〔一〕采：原作「美」，據翁校本改。

寶章閣學士通議大夫提舉江州太平興國宫嘉興縣開國伯食邑九百户陸德輿進封嘉興郡開國侯加封三百户

欻重屋於季商〔一〕，參用累朝之制；扈屬車而上雍，緬懷八座之賢。乃出賚書，以均餕惠。具官某文章鼓天下之動，言行蹈君子之中。夕瑣塗歸，朝野憚袁高之直；天官典選，門庭凛毛玠之清。脱屣藩垣，幅巾衡泌。方奉璋之多士，助祭而來；獨聽履之舊臣，祝釐於外。爰推禋霈，加拓户租。噫！建漢家之封，悵滯留於太史；奉宣室之問，思召見於賈生〔二〕。諒無遐心，行有新渥〔三〕。可。

〔一〕商：原作「滴」，據翁校本改。

〔二〕思：原作「恩」，據翁校本改。

〔三〕新：原作「親」，據翁校本改。

寶章閣直學士朝散大夫知徽州周坦特封瑞安縣開國男食邑三百户

九筵大饗，禮既畢於燔柴〔一〕；八座舊臣，恩宜豐於食采〔二〕。具官某以西清學士之貴，爲東方諸侯之師〔三〕。昨屬精禋，緬懷宿望。奉酎金而獻廟，阻於侍祠；執蒲璧以就封〔四〕，昉兹開國。邦彝具在，餕惠必均。前席問洛陽之人，朕渴聞於高論〔五〕；賜璽褒潁川之守，卿益懋於外庸。可。

〔一〕燔：原作「藩」，據翁校本改。

〔二〕采：原作「菜」，據翁校本改。

〔三〕侯：原作「候」，徑改。
〔四〕璧：原作「壁」，據翁校本改。
〔五〕聞：原作「開」，據翁校本改。

宣諭空名告詞三道

令　人

夫官五品，媲封令人，法也；不以夫而封者，恩也。爾其可不知恩之所自哉？可。

恭　人

夫爲元士，媲封恭人，法也；不以夫而封者，恩也。爾其可不知恩之所自哉？可。

安　人

夫至外郎，媲封安人，法也；不以夫而封者，恩也。爾其可不知恩之所自哉？可。

宣諭空名贈告詞五道

令人

婦人贈爵，視夫若子。曰令人者，蓋五品官之母、妻；非夫非子而追爵之者〔一〕，國家之異恩也。爾雖冥漠，寧不哀榮！可。

〔一〕追：原作「進」，據翁校本改。

恭人

婦人贈爵，視夫若子。曰恭人者，蓋元士之母、妻；非夫非子而追爵之者，國家之異恩也。爾雖冥漠，寧不哀榮？可。

宜人

婦人贈爵，視夫若子。曰宜人者，蓋正郎之母、妻；非夫非子而追爵之者，國家之異恩也。爾雖冥漠，寧不哀榮？可。

安人

婦人贈爵，視夫若子。曰安人者，蓋外郎之母、妻；非夫非子而追爵之者，國家之異恩也。爾雖冥漠，寧不哀榮？可。

孺人

婦人贈爵，視夫若子。曰孺人者，蓋陞朝官之母、妻；非夫非子而追爵之者，國家之異恩也。爾雖冥漠，寧不哀榮？可。

皇太子冊妃慈憲王夫人家贈告十五道

曾祖安民不仕特贈太保追封唐國公

朕加厚友恭，有懷慈憲。恩施左戚，既鍾慶於一門；貴極上公，又追榮其三世。具官某游心墳典，屏迹丘園。爲善恐人知，信矣耳鳴之諭；陰德有陽報，甚於響應之加。爰及孫曾，寔生賢媛。朕察鴒原之念母，喜鶴禁之冊妃，方隆慈孝之至情，豈限褒崇之常典。噫！周立太保，列面槐之班；唐有冀方，錫分茅之壤。是爲殊渥〔一〕，庸闡幽光。可。

〔一〕渥：原作「涯」，據翁校本改。

曾祖母邊氏特贈唐國夫人

儲極好逑，既泝慶源於慈憲；曾門加惠，併褒内則之淑賢。乃出絲綸，以光窀穸。某氏勤生苦澹，勵志靜專。有伯鸞婦之風，肯爲隱髻；有於陵妻之操，靡厭辟纑。竟能遂夫子之高，不及覩孫女之貴。鶴禁甫諧於嘉耦，魚軒宜賁於外姻。噫！揭阡表於南陽，恩徽尤異；疏沐封於東武，伉儷俱榮。可。

祖份已贈武翼郎特贈太傅追封豫國公

朕友于朱邸，施及青宫〔一〕。慈愛最隆，睠外家而尤厚；哀榮兩盡〔二〕，豈王父之可遺？具官某温恭德人，寬厚長者。欿段下澤，清貧不改於儒癯；文駟雕軒，貴盛寔基於祖德。屬儲妃之封拜，宜世廟之褒崇。噫！太傅周官，面槐陰之峻；豫州荆地，叶松夢之祥。冥漠有知，對揚無憾。可。

〔一〕施：原無，據翁校本補。

〔二〕「哀」下原有「施」字，據翁校本刪。

祖母畢氏已贈恭人特贈豫國夫人

慈顔已遠於崇藩，慶鍾猶子；公爵既加於祖廟，媲合從夫。某氏秉性幽閑，奉身冲約。素勵龐嫂、萊妻之操，安於清貧；曾有許負、唐舉之倫，異其風骨。果孫枝之貴盛，嗟宰木之老蒼。屬皇家舉希闊之儀，於戚畹厚褒崇之典。賜粉田於大國，品極魚軒；燎黃誥於寒原，光生馬鬣。既驗異人之奇中，永爲外氏之美談。可。

父大節已贈慶遠軍節度使特贈太師追封徐國公〔一〕

儲妃選慈憲之宗，親親之意也；禰廟峻公師之爵，貴貴之義焉。乃賜恩言，以旌潛德。具官某信道甚篤，好善最優。平昔旦評，著美名於里閈；一朝天定，鍾餘慶於門楣。兹作媲於元良，亦柬賢於華族。既諧吉禮，追奬義方。噫！建節封侯，鶴表之題已久；分茅胙土，膺揚之拜維新。壽爾後人，欽予休命。可。

〔一〕「徐國公」三字原誤入正文，今移正。

妣南陽郡夫人王氏贈徐國夫人

顧復甚勤，報德之心罔極；幽明雖異，榮親之意則同。爰大國封〔一〕，以光泉穸。某氏儉慈是寶，禮法自閑，孝敬著於藩房，長厚聞於州里。攻苦食淡，蓋隱君子之令妻；隤祉發祥，寔王夫人之賢母。並全四德，胡不百年！然一門貴仕於天朝，而奕葉聯姻於帝室。屬者儲君選儷，猶子來嬪，端由世積而然，咸曰母儀之力。噫！彭城湯沐，增拓於户租；防墓封崇，有光於宿草。可。

〔一〕大：原作「多」，據翁校本改。

伯已贈忠訓郎思聰贈潭州觀察使

王者無私之言，豈非公論；聖人盡倫之至，必用吾情。具官某前輩典刑，逸民標致。求之耆舊，惟龐德公近之；稱爲善人，如馬少游足矣。有賢猶子，寔王夫人。屬重締於國姻，併追榮其尊行。昔加勇爵，殊未慰於九原；今陟廉車，蓋視儀於兩禁。可。

伯母贈安人王氏贈碩人

朕睠棣華之外氏，重締國姻；考彤管之内言，載嘉世母。肆加殊渥，追奬徽音。爾禮法自持，功言咸備。毋以貧故，少隳舉案之恭；教之義方，微示斷機之意。芝生庭户，玉映閨房。兹選立於儲妃，乃褒崇其尊行。始占吉夢，允符女子之祥；終錫嘉名，無愧《碩人》之詠。可。

伯已贈宣教郎太中贈銀青光禄大夫

朕於私親，靡不用情而加厚；爾其伯父，固宜越格以追榮。具官某書蟠胸中，志抗事外。郡國無舉孝興廉之詔，徒修於家；山林有游仙招隱之詩，乃遯於野。逮儲妃之貴盛〔一〕，歎族老之凋零。噫！金紫惟亞一階，足彰尊寵；燎黄以從二品〔二〕，聊發幽潛。可。

〔一〕逮：原作「遠」，據翁校本改。

〔二〕從：原作「後」，據宋官制改。

伯母贈安人陳氏贈高平郡夫人

冊拜儲妃，甚矣慶源之遠；封加世母，旌其尊行之賢。某氏謙柄力持，禮防自守。辟纑織屨，相安衡泌之貧；服冕乘軒，不見門閭之大〔一〕。茲來嬪於元子，亦遴選於華宗。溥錫恩徽，寧分存殁？秩高銀信，宜從夫子之階；詔侈金花，追賁小君之號。可。

〔一〕大：原作「衣」，據翁校本改。

兄已贈和州防禦使純夫贈保寧軍節度使

朕友于同氣，若爲慰念母之心；遠矣慈顔，猶仰體愛兄之意。乃疏殊渥，以賁重泉。具官某廉甚取名，勇於求志。短檠細字，積勤不偶於生前；叠組重珪，餘慶徐觀於身後。介弟篤舅甥之誼，儲妃續姑姪之姻，茲爲爾家稀闊之榮，可限有司褒崇之典？噫！出綸告墓，徒悲風木於瀧岡；授鉞登壇，尚應星躔於寶婺。諒而精爽，歆此寵光。可。

嫂贈令人趙氏贈淑人

朕念介弟之孝思，恩其自出；擇儲妃於望族，誼亦因親。爰出綸言，以旌壼範。某氏荆練性濬，巾帨禮嚴〔一〕。族稱丘嫂之賢，睦於妯娌；天厚善人之報，宜爾子孫。諧吉禮於春宮，分寵光於夜壤。噫！管彤垂世，何慙列女之書；燎黄告阡，誰謂若人之不淑〔二〕！可。

〔一〕悅：原作「稅」，據翁校本改。

〔二〕此句翁校本作「端由若人之淑」。

堂弟武翼郎昭孫贈金紫光祿大夫

慈憲篤友恭之誼，恩寧厚於弟昆；元良諧窈窕之逑，情莫親於父子。出綸告第，施澤漏泉。具官某博雅好修，精明練事。久儀上閤〔一〕，兩牧專城，所至有甘棠之成陰，其歸雖薏苡而不載〔二〕。家無甔石，初靡求於人知；女作門楣，亦可觀於天定。甫成告禮，追獎義方。噫！金紫之穹，遂超遷於二品；燎黃以白，猶照映於九泉。可。

〔一〕儀：原作「議」，據翁校本改。

〔二〕薏：原作「意」，據翁校本改。

弟婦孺人趙氏贈新興郡夫人〔一〕

朕孔懷王邸，敢遺外氏之姻？擇配儲宮，樂得高門之女。恪共婦職，追獎母儀。某氏挺秀宗姬，來嬪儒族。以女公事慈憲，自牧謙卑；從夫子出蕃宣，備嘗險阻。篤生賢媛，寔儷元良。誰獨無錫爾類之心，世安有遺其親之理？噫！鶴禁鳳輦，方以三朝而問安；象服魚軒，胡不百年而介福！宜歆殊渥，永播徽音。可。

〔一〕郡：原無，據翁校本補。

親屬王氏特贈淑人

朕素篤友恭，念外姻之族；頗聞賢淑，亦母黨之親。屬拜儲妃，追榮邦媛。爾以慈爲寶，以禮自防。與同氣有連，朱邸之所甚厚；然内言不出，彤管莫得而詳。生無浮榮，殁有潛德。際春宫之吉禮，分夜壤之寵光。噫！列女之傳所書，難求逸事；淑人其儀不忒，爰錫嘉名。可。

榮文恭王親屬封贈告四道

贈奉直大夫錢沅贈龍圖閣侍郎〔一〕

常棣貴介之親，朕尤加厚；喬木世臣之後，爾獨能賢。兹諧吉禮於儲宫，爰錫愍章於姻黨。具官某辯智而閎達，敏惠而恭寬。生仁皇大長主之家，不移於居養；傳寧考昭文相之嫡，尚有於典刑。向使未璧埋於幽冥，必共享玉潤之富貴。宛其死矣，何以贈之？噫！追榮麒麟卧冢之墟，信爲希闊；候對龍馬負圖之閣，寧不哀榮！可。

〔一〕侍郎：按龍圖閣無侍郎一職，當是「待制」之誤。

贈安人陳氏特贈令人

朕孔懷予季，加厚所親，屬進拜於儲妃，併追榮其近屬。徽章之異，贈典所希。爾匜盥禮嚴，荆練性儉。姻聯藩邸〔一〕，身如居衡泌之間；德著鄉閭，言不出梱幃之内。惜莫覩春宫之吉禮，猶俾分夜壤之寵光。曩限常彝，固已列於命婦；今加美號，孰謂無於令人。可。

〔一〕聯：原作「映」，據翁校本改。

堂姪贈朝奉郎與華特贈容州觀察使

朕惟《堯典》垂親族之訓，《魯經》著追命之文。未能忘在原之情，是用霈漏泉之澤。具官某雁行挺秀，麟族稱賢。鄉黨恂恂，卑以自牧〔一〕；宫廟肅肅，容止可觀。胡爲夭公子之妙年，不及見儲宫之吉禮。噫！漢宗室之屬籍，予豈忘之；唐容管之廉車，爾無憾矣。可。

〔一〕卑以：翁校本作「謙卑」，似是。

堂姪婦虞氏封碩人

朕誦《棣華》之詩，有懷群從；美《栢舟》之志，無愧古人。因儲妃初拜之時，旌近屬甚高之行。爾盛矣閥閱，嬪於藩房〔一〕，榮華不羡於笄珈，蘋藻克共於錡釜。凛若靡它之誓，焕乎非常之恩。噫！節婦還珠之吟，汔全雅操；碩人衣錦之詠，遂享令名。可。

〔一〕嬪：原作「媢」，據翁校本改。

後村先生大全集卷之七十四

外制

執政初除封贈

同簽書樞密院事江萬里封贈三代並妻

故曾祖英贈太子少保

棟明堂〔一〕，扶大厦，木之植根者深；注鉅野〔二〕，決宣房，河之發源也遠。兹登崇於宥府，爰推本其曾門。具官某故曾祖某，質實而去華，倜儻而見義〔三〕。門有蒯緱之客，倒屣起迎；室無甔石之儲，輝金未已〔四〕。居里著躬行之譽，傳家留手澤之書。施及樞臣，基於祖德。噫！由布衣而亞孤保，寧非積累而來；奉綸言以白先人，可謂哀榮之至。可。

〔一〕棟：原作「揀」，據翁校本改。
〔二〕鉅野：原作「館野」，徑改，鉅野澤也。
〔三〕見：原作「危」，據翁校本改。
〔四〕糨：似當作「揮」。

故曾祖母沈氏贈齊安郡夫人

朕進擢輔臣，推原先德。蓋其積累，非崛起於一朝；及此登崇〔一〕，遂追榮於三世。具官某故曾祖母沈氏，儉慈爲寶，禮法自防。節食縮衣，却鉛華而不御；辟纑織屨，甘井臼之同操。族姻稱賢，州里懷惠。有是福德，施於孫曾。噫！亞孤卿之班，夫既躋於鼎貴；加小君之號，爾其啓於沐封。可。

〔一〕登：原作「祭」，據翁校本改。

繼曾祖母葉氏贈恩平郡夫人

上同沈夫人。具官某繼曾祖母葉氏，風致蕭然林下，地位來自佛中。晨興課貝葉之書，精勤不輟；日晏陳伊蒲之供〔一〕，苦淡自持。斥始嫁之奩裝，作新興之檀越。有是福德，施於孫曾。下同。

〔一〕伊：原作「供」，據翁校本改。

故祖璘贈太子少傅

爲善無近名，要終乃見；陰德有陽報，自古而然。偉樞臣該輔之賢，獎王父義方之訓。具官某故祖某，元酒太羹之氣味，光風霽月之胸襟。身在澗阿，心潛伊洛。固閉深扃而自潔，真知實踐之兩充。王通薄有田廬，弗願仕也；孺子不出閭巷，至今稱之。卓行爲一時之師，積慶驗再傳之後。屬余良弼，乃爾聞孫。噫！系出江公，足見源流之遠；官同疏傅，寧非冥漠之榮！可。

故祖母巢氏信安郡夫人

弼臣之重，幾劫所脩；王母之賢，再傳未遠。推本紫樞之積慶，褒崇彤管之徽音〔一〕。具官某故祖母巢氏，沉默寡言，温恭向善。哀窮周急，居常脱珥而抽簪；爲子留賓，亦或截鬟而市酒。每於予而求取，不問家之有無。孫曾益蕃，門户遂大。屬初該輔，可緩疏恩？噫！同亞傅之松楸〔二〕，寵光特異；賜小君之湯沐，伉儷俱榮。可。

〔一〕崇：原作「索」，據翁校本改。

〔二〕同：原作「曰」；楸：原缺。據翁校本改、補。

故父燁贈太子少師

有子世濟其美，既共政於機庭；能仕父教之忠，首加恩於禰廟。但見善人之報速，孰云儒者之效迂！具官某故父某，氣塞兩間，學包諸老〔一〕。攄腹憤胸奇之蘊，作爲文章；經口講指授之人，皆有師法。朕親灑韋齋之扁，爾幽棲廬阜之山。道大故莫能容，位卑未足行志。雖登八秩，竟老一丘。畸於人，合於天〔二〕，所存方寸；非其身，在其子，果執事樞。昔者聞之過庭，今焉推以謀國。載嘉先訓，爰出新綸。噫！參謀古官，生僅如於杜甫；宮師極品，殁乃似於蘇洵。可。

〔一〕諸老：原作「衆甫」，據翁校本改。
〔二〕天：原作「失」，據翁校本改。

故妣陳氏已贈淑人今贈高平郡夫人

帝賚良弼，登崇於宥密之司；天報善人，著驗於顯揚之際。推原慈訓，播告恩言。具官某故妣陳氏，出自華宗〔一〕，媲於名士。慕戴良女〔二〕，安知有時世之粧；爲伯鸞妻，相與尋隱居之服。及見夫登鷺序，子長烏臺〔三〕，掃空膜外之浮榮，透徹胸中之覺性。洎斗樞之初拜，愴風木之不留。昔與鶴髮耕綿上之田，今奉鸞誥白瀧岡之墓〔四〕。噫！萬鍾五鼎，莫紓人子之悲；副笄六珈，其錫邦君之命。可。

〔一〕自：原作「有」，據翁校本改。

〔二〕戴：原作「載」，據《後漢書》卷八三《逸民傳·戴良傳》改。

〔三〕烏：原作「鳥」，據翁校本改。

〔四〕瀧岡：原作「隴岡」，據翁校本改。

妻淑人鄧氏封永嘉郡夫人

相儆戒以成室家，允賴中闈之助；非慶霈而封伉儷，蓋優二府之臣。典故具存，寵光特異。具官某妻鄧氏，動循禮度，綽有功言。逮事舅姑，甘服勤於水菽；毋違夫子，真如鼓於琴瑟。族姻咸德其仁慈，臧獲莫窺其喜愠。乃疏湯沐，以奬淑賢。噫！昔牛衣困戹而相安，色無隕獲；今象服委蛇而非泰〔一〕，理有乘除。祗若訓辭，益綏福履。可。

〔一〕今：原作「令」，據翁校本改。

同知樞密院事兼參知政事何夢然封贈三代並妻

故曾祖贈太子少保汝能贈太子太保

大旱之作霖雨，必水氣上於深源；廣厦之有棟梁，必木本萌於厚土。兹進賢於密勿，乃原始於高曾。具官某故曾祖某，學得古人之心，行在吉人之目。飽參師友〔一〕，覃博性理之書〔二〕；作爲文章，獨無《封禪》之藁。鄉黨蓋將尸而祝，郡國不及剡以聞。爲善而弗求知，積德而未食報。兹焉疏渥，於以發潛。噫！埋玉土中，生不覩孫枝之貴；燎黄原上，歿猶加孤棘之榮。可。

〔一〕師：原作「帥」，據翁校本改。
〔二〕覃博：翁校本作「單傳」。

故曾祖母恩平郡夫人俞氏贈臨海郡夫人

樞庭共政，方有賴於外攘〔一〕；曾廟追榮，烏可遺其内助？具官某故曾祖母俞氏，寶慈持儉，習禮明詩。采彼澗蘋，享不嫌於二簋；甘於水菽，食何待於萬錢。篤生再世之英，丕衍百年之澤。賢哉懿範，錫以恩言。噫！遺慶闡孫，爾之曾祖母；移封佳郡，亦曰君夫人。可。

〔一〕攘：原作「壤」，據翁校本改。

故曾祖母恩平郡夫人郭氏贈臨海郡夫人

進陟樞庭，付以籌帷之任；追榮曾廟，及其繼室之賢。伉儷攸同，恩榮不異。具官某故曾祖母郭氏，著姓勳裔，作媲華宗。昔播其徽音，續絃而鼓琴瑟；今祭以盛服，瑱玉而飾笄珈。善人之報豈迂，賢佐之生有自。其疏異渥，以賁重泉。噫！舊制號郡君，未極魚軒之貴；新封移天姥，有光鶴表之題。可。

故祖贈太子少傅松贈太子太傅

同寅協恭，賴廟謨之夾輔；報本反始，原祖德之自來。乃錫恩言，以彰潛德。具官某故祖某，兼該實學，一往深情。明本統之正傳，推緒餘而私淑。已空鶴帳，猶聞隱君子之風；雖徹皋比，可受鄉先生之祭。宜有起家之彥，蔚爲共政之臣。兹晉陟於紫樞，乃追榮於青禁。噫！散金而賙宗族，生不諧疏傅之心；容車而大門閭，久始驗于公之語。可。

故祖母清河郡夫人杜氏贈和政郡夫人

宜爾家室，厥維婦功；在其子孫，時乃天道。既追榮於王父，盍儷美於妣親。具官某故祖母杜氏，禮法自閑，功言咸備。夫子嘉其隱服，苦淡趣同；鄰女分其績燈，榮華念薄。務力行於上善，衍餘慶於再傳。茲陟事樞，乃加封爵。噫！萬鍾五鼎，鮮及於大母之時；副笄六珈〔一〕，盍祭以小君之禮。可。

〔一〕六：原作「大」，據翁校本改。

故父贈太子少師逵贈太子太師

折衝禦侮，允資籌幄之長；能仕教忠，寔本趨庭之訓。乃隆贈典，以慰孝思。具官某故父某，行中準繩，文諧韶濩。諸生起敬，願師何蕃而苦留〔一〕；薄宦無心，欲吏朱雲而未可。解印歸鹿門之隱，傳家付鳳穴之雛。親授義方，養成偉器。帝賚良弼，爲社稷而篤生；汝有佳兒，與國家而同慶。宜其壽耇，胡不憖遺！茲追命於宮師，可大書於墓表。噫！内修外攘之事，進英俊以彊本朝〔二〕；生榮死哀之文，敬天下之爲人父。可。

〔一〕宴：原作「冥」，據翁校本改。

同知樞密院事兼提領户部財用兼知臨安府充兩浙西路安撫使馬光祖封贈三代並妻

故曾祖贈太傅千里贈太師

人勝天，天定勝人，有徼福於後世；子生孫，孫復生子，知積慶於曾門。眷基密之勛賢，舉榮親之典故。具官某故曾祖某，高矣沉冥之趣，超然廣莫之瀕。講畫爲文詞，毋隱乎二三子；忠信行州里，熏德者幾千人。雖爲善無近名，然陰德有陽報。篤生碩輔，宜錫徽章。噫！維石巖巖，褒録極公師之峻；佳城鬱鬱，燎黄增翁仲之榮。可。

故曾祖母秦國夫人葛氏贈齊國夫人

兩地之臣，寵恩特異；三世之廟，伉儷兼榮。乃錫褒章，以嘉懿範。具官某故曾祖母葛氏，得氏上族，作配名人。錡釜之奠享先，恪共禮訓；俎豆之鄰居子，雅著義方。善慶有餘，徽音浸遠。論報嗇前而豐後，移封自西而徂東。噫！昔者起家，積累有毗於夫子；今茲開國，顯揚少慰於曾孫。可。

故祖贈太師之純追封永國公

積善餘慶之家，必有興者；陰德陽報之論，詎不信然！眷樞臣共政之初，嘉王父嫡傳之訓〔一〕。具官某故祖某，擢奉常之上第，友前輩之聞人。閉户深居，寔歷多著書之日；題輿别乘，清談無岸幘之風。門中之名集獨高，席下之執經甚衆。不責效於淺近，惟種德於久長。墓題躋極品之官，國爵加上公之命。噫！降年不永，乃追封□水之間；死日猶生，尚可作九原之下。可。

〔一〕「父」下原有「母」字，據翁校本删。

故祖母越國夫人樓氏贈魏國夫人

朕進擢邇臣，推原先世。《詩》詠夫人之德，美其起家；《禮》諱王母之名，況於逮事！賢哉壼範，寵以隧章。具官某故祖母樓氏，稟性惠柔，持身節儉。房帷甚肅，未嘗聞梱内之言；錡釜必親，於以共牖下之奠。勤勤善行，贇贇義方。慶下施於枝孫，恩移封於禾女。念含飴之日，垂鶴髮以如存；想爲饎之時，奉鸞章而昭告〔一〕。可。

澤；言容如在，恩載錫於脂田。可。

觀文殿學士通奉大夫提舉臨安府洞霄宮朱熠初除贈三代〔一〕

故祖已贈太師德一特追封吉國公

延恩班峻，既疏寵於弼臣；積德門高，必追崇於祖烈。庸昐異渥，以賁幽泉〔二〕。具官某故祖具官某，德隱彌彰，才就莫試〔三〕。陶公扁舟之興，掩鼻功名；桃椎傳舍之規〔四〕，無心富貴。爰鍾善慶，厥有聞孫。恩因政地而加，班極師垣之峻。急流勇退，共推宣靖之高風；大國啓封，越在文忠之舊里。可。

〔一〕朱：原缺，據翁校本補。
〔二〕泉：原缺，據翁校本補。
〔三〕就：原作「欲」，據翁校本改。
〔四〕桃椎：原作「桃推」。按此用先代朱姓人物之典，必是指唐隱士朱桃椎，因改。

故祖母慶國夫人蘇氏贈齊國夫人

名門毓德，既傳子而至孫；書殿疏恩，必因祖而及妣。舉此追榮之典，慰其永慕之心。具官某故祖母慶國夫人蘇氏，儀則幽閒，性資惠淑。思素髮含飴之樂，曾奉慈顔；及妙手穿楊之時，可勝孺慕！雖已極魚軒之貴，更宜加鸞誥之榮。家固喜於慶餘，由乎積善；國莫加於齊大，以此移封。

故父已贈太師責亨永國公追封衛國公

還政高風，峻紫宸之禁直；教忠餘慶，發黄壤之幽光。拓茅土以維新，向松楸而永慨。具官某故父具官某，潛心墳籍，棲志丘園。道積於躬，有考古窮經之學；慶鍾厥後，爲謀王斷國之臣〔一〕。已加極品而面槐，宜奄大邦而食采〔二〕。湖江舊宇，常頌楚些之招；淇奥新封，遠想衛風之美。尚其歆此，嘗若存兮。可。

〔一〕王：原作「主」，據翁校本改。

〔二〕采：原作「菜」，據翁校本改。

故母福國夫人吳氏贈魏國夫人

臣哉宣力左右，初陟峻班；母兮生我劬勞，實鍾餘慶。載稽舊典，爰錫新綸。具官某故母福國夫人吳氏，舉案禮嚴，斷機教篤。春秋承祀，奉澗沚之藻蘋；鬼神福謙，生階庭之蘭玉。圖任極鴻樞之貴，追榮加象服之華。稱曰小君，嘗胙閩都之土；賜名大國，遂荒全魏之疆〔一〕。以慰孝思，以旌積善。可。

〔一〕全：原作「金」，據文意改。

故妻清源郡夫人俞氏贈安定郡夫人

邃殿隆名之峻，疏寵弼諧；空閨遺桂之悲，追榮伉儷。可無異數，以奬徽音！具官某故妻清源郡夫人俞氏，積德起家，擇賢作配。將安將樂，未忘竹笥之貧；一死一生，不見藁砧之貴。將少慰鸞離之恨，宜更加象服之華。向祔於姑，有屏攝再三之告；大啓爾宇，易高平第一之邦。可。

端明殿學士通議大夫同僉書樞密院事兼太子賓客楊棟初除封贈三代

故曾祖已贈和州防禦使光庭特贈太子少保

羊舌氏累百世，久著源流；龍飛榜第二人，今登輔弼。畀曾門之贈典，示政地之異恩〔一〕。具官某故曾祖具官某，稟眉山之英，傳靖恭之譜〔二〕。大父參涪翁詩筆，不憂黨禍之株連；乃翁贊老种義旗，欲救中原之版蕩。生僅總戎於一道，歿能食報於百年。乃峻文階，於昭善慶。噫！壁埋黃壤，昔嘗哀百夫之防；爵列青宮，今遂進貳公之秩〔三〕。可。

〔一〕地：原作「他」，據翁校本改。

〔二〕恭：原作「泰」，據翁校本改。

〔三〕進：原作「秩」，據翁校本改。

故曾祖母令人程氏特贈虢郡夫人

兩□之臣〔一〕，寵光特異；三世之廟，伉儷兼榮。具官某故曾祖母令人程氏，得氏高華，來嬪豪俊。如賓相敬〔二〕，昔嘗炊扊扅而烹雌；有子不憂，後乃高門閭而容駟。雖徽音之浸遠〔三〕，顧善慶之有餘。貴由孫曾，爵視公輔。懷薫蒿之餘愴，已隔故丘；啓湯沐之新封，遂荒佳郡。可。

〔一〕之：原缺，據翁校本補。
〔二〕敔：原作「欲」，據翁校本改。
〔三〕徼：原缺，據翁校本補。

故祖已贈吉州刺史知章特贈太子少傅

同寅協恭，資廟謨之夾輔；報本反始，原祖德之自來。乃播明綸，以華幽穸。具官某故祖具官某，分岷峨之秀，秉河洛之清〔一〕。授穀城之一編，獨得要領；覽魚腹之八陣〔二〕，小試緒餘。鬱志士之壯圖，篤曾孫之嘉慶。乃兹登輔〔三〕，命以進封。噫！疏傅賙宗族之心，不諧於昔；于公大門閭之語，始驗於今。可。

〔一〕秉：原缺，據翁校本補。又「清」，翁校本作「精」。
〔二〕腹：原作「復」，據翁校本改。
〔三〕登輔：原缺，據翁校本補。

故祖母宜人宋氏特贈犍爲郡夫人

安危之寄，繫於弼臣；哀榮之文，及其王母。具官某故祖母宜人宋氏，有言有德，能順能柔。濡染書香，清矣荆釵之節；據依箴筆，煒如彤管之言。惟上善之力行，故後人之嘉賴。乃盼徽典〔一〕，以慰幽魂。噫！始嬪故家，建鼓旗而拜大將；兹揭新表，宜笄珈而稱小君。可。

〔一〕盼：原作「盻」，據翁校本改。

故父任武德郎已贈正議大夫端仲特贈太子少師

運籌決勝，允資廟筭之良；委質教忠，寔本庭聞之異。爰加贈典，以奬義方。具官某故父具官某，志抗雲霄，評高月旦。生嚴君平、李仲元之後〔一〕，遠企前脩；游陳元方、鄭康成之間，飽參諸老。浮沉薄宦，鬱積壯圖。蜀無他楊之家，華宗特盛〔二〕；竇有一椿之老，桂子能芳。兹峻陟於樞庭，乃追崇於禰廟。噫！駕朱轓而剖符竹，尚談州牧之賢〔三〕；燎黄誥而白松楸，兹拜宮師之峻〔四〕。哀榮之極，今昔所稀。可。

〔一〕李：原缺，據翁校本補。

〔二〕宗：原作「崇」，據翁校本改。
〔三〕句末原有「德」字，據翁校本删。
〔四〕宮：原作「官」，據翁校本改。

故母淑人史氏贈清江郡夫人

國用儒真，莫重於本五兵之任〔一〕；母以子貴，莫榮於間兩社之初。具官某故母淑人史氏，譜出名門，禮行中閫。儉慈爲寶，若老氏之所云；言德可書，恨班昭之不作。勤勤舉桉之際，切切斷機之時。懿範孔嘉，愍章式稱。噫！萬鍾五鼎，傷哉爲養之心；副笄六珈，祭以如生之禮。可。

〔一〕任：原作「仕」，據翁校本改。

故妻淑人孫氏特贈高平郡夫人

進紫樞之邇列，允賴弼諧；嘆赤管之内言，追榮伉儷。具官某故妻淑人孫氏，積勤絲枲，荐敬蘋蘩。井臼同操，能相安於淡薄；笄珈盛飾，不偕老於顯融〔一〕。可無徽章，以賁幽穸？噫！書樓著姓，悲手澤於舊廬；澤邑相攸，移沐封於新邑。可。

〔一〕融：原缺，據翁校本補。

今妻淑人孫氏特封信安郡夫人

儒者在朝，任莫隆於共政〔一〕；婦人無爵，禮固許於從夫。具官某妻淑人孫氏，生文懿之名門，嬪靖恭於華胄。昔一村二姓，執婦禮之謙卑；今四世五公，見夫家之鼎貴。載稽舊典〔二〕，加禮弼臣。既祖禰之追榮，豈閨門之可後？噫！一樽二簋〔三〕，前淡泊之相安；副笄六珈，後顯融而非泰。可。

〔一〕任：原作「仕」，據翁校本改。

〔二〕舊典：原倒，據翁校本乙。

〔三〕簋：原作「盞」，據翁校本改。

後村先生大全集卷之七十五

外制

中大夫參知政事兼太子賓客何夢然封贈三代

故曾祖已贈太子太保汝能特贈少保

追榮三世之上，惟吾輔臣；申命數月之間，時乃異典〔一〕。既授以政，宜顯其親。具官某故曾祖具官某，師六學之微言，友一國之善士。鄉黨不能言者，孰測其高深；丘壑自謂過之，獨安於寂寞。無功名之心用世，有詩書之澤傳家。天善應於吉人，國挺生於賢佐。深嘉先德，載錫徽章。噫！昔大帶深衣，豈有仕不逢之嘆；今繡裳赤舄，尚歆祭如在之榮。可。

〔一〕典：原作「與」，據翁校本改。

故曾祖母臨海郡夫人俞氏特贈吉國夫人

擢賢該輔，冠於見執政之班；追命疏榮，及其曾祖母之廟。具官某故曾祖母臨海郡夫人俞氏，珩璜美盛，錡釜禮恭。清節自將，見舉案敬伯鸞之日；内言相勉，有斷機感樂羊之風。宗族稱賢，室家胥慶。惟積仁於一念，宜食報於三傳。揭鶴表於舊阡，丕昭壺範；易魚軒於大國，加拓沐封。可。

故曾祖母臨海郡夫人郭氏特贈吉國夫人

進位群公之上〔一〕，參秉國成；追榮王父之賢，載嘉内助。具官某故曾祖母臨海郡夫人郭氏，譜高勳閥，儀謹禮防。號班昭大家，動應箴規之美；以聲子繼室，雅如琴瑟之和。不苟爲一旦之謀，宜積有百年之澤。噫！孫又生子〔二〕，駟車加大於慶門；婦之從夫，象服遂荒於大國。可。

〔一〕群：原作「郡」，據翁校本改。

〔二〕又：原作「人」，據翁校本改。

故祖已贈太子太傅松特贈少傅〔一〕

立政惟用常人，既登參預；逮事則諱王父，宜在顯揚。申錫密章〔二〕，丕昭醲渥。具官某故祖具官某，遂山林之高蹈，擅鄉國之譽言。竇氏有義方，競攀於丹桂；韋族以經教，非遺以黄金。今吾四輔之賢，爲爾再傳之嫡。轉廳伊始，告廟尤榮。噫！古者置傅之官，遂躋於三少；君子抱孫之意，少慰於九京。可。

〔一〕松：原作「於」，據翁校本改。

〔二〕密：似當作「蜜」。

故祖母和政郡夫人杜氏特贈永國夫人

弼臣之貴，既陟黄扉；王母之賢，宜書彤管〔一〕。轉廳伊始〔二〕，表墓甚榮。具官某故祖母和政郡夫人杜氏，舉案禮恭，斷機訓切。少始知學，教五子以義方；長爲擇交，友一鄉之善士。衆論稱其閨門之懿，諸老發之金石之文。福雖嗇於生前〔三〕，報每豐於身後。噫！荒零陵郡〔四〕，重拜於新封；表瀧岡阡，何慙於前輩！

〔一〕形管：原缺，據翁校本補。
〔二〕本句原缺，據翁校本補。
〔三〕生：原作「士」，據翁校本改。
〔四〕零：原作「寒」，據翁校本改。

故父已贈太子太師逵特贈少師

今立政立事之臣，爾其大者；不在身在子之論，朕有感焉。慰其陟屺之思〔一〕，贈以表阡之爵。具官某故父具官某，家世之所積累，師友之所講明。若鄭老無氈，未免寒於座客；使温生入幕，肯圖利於大夫。以微恙而休官，寧終身而求志。趙岐遺令，預題逸士之稱；杜牧自銘〔二〕，不假他人之筆。是生秀傑，兹拜疑丞〔三〕。遠尋積慶之源，推本教忠之善。噫！聖有立身揚名之訓，何惜追榮；古者二公洪化之官，斯爲極品。可。

〔一〕思：原作「恩」，據文意改。
〔二〕杜牧：原作「杜收」，按《新唐書·杜牧傳》：杜牧臨終前自爲墓誌，此用其典，據改。
〔三〕兹：原作「滋」，據翁校本改。

故母饒陽郡夫人張氏特贈惠國夫人

予嘉乃績，參秉國均；子慰母心，追加婦爵。具官某故母饒陽郡夫人張氏，高華著氏，澹薄從夫。祀先祖於牖下之時，采蘋及藻；窺賓客於屏間之日，剉藁爲芻。生也儉勤，殁而尊顯。茲未周於歲籥，復申畀於宸綸。羅浮兩山，有璇室瑶房之勝；湯沐大國，侈魚軒象服之榮。可。

故母饒陽郡夫人厲氏特贈惠國夫人

政地之臣，參吾國論；禰廟之配，畀爾隧章。具官某故母饒陽郡夫人厲氏，志行淑均，功言肅敬。持家以約，著高節於辟纑；訓子甚嚴，凛義方於斷織。雖莫留於鼎養，亦屢錫於綸恩。作室勤哉，啓國榮矣。昔者擇鄰於鄒邑，無如母賢；今焉表墓於瀧岡，果以子貴。可。

故妻歷陽郡夫人陳氏特贈會稽郡夫人

朝廷之上，進德則尊；閨門之中，潛美可録。具官某故妻歷陽郡夫人陳氏，持聃經之三寳，應班誡之七篇。相安虀臼之清貧〔一〕，爲日久矣；不覩藁砧之華顯，謂天何哉！人誰無伉儷之思，國則有哀榮之典。昔疏□邑，已嘗肹綸綍之言；今賜鏡湖，惜莫續笄珈之詠。可。

〔一〕安：原無，據翁校本補。

今妻濟陽郡夫人鄭氏封安定郡夫人〔一〕

公輔間兩社之尊〔二〕，朕意所屬；婦人有三從之義，夫貴爲榮。采彤管之徽音，朌綍綸之新命〔三〕。具官某妻濟陽郡夫人鄭氏，中全和順，外履靖恭。荆練隱約之中，素全四德；笄珈華顯之後，惟守一謙。賢哉無出梱之言，榮矣値轉龎之拜。乃更支郡，載錫脂田。噫！立於王朝，豈無資於内助；相在爾室，尚益謹於淑儀。可。

〔一〕定：原作「完」，據翁校本改。

〔二〕兩社：原作「兩杜」，據翁校本改。

〔三〕綍：原作「紼」，據翁校本改。

太傅右丞相兼樞密使兼太子少師魯國公賈似道贈高祖

故高祖進士某贈太師

朕考宰系之肇興，自高門之積慶。五世始大，寔爲人臣不能爲之功；四室並崇，宜有天下未嘗有之報。庸可回貤之奏，特加褒表之榮。具官某故高祖具官某，月旦評高，林泉志潔。强爲善矣，堅維日不足之心；是有命焉，無於天取必之念。趣尚每安於隱約，勳名乃集於曾玄。拊紅衲而開故疆，欲一清於河洛；假黄鉞而督諸將，遂再立於乾坤。及湍鴟閣之歸，首定鶴宫之建。煩公調護，太子允賴宗工；維師清明，會朝盍加極品。牢辭不已，雅志莫回。遂彼孝思，賁之祝號。仲山甫令儀式百辟，有所自來；公孫弘徒步至三公，兹其奚遜。可。

高祖母某氏贈衛國夫人

朕嘉元宰之孝思，俞奏篇之貤請。高祖考所以劬焘，其積者豐；先夫人無加號名，於配未稱。欲華世祀，庸侈國封。具官某故高祖母某氏，質如珪璋，行應箴史。賓夫盡敬，何慙粱伯鸞之妻；訓子尤嚴，不下陶士行之母。天至曾玄而定，家承忠義之傳。方龜山指授之時，輿圖幾復；至鹿磯掃除之舉，宗社再安。兹疇調護之功，盍峻褒崇之典。維垣之命力遜，告廟之寵是祈。有嘉積慶之源，何靳漏泉之澤！定漢儲之計，可酬無官；歌《衛女》之詩，大啓爾宇。尚期不昧，式對斯榮。可。

端明殿學士朝奉郎簽書樞密院事兼太子賓客孫附鳳贈三代

故曾祖行之贈太子少保

地中生木，本大者實蕃；山下出泉，源深者流遠。褒輔臣之三世，積善慶於百年。具官某故曾祖具官某，行早著於里評，學旁通於釋典。高情蕭散，若向平、龐公之倫；警句清新，出賈島、姚合之上。不受區區之榮辱，故能了了於死生。既嗇其身，宜昌厥後。噫！一老昔居於白屋，見謂鄉先；曾孫今拜於紫樞，遂班宮保。可。

故曾祖母曾氏贈永郡夫人〔一〕

登宥府之弼臣，允資廟筭；念曾門之壽母，宜錫隧章。具官某故曾祖母葉氏〔二〕，族譜高華，閨儀清整。自娛暮景，細看貝葉之書；雖及高年，不羡金花之誥。梱言浸遠，家慶有餘。屬聞孫該輔之初，峻命婦追封之寵。昔荆練以配隱者，著於鄉評；今笄珈而稱小君，揭之阡表。可。

〔一〕永郡：疑有脱字。

〔二〕葉氏：按題作「曾氏」，必有一誤。

故祖調贈太子少傅〔一〕

積善之家，公侯由出；盛德之世，子孫必興。兹進拜於樞臣，乃推原於祖德。具官某故祖具官某，號南州之耆舊，友西蜀之師儒。見於立言，蓋將規姚似而正〔二〕；嚴於衛道，詎容倡佛老其間！客有揚雄寂寞之嘲，天知伯道友愛之意。眷予良弼，寔爾聞孫。雖浮榮啬於生前，然極品加於身後。噫！從孫明復之學，孔、石行束脩焉；讀郭有道之碑，真、魏非諛墓者。可。

〔一〕調贈：原倒，據翁校本乙。

〔二〕正：翁校本作「上」。

故祖母陳氏贈恩平郡夫人

《傳》曰敬大臣，既登有密；《禮》云諱王母，欲慰顯揚。乃率舊章，以褒遺美。具官某故祖母陳氏，冲襟淑善，内則靖嚴。牛衣從夫子於隱微，相高雅操；鶴髮見諸孫之成立，自信義方。森然比肩於一門，甚矣致身於二府。乃封名郡，以表幽阡。噫！年垂九齡，昔現壽者相；秩視二品〔一〕，今爲君夫人。可。

〔一〕視：原作「觀」，據翁校本改。

故父贈宣教郎子直贈太子少師

運籌決勝之臣，惟求同德；委質教忠之日，必有異聞。爰美禰親，用彰儒教〔一〕。具官某故父具官某，得葆光之道，樂養素之風。傳家有書，遯世無悶。乘少游之馬，無遠近稱爲善人；認劉寬之牛，雖彊暴服其長者。閉户了無於寸柄，過庭各授於一經。厥今弼臣，乃爾季嗣〔二〕。足食足兵，二者方資文武之才；是父是子，兩乎盍侈哀榮之典。名誇喬梓〔三〕，恩耀松楸。噫！爲何蕃之親，昔已霑於禋霈；贈蘇洵之爵，今追拜於宮師〔四〕。可。

〔一〕教：翁校本作「效」。

〔二〕「爾」字原在句末，據翁校本乙。

〔三〕喬：原作「橋」，據文意改。

〔四〕宮：原作「官」，據翁校本改。

故母安人郭氏贈新興郡夫人

北斗魁樞之位，有臣同心；凱風寒泉之思，無母何恃！乃舉追榮之典〔一〕，以爲該輔之榮。

具官某故母安人郭氏，七誡之書精，三遷之訓切。與梁鴻而共隱，無辛勤井臼之嗟；語伯仁以何憂，有高大門閭之意。勉以擔簦而從學，至於脱珥以贈行。惜不見丹桂之芳，且特書彤管之美。噫！萬鍾五鼎，生莫報於親劬；副笄六珈，歿果因於子貴。可。

〔一〕榮：原缺，據翁校本補。

故妻安人李氏贈德陽郡夫人

外攘之政，必梱軸之得人；内助之賢，不笄珈而偕老。屬方該輔，爰命追封。具官某故妻安人李氏，印班史之功言，賨聃書之慈儉。斷機勸學〔一〕，僅觀夫子之鵲袍；鼓缶悼亡，不待小君之象服。恩隆兩地，澤被重泉。噫！北固名山，悲往年之埋玉；東方佳郡，榮此日之燎黄。

〔一〕勸：似應作「勸」。

資政殿大學士中大夫提舉臨安府洞霄宮林存郊恩贈父母妻

故父已贈太子太師子登特贈少保

朕齋心蒇祀，熙典告成。眷予共政之臣，莫陪親饗；思爾教忠之訓，爰陟穹班。用爲幽壤之華，式沛漏泉之澤。具官某故父具官某，委懷墳籍，約己準繩。善積於身，得陋巷簞瓢之樂；慶鍾厥子，爲清朝柱石之賢。雖極三旌之崇，不諧五鼎之養。宮師告第〔一〕，昔已白於松楸；孤保表阡，今乃躋於槐棘。可。

〔一〕宮：原作「官」，據翁校本改。

故母太寧郡夫人王氏贈吉國夫人

朕蒇祀國陽，加恩寓內。陟降庭止，駿奔遠想於辟公；瞻望母兮，烏哺難忘於倫紀。庸肦餕惠，以奬徽音。具官某故母太寧郡夫人王氏，秉德靖閒，存心慈惠。有客剥啄，不聞轑釜之聲；生兒寧馨，能率斷機之訓。雖違鼎養，屢拜沐封。悲哉顧復之懷，昭然施報之理。宜小君之象服，歿有餘榮；啓大國之脂田，昉從今始。

故妻文定郡夫人曹氏贈安康郡夫人

朕肇舉精禋，誕敷餕惠。駿奔在廟，興懷弼諧之忠；鶴別空閨，能無伉儷之感！聿肹新紵，庸慰斷絃。具官某故妻文定郡夫人曹氏，禮嚴盥匜，行合圖史。當鄰女夜績之際，蓋嘗分光；及良人晝繡之時，乃不偕享。雖賁魚軒之號，僅榮馬鬣之阡。開石窌之封，已焚黃誥；易金川之壤，加拓粉田〔一〕。歿而有知，可以無憾。可。

〔一〕田：原無，據翁校本補。

資政殿學士通奉大夫提舉臨安府洞霄宮馬天驥初除贈父母妻

故父已贈太子太師億年特贈少保〔一〕

眷予舊弼，進秘殿之隆名；維爾先人，積高門之餘慶。參稽故典，播告新綸。具官某故父具官某，志樂丘園，行孚里閈。六鼇入釣，見寧馨得雋之時〔二〕；五馬分符，有戲綵問安之樂。惜莫諧於終養，不及見於登庸。可無追榮之文，以示爲善之報？昔循唐制，真卿已拜於宮師；今法周官，公奭宜加於孤保。可。

〔一〕父已：原倒，據翁校本乙。

〔二〕雋：原作「舊」，據翁校本改。

故母文定郡夫人劉氏贈東陽郡夫人

秘殿隆名之陟，自致良難；寒泉聖善之思，追懷何極！可無新渥，以賁幽扃？具官某故母文定郡夫人劉氏，素謹閨儀，尤嚴母訓。生兒有此，見六鼇一釣之時；謂天何哉，孤五鼎萬鍾之養。積慶源而愈遠，宜盛事之沓來。象服甚宜，久峻小君之號；脂田增拓，莫如婺女之墟。永孚於休，益胙乃後。可。

故妻東海郡夫人徐氏贈奉化郡夫人

秘殿峻陞，爰篤弼丞之舊；空閨久閟，誰無伉儷之思！本其至情，畀以新渥。具官某故妻東海郡夫人徐氏，生於名閥，嬪我輔臣。規仲卿以牛衣，曾無此語；錫莊姜之象服，不及其生。徒爲屏攝之華，曷慰藁砧之意！疇其爵邑，將綿百世之傳；至於海邦，莫若十洲之美。其安窀穸，茂對寵光。

故妻新安郡夫人余氏特贈和政郡夫人

上同前。具官某故妻新安郡夫人余氏，温恭執德，端靖有儀。續鸞膠之絃〔一〕，居然静好；蔽魚軒之翟，胡不壽昌！當膺湯沐之榮，未究芳華之懿。詠如河之什〔二〕，固知淑德之宜；易導江之封，莫喻慶源之遠。

〔一〕續：原作「績」，據翁校本改。

〔二〕河：原作「何」，據翁校本改。

在外執政侍從明堂加恩

資政殿學士中大夫知温州林存可依前資政殿學士知温州長樂郡開國侯加食邑三百户〔一〕

朕涓選於沇碭之秋，祼獻於明穊之夕。肅肅在廟，備禋祀之祲容；峨峨奉璋，列辟公而顯相。念嘗該輔，可後均釐？具官某羅星宿於胸中，鼓風雷於筆下。進居兩地，固已贊紫樞之嚴；歸擅一丘，未肯爲朱轓而出。屬當騂享，阻與駿奔。升車執玉輅之綏，昔承清問；援筆草金鷄之詔，寔獲我心。茲衰柴燎之休〔二〕，宜厚租畲之錫。籲俊以尊上帝，對越益虔；共政惟圖舊人，登庸未晚。可。

〔一〕侯：原作「候」，徑改。

〔二〕衰：原作「衰」，據翁校本改。

寶章閣直學士大中大夫提舉佑神觀王克謙可依前寶章閣直學士提舉佑神觀會稽縣開國男加食邑三百户

聽履而上星辰，相陪邇列；欽柴而事天地，阻侍親祠。乃錫贊書，庸均祭澤。具官某迭更任使，備著忠勞。頃由台斗之聯，忽起鏡湖之興。千巖萬壑，方尋猿鶴之游；重屋九筵，莫助牲牷之薦。及告成於熙典，爰加拓於新畲。伻以圖萬億年，益懋無疆之敬；歸其邑三百户，嗣膺滋至之休。可。

寶章閣學士通奉大夫致仕顔熙仲可依前寶章閣學士致仕龍溪郡開國侯加食邑三百户〔一〕

九筵大饗，昔有助祭而來；八座近臣，前致爲臣而去。既秩精禋之禮，宜褒勇退之人。具官某，法從之英，時賢無出卿右者；尹鼇之績，都人至於今稱之。勞厭承明，栖遲衡泌。早退不營於寵利，後凋尚有於典刑。阻侍燔柴，就增食采。侯封留而願足，庶幾往哲之風；駒在谷而心遐，夫豈詩人之意！可。

〔一〕侯：原作「候」，徑改。

資政殿學士中大夫新改差知建寧府林存除資政殿大學士提舉臨安府洞霄宫〔一〕

朕眷懷舊弼，分剖左符。潛躍雄藩，力辭新刺史之拜；祝釐真館，峻加大學士之除。吾之股肱，寵以體貌。具官某光嶽氣全而所養粹〔二〕，江湖名滿而以文行。含英咀華，雅健可追於班、馬；判花視草，輕浮不數於常、楊。贊籌幄而慮深，參化權而思集。拂鬚堂上，肯爲伴養而留？縮手袖間，坐見改絃之喜。猶耽過軸，屑就戟香。赤石揚帆，雖暫尋於康樂；丹山夢筆，已懶訪於文通。雅懷繪洛社之圖，適意挹浮丘之袂。乃增隆於邃殿，俾均佚於殊廷。噫！朕敬賢如賓，尤重急流之勇退；爾愛君憂國，詎容空谷之遐心！可。

〔一〕建寧：原倒，據文意乙。

〔二〕具：原作「其」，據文意改。

王克謙除寶章閣學士提舉佑神觀

履曳星辰之上，識老尚書；翬飛奎壁之躔，拜真學士。煇煌異數，度越常彝。具官某冲澹而好修，端凝而有守。南陽親近，了無唾盂麈尾之驕〔一〕；北闕眷留，但意筆牀茶竈之樂。脱屣而去八座，拄笏而對千巖。昔賀乞鏡湖，官不移於蓬監〔二〕；陸吟笠澤，職僅止於松階。陟寶閣之邇聯，爲錦鄉之佳話。噫！精調丹鼎，勉加輔導之功；行拂塵冠，即有唤歸之詔〔三〕。可。

〔一〕塵：原作「塵」，據文意改。

〔二〕監：原作「藍」，據翁校本改。

〔三〕即：原無，據翁校本補。

楊瑱除權户部侍郎

奉常起朝儀，尤高九列；司徒掌邦教，莫重貳卿。所急者才，何拘於格？具官某端凝不撓，剛介無私。予舊學之臣，惟甘盤有道德者；爾名父之子，若敬之生文章家。使畿輔則宣外臺之勞，掾省闥則清中書之務。乃超時彦，遂長禮官。所謂玉帛云乎之言，固資雅望〔一〕；乃若錢穀幾何之問，必屬通儒。以奬賢勞，以昭眷注〔二〕。噫！昔者辭以疾，喜聆勿藥之功；俾爾壽而臧〔三〕，茂對持荷之渥〔四〕。可。

〔一〕雅：原作「稚」，據翁校本改。

〔二〕注：原無，據翁校本補。

〔三〕臧：原作「藏」，據翁校本改。

〔四〕持：原作「特」，據翁校本改。

楊瑱除右文殿修撰知寧國府

訪葛洪之丹砂，確乎雅尚〔一〕；懷買臣之印綬，寵以隆名。莫得而留，乃華其出。具官某昔子雲之遠裔，吾甘盤之舊家。贊左右丞之勞，日無停筆；副禮樂卿之事，時謂清才。甫擢禁嚴，偶親湯液，方聳聞於獻納，乃力乞於便安。畀澄江如練之州，小需華次；訪天台采藥之徑，暫返故鄉。進退裕如〔二〕，眷懷濃甚。噫！峻升論撰，爲外法從之美除；階想風謡，嘆新使君之來暮。可。

〔一〕雅：原作「權」，據翁校本改。

〔二〕裕：原作「格」，據張本改。

陳顯伯除端明殿學士提舉佑神觀

翰林逼華蓋之地，在改紀以初除；朝廷半老儒之時，獨加璧而莫致。庸陞書殿，俾佚琳宮。具官某冠冕三山之勝流，領袖諸賢於禁路。潤色之妙，非世叔、子羽之所能；調護之功，在綺季、黄公之未至。若鵠舉鴻冥而避弋，無猿驚鶴怨之移文。日月之翳雖除，風雲之懷不入。詔無匿旨，詩有遐心。馮道云學士兩人，蓋艱兹選；若水下神仙一等，姑遂其高。可。

陳顯伯贈銀青光禄大夫

側席有懷，招以虞旌而不至；垂車未幾，傷哉魏鑑之已亡。爰陟穹階，以華幽壤。具官某，其學根茂而實遂，其文體大而思精。潤色皇猷，久擅常、楊之譽；羽翼儲德〔一〕，最先園、綺之游。士鋒方熾而拂衣，化瑟雖更而袖手。昔疾今愈，漸聞藥裹之疏；旰食宵衣，尚冀蒲輪之就。云胡仙去，曾不憖遺！帝成玉樓，既有李賀之召；朕盼銀信，不見鄴侯之歸。可。

〔一〕德：原缺，據翁校本補。

寶謨閣直學士正奉大夫提舉江州太平興國宫袁商依前寶謨直學士轉宣奉大夫致仕

黄冠均佚，緬懷聽履之賢；皓首辭勞，力請垂車之適。莫回雅尚，爰錫恩言。具官某襟度粹和，議論宏達。早傳奥學，鯉趨親得於孔庭；晚際明時，豹尾久參於漢雍。方摶九萬里而上，穩下百尺竿而來〔一〕。已及釣璜之年，每安考槃之樂。朕尚欲有謀則就〔二〕，爾乃致爲臣而歸。陟左光禄之舊階，休官甚寵；奉先正獻之遺訓，繼志有光。可。

〔一〕竿：原作「竽」，據翁校本改。

〔二〕欲：原作「歆」，據翁校本改。

袁商贈特進

履班舊老，樂三徑以歸兮；函奏遺言，嗟一鑑之亡矣〔一〕。乃加優渥，以奬幽潛。具官某早接勝流，晚爲名從。父兄傳箕裘之素，相繼起家；伯仲參筆橐之聯，惜皆即世。獨優游而華髮，衆景慕其清標。飯不忘君，雖栖遲於衡泌；耄而稱道，尚簡記於朝廷。還笏之志甚堅，拖紳之語不亂。載嘉定力，宜厚慜章。憖遺一老之哀，悽其追悼；特進群公之表，用以飾終。可。

〔一〕亡：原作「士」，據翁校本改。

故通議大夫右文殿修撰致仕戚士遜贈宣奉大夫

持荷既久，迫耄及之期；還笏未幾，何天奪之速！側其遺奏，陟以崇資。具官某傑作金聲，長身玉立。唐初瀛洲學士，虞、褚之倫；漢家甘泉從臣〔一〕，嚴、徐其選。論思有補，出處無疵。屬既厭於承明，乃歸乘於下澤。雅意釣游之樂，俄輿殄瘁之悲〔二〕。噫！起者舊於九原，典刑已遠；亞光禄之一等，冥漠有知。可。

〔一〕臣：原作「巨」，據翁校本改。

〔二〕俄輿：原倒，據翁校本乙。

故朝議大夫新除權户部侍郎致仕鄭雄飛贈通議大夫

荷囊進律，遽聞湯液之親；草奏辭榮，竟推衣冠而去。嘗陪邇列，宜陟崇資。具官某有古君子之風，在時聞人之目〔一〕。螭坳初擢，方渴遂良之言；鶴禁未開，已學韓維之拜。功既多於調護，論亦罄於忠嘉。扈蹕甘泉，甫參於法從；巾車栗里，驟返於仙游。豈富貴之逼人，抑修短之有數。噫！懷賢亡鑑，莫起於地中；遷秩書棺，俾題於宰上。可。

〔一〕「聞」原作「間」，「目」原作「且」，據翁校本改。

故通奉大夫寶章閣待制致仕陳振孫贈光禄大夫

疏傅賢哉，方遂揮金之樂；魏公逝矣，可勝亡鑑之悲！於以飾終，爲之攬涕。具官某其文秋濤瑞錦，其姿古柏寒松。早號醇儒，得淵源於伊、洛；晚稱名從，欲輩行於乾、淳。若鳳儀麟獲而來，以鱣舞狐嘷而去。生芻一束，莫挽於遐心；寶帶萬釘，少旌於耆德。尚期難老，胡不慭遺！噫，德比陳太丘，素負海内之望；官如顔光禄，用爲宰上之題。可。

後村先生大全集卷之七十六

奏申狀

江西倉辭免狀 己亥

某九月十九日申時伏準尚書省遞到省劄一道，除某江西提舉。聞命震恐，凛不自安。伏念某罷郡奉祠，省循未久；起家予節，進擢過優。荷造命之記憐，捧除書而感泣。惟江右部封之廣，必監司風力之强。如某者親老家貧，豈不貪於榮達；望輕資淺，恐未久於觀瞻。用敢控陳，仰祈敷奏，特收新命，俾奉舊祠〔一〕。

〔一〕此下原有追記文字，移録於此：「得旨：改除廣東提舉，令疾速之任，不得再有陳請，仍免朝辭。」

廣東被召辭免狀

照會今月十四日準樞密院輔字皮筒遞到六月二十四日省劄，奉聖旨令某赴行在奏事。誤渥俶頒，危衷載愓。伏念某素持疏拙，積有謗傷，獨君相察其無他，繇民伍起而復用。迭更庾漕，稍閲歲時，魏闕之心雖存，鈞天之夢已斷，方謀引去，遽辱喚歸。凡情莫不艷榮，餘生至於感泣。詎敢飾循墻之請，以自干俟駕之誅！實緣庭闈，久戀鄉井，子職闕清温之禮，親年當喜懼之時，惟有退休，庶幾娱侍。輒以丹赤之悃，列諸清明之朝，欲望敷陳，俯憐愓迫，收還新命，改俾叢祠。

除侍右郎官辭免狀

癸卯

照會某今月十六日巳時準省劄〔一〕，奉聖旨劉某除侍右郎官〔二〕。成命驟臨，危衷載愓。伏念某頃叨收召〔三〕，俄速抨彈，荷君相推錫類之恩〔四〕，俾母子食祝釐之禄。日有再三之循省，朝無尺寸之扳援〔五〕，敢謂除書，忽頒元會！武銓尤劇，郎選素高，儻不量負累之深，乃輒箵譽髦之列，將見孤蹤之顛踣，上煩造命之保全。欲望鈞慈，特爲敷奏，亟收新渥，姑奉舊祠。

〔一〕準：原無，據翁校本補。
〔二〕右：原作「右右」，據翁校本刪。
〔三〕某：原無，據翁校本補。
〔四〕推：原作「摧」，據翁校本改。
〔五〕扳：原作「板」，據翁校本改。

江東提刑辭免狀 甲辰

擢自叢祠，處之名部，光華所被，危懼靡任。伏念某洊忝召除，輒煩論列，皆緣躁進，自速疾顛。逃空谷者四年，無修門之一字，庶磨舊玷，絶覬新榮。乃若起廢恩深，祥刑責重，一則公議有求全之毁〔一〕，一則親年非從政之時〔二〕，再三思之，方寸亂矣。屬當清朝開忱布公之始，敢陳小夫揣分量己之言。欲望鈞慈〔三〕，特爲敷奏，姑寢成命，以安微蹤〔四〕。

〔一〕有：原作「而」，據翁校本改。
〔二〕親：原作「深」，據文意改。翁校本作「新」，亦形近之誤。
〔三〕慈：原作「旨」，據翁校本改。

〔四〕文末原有附記云：「得旨不允，疾速前去之任。」

江東丐祠狀 甲辰

某迂疏一介，擯黜累年，遭逢改弦，拔拭予節。甫踰半載，未效寸勞。甚戀明時，亦貪榮禄，然大義有當引去，雖一朝不敢媮安〔一〕。重念某堂有偏慈，身爲長子，昨離親膝，起居甚安，繼得鄉書，痼疾時作。秋末問安人歸，竊知臂痛未愈，某晨夕兢懼，眠食俱廢。昔李密有云：「盡節日長，養親日短。」時密年四十有四爾〔二〕，某明年六十，養親之日尤短於密〔三〕。每登高望遠，動顧雲之念，撫時驚節，思愛日之言，未嘗不慷慨流涕也。兼某向來立朝補外，率以罪去，入則無詞以白大人，出則無顔以對親友，皆緣嗜進，且昧見幾。幸今未獲罪戾之前，若不早決歸休之計，是於末路〔四〕，復蹈前車。欲望朝廷特賜敷奏，陶鑄宮觀或待次便家小壘，不惟白頭母子得以團欒〔五〕，亦使四方之人皆知某今者之歸出於自請，而非爲人之所驅逐，可以洗滌平生之謗議，保全晚節之廉耻。仰祈洪造，俯察危衷〔六〕。

〔一〕敢：原無，據翁校本補。

〔二〕有四：原無，據翁校本補。

〔三〕密：原無，據翁校本補。
〔四〕末：原作「未」，據翁校本改。
〔五〕圜：原作「檀」，據翁校本改。
〔六〕文末原有附記云：「得旨不允。」

除匠監直華文閣辭免狀

甲辰

出命便蕃，拊心震灼〔一〕。念某近者陳情甚苦，被旨弗俞，將復求於叢祠〔二〕，忽晉長於繕監。牢辭未徹，誤渥洊加，除官靡待於兼旬，寓職驟超於四等，實遠臣之榮耀〔三〕，蓋近比之闊疏。然某本以鄉路阻修，親年喜懼，若在外臺遂急於求去，及擢延閣乃居之不疑，則是心口相違，言行不顧。茲常刑之無赦〔四〕，尤清議之必誅。欲望朝廷特賜敷奏，諒由衷之前請，寢不次之新榮，俾充員祝釐之官，或需次便鄉之壘，庶全晚節，實出洪私。

〔一〕拊：原作「附」，據翁校本改。
〔二〕祠：原作「詞」，據文意改。
〔三〕耀：原缺，據翁校本補。

〔四〕茲：原作「慈」，據翁校本改。

江東被召辭免狀　丙午

某今年初五日準省劄，四月二十四日三省同奉聖旨，劉某令赴行在奏事〔一〕。驟盼明命，深惕危衷。伏念某頃丐歸而弗俞，復進律而因任。臬事遂書於下考，素餐莫報於上恩。茲蒙記憶而予環，安敢徘徊而俟駕？惟是命義謂之大戒，忠孝難於兩全。而某親迫耄期，身靡遠宦，每憂想極則寢驚夢噩，安訊少則心折目穿〔二〕，深欲覲北闕之光，實恐廢南陔之養。瞻雲天而矯首，覺冰炭之交懷。敢望朝廷，特賜敷奏，收還誤渥，姑畀叢祠或待闕便家小壘〔三〕，庶幾母子相保暮齡。所提刑下次聞以差官〔四〕，未審某合不合將職事交與都大司，却於前涂恭俟回降，或候正官到日交割離任。

〔一〕令：原作「今」，據翁校本改。

〔二〕訊：原作「評」，據翁校本改。

〔三〕畀：原作「卑」，據翁校本改。

〔四〕「所」下似脱「有」字。

再辭免

某昨控忱辭，乞免追詔，改畀祝釐之禄〔一〕，或分需次之符，已三閲月，未蒙報可。續準省劄，令某將職事交與都大司，疾速前來奏事。某非不知明時難值，榮進在前，迫於親年之高，浩然歸志之決〔二〕。伏念某頃受學於故參知政事真公德秀，嘗言人子去親而仕，所立必如温嶠然後可，未至於嶠，不可去親。因以其言推之，如王尊叱馭，仁傑顧雲，皆未至於嶠也，况下於此者哉！某端、嘉以來，雖忝麾節〔三〕，未嘗一任便家〔四〕。今犬馬之齒六十，而偏親八十六矣，尚且遠宦不歸，追懷德秀緒論歷歷在耳，非但子職有闕，師死而遂背之，亦名教所不容已〔五〕。除恭禀省劄指揮，於七月初九日交割起離外，欲望鈞慈檢會某前申，併賜敷奏，改授祠廟或待闕州郡。如未蒙俞允，亦乞公朝給假省親。某見於信州以來，聽候回降，須至申聞者〔六〕。

〔一〕畀：原作「卑」，據翁校本改。
〔二〕然：原無，據翁校本補。
〔三〕節：原無，據翁校本補。
〔四〕便家：原作「使家」，據文意改。

〔五〕教：原無，據翁校本補。

〔六〕文末原有附記云：「得旨不允，令疾速前來奏事。」

辭免府少狀 丙午

某七月初九日解江東提刑司職事，十八日離饒州，準省劄備免某召命，奉聖旨不允，疾速前來奏事〔一〕，某已於當日望闕祗受。二十五日行至信州，準劄，劉某除太府少卿。出命過優，拊心增悸。惟列寺亞卿之選，待立朝久次之人。某雖頻年忝郎監之除，無一日綴班行之末。況引去莫能感動，而喚歸尚未對揚，甫行次於中途，已擢貳於外府，自覺越序遷之格〔二〕，人將有速化之譏。欲望朝廷特賜敷奏，俾以舊銜而入覲，寢兹新渥於已盼。儻管見之有裨，則甄收之未晚。所有新除恩命，未敢祗受〔三〕。

〔一〕「奏」下原有「辭」字，據文意删。

〔二〕遷：原作「迁」，據翁校本改。

〔三〕文末原附追記文字云：「得旨不允。」

辭免賜同進士出身除秘少狀　一　丙午

照會某伏準省劄，備奉御筆，劉某文名久著，史學尤精，可特賜同進士出身，除秘書少監，令與尤焴等同任史事者。播告初傳，驚疑靡措。惟國家之曠典，待場屋之遺才〔一〕，遠則陸游受知於孝皇，近則心傳被遇於明主。然二人之述作，通四海以流傳，顧如鯫生，莫望前輩。早緣薄技，遭貝錦之中傷〔二〕，晚面清光，蒙玉音之嘉獎。甫奏芻言而退，已聞奎畫之頒。繇任子而錫儒科，起俗吏而貳冊府，仍以信史，屬之謏聞。方明廷集儀鳳之才，使末學秉獲麟之筆〔三〕，事既創見，衆皆駭聞。某上感君父卵翼之恩〔四〕，下畏朝野指目之議，倘昧循墻而力避，將包撻市之深慚，已則有處非其據之憂，人亦起適從何來之誚。是用刳肝瀝懇，頓首牢辭。欲望朝廷特賜敷奏，亟寢新命，俾仍舊官，願以衰暮之餘生〔五〕，別效繁難之粗使。所有恩命〔六〕，未敢祇受〔七〕。

〔一〕場：原作「賜」，據翁校本改。
〔二〕貝：原作「具」，據翁校本改。
〔三〕末：原作「没」，據翁校本改。
〔四〕卵：原作「如」，據翁校本改。

〔五〕句首原有「餘」字，據翁校本删。
〔六〕命：原作「使」，據翁校本改。
〔七〕文末原有附記云：「得旨不允。」

再

照會某昨準省劄，備奉御筆，劉某可特賜同進士出身，除秘書少監，令與尤焴等同任史事，遂具辭免，伏準省劄備奉聖旨不允，續準省劄備奉聖旨，劉某兼國史院編修官、實録院檢討官者。懇避不俞，寵光狎至，久陳怵迫〔一〕，仰冀矜從。某竊惟更化以來，擢才尤遴，今以稀闊之典，加諸庸常之人，雖獎拔出君父之異恩，然辭受乃臣子之大節。昔吕公著、王安石召試館職〔二〕，不就。夫二公由高科而召試〔三〕，券内之物也，然且辭之。某以門蔭而錫第入館〔四〕，券外之物也，偃然當之，則是貪清切高華之選〔五〕，無辭遜羞惡之心，使中外之人皆曰紊流品、辱科目、賤名器實自某始，厥罪大矣哉！欲望朝廷特賜敷奏，收回前後恩命，令供舊職，庶幾小臣量己之義，免累聖主知人之明〔六〕。

〔一〕久：原作「父」，據翁校本改。

〔二〕公：原無，據翁校本補。
〔三〕「由」上原有「以」字，據翁校本刪。
〔四〕蔭：原無，據翁校本補。
〔五〕清：原無，據翁校本補。
〔六〕文末原有附記云：「得旨不允。」

三

庶僚除授，止於再辭；異數超踰，忘其三瀆。伏念某前略援陸、李之事，今細考史牒所書〔一〕，皆錫第於初年而纂史於晚歲。事既有漸，衆遂無譁。今此三命之頒，萃於一朝之頃，若披襟而當前一輩稀闊之盛舉，執簡以從諸學士筆削之後塵〔二〕，已心自覺不安，物情詎以爲允！欲望朝廷諒其忱切，賜以敷陳，盡寢優恩〔三〕，免才清議〔四〕，或與痛裁於新渥，庶幾少穆於師言〔五〕。

〔一〕牒：原作「諜」，據翁校本改。
〔二〕句首原有「學」字，「士」下原有「之」字，據翁校本刪。

〔三〕「盡寢」二字原倒，據文意乙。
〔四〕「才」字疑誤，或當作「干」。
〔五〕文末原有附記云：「得旨不允。」

四

三辭異數，復閟俞音，自顧幺微，不應瀆告。但某竊見向來史局〔一〕，蓋有士人被選者，如曾鞏辟陳師道之類〔二〕。近歲杜斿〔三〕、曾三異之流，皆起韋布，領校勘。惟某所被恩數太優，實不敢當。欲望朝廷特賜敷奏〔四〕，令某以太府少卿兼校勘，俾得厠迹館中諸學士下陳，服勞鉛槧〔五〕，少助涓埃〔六〕。其賜第少蓬恩命〔七〕，欲乞亟行追寢，庶幾事體叶宜，觀聽不駭〔八〕。

〔一〕史局：原作「局吏」，據翁校本改。
〔二〕師：原作「思」，據《宋史》卷四四四《陳師道傳》改。
〔三〕斿：原作「游」，據翁校本改。
〔四〕欲望：原作「望乞」，據翁校本改。
〔五〕槧：原作「慚」，據翁校本改。

〔六〕涓埃：原倒，據翁校本乙。
〔七〕少蓬：原作「少逢」。按古稱秘書監爲「蓬閣」，秘書少監爲「少蓬」，據改。
〔八〕文末原有附記云：「得旨不允。」

辭免兼殿講第一狀

萃此殊恩，畀之庸品〔一〕，一聞宸翰，交戰危衷。瞻言前修，有在茲選。元祐則吕希哲之比，乾道則張栻其人，用能名重儒林〔二〕，芳流國史。如某者久抗走而爲俗吏，粗涉獵而非醇儒〔三〕。方冕旒日御於緝熙，而旃厦朋來於鴻碩〔四〕，倘使淺聞之士，驟陪晚講之聯，在明時非所謂邦家之光，在小己懔乎如淵谷之隕〔五〕。決難冒受，惟有固辭。欲望朝廷特賜敷奏，收回成命，改授名流，既穆僉言，亦安愚分〔六〕。

〔一〕畀：原作「卑」，據翁校本改。
〔二〕重：原無，據翁校本補。
〔三〕粗：原作「祖」，據翁校本改。
〔四〕朋：原作「明」，據翁校本改。

〔五〕之：原無，據翁校本補。
〔六〕文末原有附記云：「得旨不允。」

二

聖主滋欲引以自近，愚臣實難强所不能，豈勝跼蹐之危，洊有囁嚅之請。竊謂紬書石室〔一〕，凡稱博聞彊記之士皆可能；開卷金華，非有陳善閉邪之學不宜預〔二〕。兼茲能事〔三〕，必也名儒。某講貫未深，見聞尤寡，尚不敢當史筆之纂述，將何以裨帝學之緝熙！必至貽笑旁觀〔四〕，上孤親擢。欲望朝廷特賜敷奏〔五〕，察由衷之忱懇，寢不次之誤恩，既免爲昭代之羞，亦不奪小臣所守〔六〕。

〔一〕紬：原作「紳」，據翁校本改。
〔二〕「有」下原有「能」字，據翁校本删。
〔三〕兼茲：原倒，據翁校本乙。
〔四〕笑：原作「笑笑」，據翁校本删。
〔五〕奏：原無，據翁校本補。

〔六〕句首原有「小臣所守」四字，「小臣」下原有「之」字，并據翁校本删。又文末原有附記云：「得旨不允。」

三

昨辭免錫第、小蓬之命者四，兼崇政殿説書者再〔一〕，伏準省劄，並依屢降旨揮不允，不得再有陳請。某仰惟威命，不敢久稽，除已於十一日詣秘書省供職訖〔二〕。伏念某本緣文史，誤被親擢，其於經學，實非所長。所有兼説書恩命，欲望朝廷特賜寢免，仍乞今後免兼他職，俾得專心史事，少效使令。

〔一〕者再：原倒，據翁校本乙。

〔二〕詣：原作「請」，據翁校本改。

辭免兼權中舍狀

照會某伏準省劄備奉御筆，劉某暫兼權中書舍人者。奎畫溶敓，危衷交戰。竊惟書命之職，宜屬才敏之人。曾鞏占紙即書而可傳〔一〕，劉敞立馬一揮而已就。雖云攝乏，亦必當仁。如某者舊聞久荒，拙思尤鈍，凡片文隻字狂簡之作，皆積日累月鍛煉而成。蓋山林枯槁者之流，於朝廷潤色而奚取？若使不量淺膚，冒處高華，非惟包越俎之羞，又將起斵膍之誚。欲望朝廷特賜敷奏，收還誤渥，改畀英髦〔二〕，以重詞垣，以穆廷論〔三〕。

〔一〕即：原作「律」，據翁校本改。
〔二〕畀：原作「卑」，據翁校本改。
〔三〕廷論：原作「朝廷」，據翁校本改。又文末原有附記云：「得旨不允。」

第二狀

被命不俞，拊躬靡措。伏念某昨奉御筆〔一〕，令與尤焴同任史事。焴在職日久，所撰《天文志》已有次序；某在職日淺，當撰《地理志》，闕會書籍未齊，每以閣筆爲愧。今焴自吏侍改工侍，捨劇就閒〔二〕，以便修纂。某乃越俎代庖，攝贊書命，非但文思素鈍，亦於史職有妨。揣分量才，委難冒處。欲望朝廷特賜敷奏，亟收前命，俾某且於史局服勞，以奉初詔〔三〕。

〔一〕「伏」下原有「躬」字，據翁校本删。
〔二〕「劇」原作「據」，「閒」原作「聞」，據翁校本改。
〔三〕文末原有附記云：「得旨不允。」

乞免行上四房申省狀

照會某準省劄〔一〕，以劉某辭暫權中舍職事，奉聖旨不允，已再具辭免外，又準省劄，令某行上四房文書。某契勘上四房例屬長廳〔二〕，吏侍趙汝騰新擢法從，久居詞掖，實爲長廳，前代所謂閣老也，合行上四房。某係庶官〔三〕，時暫承乏，合行下四房〔四〕。若不申述，幾於倒置。此事非但關某辭受之小節，實係朝廷職守之大體。欲望鈞判令某且行下四房文書，庶叶事體，亦安愚分。

〔一〕準：原無，據翁校本補。
〔二〕房：原作「方」，據翁校本改。
〔三〕係庶：原重此二字，據文意删。
〔四〕行：原無，據翁校本補。

除寶文漳州辭免狀 丁未

某三月初五日準省劄〔一〕，奉聖旨某除直寶文閣知漳州，填見闕者。驟聞新渥，駭愕失措。某昨者召對，誤蒙聖知，旬月之間，獎擢不次。某自以受明主不世之遇，感泣圖報，奏疏之所條列〔二〕，講義之所發明，贊書之所潤色〔三〕，故事之所援引，録黄之所論駁，皆爲君父辨姦，皆爲朝廷去凶。藁草具存，冕旒洞照。然而上不見孚於朝行，下復不見察於輿議，良由某動而得謗，命則使然。仰荷寬恩，放還故山，母子相保，不啻足矣。乃若昭陵奎閣，清漳便郡，皆非逐客所敢當者。某曩使江表，力乞此州〔四〕。其時仲弟無恙，叔出季處，謂可更娛侍。不幸仲弟夭逝，老親悼念，眠食大減，一家憂懼，不知所爲。某方且躬率子弟，左右寬釋，漳、莆相距雖止數程，既不可偕行，又不容獨往。重念某去秋榻前力求反哺，玉音勉留，朝野共知，猶不能免人之議。今幸已歸膝下而躬子職，庶幾昔之虧者可全。若更貪戀榮禄，去親而仕，則今之全者復虧，真爲名教中罪人矣。事親如此，何以事君？況清明之朝，尤重牧守，焉可以承流宣化之寄，屬之遺親後君之人哉！謹瀝肝膽，皈投化治〔五〕，欲乞敷奏，收回前件恩命，或畀祠廪以助甘旨之奉，實出大造生成之賜〔六〕。

〔一〕省：原無，據翁校本補。
〔二〕列：原作「例」，據翁校本改。
〔三〕所：原無，據翁校本補。
〔四〕「力」下原有「泣」字，據翁校本删。
〔五〕治：原作「治」，據翁校本改。
〔六〕文末原有附記云：「得旨不允。」

再辭免

某昨以偏親見年八十七歲，力辭除職與郡之命，四月二十六日伏準省劄〔一〕，奉聖旨不允。仰惟君父使令，雖湯鑊在前亦不當避，況便郡見次，人情歆艷而不可得！某但恐莫稱惟良之選，豈敢謬爲不情之辭？實緣親年如此，迎挈絶難〔二〕，若單騎之官，是以孝養有闕之人任千里風化之寄，何以宣詔條而見吏民哉！惟有哀鳴大造〔三〕，乞賜敷奏，念某有可矜之情，察某無可赴之理，亟收新渥，或畀祠廩，稍全士子之晚節，免爲名教之罪人。某下情無任戰懼俟命之至〔四〕。

〔一〕日：原無，據翁校本補。

〔二〕「迎」下原有「絜」字，據翁校本删。

〔三〕鳴：原作「命」，據翁校本改。

〔四〕文末原有附記云：「得旨除直龍圖閣，依所乞與宮觀。」

回申免辭朝

某昨蒙誤恩，除某直寶文閣、知漳州，填見闕，尋具辭免〔一〕。未準回降間，續準省劄，三月三日奉聖旨免朝辭，疾速前去之任。緣親年八十有七，私計不便，除已再具辭免外，須至申聞者。

〔一〕具：原作「且」，據文意改。

除宗少辭免狀　戊申

照會某正月十六日承興化軍轉遞到漳州遞到樞密院𡙂字皮匣省劄一道〔一〕，奉聖旨劉某除宗正少卿者。惟麟寺之亞卿，實鵷行之高選，省愆未久，得寵若驚，以何才能，當此褒擢！伏念臣粵自端平之初祼〔二〕，屢陳慈母之暮齡〔三〕，左右就養，十載有餘，中外任使，五考而已。及予環於江表，復袖疏於榻前〔四〕。君父知某有徐庶之言，或者怪其無令伯之表。仰荷上恩之極貸，俾供子職之清温。雖菽水之懽無違，然桑榆之年可懼。甚戀明時而誼毋容出，甚愛便郡而勢不可行。蓋臣子之大端，惟忠孝之二字。昔犯顔還詔，嘗以名教而責人；今舉足忘親，寧免惡聲之反爾！輒上丹悃，冒扣洪鈞，欲乞敷陳，亟行寢免。戲老萊之彩，願畢餘生；結仲由之纓，豈無他日〔五〕！

〔一〕旻：疑當作「旼」，此是用千字文編號。

〔二〕臣：按此狀乃上宰輔者，不當稱「臣」，疑當作「某」。

〔三〕陳：原無，據翁校本補。

〔四〕「復」下原有「就」字，據翁校本删。

〔五〕文末原有附記云：「得旨不允。」

再

子職攸拘，力辭進擢；君恩未替，曲示招徠。睿聽藐矣〔一〕，九重之高；微躬廪然，再命而傴。重念某親年當可以懼之際，禮經有不從政之文。曩補郡尚哀鳴而輟行，今造朝乃奔走而就列，則是陰有彈冠之意，陽爲扇枕之言〔二〕。謗咎叢興，行檢盡喪〔三〕，通國皆稱爲不孝，終身莫滌於此名。欲望敷陳，亟頒俞允。俯憐垂暮，俾養志於餘齡；苟未溘先，願移忠於他日。

〔一〕矣：原作「才」，據翁校本改。
〔二〕陽：原作「易」，據翁校本改。
〔三〕「檢」下原有「君」字，據翁校本删。

除舊職知漳州回申狀

照會某昨再辭宗正少卿恩命，伏準五月六日省劄，奉聖旨某依舊直龍圖閣、知漳州，替李昂英闕，仰見公朝未忍投閒置散之意。某去歲蒙恩剖符〔一〕，郡方闕守，被旨趣行，有妨親養，所以力辭。今兹尚待遠次，遂可一意奉親。已於當月二十五日望闕祇受訖，俟待將來闕到，别伸香火之請。須至申聞者。

〔一〕剖：原作「部」，據翁校本改。

除秘撰福建憲辭免狀 戊申

論撰秩高，平反寄重，一朝並命，七聚皆驚。戒故老之記聞，以鄉部爲稀闊。矧如直指之任，宜得剛腸之人。某持身小廉〔一〕，賦性多可。屢乘使傳，乏舉刺之能名；晚攝詞垣，無封還之顯迹。私計願安於水菽，牢辭獲寢於弓旌〔二〕，特畀左符，尚須遠役〔三〕。屏居窮巷，非有季子、買臣之心；就建臬臺，忽在范滂、王尊之選。倘但貪衣繡持斧之寵，不知遠維桑與梓之嫌〔四〕，將速嘖言，重隳晚節。欲望諒其悃忱，賜以開陳。迎親而往福唐，敢擬蔡襄之事；奉母而歸陽翟，妄希楊億之風。

〔一〕持：原作「特」，據翁校本改。
〔二〕「牢」下原有「勞」字，據文意刪。
〔三〕役：原作「戍」，據翁校本改。
〔四〕與：原無，據翁校本補。

除秘監辭免申省狀　庚戌

照會某準樞密院遞到存字號黑牌皮筒，十年十二月十一日省劄一道，三省同奉聖旨，除某秘書監〔一〕，日下前來供職。某叨承詔札〔二〕，超長仙蓬，顧暮景之摧頹，被新榮而戰駭。伏念某向受知君父，接武英髦，預東觀之討論，攝西垣之封駁。誅巨姦而奮筆，螳蜋之臂獨當〔三〕；賣明主以求榮〔四〕，犬馬之心不忍。義存補益〔五〕，事已挽回，尚責詞臣而求全，似爲權相而報忿。終南回首〔六〕，觚棱常繞於夢魂；楚澤行吟，玉座未忘其姓氏。升朝班於金掌，將使指而繡行。及纍然哀黲之中，復訪以汗青之事。孤恩至此，抆淚何言！枕塊之禮甫終，予環之命隨至，遂繇草野，重領石渠。而某幽憂三年，沉痼九死。召不俟駕，固威命之莫違；彈未成聲，覺餘哀之猶在。況位置高則必允天下之公議，辭受審乃不爲名教之罪人。輒控巽函，冒干化治〔七〕，欲望敷陳危悃，寢免除書，倘未容掛神武之衣冠，亦姑俾奉祠宮之香火。某無任俯伏俟命之至，伏候指揮〔八〕。

〔一〕「某」字原無，「書監」二字原倒，據翁校本補乙。

〔二〕叨：原作「叱」，據翁校本改。

〔三〕螳蜋：原倒，據翁校本乙。

〔四〕「以」下原有「來」字，又「榮」原作「明」，據翁校本删改。
〔五〕義：原作「蒙」，據《翰苑新書》别集卷七改。
〔六〕句首原有「然南面」三字，據翁校本删。
〔七〕治：原作「治」，據翁校本改。
〔八〕「某無任」以下原無，據《翰苑新書》補。該書於文末尚有附記云：「正月十七日，三省同奉聖旨不允。」

辭免兼直院奏狀 辛亥

臣今月二十四日恭準尚書省劄子，備奉聖旨，劉某兼太常少卿、兼直學士院者。寵光洊至，譾薄冒任。伏念臣隨召節而起家，攜束書而詣闕，驟叨獎拔，不俟對揚。深惟九重特達之知，豈非千齡稀闊之遇！退而自揣，凛乎未安。與其忘分量貽笑於市朝，孰若以情實自歸於君父！蓋頌臺之弄印，俾文館而代庖，故府有舊典禮經之存〔一〕，同列有議郎博士之助，尚堪黽勉，仰奉使令。至如禁林，以待宗匠。儻負時望，石介乃攻其文；軾冠制科〔二〕，韓琦尚難其進〔三〕。於皇聖上，尤重詞臣，比年以來，久虚此選。又況燕閒肆筆，煌煌雲漢之章；英俊如林，燦燦奎星之聚。寧無大手，可望末光！臣曩攝贊書〔四〕，了無新意，旁觀莫掩，已試可知。加以三年不治筆硯之餘，一病僅延喘息之後，遺編久廢，未暇温尋，殘錦無多〔五〕，安能潤色！倘貪榮進而冒受〔六〕，將爲明時而起羞。欲望睿慈〔七〕，俯矜愚悃。映藜閣上，姑令讀未見之書；視草禁中，宜改屬能言之士。所兼太常少卿臣已前去供職外，有直學士院恩命〔八〕，乞賜寢免。冒黷天威，臣下情無任恐懼之至〔九〕。

〔一〕有：原無，據翁校本補。
〔二〕制：原作「制制」，據翁校本删。
〔三〕其：原作「共」，據翁校本改。
〔四〕攝：原無，據翁校本補。
〔五〕「多」上原有「他」字，據翁校本删。
〔六〕進：原作「錦」，據翁校本改。
〔七〕睿：原作「眷」，據翁校本改。
〔八〕「士」字原無，「恩」原作「思」，據翁校本删改。
〔九〕「冒黷」至文末原無，據《翰苑新書》别集卷七補。

再辭免申省狀

某近具奏辭免兼直學士院，今月二十七日伏準尚書省劄子，備奉聖旨不允者。俞音尚閟〔一〕，忱悃未孚〔二〕，遂忘三瀆之誅，冀動四聰之聽。竊以摛文地邃〔三〕，視草才難，思澀則起春江上水之譏，詞蕪則貽拙匠血指之笑。如某者兼有二患，了無一長，倘以山林小家數之文，施諸朝廷大典冊之用，設有非常除拜〔四〕，不測傳宣，勅使倏臨，院吏傍趣，一辭莫措〔五〕，百醜具呈，非徒災身，抑且辱國。此先朝張方平所以有當自量度之戒，而近世葉適所以必力辭兼直之除〔六〕。矧如後學之么微，莫企前修之萬一，刳肝瀝請，頓首固辭。欲望敷陳，亟行寢免。繩樞草舍，愧非修鳳之才；金馬玉堂，會有提鰲之手〔七〕。所有恩命，未敢祇受〔八〕。

〔一〕閟：原作「閣」，據翁校本改。
〔二〕孚：原作「乎」，據翁校本改。
〔三〕竊：原無，據翁校本補。
〔四〕「非」下原有「除」字，據翁校本刪。
〔五〕措：原作「指」，據翁校本改。

〔六〕「而」下原有「後」字，據翁校本删。

〔七〕會有：原作「引選」，據翁校本改。

〔八〕「所有」至文末原無，據《翰苑新書》別集卷七補。

辭免兼殿講奏狀

臣今月初四日恭準尚書省劄子，備奉御筆，劉某、王撝并兼崇政殿説書者〔一〕。涣渥洊頒，震驚靡措。竊惟旃厦乃陳善閉邪之地，朝廷多通今博古之儒，曾謂謏聞〔二〕，乃叨親擢〔三〕！伏念臣少雖專苦，晚益怠荒，頃逢負扆之知，嘗尾執經之列。自愧鯫生之淺陋〔四〕，莫逃聖主之高明。方王求多聞，既旁延於鴻碩；意愚有一得，俾重侍於燕閒〔五〕。然而念舊者君父之仁，量力者臣子之義，倘濫陪於誦説，將奚補於緝熙！欲望睿慈〔六〕，收還誤寵。姑容末學，安芸館之校讎；別選譽髦，備金華之顧問。所有恩命，未敢祇受〔七〕。

〔一〕并：原無，據《翰苑新書》別集卷七補。

〔二〕謏：原作「諛」，據《翰苑新書》別集卷七改。

〔三〕叨：原作「切」，據《翰苑新書》別集卷七改。

〔四〕鯀：原作「賦」，據《翰苑新書》別集卷七改。
〔五〕重：原作「常」，據《翰苑新書》別集卷七改。
〔六〕睿：原作「眷」，據《翰苑新書》別集卷七改。
〔七〕「所有」至文末原無，據《翰苑新書》別集卷七補。

二

某今月初七日準尚書省劄子，以某辭免兼崇政殿說書，恭奉聖旨不允者。某昨陳引避之忱，未奉曰俞之詔〔一〕。雖外貪於光寵，然内省於空疏。當明師在廣厦之時，奚庸末至〔二〕；誦君德由經筵之語，安敢冒居！欲望朝廷，特爲敷奏，別選通經之士，仰裨典學之功。所有恩命，未敢祗受〔三〕。

〔一〕曰：原作「日」，據《翰苑新書》別集卷七改。
〔二〕末：原作「未」，據《翰苑新書》別集卷七改。
〔三〕「所有」至文末原無，據《翰苑新書》別集卷七補。

辭免修史奏狀

臣五月十二日伏準省劄子〔一〕，五月初八日奉聖旨，《四朝國史》已進《帝紀》，《志》、《傳》等尚未修纂，可令趙以夫、劉某同共任責〔二〕，以全國家大典，日下條具聞奏者〔三〕。奎畫驟頒，危衷滋懼。兹事體大，非臣譾薄所能負荷。在昔神宗皇帝嘗命曾鞏合五朝國史，而鞏辭不敢當；孝宗皇帝亦患九朝國史諸志重復，命洪邁合之，而邁終不能就。以鞏之學識、邁之記問〔四〕，然猶不能奉詔成書，仰副二祖之意。況如臣者，見識寡淺，記問荒疏，曩被宸翰，令與尤焴共事，閣筆之羞，見於已試。矧今史院上有元老大臣提綱，次有法從鴻儒秉筆，下有臺閣英俊庀職其間，臣才劣位卑，僅可充編修檢討一員之數〔五〕，何足以鋪張中興之偉績，稱塞明主之隆委哉！兼臣見苦旋暈，其證頗重，服藥未愈，謹力箋天，期於得請。冀垂聖鑑，俯察愚忱，改畀當材，協成鉅典。

〔一〕省：原無，據翁校本補。

〔二〕「共」下原有「供」字，據翁校本刪。

〔三〕「奏」下原有「日」字，據翁校本刪。

〔四〕識：原作「職」，據翁校本改。

〔五〕「討」下原有「之」字，據翁校本删。

二

某近具奏辭免任責修纂四朝志傳等〔一〕，續準尚書省劄子，備奉聖旨不允者。未奉帝俞，洊陳愚悃。伏念某奮身凡品，受上異知，拔諸米鹽簿書之粗官〔二〕，寘之言語文字之華選〔三〕。使赴湯蹈火，亦報禮之當然；況弄翰濡毫〔四〕，乃平生之至樂。豈不貪承威命，趣赴涓埃！顧中興業廣而功崇〔五〕，信史事大而體重〔六〕，宜屬當世鋪張閎休之大手，仰副明主緝熙鴻烈之盛心〔七〕。而某舊聞既荒〔八〕，宿恙復作，雖欲起趨執簡之列，其如方困采薪之憂！伏枕矢詞，扣閽瀝請〔九〕。欲望矜其迫切，賜以敷陳，別柬三長之通儒，共成一代之鉅典。

〔一〕纂：原作「史」，據《翰苑新書》別集卷七改。
〔二〕「米」原無，「粗」原作「麄」，據《翰苑新書》別集卷七改、補。
〔三〕選：原無，據《翰苑新書》別集卷七補。
〔四〕翰：原無，據《翰苑新書》別集卷七補。
〔五〕中興：原無，據《翰苑新書》別集卷七補。

〔六〕大：原無，據《翰苑新書》别集卷七補。

〔七〕主：原無，據《翰苑新書》别集卷七補。

〔八〕聞：原無，據《翰苑新書》别集卷七補。

〔九〕闇：原作「昏」，據《翰苑新書》别集卷七改。

辭免兼史館同修撰奏狀

臣今月初三日伏準尚書省劄子，備奉聖旨，趙以夫兼史館修撰，劉某兼史館同修撰者。臣猥以儒生，誤蒙親擢，俾參史筆。力辭至再，竟閟俞音，已同吏部尚書趙以夫聯名條奏史事〔一〕，安敢復爲辭巽！竊見昨來秘書監尤焴奉詔纂史，止是兼編修檢討官，今臣官序與尤焴同，設居修撰之列，寧無超躐之譏〔二〕？欲望聖慈將臣新除同修撰指揮特賜寢免，只令以編修檢討官繫銜，庶安愚分。

〔一〕書：原無，據翁校本補。

〔二〕躐：原作「獵」，據翁校本改。

後村先生大全集卷之七十七

奏申狀

辭免兼侍講奏狀 辛酉三月〔一〕

奎畫倏頒，危衷增悸。伏念臣奮身冗瑣〔二〕，逢世休明。兩嘗執卷於邇英，久已荷鋤於故里。晚隨環召，驟尾橐班。暮景迫而强殘骸〔三〕，舊聞荒而無新意。素非大筆，尚恐包血指之羞；復侍細旃〔四〕，安敢望清光之末！倘不自量其盈滿，偃然冒處於高華，恐速疾顛，有孤親擢。仰祈睿鑑，特寢除書〔五〕，別求博洽之儒，俾輔就將之學〔六〕。

〔一〕辛酉三月：原無，據翁校本補。
〔二〕瑣：原作「鎖」，據翁校本改。
〔三〕强殘骸：翁校本作「有衰容」。
〔四〕侍：原作「待」，據翁校本改。

〔五〕除：原作「治」，據翁校本改。
〔六〕輔：原無，又「將」下原有「來」字，據翁校本删補。

辭免申省狀

免牘力陳，俞音尚閟。伏念某所兼三職，已極天下清選，今又使之勸講，雖宗工鉅儒所不敢當〔一〕，某有何才學，可以上答聖知，下穆師言！力量一羽之微〔二〕，負載千鈞之重〔三〕，其顛踣也必然〔四〕。某不敢溷瀆宸嚴，欲望公朝特爲敷奏，收還誤渥，改畀當仁。

〔一〕宗工：原倒，據翁校本乙。
〔二〕力：原作「以」，據翁校本改。
〔三〕「之」下原有「量」字，據翁校本删。
〔四〕然：原作「賢」，據翁校本改。

乞免兼中舍奏狀

臣寒遠鯫生〔一〕，誤蒙聖知，使之攝貳夏卿，且兼兩制，近又叨恩勸講。以一身而疊五組，福過災生。舊苦痰暈，忽又發作，自覺心神迷亂，文思遲滯。緣上四房制誥最爲繁冗，今積詞頭已多，西掖非養痾偷安之地，用敢披瀝血悃，乞憐君父。欲望聖慈將臣所兼中書舍人職事改畀材學富有、精力强勉之人，小臣免曠瘝之誅〔二〕，公朝賴潤色之助。臣本俟進講日分控告於旒扆之前，緣後省不時書黄，豈容頃刻失職！伏乞睿慈〔三〕，早賜處分。

〔一〕鯫：原作「微」，據翁校本改。
〔二〕小：原無，據翁校本補。
〔三〕睿：原作「眷」，據翁校本改。

辭免除兵侍奏狀 辛酉四月

疏渥過優，循涯增懼。伏念臣昨叨召擢，濫綴論思，疊五組之光華，蔑一毫之著見。所掌者伍符尺籍〔一〕，且不善於簡稽；況責以九制二麻，又豈工於潤色！加以福分有限，筋力不任〔二〕，數職之中，外制尤冗，朝頒除目〔三〕，暮出贊書，自前輩皆言其難，故先朝必試而授。臣昔猶矍鑠，今已耗昏，昨因史藁之浩繁，不覺詞頭之積壓。既慙臣敞，能一揮而立成；欲倩君房〔四〕，恐傍觀之竊哂〔五〕。遂自箋於危悃〔六〕，乞改畀於英髦。仰荷至仁，俯從微願，方幸少輕於蚤負，豈知重沐乎龍光。始佐夏卿〔七〕，姑令攝乏〔八〕，忽承天獎，驟使落權。於歲月則無積累之勞，以文墨則無諷議之益，倘不自知止足，但慕進遷，必且上速司敗之誅，下受公論之責。欲望皇帝陛下憐臣垂老，察臣由衷，特寢新綸，俾仍舊貫，寔出天地生成之造。

〔一〕伍：原作「五」，據翁校本改。
〔二〕筋：原作「節」，據翁校本改。
〔三〕「頒」下原有「敚」字，據翁校本删。
〔四〕倩：原作「清」，據翁校本改。
〔五〕傍：原作「榜」，徑改。
〔六〕「遂」下原有「使」字，據翁校本删。
〔七〕夏：原無，據翁校本補。
〔八〕乏：原作「之」，據翁校本改。

再辭免奏狀

疏雖瀝悃〔一〕，詔未賜俞。伏念臣斗筲小才，桑榆暮景，召還未久，取數過多。近有采薪之憂，力辭判花之筆，荷聖主之聰明洞照，察愚臣之筋力已疲，稍省文書，得親湯液，赦臣曠職，延臣殘年。臣之所求不過如此，今乃因攝乏之故，加爲真之除〔二〕，無勞而驟遷，求損而反益，奚異馬力窮而馳坂不止〔三〕，鼠量溢而飲河未休。臣受之而何名，人問則無以對。遠稽孔聖戒得之訓，深味老氏知足之言，與其速化以延後災，孰若徐行而保晚福。臣竊見趙希埊由貳遷長〔四〕，尤熇落權，皆於出命之後〔五〕，堅辭不拜。臣雖不敢望古人，如希埊與熇，臣昔嘗與之比肩以事陛下，謹援二臣之例，再瀆君父。欲望聖慈將臣新渥特賜寢免，且令以舊銜供職。

〔一〕悃：原作「悯」，據翁校本改。
〔二〕除：原作「治」，據翁校本改。
〔三〕坂：原作「板」，據翁校本改。
〔四〕「希」下原有「文」字，據翁校本删。
〔五〕皆於出：原作「出於」，據翁校本乙補。

三辭免申省狀

溫詔未俞，懦衷增惕。竊以仕路莫榮於入從，朝家尤重於落權〔一〕，或以行能之高，或以歲月之久。某於此二者咸無一焉，而又筋力已疲，心思亦竭，外雖强勉，内切兢危。服勞於筆硯之間，了無新意；率舞於軒墀之下，常恐疾顛。荷明主眷知之深，恨孤臣福分之薄，惟有早退，或延殘年。今若不揣衰癃，但貪寵渥，非惟昧先民陳力之訓〔二〕，實亦有嬰兒傷飽之憂。某賤微不敢溶瀆冕旒，欲望公朝特賜敷奏，照某前奏，姑寢新除，令以舊銜供職。

〔一〕家：原作「蒙先」，據翁校本删改。

〔二〕力：原作「列」，據翁校本改。

辭免除仍兼中舍奏狀

臣今月二十六日伏準省劄，備奉聖旨，除臣兼中書舍人者。臣叠被選掄〔一〕，益深危懼。臣以二十四日出闕送客，忽爲寒濕所乘〔二〕，左股作痛，筋脉攣縮，不能履地。二十五日自當侍經筵〔三〕，不免謁告一日。初謂偶然，便可平復，既而所苦愈甚，服餌僧藥未效，擬求寬假將理。適學士院先擬吉日降制，奉御筆點用二十七日，臣遂未敢有請。兹捧除目，感涕交零。臣詞藝最出流輩之下，而擢用每居英俊之先。夏初因患痰暈〔四〕，不能支吾兩制，哀鳴於朝，乞解其一，聖恩從欲。臣既省一半思索，始獲親近湯液，以延餘齡。忽叨誤渥，俾之再兼。若昔者病，今日愈，臣當踴躍奉詔；不幸臣所感寒濕甚重，呻吟痛楚，生意索然。若更旬日不愈，則臣遂爲廢人，豈能强支離之殘骸，叢清要之美職哉！臣除已別狀乞給朝假將理外，所有仍兼中舍恩命，不敢冒受。欲望聖慈察臣血悃，改畀英髦。

〔貼黄〕臣伏見軍器監吴堅、著作佐郎兼右司馬廷鸞，博雅工辭令，剛介有節守，士林推重。若蒙聖慈俾掌書命，足爲國華。臣雖老病，不敢蔽賢，伏乞睿照。

〔一〕掄：原作「論」，據文意改。
〔二〕「寒」下原有「温」字，據翁校本刪。
〔三〕侍經筵：原作「待經延」，據翁校本改。
〔四〕因：原作「困」，據翁校本改。

再辭免奏狀

臣八月二十七日具奏乞免兼中書舍人職事，至二十九日準省劄，奉聖旨不允者。臣愚忱已竭，聖聽未俞〔一〕，自量有愧三字之除，烏可備禮一辭而止！又況未出綸而先病，再疊組而奚堪？臣切見韓愈評王仲舒云：「帝思其文，復使掌誥。公潛謂人此職宜少，遂出爲江西觀察使。」按仲舒再掌書命方五十餘，乃謂此職宜少不宜老〔二〕，臣才不及仲舒而年則過之，既司内命，又主贊書，不能爲典冊之光華，徒坐妨英俊之塗轍〔三〕。見以足疾蒙恩賜告，輒敢扶憊稽首籲天〔四〕，欲望聖慈聽臣免兼，改畀當仁。

〔一〕俞：原作「愈」，據文意改。
〔二〕乃謂此職宜少不宜老：原作「乃職少不宜老」，據翁校本補。
〔三〕「坐」原作「堅」，「轍」原作「輒」，據翁校本改。
〔四〕首：原無，據翁校本補。

乞引年奏狀

臣輒歷丹忱，仰干洪造。臣前自柱史去國，灰心十年，化弦初更，魁柄改屬〔一〕，猥蒙憶記〔二〕，重忝招徠。期年於兹，凡朝廷美官曰侍從，曰詞臣，曰經筵，曰史館，臣徧歷之。並游英俊皆有以自靖自獻，惟臣疏拙，百無能解〔三〕，徒以片文隻字誤簡聖知。遇主如此，譬之犬馬猶戀軒墀，非獨不當言去，亦自不忍言去。然臣年已七十五，早衰多病。辛亥九月兩乞掛冠，堂案可考。今去辛亥又十有一年，病隨老至，飲食減少，筋力全乏，拜起尤難。常語同列，恐不測顛踣於大廷廣衆之間，起爲近臣羞。春夏以來，心思猶可勉力，自八月一病之後，精神懵恍〔四〕，忘前失後，每作小小文字〔五〕，冥搜不能成章。自度向去光陰能有幾何〔六〕，用敢哀鳴於君父之前，欲望聖慈察臣實老實病，許臣引年納禄，放還山林。臣未填溝壑以前，尚能與田夫野老鼓腹擊壤，歌詠聖德，實戴天地父母曲成之造。謹録奏聞，伏候勅旨。

〔貼黄〕臣自端平初元至今，四塵朝列，丙申忝樞屬、省郎，丙午忝少蓬、西掖〔七〕，辛亥忝右螭、内制〔八〕，皆以罪去。今幸未罪戾，望聖恩哀憐，從臣所乞，使朝野之人皆知今者之歸出於自請〔九〕，足以煎洗三黜之羞，結裹一生之事，臣死且不朽。伏取聖裁。

〔一〕「改」下原有「枝」字，據翁校本删。
〔二〕「猥」下原有「以」字，據翁校本删。
〔三〕「能」下原有「降」字，據翁校本删。
〔四〕懭：原作「儻」，據翁校本改。
〔五〕小小：原作「小心」，據翁校本改。
〔六〕陰：原作「華」，據翁校本改。
〔七〕忝：原無，據翁校本補。
〔八〕「內」下原有「四」字，據翁校本删。
〔九〕今：原無，據翁校本補。

二

臣昨具奏乞引年納禄，伏奉詔書不允者。臣告老已遲，箋天未允，輒忘再瀆之誅，冀悟四聰之聽。伏念臣粤從先世，罕至高年。臣祖父夙、叔祖朔事孝宗爲館職，年皆不滿五十；先臣彌正事寧考爲權侍郎，年止五十有七〔一〕。臣才學不及祖父萬一〔二〕，而官職年壽皆過之。物禁太盛，神靈害盈，凡人福分，各有分限〔三〕。臣忝竊至此，尚不知止〔四〕，以何爲足？惟有君天，可以祈哀。欲望聖慈察臣由衷，許臣歸老，庶幾臣生有以見魯衛之士〔五〕，歿可以從先大夫於九原，非惟粗全晚節，亦不爲明主親擢之羞。

〔一〕五十有七：原作「四十有七」，據葉適《故吏部侍郎劉公墓誌銘》（《水心先生文集》卷二〇）改。
〔二〕「不」下原有「才」字，據翁校本刪。
〔三〕「限」下原有「劑」字，據翁校本刪。
〔四〕止：原作「足」，據翁校本改。
〔五〕以：原無，據翁校本補。

辭免除權工書奏狀 壬戌三月

臣今月初八日伏準尚書省劄子，備奉御筆，除臣權工部尚書，兼職依舊，日下供職者。伏以驟頒奎畫，交戰危衷。伏念臣白首還朝〔一〕，素飧曠職〔二〕，未及兩載，已叨五遷。明主好問好言，兼屈群策；諸臣自靖自獻，獨無寸長〔三〕。去秋以來〔四〕，引年者再。雖聖恩逾厚，曾禮貌之未衰；然物議交譏，謂耆老而不謝。擬續掛冠之請，忽陞曳履之聯。以獻納則迂疏，以辭令則蕪拙，有何才學，冒此寵光！事功薄而取數尤多，分溢量而貪得不已，人將責備，神亦害盈。輒瀝卑忱，仰干穹聽。伏望皇帝陛下曲垂聰鑑，姑寢除書，勿拘反汗之小嫌，俾遂乞骸之初志〔五〕。

〔一〕「還」下原有「首」字，據翁校本删。
〔二〕曠：原作「職」，據翁校本改。
〔三〕寸：原作「才」，據翁校本改。
〔四〕「秋」下原有「已」字，據翁校本删。
〔五〕乞：原無，據翁校本補。

再辭免奏狀

臣伏蒙聖慈以臣辭免新除權工部尚書兼職依舊恩命〔一〕，特奉詔不允者。箋天未允，蹐地靡容。臣所以不敢低徊貪寵、冒昧拜命者，其説有三：年事向高，筋骸非昔，行則蹇澀，拜則喘汗，每趁朝參，侍講説，常恐顛踣於軒墀之下，陷大不恭，上費君父保全，一也。繆兼兩制，以詞翰爲職，而晚年健忘，遇演綸視草，或用事不省出處，或作字誤寫偏旁，常慮傳笑四方，爲國起羞，二也。上世以來，不出高爵耆老〔二〕，臣爲貳卿，垂八秩，每竊憂懼，今又使長冬官，決非窮薄所能負載，三也。臣受明主異知，感清時難遇，向使尚堪驅策〔三〕，豈敢陽爲巽避？情實如此，欲望聖慈取臣去秋與今兹兩奏更賜一覽，收回新渥，許臣告老，或照近日鄧坰例，與臣外祠，俾佚餘年而全晚節，實出天地父母生成之造。

〔一〕職：原無，據翁校本補。

〔二〕「不」下原有「高爵」二字，據翁校本删。

〔三〕策：原作「笑」，據翁校本改。

三辭免申省狀

某今月十三日伏準尚書省劄子〔一〕，以某再辭免新除權工部尚書〔二〕，備奉聖旨依已降詔不允者〔三〕。巽辭者再，莫動四聰；蒙瀆至三，更呻一喙。美官乃舉世同羨者，鯫生豈與人異趣哉！寔以危衷，具如前疏。侍經丹地，嘗力乞於殘骸；奏記黄扉，每欲尋於初服。懇祈未遂，奬擢有加。外竊殊榮，中包厚愧。自憐進退之維谷，不敢頻繁而箋天〔四〕。欲望公朝，特賜敷奏，察還山之微志，停起部之峻除。俾全晚節而歸，實戴化鈞之造。

〔一〕「今」下原有「十」字，「日」字原無，據翁校本删補。

〔二〕辭：原無，據翁校本補。
〔三〕「聖旨」下原衍「不允者」三字，據翁校本删。
〔四〕頻：原作「顰」，據翁校本改。

辭免陞兼侍讀奏狀

臣今月二十四日伏準尚書省劄子，備奉御筆，除臣兼侍讀者。伏以疏渥便蕃，拊躬戰惕〔一〕。臣自丙午、辛亥以至於今，三侍經帷。恭惟皇帝陛下臨御久，閲理熟，五帝三王之行事，優爲之矣，六經諸子之格言，深造之矣，其於道德性命之藴奥〔二〕、義利理欲之界限，講之精且詳矣，宜得楊時、尹焞、胡安國、朱震之流，以輔緝熙，以備顧問。臣於經學尤爲淺膚，加以暮年耗昏，舊讀遺忘，臨當進講，率是依傍注疏，祖述陳言，了無新義。譬如寸筳之叩洪鍾〔三〕，爝火之望太陽〔四〕，每瞻威顔，面汗心愧。今乃宜去而遷，由講而讀，上不量能而予之，下不量己而受之，臣罪大矣。況陛下邇者方以此職命前相舊弼，命風憲之長，今亦使臣居之〔五〕，如輿論何？欲望聖慈特寢新綸，俾仍舊貫，庶安愚分。

〔一〕躬：原作「窮」，據翁校本改。

〔二〕奥：原作「粤」，據翁校本改。
〔三〕筵：原作「莚」，據翁校本改。
〔四〕陽：原作「陳」，據翁校本改。
〔五〕居：原作「君」，據翁校本改。

再辭免申省狀

某近具奏辭免陞兼侍讀，伏奉詔書不允者。某抗章雖切，拜詔弗俞。某切惟執經乃承學之至榮，勸讀尤邇英之高選。粤若我朝故事，率用老儒宿師。如某者僅涉獵於古書，未研究於理學，久塵講説，奚補就將！重席之寵驟加，垂車之志莫遂。戒之在得，既害廉隅；行不顧言，寧逃清議？蒙瀆懼干於旒扆〔一〕，巽函仰叩於公朝〔二〕。欲望賜以敷陳，許其辭避，庶安愚分，免至疾顛。

〔一〕「於」下原有「旅」字，據翁校本删。
〔二〕句首原有「選」字，據翁校本删。

乞以楚王伯昨遺事宣付史館奏狀

臣昨準中書門下省送下詞頭一道，皇弟太師〔一〕、武康軍節度使、判大宗正事、嗣榮王與芮故曾祖太師、齊國公，追封楚王伯昨可特賜謚孝節。及恭覩宣諭丞相聖旨：「昔聞慈憲之言，楚王隨二聖北狩，虜令役作〔二〕，因守者假寐，舉磨以斃之，遂航海逃歸於越，此其節也；又自越之汴，取父母之柩復歸之越，此其孝也。有此異績，所當褒表，可諭詞臣。」又再宣諭丞相聖旨：「楚王斃守者，後隱其姓名，能駕舟楫，虜令掌管被擄人船。因語衆曰：『我等俱欲逃生。』及岸，各令避遁，活者萬衆。可因告詞添入此意。」臣以非才，猥攝書命，所草訓辭常患無所據依，今聖訓諄諭如此〔三〕，謹當摭實，著之贊書。惟是楚王忠孝大節冠絕古今〔四〕，照映穹壤，非一詞所能周盡。臣秉筆起草供進外，欲望聖慈宣付史館，以楚王前件事迹就國史立傳，昭示千萬世，永爲臣子軌則。謹具奏聞，伏乞睿照〔五〕。

〔一〕皇：原作「望」，據翁校本改。
〔二〕作：原作「昨」，據翁校本改。
〔三〕諭：原作「詳」，據翁校本改。

〔四〕絕：原作「紀」，據翁校本改。

〔五〕睿：原作「眷」，據翁校本改。

壬戌乞引年奏狀

臣海嶠孤生，遭逢明主，由任子而特賜儒科，起俗吏而徧塵清貫，持片文隻字而誤叨睿奬。晚蒙淵衷記憶，擢之於十年閒廢之餘，寘之兩禁論思之列，所歷之官皆老師宿儒不敢當者，在臣可謂不世之遇矣〔一〕。犬馬猶戀軒陛，況臣久侍清燕，何忍言去？實光陰垂暮，筋力已憊。比於六月二十九日發策玉堂，執筆起草，自嘆衰憊，常與同院臣洪勳言，欲告君父求去。既而適值陛下追悼貴主，未敢有請。臣孱軀每遇寒暑燥濕之變必發病，於春夏尚可支吾，偶在秋末，常是委頓，歲歲如此。今已秋高，深恐發作無時，一旦顛蹈於玉階之下、細旃之上〔二〕，噬臍莫及。欲望聖慈察臣入仕五十四年，今已逾七望八，以求退非有規避，特示聖恩，許臣引年納禄，使及新凉未寒之際扶曳還里，臣生當擊壤〔三〕，没當結草，以報天地父母之造。

〔小貼〕臣惟朝臣求去者率是請郡，或詞臣所乞只是掛冠，別無希覬。竊見故翰林學士李韶與臣有瓜葛，素友善，其去也，蒙陛下賜扇。韶嘗出示以誇臣，不獨臣羡之，士大夫見者莫不歆羡。臣視韶無能爲役〔四〕，然久塵從班，今兹之去，年事又高於韶，妄意援韶故事，乞賜臣御書扇一柄，使臣懷之以歸，以白家廟，以誇魯衛之士，比之得郡與祠，其榮萬倍。冒干天威，臣下情無任席藁俟命之至。伏乞睿照。

〔一〕謂：原無，據翁校本補。
〔二〕一旦：原在「顛躓」之下，據翁校本乙。
〔三〕擊：原作「繫」，據翁校本改。
〔四〕「爲」下原有「學」字，據翁校本删。

辭免除寶章閣學士知建寧府奏狀

壬戌八月

臣昨乞引年納禄，準省劄備奉御筆：「忽覽來奏，求退甚勇，詞垣經幄，正資文儒，輸情甚真，難奪雅志，特除寶章閣學士、知建寧府〔一〕，替全槐卿缺。」涣號初揚，震驚靡措。載念臣之告老，異乎人之具文，去歲以來，累疏可覆。陛下處法宫之内〔二〕，洞知群下之情，以大君之尊而不奪匹夫之志，察臣蒲柳之質已悴，憐臣牛馬之力已疲，賜臣骸骨，以歸田里。臣且驚且喜，感極涕零，即以歡躍舞蹈解去五印，趣裝治行。惟是恭讀宸翰，嘉奬微臣，聽其引去之外，有特除寶章學士、知建寧府旨揮，臣内自循省，跼蹐不安。蓋累朝奎閣有直學士，潛藩牧守必重望，必能臣。臣以攝冬卿而除直學士，超躐太甚〔三〕，一不安也。求休致而忝左符，已昏眊而挂仕籍〔四〕，二不安也。臣雖以退爲喜，又以榮爲懼。欲望聖慈令臣依律謝事，收回寶章閣學士、知建寧府恩命，使臣得返初服，歸爲擊壤之民，實出君父始終生成之造。

〔一〕除：原無，據翁校本補。
〔二〕句首原有「陛」字，據翁校本删。
〔三〕躐：原作「獵」，據翁校本改。
〔四〕已：原作「也」，據翁校本改。

再辭免奏狀

臣近具奏辭免御筆特除臣寶章閣學士、知建寧府，伏奉詔書不允者。優詔春温，危衷冰戰。伏念臣雖在辛亥已嘗兩乞休致，庚申造朝以來，轉覺龍鍾，又嘗屢温前請。兹蒙聖主察臣真實，許辭禁嚴而去。垂垂八秩，遂獲生還田里，君父之恩過天地〔一〕，臣之報君父無毫髮〔二〕。得宸翰詔旨藉手南歸足矣，至於峻職名都，實非臣之所敢安。前奏固嘗自箋不敢求郡及祠，今若兼取熊魚，懵於辭受，則是言不顧行，行不顧言，名曰求退，實則邀榮，必爲清議譏貶，必費聖恩保全。欲乞睿斷，將臣所忝新命亟賜寢停〔三〕，使臣受之而安，人亦無得而議。臣苟未溘先，尚能作爲歌詩〔四〕，以歌詠太平，以贊祝聖壽。

〔一〕「恩」下原有「臣」字，據翁校本删。
〔二〕「父」下原有「之」字，據翁校本删。
〔三〕賜：原作「思」，據翁校本改。
〔四〕「爲」下原有「詠」字，據文意删。又「歌」，翁校本作「頌」。

三辭免申省狀

某伏準尚書省劄子，以某再辭免御筆特除寶章閣學士知建寧府，備奉聖旨依已降詔不允者。伏念某早日迍邅，暮年遭際，論思遂跨三載，補報寂無一毫。兹迫耄及之期，請致君事而去，荷聖世不違於物性，使老生獲返於山林。宸翰賜褒，除書超等，乾坤施大，淵谷懼深。惟是奎閣隆名，潛藩重鎮，以優德望，以處賢勞，乃俾之力求休致之人，恐或者必有僥踰之議。兩疏未蒙於俞允，三思徒切於凌兢。欲望朝廷特賜敷奏，寢免職名郡寄〔一〕，俾之掛冠而歸，實出隆天厚地之賜。

〔一〕「名」下原有「於」字，據翁校本删。

甲子乞納禄奏狀

臣某昨塵從班〔一〕，誤柬宸眷，及迫耄期而求退，過蒙明主之閔勞，峻職左符，同時並命，以至擿掞奎文於寶篚，匪頒御府之疊金〔二〕。歷考前修，罕逢異數。昔惟張詠，近則李韶。臣懷此而歸，死且不朽。無斲窗攬衣之窘，有飯蔬飲水之安〔三〕，雖作閑人，尚貪聖世。而臣福分已極〔四〕，筋骸轉衰，自入新一跌以來，加負痛十旬之久，呻吟不絶，卧起須扶。遇家廟之奉嘗與先塋之展省，孫曾四世俱下拜以敬，其老病餘生，獨立觀而跛倚，龍鍾之狀，遠近所知〔五〕。靖思災厄，併集僂軀，良由姓名猶挂於仕版，惟有納禄，庶幾延齡。用仰瀆於冕旒，非取求於帷蓋，所願者還笏垂車之舉，寔在於聲鍾給賻之前〔六〕，倘籲天而賜俞，則没地而無憾。臣區區血懇，乞降聖旨許臣守本官職致仕〔七〕，豈特保全其晚暮，誓將啣結於幽明。

〔貼黄〕臣辛亥忝柱史，辛酉、壬戌忝從班，凡五乞休致，堂案可考。今犬馬之齒七十有八，此係拜第六疏，若不得請，遂爲終身之恨。欲望聖恩速賜矜允，臣席藁候命之至〔八〕。

〔一〕「從」上原有「蒙」字，據翁校本删。

〔二〕疊金：原作「金疊」，據翁校本乙改。
〔三〕「蔬」上原有「藪」字，據文意刪。
〔四〕福：原無，據翁校本補。
〔五〕所：原無，據翁校本補。
〔六〕於：原無，據翁校本補。
〔七〕「官」下原有「軀」字，據翁校本刪。
〔八〕「臣」下原有「藉」字，據翁校本刪。

辭免特除龍圖閣學士仍舊致仕奏狀 戊辰六月

右，臣某六月初一日伏準尚書省劄，備奉御筆〔一〕，「劉某謝事先朝，年德愈高，特除龍圖閣學士仍舊致仕」者。伏以《河圖》六十五字，昭昭乾符坤珍〔二〕；宋興三百餘年〔三〕，巍巍祖功宗德。瞻兩朝之寶皮，冠諸閣於崇霄。必歷近臣，始加峻職。如某者蚤參諸老，酷信古書。了無小善一藝以應時需，徒以片言隻字而竊士譽。重以先師德秀，寧考藎臣，及事穆陵，每稱晚學。起逐客簡知於二聖，由詞臣接武於六卿。御詩送賀老之行，畫史圖巨源之去。鼎湖龍遠，徒抱遺弓之悲；暘谷烏升，獨隔戴盆之望。不圖英辟，猶記陳人。灑東壁之奎文，超西清之禁直。喧傳新渥，度越常彝。臣叨榮已迫於暮年，捧詔不知其嗚咽。譬猶施履屐於刖者之足，加冠巾於浮屠之顛。與其見誚於友朋，自隳晚節；孰若祈哀於君父〔四〕，特寢誤恩。

〔一〕奉：原作「奏」，據文意改。
〔二〕符坤：原倒，據翁校本乙。
〔三〕宋：原作「采」，據翁校本改。
〔四〕孰：原作「就」，據翁校本改。

申省狀

右，某六月初一日恭準省劄，備奉御筆，「劉某謝事先朝，年德愈高，特除龍圖閣學士仍舊致仕」者。伏念某歷事三朝〔一〕，累遷八座，一從去國，久已休官。欣逢新天子之御圖，甘作老農夫而没世〔二〕。敢謂廟謨密勿，宸翰昭回，新綸鼓動於風雷，枯枿沾濡於雨露。睠河圖之峻職，處雍從之宿儒，顧臣何能，惟帝時舉。謂其久無獻替，幾於響絶而聲銷；意其尚有典刑，或者年高而德邵。雖孤遠貪承於聖獎〔三〕，恐空疏未穆於師言。欲望朝廷，特賜敷奏，保全晚節，寢免誤恩。白髮華顏，尚未了燈前之債；赤文篆字，詎敢窺奎璧之藏！

〔一〕某：原作「禁」，據翁校本改。
〔二〕甘：原作「某」，據翁校本改。
〔三〕於：原無，據翁校本補。

再奏

臣某近具奏辭免特除龍圖閣學士仍舊致仕恩命〔一〕，伏奉詔書不允者。伏以一辭而退下之義，再命而傴上之恩。蹐地瀝忱，箋天蒙瀆。伏念臣某奮由任子，被遇先皇〔二〕。賞李白之才名，賜劉蕡之科第。一時遭際，千載疏闊。及夫氣竭而衰，年運而往。既可神武門之疏〔三〕，始覺身輕；猶扶靈壽杖於朝〔四〕，不幾厚顔？有唐殿薰絃之奏，無漢宫團扇之悲。鼎湖上昇，嘆終天之髯絶；咸池下照，無一日之駿奔〔五〕。敢謂朝廷清明之初，猶記澗阿槃寬之老。玉音煥發，奎畫昭回。嘉臣以保晚節之難，待臣以尊高年之禮。臣雖貪華峻，恐速滿盈〔六〕，敢薦陳知足之言〔七〕，冀亟寢惟行之令。

〔一〕「仕」下原有「者」字，據翁校本删。

〔二〕皇：原作「王」，據翁校本改。

〔三〕「神」字原無，「之」下原有「流」字，據翁校本删補。

〔四〕猶：原無，據翁校本補。

〔五〕奔：原缺，據翁校本補。

〔六〕速：原作「連」，據翁校本改。

〔七〕「陳」上原有「敢」字，據翁校本删。

薦林中書自代奏 特除焕學致仕日

伏覩某官尋微之學，遠有師承；崇雅之文，前無古作。先後迭掌二制，體裁自成一家。早被簡知，中遭讒甚，其來也非有他援，其去也乃作微文。當五星之聚奎，獨一賢之遺野。歲云暮矣，士者惜之。臣以南畝之老農，忝西清之學士。惟隆古有九官相遜之事，矧令甲存三日舉代之文〔一〕，自視才學之不如，欲望朝廷之改授。

〔一〕令：原作「今」，徑改。

薦陳禮部自代奏狀

龍學致仕日

耄耋光陰，已嘆桑榆之迫；祖宗謨訓，莫言奎壁之藏〔一〕。敢薦賢才，乞回虛授。臣伏見某官自游場屋，已擅文章。臣曩忝乘軺，屢嘗推轂。今惟此士，可獨掌於絲綸〔二〕；每見其文，欲自焚於筆硯。閱人多矣〔三〕，報國蔑然。慕昔賢不進以不休，豈累疏自鳴而自止。奮身不顧，孤忠竊比於歐陽；攜手共登，內省不如於种放。

〔一〕壁：原作「畢」，據翁校本改。
〔二〕掌於：原作「夫」，據翁校本改、補。
〔三〕矣：原作「以」，據翁校本改。

後村先生大全集卷之七十八

奏申狀

辭免除起居舍人奏狀〔一〕

照對臣準十月初三日省劄，備奉御筆，除臣起居舍人者。俶頒奎畫，交戰危衷。伏念臣近以衰殘，輒求休致，露章雖切，天聽愈高。適值朔祭有嚴〔二〕，恭謝已迫，遂勉竭駿奔之力，庶幾逭瘝曠之誅。止俟禮成〔三〕，復伸忱悃，忽叨渙渥〔四〕，良劇震驚。竊惟振鷺之群，猶重立螭之選〔五〕，平生夢想所不及，一旦遭逢而躐升〔六〕。既貽昭代乏才之羞，亦爲明主知人之累。而況臣半期在列，八疏乞骸，心勩力疲，辭窮理極。設若爲卿監則頻數引去，擢記注則徘徊復留〔七〕，是懷利以事君，且矯情以罔上。縱聖恩寬其鼎鑊之戮〔八〕，然公議甚於斧鉞之嚴，蒙此惡名，喪其素守。庸敢瀝肺肝之懇，非姑爲具文之辭。欲望睿慈，特垂淵聽〔九〕，察臣前請〔一〇〕，寢臣新除〔一一〕，俾挂衣冠，歸尋醫藥，實出君父終始保全之賜。所有恩命，未敢祗受〔一二〕。

〔一〕本題原無，參《翰苑新書》別集卷七補。
〔二〕朔：原作「叔」，據翁校本改。
〔三〕侯：原作「族」，據翁校本改。
〔四〕涣：原作「唤」，據翁校本改。
〔五〕螭：原作「灕」，據翁校本改。
〔六〕躐：原作「獵」，據《翰苑新書》改。
〔七〕「則」下原有「復」字，據《翰苑新書》删。
〔八〕恩：原作「思」，據《翰苑新書》改。
〔九〕特：原無，據《翰苑新書》補。
〔一〇〕請：原作「臣」，據《翰苑新書》改。
〔一一〕寢臣：原作「俾挂」，據《翰苑新書》改。
〔一二〕「所有」至文末原無，據《翰苑新書》補。

再

照對某準初五日省劄，以某辭免新除起居舍人恩命，奉聖旨不允者。重念所抱沉痾，已詳累疏。才非楊億，不敢爲陽翟之行〔一〕；官似知章，止欲乞鏡湖而去。眷留未替，拔擢有加。屬齋居決事之辰，叨柱史記言之選。居常旋暈〔二〕，於侍立之際難；素乏建明，恐直前之職曠。而況力甚駑而已竭〔三〕，舌非駟之能追，倘昧牢辭，但貪榮進，及物議並興而攻詆，雖聖恩不得而保全。欲望朝廷，特爲敷奏，寢免新渥，放還故山。某無任席藁竢命之至〔四〕。

〔一〕陽：原作「易」，據《翰苑新書》別集卷七改。

〔二〕暈：原作「葷」，據《翰苑新書》別集卷七改。

〔三〕竭：原作「極」，據《翰苑新書》別集卷七改。

〔四〕尾句原無，據《翰苑新書》別集卷七補。

三

照對某準初七日省劄，以某力辭新除，奉聖旨不允者。某竊惟故事，柱史初除，只許再辭，然某惕迫之情，跛躄之蹤，則實有不敢安者。求退而進，欲去而留，一不敢安也。衆皆滿歲而序遷，獨不踰時而超擢，二不敢安也。身有旋暈之病，殿坳侍立，萬一顛蹈，觀瞻謂何，三不敢安也。昔孔戣自謂有二宜去，遂行其志；今某有三不敢安，豈敢備禮再辭而止？欲望朝廷，特賜敷奏。寢停記注之命，改俾時髦；保全衰慵之夫，免隳晚節。

乞免兼太常少卿申省狀〔一〕

照對某蒙上恩，俾兼太常少卿。禮樂高華之選，某何人，乃叨疊組〔二〕，可謂榮矣。承乏半載，適值禋祀，駿奔左右，僅免疏虞。兹幸禮成，別無規避，實以衰病日侵，祠祭拜跪常顛仆。況禮寺近已除丞，即非前日闕官之比。欲望朝廷特賜敷奏，令某免兼〔三〕。

〔一〕免兼：原倒，據文意乙。

〔二〕乃：原無，據翁校本補。

〔三〕此下原有附記云：「得旨依。」

辭免陞兼侍講奏狀

照對臣今月十九日伏準尚書省劄子，三省同奉御筆，劉某陞兼侍講者。涣渥俶頒〔一〕，震驚罔措。竊以經帷所繫甚重，講席之選寖高〔二〕，昔專處法從近臣，後參用諫官御史〔三〕，非博洽之前輩，必直諒之端人。如臣者記誦荒疏，敷陳短拙，荷冕旒之寵獎，侍旃厦之燕閒〔四〕。所習鯫生章句訓詁之言〔五〕，不過口耳；其於聖主緝熙光明之學，奚補毫芒！顯黜乃其分宜，驟遷出於望表。陪諸老先生之末，猶恐不堪；列前師後誦之間，孰云其可？倘或昧循墻之義，必將累當宁之知。欲望睿慈〔六〕，俯矜愚悃。姑令樸學，少安夕説之聯；别柬名儒〔七〕，俾效辰猷之告。所有恩命，臣未敢祗受〔八〕。

〔一〕俶：原作「淑」，據《翰苑新書》别集卷七改。
〔二〕寖：原作「寑」，據《翰苑新書》别集卷七改。
〔三〕諫：原作「講」，據《翰苑新書》别集卷七改。
〔四〕「厦」原作「下」，「閒」原作「閛」，據《翰苑新書》别集卷七改。
〔五〕詁：原作「誥」，據《翰苑新書》别集卷七改。
〔六〕睿：原作「眷」，據翁校本改。
〔七〕柬：原作「東」，據文意改。
〔八〕「所有」以下文字原無，據《翰苑新書》補。

再

照對某今月二十二日伏準尚書省劄子，以某辭免御筆陞兼侍講，備奉聖旨不允者〔一〕。控免弗俞，省循增懼。某不敢援引舊事，竊見歲在丙午，某忝侍經帷，時應傜、劉應起皆以右史迭爲説書〔二〕，此即近例。某躐陞勸講〔三〕，豈容冒居？自顧人微，不敢再瀆宸嚴，欲望敷陳，特賜寢免，俾仍舊次，庶安愚分。

〔一〕者：原無，據翁校本補。
〔二〕傜：原作「繇」，據《宋史》卷四二〇《應傜傳》改。
〔三〕躐：原作「獵」，據翁校本改。

求宸翰奏劄 辛亥

臣伏惟陛下上智生知，多能天縱，萬機之暇，無所嗜好，八法之妙，極其精微，凡侍旃厦講誦之臣，率拜雲漢昭回之賜。臣才學雖不足以望諸臣〔一〕，然君父之待臣子一也。臣竊見孝宗皇帝嘗賜范成大「石湖」二字，賜洪邁「野處」二字，或以地名，或以圃名。臣所居田舍地名後村，欲乞聖慈賜臣「後村」二大字；去家三里有小精舍，山多古木，取莊周語曰樗庵，乞賜臣「樗庵」二大字。臣以庸品蒙陛下親擢，兩侍邇英，兹以衰病乞骸，若得宸翰奎文以華其歸，臣當誇示州閭族黨，傳之後世子孫，以至山間林下一草一木，皆有光華，臣死且不朽。

〔一〕足：原作「及」，據翁校本改。

乞祠狀

某輒有迫切之懇，冒干鈞嚴。某素無疾病，昨因退棘，偶感旋暈，遇其發作，坐立欲仆，神理錯亂，心思迷罔。數月將護，猶未復常，每有性命之憂。自去春以後，此證始不復作，某意以病已去體，所以叨膺召除，扶曳而來。修途筋力尚堪扶持，不謂自四月末此證復作，初猶稍疏，俄而轉密。雖服藥調理〔一〕，痛自勉强，太廟朔祭，便殿對揚，僅免疏脱〔二〕。然病根隨身，連日困憊，命醫診視，皆云風虚之證。竊念羈旅入朝，仰荷君公奬擢便蕃〔三〕，曰史館，曰禮寺，曰詞禁，曰經帷，極儒臣高華之選，今乃萃於一身，承學之士莫不歆艷，某之圖報又當何如！惟是所感之疾甚拙，發歇無時，深慮顛仆於宗廟祠祀之際〔四〕，失容於旃厦誦説之間。況身爲詞臣，居討論潤色之任，而有錯亂迷罔之疾，不但負上眷知，亦且爲世僇笑〔五〕。某自量此疾，若非力求退閑，休養精神，決無可生之理。欲望鈞慈，特爲敷奏，與某宮觀差遣一次，以便醫藥。倘遂生存，赴湯蹈火〔六〕，尚有他日。

〔一〕服：原無，據翁校本補。
〔二〕免：原無，據翁校本補。
〔三〕君公：疑當作「君父」。
〔四〕「仆」原作「朴外」，據翁校本删改。
〔五〕世：原無，據翁校本補。
〔六〕蹈：原無，據翁校本補。

再

某不善攝生，伏枕兼旬，此三兩日略能扶策起坐，而氣息奄奄，尚未相屬。蓋緣病根既深，氣血積損，縱使展假數日將理〔一〕，自度衰羸如此，決是未堪勞苦。爲禮官而不能祠祭，爲詞臣而不能書命，爲講官而不能誦説〔二〕，職守瘝曠，公議謂何〔三〕！某呻吟困苦，反覆熟思，筋骸已慼，其它驅策實難勉强，惟有簡編一節尚可以竭微勞〔四〕。見被詔旨，俾同吏部趙尚書以夫修纂四朝《志》、《傳》。某竊惟人各有能有不能，某於天文、地理、五行、度數之學素非所長〔五〕，責之執簡，必無高論。獨幼事父兄，長從師友講貫，中興以來元臣故老、前言往行，稍爲詳實，是非去取，不至差謬。今雖病眊〔六〕，尚能記憶去歲回奏，嘗以《列傳》自詭，不敢自畔前説。向來《新唐書》《紀》、《志》出於歐陽修，而《列傳》乃宋祁之筆〔七〕，前輩亦嘗如此分撰。某若就閑退〔八〕，病尚可醫，倘得一祠禄或待次郡，免朝參駿奔之勞〔九〕，就家山湯藥之便，某乞就《四朝國史》中分任一兩朝列傳之責。蓋某上世猶有手澤書，如陳、龔諸老之家，往往紀録尚全〔一〇〕，亦足參考〔一一〕。某願與子弟朋友立爲課程，隨所論著，自備紙札繕寫繳奏，乞從監修大臣、本院長官以次審訂，刊削其不合，增廣其未備者，庶幾傳信於來世〔一二〕。一則可以延病軀之殘喘，二則可以遂平生之微志〔一三〕，三則可以少酬君父之異知〔一四〕。區區哀鳴，出於情實，欲望朝廷特賜敷奏施行。

〔一〕數日：翁校本作「旬日」。

〔二〕而：原無，據翁校本補。

〔三〕謂：原作「爲」，據翁校本改。

〔四〕「簡」上原有「簡自力」三字，據翁校本删。

〔五〕長：原作「詳」，據翁校本改。
〔六〕眊：原作「耗」，據翁校本改。
〔七〕祁：原作「祈」，據翁校本改。
〔八〕「就」下原有「退」字，據翁校本刪。
〔九〕勞：原作「列」，據翁校本改。
〔一〇〕「尚」下原有「傳」字，據翁校本刪。
〔一一〕考：原重一「考」字，據翁校本刪。
〔一二〕庶：原無，據翁校本補。
〔一三〕遂：原無，據翁校本補。
〔一四〕酬：原作「就」，據翁校本改。

三

臣今夏一疾，從死獲生，肉骨之恩〔一〕，盡出君父，雖使九隕，莫酬萬分。而臣參告月餘，病不脱體，小思索則怔忡，稍勞役則旋暈。强自撑拄〔二〕，深慮一旦顛仆，傳笑朝野。臣竊見唐秘書監賀知章自請爲黄冠而歸，心慕其人，援以爲請〔三〕。欲望聖慈憐臣衰病，賜臣骸骨，俾之奉祠還里。蓋臣向來再入再去，皆因論列，今茲之去乃其自乞，庶幾晚節可以歸見魯衛之士。所有史事，乞下長官分定卷帙，臣還家纂述繳奏。干黷天威，罪在不貸，惟陛下天地父母裁哀之。

〔一〕肉骨：原倒，據翁校本乙。

〔二〕拄：原作「柱」，據翁校本改。

〔三〕援：原作「授」，據翁校本改。

四

照對某伏準尚書省劄，以某丐祠備奉聖旨不允者。某衰病之狀，人所共知。當此炎暑，人皆揮扇，身獨棉衣。每遇宗廟祠祭，旃厦誦説，常恐疾顛。明禋在即，安能駿奔！向去寒凛，豈任朝謁！又聞外議謂某不敢辦，惟有一去，心迹自明，所以僭因進講〔一〕，拜疏乞骸。惟是蟣虱小臣不敢頻黷君父，欲望公朝特賜敷奏，察其所陳非有矯飾，亟賜俞允，庶及新凉未寒之際扶曳而歸，寔拜洪造。所有史事，容某還山論次繳奏，庶幾少報聖主不世之遇。

〔一〕「所」下原有「有」字，據翁校本删。

五

某本以病求去，而事勢又有迫切不容頃刻安者〔一〕。某在田里時，傳聞朝野疏奏、上書多以諸賢齟齬流落在外爲言〔二〕。及覩今歲元正除目，凡齟齬流落在外者收拾略盡，如近日召容一疏所薦之人多在其間〔三〕。然出命久之而有未至者，豈非疑朝廷厭倦人言，各有遐心而然？所以召對之初，不揆綿薄，欲上之人益廣容受之德量，勿替招徠之初意而已。昨因進講及真宗皇帝擇京朝官二十四人置之臺閣館殿事，奏云：「元正所除諸賢不減先朝，但未多來，乞禮待其已至者，趣召其未至者。」數月之内，三見廟堂，未嘗無忠益之言，某終始用意如此。今外議不察，以爲阿黨，爲邪説。某雖不肖，丙午召對，誤蒙宸翰親擢，賜第入館，侍經掌制。某既恃明主爲知己，況身爲詞臣講官，親近人主左右，非如小臣之疏遠者，必依附他人以進身。兹以白首之年，受阿黨、邪説之謗，若更頑鈍不去，四維掃地盡矣〔四〕。況某所兼詞翰之職，當極天下之選，一時乏才，俾之疊組，今在列固有典册素稱於大手、文采久滯於下僚者，豈容鰥生坐妨賢路！欲望公朝特賜敷奏，亟俞所請，一可以塞紛紛之議，二可見區區之心〔五〕。史事惟歸則可成，乞檢照累申事理施行。

〔一〕頃刻：原無，據翁校本補。

〔二〕爲言：原無，據翁校本補。

〔三〕召容：疑當作「召對」。

〔四〕盡：原作「甚」，據翁校本改。

〔五〕心：原無，據翁校本補。

六

某重玷班行甫百餘日，疾病告假乃居其半，養疴曠職，日夕憂懼。伏見明禋在即，身爲詞臣禮官，深恐禁林宣鎖之際，迷罔不能措詞，法駕導引之時，蹣跚不能成禮〔一〕，若不引去，必干大謬。欲望朝廷矜念，檢會某節次五申，特賜敷奏，畀之祠廪，庶得生還田里。

〔一〕不：原作「不不」，據文意删。

乞掛冠狀 辛亥

某入秋痼疾時作，屬迫祀禋，强扶羸憊參陪禮官之列，館寺同僚莫不憐其龍鍾。連日駿奔，屢欲顛仆〔一〕，僅免疏脱，尤覺困乏。某每見奉常老吏沈靁有疾在身〔二〕，貪戀俸賜，强自支吾，一旦朝省習儀，忽然暈倒。某忝從士大夫之後，自當知陳力就列不能者止之義〔三〕。欲望朝廷憐其小少入仕，今已遲暮，察其衰病不任，别無規避，特賜敷奏，令某挂冠納禄，生還田里，庶免災厄，少延頹齡〔四〕。

〔一〕仆：原作「朴」，據翁校本改。
〔二〕「有」上原有「老」字，據翁校本删。
〔三〕力就：原無，據翁校本補。
〔四〕少：原作「小」，據翁校本改。

再

某昨有納禄之請，九月十九日準尚書省劄，備奉聖旨不允。某所以箋天請老，寔緣衰病之故。前輩挂冠，或不待年，范鎮六十三，歐陽修六十五，固非後學所敢仰望。竊見孝宗朝郎有鹿何者，年未五十，謝事而去，朝廷不奪其志，公卿皆餞其行。如某者犬馬之齒六十五，以疾乞骸，不足爲高。欲望鈞慈俯矜危悃，采鹿何之故事，考淳熙之已行，特賜敷陳，亟頒俞允，亦使朝野知明主親擢一士，雖言議風旨之無取，然進退出處之粗明。

辭免右文殿修撰知建寧申省奏狀 壬子

照對某二月初七日準省劄，奉聖旨除某右文殿修撰、知建寧府者〔一〕。拔拭驟加，省循增悸。伏念某昨者自量朽拙〔二〕，難玷清華，六丐退閑，兩求休致，不能決裂，徒積悔尤。及煩霜簡之暴揚，尚辱奎文之掩覆〔三〕。進無路以報明主，歸無辭以白先人，朝夕思維，淵冰兢戰。至如陞華貼職，起廢守藩，非朝廷勝流則中外宿望，今畀之被遣汰歸之冗士〔四〕，若待夫以禮去就之近臣，實孤危晚暮災身之媒，亦始初清明除目之累。蓋嘗熟計，惟有固辭，皆流出胸中之言〔五〕，非漫爲高上之語。欲望公朝俯憐懇切，力賜敷陳。挂弘景之衣冠，或未令於謝事；收買臣之印綬，姑俾遂於祝鼇。所有前件恩命未敢祗受，某下情無任俯伏俟命之至〔六〕。

〔一〕者：原無，據《翰苑新書》別集卷七補。

〔二〕昨：原無，據《翰苑新書》別集卷七補。

〔三〕辱：原作「屬」，據《翰苑新書》別集卷七改。

〔四〕汰：原作「沃」，據《翰苑新書》別集卷七改。

〔五〕流：原無，據《翰苑新書》別集卷七補。

〔六〕「所有」至文末原無，據《翰苑新書》別集卷七補。

辭免兼漕申省狀

照對某二月二十四日準省劄，奉聖旨某時暫權福建路轉運副使者〔一〕。起廢過優，省愆知懼。重念某久抱負薪之疾，幸反故栖；力辭剖竹之榮，庶安晚節。惟明主深哀小臣之流落，而公朝不忍一士之棄捐〔二〕，巽牘甫馳，除書薦至。轉輸一道，宣布六條，仰稽慶曆、淳熙之盛時，有若蔡襄、林枅之前輩，凜然清介，對此寵光。今以衰憊飾巾之人〔三〕，責之激昂攬轡之事〔四〕。況漕計非書生之素講，且鄉嫌在令甲之尤嚴，雖曰暫兼，亦難冒受。揣量至審，傴僂固辭。欲望朝廷，特爲敷奏。姑令暮景，改尋香火之盟；別選時髦，增重節麾之寄。所有前件恩命，未敢祗受〔五〕。

〔一〕轉：原無，據《翰苑新書》別集卷七補。

〔二〕朝：原無，據《翰苑新書》別集卷七補。

〔三〕人：原無，據《翰苑新書》別集卷七補。

〔四〕前一「之」字原無，據《翰苑新書》別集卷七補。

〔五〕「所有」至文末，原無，據《翰苑新書》別集卷七補。

辭免右文殿修撰提舉明道宮申省狀 壬子

照對某伏準省劄勅黄〔一〕，某依舊右文殿修撰兼提舉亳州明道宮者〔二〕。伏念昨者召歸當舊相之末，斥去在諸人之先，每責己以省愆，尤杜門而畏禍。聖明更化，賢才奮庸，垂紳之流，舉笏以賀。既不敢獻徂徠之頌，亦未嘗通元城之書。上恩偶畀以節麾，物議遂疑其鑽刺。洊煩抨劾〔三〕，切中隱微，褫不終朝，黜未塞責。蓋無狀名姓，常污人齒牙。對揚者加邪説挽臂之名，封駁者極憸人秉筆之詆。外積衆毁，内無裹言。幸逢真主之英明，夷考纍臣之平素，忽叨華職，且領叢祠〔四〕。磨玷蔑聞，還甿太驟。豈不貪朝廷之榮寵〔五〕，恐又費君父之保全。欲望鈞慈〔六〕，特爲敷奏，反汗亟收於前命，餘齡庶免於後災。某無任席藁俟命之至。所有恩命，未敢祗受〔七〕。

〔一〕某：原無，據《翰苑新書》別集卷七補。
〔二〕者：原無，據《翰苑新書》別集卷七補。
〔三〕劾：原作「刻」，據《翰苑新書》別集卷七改。
〔四〕叢：原作「重」，據《翰苑新書》別集卷七改。

〔五〕之：原無，據《翰苑新書》別集卷七補。

〔六〕鈞：原作「均」，據《翰苑新書》別集卷七改。

〔七〕「某無任」至文末原無，據《翰苑新書》別集卷七補。

辭免除都大申省狀 乙卯

照對某十月初六日伏準省劄，奉聖旨某依舊職除江淮等路都大提點坑冶鑄錢公事者。除書騄下，感涕交零。伏念某頃以空疏，列於華近，迫招徠而後至，遭彈射而先歸。絶筆不作子公之書，飯蔬終無伯氏之怨。閲歲華之四易，值鈞播之一新。元夫巨人，予環相繼；前侯故老〔一〕，復玷者多。至如耄矣之夫，亦忝使乎之選。竊聽道路之傳説〔二〕，皆言君相之遴才，初無先容，遽出新命。而某病根猶在，年事向高。更衆毁不直一錢之餘，退安田舍；當明時欲救五銖之弊，責在鍾官。徒泥方穿，詎通圜法，倘辭受之際不審，則曠瘝之悔奚追？欲望敷奏，亟行寢免，擇時髦而臨遣，俾晚節之保全〔三〕。所有前件恩命，未敢祗受〔四〕。

〔一〕「侯」原作「後」，「老」字原無，據翁校本改、補。

〔二〕傳：原作「選」，據翁校本改。

〔三〕保全：原倒，據翁校本乙。

〔四〕「所有」至文末原無，據《翰苑新書》別集卷七補。

庚申乞休致申省狀

某閩嶠鯫生，早由父任，奔走州縣五十餘年。歲在丙午，由太府卿少賜對，誤膺天獎，賜第入館，又使之執經爲諧。辛亥之入，遂長蓬山，螭坳螯扉，纂史勸講〔一〕，極儒臣清切之選。然某本以鉛槧受知於明主，終緣枘鑿不合於時賢，三黜還山，十年掃軌〔二〕。追念頃綴班列，兩求休致，時方六十有五，今犬馬之齒七十加四，鍾漏之期逼甚，崦嵫之景幾何？欲望公朝興憐遺老，檢會辛亥二疏，特賜敷奏，令某生前致仕，庶幾保全晚節，以從先大夫於九原，某死且不朽。

〔一〕史：原作「使」，據翁校本改。

〔二〕掃：原作「執」，據翁校本改。

庚申辭免除秘書監申省狀

照對某六月二十七日準省劄，奉聖旨除某秘書監者〔一〕。誤渥涣頒，危衷震惕。伏念予環曩歲〔二〕，抗疏大昕。謂人主惟一心，攻之衆矣；諫者有五義，諷其一焉。輒慕昔人納約之忠〔三〕，亦佩前輩近名之戒。雖聖上灼知其懇懇，然時賢不察其區區。群起觝排，十更寒暑。久欲尋遂初之賦，近已騰告老之章。詎意頹齡，尚叨除目！辟作威福之際，黜陟一新〔四〕；相鬭翹才之初，招徠尤甚。如某方且躬田舍之耒耜〔五〕，乃令掌天下之圖書〔六〕。儻於血氣既衰之餘，而犯于思復來之謗，與前言而相反〔七〕，將晚節而愈虧。欲望公朝，特賜敷奏，可垂車之初請，寢出綍之新榮，庶安孤蹤，亦穆輿論。

〔一〕奉：原缺，據翁校本補。
〔二〕念：原無，據翁校本補。
〔三〕慕：原無，據翁校本補。
〔四〕陟：原作「涉」，據翁校本改。
〔五〕「舍」下原有「間」字，據翁校本刪。

〔六〕「下」原作「上」，「書」字原無，據翁校本改、補。

〔七〕反：原作「及」，據翁校本改。

辭免除起居郎奏狀 庚申

照對臣某八月二十八日承中使趙思恭宣諭尚書省劄一封，奉御筆除臣起居郎，日下前來供職，令臣具收領奏聞者。殊渥便蕃，頹齡感涕。伏念臣曩塵記注，密邇威顏。聖明千載之遭逢，權要十年之殘蹋。屬更化瑟，興念遺簪，收之山林長往之餘，寘之風日不到之處。需章懇切，輒希正考父之恭；明詔丁寧，遂之景丑氏而宿。敢云宸眷，親灑奎文，寬俟駕之嚴誅，循立螭之故步。由今視昔，光景已暮；自右而左，班聯益高。蹣跚難結於絲絇，荒落曷當於史筆！謀猷惟我后德，何以輸忠；隕越遺天子羞，安能無懼？仰祈君父，俯察臣工。渠觀臣之舊游，簡編臣所酷嗜。倘得追陪群彥〔一〕，温習故書，出要而入清〔二〕，去勞而就逸，任使不違於物性，始終盡出於上恩。所有前件除命，未敢祗受，欲望聖慈寢免，令臣且供大蓬之職。臣已迤邐前涂，聽候回降指揮。

〔一〕陪：原作「倍」，據翁校本改。

〔二〕清：原作「新」，據翁校本改。

辭免兼權中舍奏狀

照對臣某九月十八日行至福建懷安縣〔一〕，承中使趙思恭奉旨宣諭臣，賜新除兼權中書舍人省劄一封〔二〕，令臣具收領聞奏者。未再踰旬，凡三錫命。伏念臣迂疏一介，際遇九重。衆妬起於入宮，羣吠使之去國。曾謂墮履之念未替，還氈之擢已超〔三〕，申之以贊御之傳宣〔四〕，重之以牧守之勉諭。甫束書而前邁，復疊組而峻遷。清莫清於左坳〔五〕，要莫要於右掖。方昭代朋來於鵷鷺，使鯫生兼取於熊魚〔六〕。楚倚相問不知，已愧三長之史；管城子老而禿，尤非九制之才。與其坐待斲手之嘲〔七〕，孰若力控循墻之請？仰祈聖主，別選詞臣，非惟資潤色之工，亦以重封駁之任。

〔一〕臣：原無，據翁校本補。

〔二〕「舍人」下原有「者」字，據文意刪。

〔三〕氈：原作「氊」，據翁校本改。

〔四〕贊：原作「縶」，據翁校本改。

〔五〕坳：原作「拗」，據翁校本改。

〔六〕兼：原作「廉」，據文意改。

〔七〕「待」原作「代」，「手」字原缺，據翁校本改、補。

再

照對某準省劄，以某辭免兼權中書舍人，奉聖旨不允者〔一〕。氣衰而竭，自箋不可以代言；令出惟行，側聽未蒙於報可。載循忝冒，薦有控陳。伏念某往貳蓬山，暫兼薇省。已嘗血指，安能如郢匠之揮斤；使縱搜腸〔二〕，寧復有江淹之殘錦！一則用小儒而過分，二則彰昭代之乏才。況近制有兩辭之文，豈巽牘可一上而止〔三〕！自揆庶僚冗瑣，不敢屢瀆宸嚴，欲望鈞慈，特賜敷奏，寢免今職，改屬譽髦。

〔一〕者：原無，據翁校本補。

〔二〕使：翁校本作「今」。

〔三〕巽：原作「選」，據翁校本改。

辭免權兵侍兼直院兼中舍奏狀〔一〕　庚申十一月

臣洊叨晉擢〔二〕，倍切震驚。竊以貳卿所以處德望之名臣〔三〕，兩制所以待文章之宿老。兼此二者，難乎全才。臣起廢造朝，扶衰就列，侍左坳甫閲數日，攝西省未草一詞，非有微勞，遽膺異獎。居周典夏官之亞，兼唐朝夜直之榮〔四〕。空疏而責以獻納論思，荒落而使之討論潤色。華顛耄矣，非爲干澤而來；清議凛然，但見得官之驟。自知不稱，人豈謂然？輒陳量己之言，非曰具文之避。乞廻誤渥，改屬當仁。上則聖朝無濫授之譏〔五〕，下則愚臣無躁進之咎，實出君父終始保全之賜。

〔一〕舍：原作「書」，據文意改。
〔二〕擢：原無，據翁校本補。
〔三〕望：原無，據翁校本補。
〔四〕夜：原作「疚」，據翁校本改。
〔五〕授：原作「受」，據翁校本改。

再

臣雖控愚忱，未廻誤渥。竊考向來詞臣，固有已出而復入者，然其進皆有漸。如周必大以少蓬，洪邁以集撰，僅兼儤直，且未嘗併掌外制，又久之始有遷擢。臣視二臣無能爲役，今乃躐從班於數日之頃，萃兩制於一身之微。臣自度學問惰荒，福分淺薄，非獨懷曠瘝之慮，亦恐蹎踣之災。出於一真，冒然再瀆，欲望聖慈察孤臣之量己，況多士之滿朝，特寢除書，別加遴選。

三

某免牘再騰，俞音尚閟。伏念某召還兩省，已難潤色於皇猷；進貳六官〔一〕，將使簡稽於軍實。微一毛之補益，叠三組之光榮，雖鴻碩有未敢當，豈衰朽所能勝任〔二〕！內省徒深於維谷，納辭不足以回天。欲望朝廷，特加敷奏。寢免清華之峻擢，改畀名流；保全冗散之凡材，別膺粗使。

〔一〕貳：原無，據翁校本補。

〔二〕「所」下原有「雖」字，據翁校本删。

辭免兼史館同修撰奏狀 庚申十二月

臣今月初九日伏準尚書省劄子〔一〕，三省同奉聖旨，劉某兼史館同修撰者。伏以疏渥太頻，循涯增惕。伏念臣夤緣文史，際遇聖明。向也招徠，嘗俾世談、彪之業；俄而斥去，弗容措游、夏之辭。敢圖華皓之年，復玷汗青之選！惟信史事崇而體大，顧微臣齒髦而學荒，堵墻之士奚觀，閣筆之誚可畏。襲六藝爲七，提綱固賴於鴻儒；論三長罕兼〔二〕，執簡難陪於馬走。詎宜冒處，惟有牢辭。欲望聖慈，收還誤寵，擇英髦而改畀，庶鉅典之速成〔三〕。

〔一〕臣：原作「某」，徑改。此是奏狀，不當稱「某」。

〔二〕長：原作「年」，據翁校本改。

〔三〕鉅：原作「臣」，據翁校本改。

宣索文集回奏狀

臣今月初三日早承中使鄭師望傳至宣諭聖旨，臣所著《後村文集》，邇來居閑日久，述作必多，可集録一本進呈〔一〕。臣伏讀聖訓，感極涕零。臣舊作不曾攜本，自辛亥去國，每念受知明主，不願傍人門墻，凡更數相，並不曾作書干求差遣〔二〕，亦不敢乞祠〔三〕，專以杜門讀書自娱，庶幾終始不辱君父親擢之意。十年間所作詩文稍多，然其間頗有奠誄之類〔四〕，不可上經天覽者〔五〕，容臣一面芟去蕪穢，繕寫一本，別奉表以聞。

〔一〕録：原無，據翁校本補。
〔二〕遣：原無，據翁校本補。
〔三〕不：原無，據翁校本補。
〔四〕誄：原作「誅」，據翁校本改。
〔五〕「上」下原有「覽」字，據翁校本刪。

再

臣前蒙聖旨宣諭，令臣裒録閑居述著進呈。臣草莽賤臣，有此遭際，自昔詞人墨客之所未有。感激聖知，歡喜踴躍，冥搜破笥，得古律詩千餘首，雜文十數卷。雖謄寫成冊〔一〕，而臣猥以宸恩〔二〕，謬當兩制，且兼史局，詞頭史稿，堆案盈几，以夜繼日，僅了公家文書，欲點對鄙拙之文，力未能及。兹幸史事稍空，即容點對裝背，涓日投進，先具奏聞。

〔一〕冊：原作「策」，據翁校本改。
〔二〕以：翁校本作「蒙」。

自劾奏狀　辛酉正月

臣今早隨班大慶殿行朝賀禮，至第六拜笏滑足跌〔一〕。雖强自支吾，成禮而退，然忝綴從班，於大朝會間失恭謹如此，罪不可貸。謹自劾以聞，欲睿慈斷將臣重作黜責。兼照得臣犬馬之齒七十五，雖目耳心思尚可勉强，而筋力全非疇昔，敢援「陳力就列不能者止」之義，控告君父，乞除臣一外祠，俾佚餘齒，寔荷天地父母生成之造。

〔一〕此下原有約六十字，實將後文《乞祠奏狀》一節誤繫於此，而「雖强」至文末一百餘字，又誤入後文《回奏御筆奬諭所進猥藁劄》，今據文意移併。參二文校記。

進文集劄

辛酉

臣某近因進書畢，始於草制餘暇，點對所作辛亥以後猥草，得古賦一卷，古律詩十一卷，記二卷，序二卷，題跋六卷，詩話四卷。欲投進間〔一〕，或謂臣曰：「子被遇聖主，日近清光〔二〕，曾無忠言嘉謀裨益明時，所著之書又非有經説可助緝熙，史學可備顧問。今二十六卷皆燈窗諸生呻吟佔畢之作，田里老農歌詠擊壤之詞，何異乎奏俚音以溷天鈞，美野芹以獻玉食，其愚甚矣〔三〕。」臣曰：漢求相如之藁，魏訪孔融之文，皆至身後而榮光，未有生前之遭遇如臣之僥倖者也。君父之命，豈敢以鄙拙爲解〔四〕？謹繕寫十三冊，以吉日戊戌投進〔五〕。冒瀆天威，臣下情無任瞻天仰聖激切屏營之至。

〔一〕進間：原倒，據翁校本乙。

〔二〕清光：原作「清先」，徑改。
〔三〕矣：原無，據翁校本補。
〔四〕以：原無，據翁校本補。
〔五〕吉：原作「告」，據翁校本改。

回奏御筆獎諭所進猥藁劄

臣昨以村居猥藁仰呈聖覽〔一〕，大懼詞藝蕪拙，不足以奉清燕。方且跼蹐俟誅，敢謂聖度如天，曾未信宿，親灑睿藻，昭回之光，衣被衰朽，所以寵藉小臣，德至渥也。仰惟陛下堯文舜章，卓絶千古，雖使班、馬、燕、許諸臣復生，猶不敢望末光、立下風。況如臣輩，譬之蜩螗，自鳴自止，寧覬其聲聞於太清乎〔二〕！夫聖筆一字之褒，榮於華袞，今奎文誘掖獎飾凡六十九言，歷數先朝文章宿老，未嘗有此希闊之遇。臣感激聖主，敬當刊之樂石，以詔來裔。

〔一〕呈聖：原作「臣一」，據翁校本改。
〔二〕本句「寧覬其」以下原有一百餘字，實將前《自劾奏狀》之文誤置於此，又本句「聲聞」至文末，原繫《乞祠奏狀》之尾，今據文意移併。

乞祠奏狀

臣近因元會失儀，拜疏自劾，聖恩寬大，隨有赦罪之詔〔一〕。臣捧戴感泣，不能自禁。伏念臣誤叨收召，入對清光之翌日，首蒙宣諭取索臣閒居著述，俾之集録進呈。又翌日恭攝二夏卿、兼掌兩制之命。自昔書生際遇，未有如臣之光寵者。孤忠感慨，深願覃思畢精於文字典册之間〔二〕，庶效毫芒之報。而福分淺薄，十年閑散，尚爾健頑，一旦顯榮，頓然衰颯。臣猶自力，於天基節日隨班祝堯，侍宴而退，意謂元會之失一時偶然。及至明慶寺滿散，拜跪間又幾顛仆。五日之内，兩次如此，臣始驗是風虚之證。自惟身綴從列軒陛之間，威顔咫尺，今既不任朝謁，豈可冒居清要，以妨賢路！夫持戟之士至微也，一日而三失伍，猶且當去，臣之當去無可疑者。臣非不知衰暮之年幾何，聖明之時難得〔三〕，而膂力既愆，不容勉强。欲望聖慈念臣疲癃，鑑臣丹赤，特畀外祠，放還故山〔四〕，使之稍延暮景，實出君父終始保全之賜。臣見集録猥藁未辦，及有未撰誥詞〔五〕，見修史藁，若蒙聖恩俯從所乞，臣當於關外畢此三事而後行〔六〕。伏乞睿照。

〔一〕隨：原作「遂」，據翁校本改。

〔二〕思：原作「恩」，據翁校本改。

〔三〕得：原無，據翁校本補。

〔四〕本句之後原有六十餘字，當屬前篇《回奏御筆獎諭所進猥藁劄》之文，又此下「使之」至文末，原誤入前《自劾奏狀》，今據文意移併。

〔五〕「及」下原有「者」字，據翁校本刪。

〔六〕畢此：原作「付赴」，據翁校本改。

後村先生大全集卷之七十九

廣鹽江泉二司申奏狀

乞免循梅惠州賣鹽申省狀〔一〕廣東

某屢準省劄指揮，令與諸司同共相度前任鞏提舉陳乞復循、梅、惠三州承賣鹽鈔事〔二〕。某詳閱案牘，博詢利害，切見向來循州承賣本司鈔引一千二百一十二籮，梅州承賣三百籮，惠州承賣一千五百三十籮。循無鈔商，止是將錢陪貼運連商旅賣去〔三〕，或遇商旅至州販米，隨其所販多寡以鈔分配，州家藉此收税，名𥡴客鈔鹽錢，又科百姓户納鹽錢五百。梅接汀、贛，私鹽之淵藪也。鈔鹽三百籮，不能爲本州輕重有無，州家藉此大興鹽利〔四〕。梅溪市歲收税錢壹萬七千貫，又於城内爲倉一所，自運潮鹽出賣。惠州干利尤甚，一籮取三籮之入而亭户怨，一籮取數倍之息而民户怨。隨税七等均賣，無一户一口得免，上則知通幹其贏，次則官屬嘗其味，下則倉厫吏卒有事例之需。其捕私鹽也，獄吏有株連蔓引之權〔五〕，巡尉弓兵有搜山巡海之威。淡水一場，逃者數百户。前任黄提舉因民不便，申奏朝廷，乞收回三州鈔引，本司自行措置發賣，已蒙報可行下三州，且大書深刻於本司之廳事矣。繼因朝廷行下增鈔，犟提舉以本司鹽課有限，歲解驟增，一時窘迫，無可擘劃，遂有再復三府州賣鹽之請。若行其説，在三州有不可勝言之利，在本司有三司解發之助〔六〕。但既爲三州計，爲本司計，又當爲三司之百姓計〔七〕。循、梅連年寇擾，所存户口凋敝可哀；惠經蹂踐，亦非舊觀。某自海豐縣行至州城，目擊百姓多以把茅自蔽，寢處其下。若有未除之害，尚當講求〔八〕，何況已蠲之利，豈宜興復！

客有爲惠州游談者〔九〕，願復賣鹽之舊，本州歲認息錢二萬貫解本司。自增籮以來，財賦窘蹙，歲獲二萬緡，爲助不少，循、梅聞之，必亦增額以相弭，第恐三州百姓自此受不可勝言之害。嘗以其説訪士大夫〔一〇〕，有前惠教官林彬之、歸善宰曾歷二人，皆言惠民方免鹽禍，決不可復。蓋此三州鹽之所出，理宜小寬。循、梅住賣數年，尚且有警，今復榷賣，爲上斂怨，爲國生事，將自此始。去歲梅州小小調發，諸司供億不貲〔一一〕，誤復啓釁〔一二〕，不知三州所助本司微利足以當調發之費否。

某區區之愚，謂本司歲增起解銀三萬五千兩，窘則窘矣，要當廉儉節縮，積少成多，以佐國用，庶幾合於前輩寛之一分意。若規一時之近利，忽三州之長患，苟逃吏責，遺毒後人，某所不忍爲也。且公朝所以行下諸司相度，不令本司得專之者，蓋欲聞利害之實，在本司自當引嫌，不應同議。又某所見偶與前任犟提舉不同，欲望鈞慈劄下諸司，徑行相度回申，仍免本司與議，曷勝幸甚！

〔一〕梅：原作「查」，據翁校本改。
〔二〕責：原無，據翁校本補。
〔三〕運：原在下句「遇」字下，據翁校本乙。
〔四〕興：原作「典」，據翁校本改。
〔五〕「連」下原有「之」字，據翁校本删。
〔六〕〔七〕三司：似當作「三州」。
〔八〕當：原無，據翁校本補。
〔九〕爲：原無，據翁校本補。
〔一〇〕其：原無，據翁校本補。
〔一一〕背：原作「貸」，據翁校本改。
〔一二〕復：原作「後」，據翁校本改。

録回降省劄

具位劉某申云云。照得廣東之循梅惠、閩之汀邵、江西之贛建皆鹽子淵藪，十數年來爲患烈矣〔一〕。前廣東提舉黄某乞收回循梅惠三州鈔引，從本司自行措置，其意美矣。後改鞏某，以增額難辨，遂請復三州賣鹽。今提舉司所申，以爲果行其説則三州可復厚利，提舉司可得薄助〔二〕，而百姓獨被其害。三州連年寇擾甫定，豈堪再椎剥之，爲朝廷産禍邪？其歲增起解銀叁萬五千兩，願從本司節約認解而不欲貽害於三州。夫財用窘迫乃今世通患，居官者茍可取盈，無所不至，提舉司所申利害明甚，上不損國計，下可消盜萌，非部使者深長之慮乎！

右劄付廣東提舉司，從所申理事施行，準此。嘉熙四年六月二十七日。

〔一〕 患：原作「患」，據文意改。

〔二〕 司：原無，據翁校本補。

與都大司聯銜申省乞爲饒州科降米狀 以下並江東

臣等誤蒙拔擢，俾將使指，屬部休戚皆條畫以聞〔一〕。置司之郡，財計築底，事勢危急，憂在旦夕，若不以直控告朝廷，早爲之所，設有闕誤，豈不上負使令？

竊見饒州向來苗米一十八萬爲額〔二〕，至嘉定間史定之爲守，修鄱陽，至米額止十二萬，比之舊額已失六萬。定之有巨援，行霸政，然已失者不能復也。其後米額轉見失陷〔三〕，名爲有十萬催額，端、嘉以後，每歲僅催及八萬。本州厢禁場監鋪舍軍兵每月合支七千餘石〔四〕，每歲合支七萬餘石，正米僅足以支遣本州軍糧，而斛面折價僅足以撑拄郡計〔五〕，如歲貢金七百兩之類，皆取於此〔六〕。所有歲解淮西總所六萬石、淮東總所三萬石，無所從來。

本州官吏非不知餉軍事急，乏興罪大，本州軍糧缺乏，禍在目前，故每月且救目前而以欠總所綱運爲常。目今兩總所專官下州，每日州催到些少，兩總所各分剖裝船而去〔七〕，入州倉者全見管不及萬石，僅可以支今月軍糧。自三月至七月整整六箇月，支軍糧四萬二千石，其可指擬者諸縣未催萬餘石而已，更缺米六萬石還兩總所，二萬石接續軍糧，方可以待早禾之熟。去歲幾乎敗闕，幸前提刑蔡都承攝郡，目擊利害，爲白廟堂，準省劄撥借轉般倉米五千石、義倉二千石，又撥助義倉三千石，某又就本司撥借平市米六千石貼助，僅免疏虞。然所借米本州至今無可撥還，今歲又添閏月，一郡之人凛凛不安。最是本州轉般倉米舊管常平數萬石，近準省劄撥五千石借饒州，一萬五千石與池州，三萬六千石與廬州，見存止一萬四千斛，此外别無顆粒可以指準，官吏相視無策。獨有常平義倉乃屬專司爲民間飢荒之備，然義倉見管米三萬餘石尚可撥那，軍民休戚相關，切恐朝廷未知饒州虚實，取撥轉般倉米未已。事關利害〔八〕，某等今有條目申請下項：

一、乞公朝體念郡計狼狽至此，將見管轉般倉米一萬四千餘石之内〔九〕，及於義倉米内，照去年例撥借二萬餘石，應副饒州接支軍糧，以解目前倒垂之急。尚慮或者必以去年已借未還爲疑，緣本州不幸四五年連年荒旱，蔡提刑與某各將本州米減放三萬餘石，所以須用接濟。若今年得稔，官司既無減放〔一〇〕，人户亦易供輸，却將所借之米令本州責限抱認補還，庶幾米斛有歸，本州軍糧無缺〔一一〕。伏候鈞旨。

一、兩總所見行下催督綱運，淮東止是催淳祐三年至五年，計欠四萬餘石；淮西則併催淳祐元年至五年積欠，計二十五萬餘石〔一二〕。緣元額歲解淮東三萬石，淮西六萬石，故欠淮西者尤多。自淳祐三年以前米合該赦免，未蒙豁除，今衮同催督，縱使本州盡將五年催到全米八萬餘石盡解還淮西總所〔一三〕，尚未可足償四年五年之欠，如淮東總所何？如本州軍糧何？事當論實，豁舊乃所以催新也。欲望公朝酌量行下總所〔一四〕，照赦豁欠，及念本州荒旱相仍，青黄未接之際，稍賜寬假，少俟早禾登場，逐旋補解。幸今兩王人惻怛明恕，周知下情〔一五〕，止是文移督責，不忍譴劾官吏，爲德甚厚。然被差官員逐日分剖倉米而去〔一六〕，不留軍糧，則極繫利害。伏候鈞旨。

右，今條具如前。某等竊郡計所以狼狽不可爲者〔一七〕，非一朝一夕之故。詢之郡人，以爲自頃朝廷和糴〔一八〕，上户規避，各將産錢飛寄，昔日之上中户皆化爲下户，緣此苗米失陷，今須重新計理板籍一番。一也。又自端平初提舉司因臺臣建請，將本州斛面每斛減一斗五升〔一九〕，歲失斛面二萬五千斛，十二年間計失米三十萬斛。二也。鄱陽一縣財賦最多，數年缺知縣，以往往人望而畏，莫肯注授。三也。自紹定元年至今十八年間，惟八年得稔，而十年皆以水旱減放。四也。拖照舊牘，紹定三年、四年、五年、六年，袁提刑四次檢放十七萬八千餘石；嘉熙三年，史提刑檢放八萬餘石；此三數年内，租税十分之中失其七八。後人催到新租，止了得爲前人補創痍，填失

按信州守臣奏狀

臣近奉八月十三日御筆：「時方多事，念未能蠲租賦，而吏之不良，或預借重催，或取贏厚折〔一〕，復毒吾民〔二〕，令監司覺察，務蘇疾苦而消愁歎。」臣捧詔感泣，下之郡邑，君令臣行，孰敢不共！又準户部符，備奉聖旨，以臺臣奏請，諸邑催科並寬二月，付臣奉行。而信州守臣虞曾適以書至，首言版曹、總所限期之嚴，次言諸邑逋負之多，其大意則謂臣不當禁止專人〔三〕，爲諸邑地。臣答以諸邑皆昧生平，寔無私主，如專人之禁，則建康主帥所治，太平以守兼漕，皆不以臣爲非。且巽謝曾曰：「聖主不以臣爲不肖，使之刺部，固欲其相規儆，不欲其相和隨。」又録御筆以示之。

去後九月初六日，據本州申：「近追弋陽典吏吳暹赴州責認錢帛〔四〕，其人輒用萬券行賂州吏展限。内排軍程成領去六百千〔五〕，分俵衙番〔六〕。奉知郡書判，本縣拖欠財賦所如山〔七〕，追吏不發，寧不以錢解官，動以萬數賄吏，縣强州弱，前所未聞。事涉入衆〔八〕，不欲一一追究，程成杖一百，追贓，解提刑司。」臣讀之駭然，因記臣始入境，州民遮道訴程成專一爲郡鷹犬，刻剥民財。臣務存州郡事體〔九〕，指名行下戒約。今覆出爲惡，贓六百千，止從杖罪，且問卒而不問吏，何也？兼州出一引追吏，縣費萬緡展限，州之可畏甚矣，猶謂「縣强州弱」，其説實不可曉。況此錢皆本縣百姓膏血，憲司雖貧，何忍用此！即委通判俞公明將程決配〔一〇〕，仍監此萬券納州，理爲本縣欠額。

臣竊惟江鄉諸郡獨信州預借至淳祐六年苗米〔一一〕，其民尤可哀痛，每因公牘私書，諄諄鐫免，冀寬一分。曾方且創爲紫袋黑匣〔一二〕，下縣遇繳〔一三〕，一袋要三十千，一匣百五十千。今又於御筆申嚴之初，詔旨緩催之際，愈加峻急，動以版曹、總所爲詞。昔陽城牧道州，觀察使遣判官督賦〔一四〕，城自繫獄户，判官驚謝而去，不聞城之遷怒吏民、流毒田里也。臣反復切磋之望絶，丁嚀告戒之詞窮。

謹按朝請郎、知信州虞曾，居國門之外，生名相之閥，宜知聖主之德意，宜接前修之見聞。一剖郡符，便忘縣譜，專爲聚斂封殖之計，不明保障繭絲之義，恩羣胥如骨肉〔一五〕，虐屬邑如草芥，藐藐然牧與芻之責，皇皇焉玉與劍之求。故侍郎徐元杰身肉未寒，罷吏侵其垣屋，殘其竹木，本州坐視不詰，其家遠愬於臣。曾爲郡守，視牧養教化爲不切，甘掊克椎剥之有味，倘爲隱蔽，是負使令。欲望聖慈鑑烈祖紫雲樓之訓，覽前賢《春陵行》之篇，特發睿斷，將曾免所居官，以爲奉詔不虔、剥下已甚者之戒。

〔一〕句首原有「取」字，據文意删。

〔二〕復：翁校本作「腹」。

〔三〕止：原作「至」，據翁校本改。

〔四〕弋：原無，據翁校本補。

〔五〕「程」原作「呈」，「千」原作「十」，據翁校本改。

〔六〕番：原作「蕃」，據翁校本改。

〔七〕「所」字疑爲衍文。

〔八〕入：似當作「人」。

〔九〕郡：原作「民」，據翁校本改。

〔一〇〕「委」下原有「判」字，據翁校本刪。

〔一一〕郡：原無，據翁校本補。

〔一二〕創：原作「剳」，據翁校本改。

〔一三〕遇：似當作「預」。

〔一四〕賦：原作「赴」，據《新唐書》卷一九四《陽城傳》改。

〔一五〕恩輩：原倒，據翁校本乙。

爲弋陽知縣王庚應申省狀

照對某近者按信州守臣虞曾縱容吏卒誅求屬邑，非采浮議及聽贊言，其事皆據本州自申，不敢加減一字。同時內臺亦有章疏劾曾，相去千餘里，不約而同，可見輿議沸騰，有不容揜〔一〕。曾不自反，多遣心腹來此詗事。及聞本司劾上，罷命以後下數日之後〔二〕，遷怒弋陽宰王庚應，作日前按章，逐而斥之，以快私憤。某與庚應初無一面之舊，但弋陽凋敝，庚應稍能植立，雖事暴守，奉急符，尚能寬之一分，如折苗每石減五百文、納紬每尺減十文之類。又如今夏旱乾，諸處催科愈急，庚應乃寬放半月。某不覺稱賞，牒州寬假，此亦監司施行之常。不謂曾積此等事〔三〕，意謂庚應形跡本州，疑入其心，牢不可破。其實庚應與曾同鄉，受其舉薦，前後不曾有一字至本司說曾長短，一旦遭曾誣劾，其事乃大不然。若以預借爲罪，則諸邑皆有預借，凡曾年歲間掊克椎剝而入者，皆預借之物也，今遂嫁罪於庚應，將誰欺乎？若謂其催多解少，則自來諸邑止辦解州經常錢〔四〕，及曾爲守，又要辦繳牌匣事例錢。方其在郡，諸邑畏威而不敢言。及其既罷，某以弋陽、貴溪二邑最近，會其簿歷，見得貴溪自今年正月至九月〔五〕，計支過申繳牌匣官會八萬二千九十貫，弋陽自今年四月至七月，共支過申繳牌匣并本州吏卒事例錢七萬六千六百六十三貫，皆在解發經常之外，並是以催到二稅那移供應。蓋賂一專人則千緡，繳一銀牌則三百二十千，青袋則二百一十千，紫袋則一百五十千，朱匣則二百五十千，又有筒限歷限〔六〕，色目不一，皆有定價，來如風雨，一刻不可違，一文不可欠。郡人咸云牌匣之費多於經常，所謂諸邑催多解少，不知何人合執其咎〔七〕！

某既劾曾而罷之〔八〕，其責塞矣，但去暴守乃欲以扶持凋邑〔九〕，今反爲邑令之累，於不能無愧〔一〇〕。兼其所按庚應爲官妓落籍受金，皆出於一時忿懟之躁詞，非有證驗〔一一〕。又劾章乃曾聞罷之後所發，月日可考。尚賴天日清明〔一二〕，庚應止從薄責，然邑人憐其非辜〔一三〕。欲望公朝詳某今來所申，便見曾在部所爲，特賜敷奏，或委他司體量，若遂保全己之守則乞昭雪無辜之令，俾庚應赴部，別行注授，理爲無過。某今後尚欲奉公舉職，誼不容默，須至申聞者。

〔一〕有不容揜：原作「不容偈揜」，據翁校本改。
〔二〕此句有誤，疑當作「罷命已下數日之後」。
〔三〕謂：原無，據翁校本補。
〔四〕州：原無，據翁校本補。
〔五〕句中兩「月」字原無，據翁校本補。
〔六〕筒：原作「銅」，據翁校本改。
〔七〕知：原無，據翁校本補。

〔八〕既：原作「即」，據翁校本改。
〔九〕扶：原無，據翁校本補。
〔一〇〕於：似當作「予」或「余」或「某」。
〔一一〕有：原作「誠」，據翁校本改。
〔一二〕日：原無，據翁校本補。
〔一三〕人：原無，據翁校本補。

減放鹽錢申省狀

某照得臬司所以能督責郡縣〔一〕，使之奉法愛民者，以其不管財賦，專以奉行寬大、推廣德意爲職業。邇數年以來〔二〕，朝廷分委刑獄之臣賣鹽，捨平反之本職而與郡縣牙儈較錐刀之利，坐視敷押而不問〔三〕，顯行切而不恤〔四〕。某每一涉筆，常有赧容。幸遇聖主蠲減舊逋，某即索郡縣簿歷躬自檢點，將民旅牙鋪所欠多寡立爲格眼，各照指揮等第減放。惜其所欠多，已自無幾，然計通放過舊楮五萬六千餘緡，並已大字明榜縣門，使民間户曉君上捐弛予民之意〔五〕。其凈欠不該放者計三萬九千餘緡，一面催督，務要納足申解外，合行具申。今後米鹽差使，乞徑委財賦官司〔六〕，庶幾得以專心一意於獄事。

〔一〕督：原作「專」，據翁校本改。
〔二〕「遍」下原有「來」字，據翁校本刪。
〔三〕問：原作「聞」，據翁校本改。
〔四〕「切」上似脱一字，或當作「操切」。
〔五〕捐弛：原作「措施」，據翁校本改。
〔六〕徑：原作「經」，據翁校本改。

爲池州通判厲髯翁申乞平反賞狀

某仰惟聖朝以仁立國，哀矜庶獄。謹刑有銘，昭回之光爛然下照，某兢兢奉行，罔敢失墜。推鞫不寔者既以論其罪，平反得情者無以旌其勞，可乎？

竊見建康府左司理院勘江寧縣江課兒被彭義等三人謀殺事〔一〕，如府縣所勘〔二〕，三人已伏罪矣。本府檢斷謀殺人者斬，從而加功者絞，此三人皆抵死罪，具申本司詳覆。本司以江課兒歸自和州，中塗抱病〔三〕，皆曾倩人挑衣包同行，今同行人與所挑衣包了無踪跡，一再行下疏駁，牒官府徑自奏裁〔四〕。既而刑寺、朝廷果有疏駁，至委憲臣親勘。本司遂選承事郎、通判池州厲髯翁代行解理。髯翁不憚伏暑，慨然就道，至則反復研究，三囚各哀鳴訟冤。始者呂義妄招將張琳雉網麻繩扣死課兒，今借雉網繩頭比對行凶元繩，具見大小長短之不類。始者鋪兵朱貴曾證行凶之夜鳴鈴走傳〔五〕，與呂義等邂逅於途。今索遞鋪簿歷挨究，當夜呂義等三人各自走送文字，獨朱貴在家，即無承傳來歷。可見州縣已成之獄出於吏手，無非鍛煉文致之所爲。髯翁以此閱實，能使幽暗復明，冤抑獲吐，推方寸之公心，脱三囚於死地。徐考所申，直情徑述，略無阿附之意，其視尋常差委畏懦避事、苟且塞責者大不侔矣。

本司回申刑寺，及牒府別行根捕原與江課兒挑包同行不識姓名之人究勘，併將失當官趙與稀、王湘等按奏，仰蒙俞允責罰。所有髯翁平反之勞，合與旌賞，庶幾賞罰對行。在法，諸入人罪死〔六〕，謂已結之案。餘條推正、駁正死罪準此。所舉駁正元不義大情，官吏別能推正者〔七〕，準非當職官駁正格。賞格命官入人死罪，而非當職官謂諸州非知通職官之類。能駁正一名者減磨三年〔八〕，二人轉一官，三人以上奏裁。成法昭然，所合具申尚書省，欲望公朝特賜敷奏，優加旌擢，照例推賞施行。

〔一〕「江寧」二字原倒，「被」字原無，據翁校本乙補。
〔二〕「縣」原作「尹」，「勘」原作「勀」，據翁校本改。
〔三〕病：原作「死」，據本卷《按發張記等奏檢》所述改（見後）。

〔四〕徑：原作「經」，據翁校本改。

〔五〕鋪兵：原作「捕兵」，按據下文，朱貴乃鋪兵，因改。

〔六〕罪死：翁校本作「死罪」。

〔七〕能推正：原作「推能正」，據文意及上文小注乙。

〔八〕「磨」下似脱「勘」字。

辟休寧知丞洪燾充本司幹官申省狀〔一〕

某契勘諸路提刑司屬官兩員，民訟委幹官，獄案委檢法，不可一日缺官。本司幹辦公事一員〔二〕，兩年以來未見除人，僅有檢法獨員，案牘如山，公事積壓，不免分委州縣官書擬，極爲不便。竊見承奉郎、知徽州休寧縣丞洪燾，故端明殿學士咨夔之子，才學器識底法乃父。頃監水口鎮，漕臣方大琮、帥臣徐清叟皆薦其材。及來休寧，攝邑數月，有廉平聲。某檄之入幕，於婉畫之際，多忠益之言。欲望鈞慈特賜敷奏，差洪燾填本司幹辦公事見缺〔三〕，庶幾一路獄訟免至淹留，而某庸虛亦賴裨助。

〔一〕洪燾：原作「洪濤」。按《咸淳臨安志》、《宋史》等書均作「燾」，本集卷六一、六三、六九有洪燾除官制，字亦作「焘」，據改。下同。

〔二〕辦：原作「辨」，據翁校本改。後同。

〔三〕「填」上原有「在」字，據翁校本删。

爲蘇棼申省狀

某誤蒙上恩，承乏臬事，以奉行寬大、理雪冤滯爲職。況年歲之間，德音屢發，赦宥者一，減降者三，含生之類莫不鼓舞。

切見前儒林郎蘇棼昨因論列羈管饒州，在某置司之所，與之素昧生平，未嘗覿面，但閲犯由，有可矜憫。蓋嘗三爲具申，玆蒙特旨放令逐便，因棼來辭，始識其人〔一〕。竊謂多事之時，宜開使過之路。如棼嘗佐戎幕，於淮襄間事身歷目擊，其材有足用者。當來非犯贓私，直以口語追勒〔二〕。兼二蘇之裔凋零無幾，阜陵御製文忠公軾《集序》宸翰真本，棼見寶藏，文定公轍子尚書遲嘗守婺，其後遂居婺，厥有源流，謂棼冒族，實則不然。

欲望公朝念黨家之遺緒，憫寒士之失宜〔三〕，特賜敷奏，將棼稍與牽復，驅之煩使，以旌忠賢之後，以勸功名之士。謹録申聞者。

〔一〕識：原缺，據翁校本補。
〔二〕勒：原作「勤」，據文意改。
〔三〕宜：翁校本作「職」。

按發張記等奏檢〔一〕

臣叨蒙聖恩，俾司一路臬事，審克平反，乃臣本職。今閲郡邑獄案，乃有下令慘刻，陷平人於非命，便文鹵莽，抑平人爲凶身者。案牘昭然，若不按發一二〔二〕，何以儆勸其餘？

臣近據宣城縣百姓孫百三經部陳訴，麻姑管界兩寨妄申私鹽，提去母親阿趙，關鎖兩日夜〔三〕，致阿趙赴水而死。臣即索寧國府元斷參考，見得本府將寨兵葛良、汪勝徒罪編管。詳觀守臣所斷，深不滿於倅廳之輕信。蓋受誣告之辭而差寨兵收捕者，承議郎、通判寧國府張記也。事已年餘，而抱冤之家哀訴未已。

又據宣城縣申，檢驗到百姓陳六六被殺屍首，亦是管界寨兵妄捉私茶所致。陳六六者，居於路傍，有客擔乾魚猪兒偶過其門，寨兵張俊等意爲私茶〔四〕，率領一十六人，各持鎗刀圍屋掩捕。陳六六避之房内，衆兵各用鎗從窗眼戳入，陳六六者死於鎗下。臣詰問寨官〔五〕，據申，今年三月内準府判廳給歷〔六〕，令寨兵捕茶。臣行下索歷，則倅廳見殺人事發，已先索回，以泯其迹。蓋給歷令寨兵捕茶者，承議郎、通判寧國府潘釜也〔七〕。

又準刑寺駁下江課兒被殺之獄〔八〕，如江寧縣、建康府所勘〔九〕，皆以爲鋪兵彭義〔一〇〕，而吕義、王順者實知情。臣以江課兒歸自和州〔一一〕，中途抱病，既曾倩人挑包同行，今同行人與所挑衣包了無蹤跡，而執彭義爲凶身，無怪乎刑寺之疏駁，遂選委池州通判厲髯翁别推。據髯翁索出遞簿點對，彭義等三名是日各有遞傳文書，天道昭昭，焉可厚誣！臣契勘妄以彭義平日蹤跡可疑執爲凶身，迪功郎、江寧縣尉應文炳也。信憑縣尉所申而誤勘者，奉議郎、知江寧縣趙與稀也。信憑本縣所申而誤勘者，文林郎、建康府右司理參軍王湘也。

又據信州申，鉛山縣姜于八被殺之獄，如巡尉及本縣所勘，則以葉辛乙爲凶身。及本州審勘，葉辛乙者行止分明，於殺人事了無關涉。時鉛山宰黄清叟方遭對移〔一二〕，獄成吏手，而終始共誤者，修職郎、鉛山縣尉趙彦楀，武經郎、巡檢沈緯也。

臣已將逐項寨兵及推吏等人分頭研究施行外，謹按張記、潘釜俱倅大藩〔一三〕，各無顯過，但此二事過亦不少。且茶鹽固隸倅廳〔一四〕，然捕私販也必有贓，差捕卒也必有時。今信無根之白詞，給循環之引歷，使之數十爲群，縱虎出柙爲民患。前轍已覆〔一五〕，後車不懲。臣以爲殺人以梃以刃〔一六〕，寨卒也；殺人以政〔一七〕，二倅也。先賢有攬涕書私販之獄者，二倅豈未之聞也！應文炳、趙彦楀、沈煒但畏凶人之未獲，不察平人之非辜；趙與稀、王湘付獄事於吏手，視人命爲何物〔一八〕。臣視此七人者皆不可以不問〔一九〕，内記、與稀、文炳俱以去官〔二〇〕，餘見在任。欲乞特發睿斷，將記、釜各與鐫秩〔二一〕，以戒二郡生事殃及非辜者；將與稀、湘、文炳、彥楀、煒各與免官，已替人與罷新任，以戒鞫獄失實、執誣平人者。

〔貼黄〕臣竊見保義郎權寧國府管界巡檢吳杓、從義郎權宣城縣麻姑巡檢劉椿〔二二〕，皆是攝官，寔縱寨卒賊殺不辜〔二三〕。瑣瑣蟣虱不足以污簡書，然寨卒害民極矣，若寨官漏網，繼之者將以爲常。欲望睿慈斷並賜鐫責〔二四〕，以儆後來。

〔一〕記：翁校本作「釲」。正文同。

〔二〕若不：原無，據翁校本補。

〔三〕鎖：原無，據翁校本補。

〔四〕私：原無，據翁校本補。

〔五〕問：原作「聞」，據翁校本改。

〔六〕「月」下原有「年」字，據翁校本删。

〔七〕潘釜：原作「藩釜」，據後文改。

〔八〕被：原無，據翁校本補。

〔九〕康：原無，據翁校本補。

〔一〇〕鋪兵：原作「捕兵」。按據前《爲池州通判厲髯翁申乞平反賞狀》，彭義等實爲遞鋪兵卒，「捕」

乃「鋪」之訛，據改。
〔一一〕兒：原無，據翁校本補。
〔一二〕清：原作「辛」，據翁校本改。
〔一三〕倅：原作「碎」，據翁校本改。
〔一四〕隸：原作「吏」，據翁校本改。倅：原作「卒」，據文意改。
〔一五〕已覆：原倒，據翁校本乙。
〔一六〕後二「以」字原作「與」，據翁校本改。
〔一七〕人：原無，據翁校本補。
〔一八〕何：原無，據翁校本補。
〔一九〕不：原無，據文意補。
〔二〇〕「内」下原有「不」字，據文意删。
〔二一〕「鐫秩」至「將與」凡十五字，原脱，據翁校本補。
〔二二〕檢：原作「權」，據翁校本改。
〔二三〕「殺」下原有「人」字，據翁校本删。
〔二四〕慈斷：據文意，此二字必衍其一。

按饒州路分葉淮奏狀

臣竊惟瀕江當多事之日，管軍非養痾之地。伏見武翼郎、江南東路兵馬副都監、饒州駐劄葉淮以去歲八月到任〔一〕，臣見其形神困憊，氣息奄奄，具飯招之，辭疾不至。初謂偶然，既而深居簡出爲常。今春聖節，溥率同慶，穿秉赴宴，不爲勞苦，又辭疾不至。臣以此知其不堪勉强矣。若膂力既愆，智略可采，猶可覬其卧護。昨者散賞給錢，支月糧米，士幾失伍〔二〕，淮不能詰，臣亟榜曉諭而後定。健兒月請料錢至薄〔三〕，而軍典逐名抽除八文，淮廳下衙兵司抽出十一文，每人僅餘百金〔四〕，卒有後言。淮不罪減刻者，而反怒被減刻者，臣又爲區處以息衆譁〔五〕。其人衰頹如此，昏憒如此，兼不檢下、不恤士又如此〔六〕，緩急何足仗哉？欲乞睿斷將淮姑與祠禄〔七〕，仍催差下人疾速之任。或未差人，即乞於大使臣中選經行陣〔八〕、有智略之人，俾填見缺，庶幾一郡軍政不至廢弛。須至申聞者。

〔一〕淮：原無，據本文標題補。
〔二〕士：原無，據翁校本補。
〔三〕「料」原作「科」，「至」原作「五」，據翁校本改。

〔四〕百金：疑當作「百文」。
〔五〕區處：原作「區區」，據文意改。
〔六〕「又」字原在「檢下」下，據文意乙。
〔七〕祠：原無，據翁校本補。
〔八〕中：原無，據翁校本補。

後村先生大全集卷之八十

掖垣繳駁 日記附

繳新知惠州趙希君免朝辭奏狀〔一〕

準中書門下省送到新知惠州趙希君申審朝辭令赴廣東經略司銓量訖之任録黄一道，令臣書行，須至申聞者。

右，臣所準前降旨揮，仰見朝廷仁遠省費之意。但臣嘗待罪廣東倉漕，竊見本路十有四郡〔二〕，惟潮最大，而惠次之，江浙大州有所不及〔三〕。向來潮守多於班行中選知名之士，如惠州或差朝士，或畀外庸顯著者〔四〕。近歲二郡調守頗失之輕。如趙希君者，不知其爲何如人，但以其履歷考之，改官之後，兩邑補湊方成須入〔五〕。嘗任雷倅，不言在任實歷年月〔六〕，嘗辟知鬱林州〔七〕，元不曾赴，便待惠守。其人既無朝蹟〔八〕，又無外庸，惟有朝辭一節可以驗其材否。今旬月之内潮守免於前，惠守免於後，自此遂爲定例。目前若小費，他日敗缺然後去之，其爲害何止朝辭小費而已？況舊制雖嘗經上殿而在四年之外者〔九〕，並不免朝辭。今希君係元不經上殿之人，羅浮佳郡又非烟瘴小壘之比，欲望聖慈特降指揮，令趙希君朝辭訖之任〔一〇〕。仍乞今後差除潮、惠二守〔一一〕，稍重其選〔一二〕，以蘇二郡之凋瘵。其烟瘴小郡却合與免朝辭，就近銓量之任施行。所有録黄，臣未敢書行。謹録奏聞，伏候勅旨。

〔一〕希君：翁校本作「希启」。正文同。
〔二〕竊：原無，據翁校本補。
〔三〕及：原作「向」，據文意改。
〔四〕「庸」下原有「並」字，據翁校本删。
〔五〕補：原無，據翁校本補。
〔六〕言：原作「吉」，據翁校本改。
〔七〕辟：原無，據翁校本補。
〔八〕蹟：原作「績」，據翁校本改。
〔九〕者：原無，據翁校本補。
〔一〇〕希：原無，據翁校本補。
〔一一〕乞：原作「免」，據翁校本改。
〔一二〕「其」下原有「遷」字，據翁校本删。

繳龔基先淮東運判奏狀〔一〕

準中書門下省送到録黄一道〔二〕，勘會龔基先生長淮地，習知邊事，在當時臺諫中情有可矜〔三〕，奉聖旨依舊直秘閣除淮東運判，令臣書行，須至奏聞者〔四〕。

右，臣竊見向來一相獨運，孰不由當閤以進身？今兹多事乏才，尤不可因一眚而廢士。如基先者，畀之以節，初不爲過。但臣采之公論，皆謂其人未爲臺諫之前，本無過失可指。及擢察官，則非前日之基先矣〔五〕。方舊揆之欲再入也，綱常掃地，悖德滔天，舉朝皆其私人〔六〕，無敢助陛下者。僅有一二臣爲國忠謀，晉之、瓚乃用前此全臺逐杜範之策，倡率同列上疏。基先曾無一語救止，忻然預名，肆爲證下罔上之言，奮擊尊君親上之人〔七〕。賴陛下聖明，洞照其情〔八〕，夜半一紙逐四人者使去，天下歌舞聖德，比於舜之去凶。同時胡清獻亦爲察官，舊揆使論館職之不附己者〔九〕，清獻不肯奉命，人所共知，然猶不免降黜〔一〇〕。至基先但有附和而無異同，反得起廢，臣恐晉之、斗南之徒聞之〔一一〕，各彈冠而相慶矣。

昔柳宗元、劉禹錫皆唐材臣，一附非人，終身不能自拔於八司馬之列，雖裴度賢相不敢有所援引〔一二〕，豈非立身一敗，他美莫贖乎？臣謂陛下拔擢淮士，當得剛直如王萬者而用之。若略大節，取小才，平居志行不立，設有緩急，何以責其死城郭封疆乎？欲乞睿斷將基先新命姑與寢免，以教臣子之忠孝，以杜姦黨之覬覦。所有録黄，臣未敢書行。謹録奏聞，伏候勑旨。

〔一〕「判」下原有「行」字，據翁校本刪。
〔二〕門下省：原作「省門下」，據翁校本乙。
〔三〕時：原作「事」，據翁校本改。
〔四〕者：原無，據翁校本補。
〔五〕矣：原作「以」，據翁校本改。
〔六〕其私：原倒，據翁校本乙。
〔七〕上：原無，據翁校本補。
〔八〕洞：原作「動」，據翁校本改。
〔九〕己：原無，據翁校本補。
〔一〇〕「不」下原有「知」字，據翁校本刪。
〔一一〕之：原作「之之」，據翁校本刪。
〔一二〕「雖」原作「羅」，「所」字原無，據翁校本改、補。

掖垣日記

十一月初九日御筆：史嵩之昨嘗預乞掛冠，今已從吉，可守本官職致仕。

奏乞坐下史嵩之致仕罪名狀 十二日

臣伏覩御筆，從嵩之昨來所請，俾之致仕。聖斷赫然，中外臣庶莫不鼓舞。臣遵奉詔旨，即以書行，但有管見〔一〕，懷不能已，須至奏陳。

竊見先朝進退大臣，皆著功罪。貶丁謂之制曰：「無將之戒，深誅於魯經；不道之誅，難逃於漢法。」貶蔡確之制曰：「裕陵與子，何云定策之功；太母立孫，乃敢貪天之力。」謂、確皆宰相也，皆著其罪，況罪浮於確者乎？臣竊意陛下所以委曲回互，不欲暴揚，必以其罪狀醜惡之故。臣今只論其子道有虧〔二〕，臣節不順，而不敢及其隱慝。

謹按嵩之有無父之罪四：父在日勸行好事，每悖訓言，一也；父臨終戒勿起復，首違治命，二也；當五内分裂之時〔三〕，陽爲不聞〔四〕，出入朝堂，食稻衣錦，分布私黨，授以邪謀，先起復而後奔喪，三也；宰我欲短喪爲期，得罪聖門，嵩之謀於卒哭内赴堂治事〔五〕，甘爲宰我之罪人，四也。有無君之罪七：自昔握兵大臣，尤當恭謹，以遠嫌疑。嵩之督師於外，乃用詭計微服疾馳，詐稱張路分，徑入將作監見百官。秉魁柄襲王敦、蘇峻下石頭之迹，一也。外交王楫、儕盞以劫制朝廷，祖秦檜挾撻辣之智，二也。其欲恐動陛下則警報交於道塗，及欲順適陛下則捷奏出於懷袖，與趙高指鹿無異，三也。己所狎暱，並居要津，上所親信，各就散地，疏隔勳舊，中傷忠良，有林甫、盧杞所不敢爲，四也。樞印攜歸四明，斥堠擺至四明，堂案決於四明，堂吏役於四明，除目先禀四明然後出〔六〕，邊報先達四明然後奏〔七〕，雖桓温自姑孰制朝權亦未至此，五也。國本未建，忠吾君者皆欲早定〔八〕，嵩之外爲婦寺之諂語〔九〕，内懷商賈之販心，殆與田蚡相類，六也。大臣負罪，當闔門恐懼，嵩之刺探機密，睥睨宫省，朝廷動息毫髮必知，意欲何爲？七也。臣觀其心膽粗大，志望無厭，盗威柄爲己物〔一〇〕，視英主如遺腹委裘〔一一〕，天下皆謂斯人必爲國家之疽根禍本〔一二〕，而陛下猶以舊宰相禮貌之，過矣〔一三〕。

臣聞古者貴臣抵辜遷就爲諱者，謂帷簿不修、簠簋不飾之類爾，若得罪於綱常，自絶於名教，九州四海知之，千萬世知之，固非可以掩匿之事也。陛下倘以諫官、御史、給舍、侍從、群臣、諸生所言他罪狼藉，流傳四方，恐傷國體，則乞聖慈詳臣此章止是言其公罪，雖史嵩之有喙三尺，不能自文矣。

自來舊相致仕，必有制辭〔一四〕，既從嵩之自乞，則合用杜衍、歐陽修之例〔一五〕，爲褒詞以寵加之〔一六〕，何以示天下後世？設爲貶詞，則既不坐下罪名，秉筆者何所按據？此棊崇禮所以必請高宗皇帝御筆，然後草秦檜制也。臣竊謂公議咸請誅竄，而陛下終始保全，第令休致，不謂不盡恩意矣。群臣若不體聖意，復於休致之外別請削奪，則曰難行。今臣所陳止乞明詔著其所以致仕之因，庶幾詞臣有所按據，見之訓詞，以塞公議，以昭國法，宜若可施行矣。

臣疏遠孤立，受聖知最深〔一七〕，蒙聖恩特厚，不敢持高論以沽虚名，所以黄至即書，既書又齋戒沐浴，密削此奏〔一八〕，仰俾聖政之萬一，惟陛下財赦而采擇焉。

〔貼黄〕臣伏恐聖意亦欲付臣此奏於外，則乞聖慈采臣愚忠，涣發詔旨，檃括三數語，略言臣僚交疏論列不已，陛下以其親老，終始保全，俾之致仕之意。臣當仰體聖意，微婉其詞，庶幾恩出君父，允協事體。或陛下重於親老禮〔一九〕，乞令二三大臣議定，取旨施行。

録丞相柬　十三日

某早聞奏事〔二〇〕，上謂中書嘗奏山相掛冠事，欲示保全之意，只可作自陳行詞。山相向來實有文字批出〔二一〕，候服闋除職予祠也，令某諭意於中書，不敢不亟以禀。伏乞台照。

宣　諭　十三日

得旨宣諭丞相，今録白去歲史嵩之乞致仕劄子一件降付劉某，可依已降御筆，依自陳致仕，體此日下降制，仍具依應聞奏。

回奏 十三日

右，臣恭承右丞相游似傳奉宣諭，降下史嵩之乞致仕劄子一件，令臣依已降御筆，作自陳致仕，體此日下降制。臣恭依聖訓外，但所謂守本官職致仕者，未知守何職。右丞相既非職名之比，所有本官見封永國公，合於階官下帶永國公致仕，庶得允當。恭候旨揮施行。

十四日御筆：史嵩之除觀文殿大學士致仕。

乞寢史嵩之職名奏狀 十五日 不付出

臣昨日進講，側聞玉音，已降御筆史嵩之除職。緣臣清旦已在東華門侍班，實未曾知所除何職，講退方聞大觀文。至晚吏來書黃，臣爲之終夕輾轉不寢。切見高宗朝前左相沈該以被論落大觀文致仕，孝宗朝左相葉顒以雷變罷，不除職，止守本官奉祠，右相葉衡、魏杞去位〔二二〕，皆終身止爲資政〔二三〕。今嵩之忠孝有虧，而所除職名乃與元勳重德無異。臣昨蒙宣諭，只作其自陳行詞，時猶未有除職之命，即具依應回奏〔二四〕。及視觀文除目一頒，竊聞侍從臺諫及士大夫之論，皆咎臣不合奏審，啓此紛紛。公議之戈，回以指臣，甚可畏也。臣欲書黃行詞，則恐得罪公議；欲舉職執奏，則恐上忤威顔。然臣頂踵毫髪皆出君父，不負所學乃所以不負天子也。臣今未敢繳黃，謹具先朝舊相故事及朝野公議〔二五〕，密行奏審。更望睿慈三入聖思〔二六〕，詳臣元奏，寢罷嵩之職名，只守永國公致仕，以塞公議。臣念書黄甚易，行詞甚易，但臺諫國人之論未必已，臣將何所施其顏面，其辱聖主多矣。若大觀文職名不寢，將使臺諫獲陽城、王仲舒之名，給舍獲李藩、袁高之名，而蔽姦護惡之謗獨叢於上，是豈臣忠愛明主之本心哉？洊瀆天威，罪當萬死，惟陛下裁幸。

宣諭

得旨宣諭中書：「史嵩之除職致仕，卿既已遵承，又復入奏，可依已降批諭，日下行詞，仍具依應聞奏。」十二月日，倫恭準。

第二奏狀 十六日 不付出

右，臣恭承中使王倫傳奉聖旨宣諭〔二七〕：「史嵩之除職致仕，卿既已遵承，又復入奏，可依已降批諭，日下行詞，仍具依應聞奏〔二八〕。」臣恭聞聖訓，戰懼無以自容。臣昨來具依應回奏之時，嵩之未除職名。及除職之命一頒，事體又自不同。一則侍從、臺諫及士大夫必交口責臣，謂朝野上下皆論嵩之罪惡〔二九〕，獨臣備員封駁，噤無一語，反爲書行；二則若臣酉時書行，希垔戌時繳駁，則臣何以自立？此猶未暇論也，詞臣命詞，須合典故。初間以階官守永國公致仕〔三〇〕，合是掖垣行詞〔三一〕；今除大觀文則合宣鎖降麻，此乃學士院職事。若本院闕官，一時被旨草制，臣不敢辭。今本院有學士，有兩直院，臣不容越俎秉筆。竊見紹興二十五年秦熺特授少師〔三二〕、觀文殿大學士〔三三〕、嘉國公致仕，與嵩之致仕一同，係學士院降麻，具載《實録》。若臣冒昧侵内制之職〔三四〕，豈不貽笑天下？但臣蒙陛下拔於冗賤，使攝書命，未敢繳黄爲求名歸過之舉。欲望聖慈察臣當來遵承實在嵩之未除職之先，詳臣今兹所言或有萬一之可采，特垂父母之恩，赦臣萬死，更賜聖裁，或寢罷嵩之職名以靖國人，如此則是外制職事，臣敢不依應以奉初詔〔三五〕？若必加大觀文〔三六〕，則乞降睿旨令學士院降制施行。三瀆宸嚴，臣無任席藁俟罪之至。

宣　諭　十六日

得旨宣諭中書：「史嵩之除職致仕，既是合以學士院降麻〔三七〕，可與一面書行〔三八〕，仍先具遵依聞奏〔三九〕。」十二月日，倫恭準。

回　奏　十六日

右，臣恭承中使王倫傳奉聖旨宣諭〔四〇〕：「史嵩之除職致仕，既是合以學士院降麻，可與一面書行，仍先具遵依聞奏。」臣以連日紊瀆聖聰，未敢再有奏陳，容臣續於經筵取審聖旨書行。謹録奏聞，伏候敕旨。

第三奏狀　十七日

臣等近者伏覩御筆除史嵩之觀文殿大學士致仕〔四一〕，方時公論極其攻詆，而聖主曲存大臣之體，務以全其終始〔四二〕，此天地之爲量。然未即罪之可也，於公議攻詆之餘，而反除職名〔四三〕，則非所以存公論也〔四四〕。雖曰既以致仕，職名何足與較，然檢會前日之陳乞而令其致仕，正是不傷毫毛，若又從而寵之，非所以存公論也。所以命下之始，臣克莊不敢書行，至於頻瀆天聽，知其必至於激公論，決不謂然。臣等充員封駁，係國紀綱，下負公論則上負國家，豈敢不致其謹？今聞公論果又沸騰，然則臣等不敢誤陛下之本心至此可以昭白矣。除已將録黄繳還朝省外，欲望聖斷念國家之有公論，所恃以爲元氣，察小人之叨宰輔，何足以言大臣哉，裁姑息之小恩，軫安危之大計，亟罷嵩之職名，姑令守本官致仕，以存公論，以伸國法。取進止〔四五〕。與趙給事克家、趙舍人茂寔聯銜，克家筆也。

十八日，刑部侍郎謝方叔又宣諭，令草制，即以公議交攻難下筆爲詞以對。

録謝侍郎回奏　十九日

臣昨十七日得旨宣諭，早來經筵令臣諭給舍等，諸臣請具回奏。臣云云。今早過中書舍人劉克莊，克莊聞命戰慄，但以公論交攻，未容草制。趙汝騰亦過克莊寓廨，相與評訂，皆云公論所迫〔四六〕，已於宿晚同給事中繳奏，乞寢大觀文之命，其意未肯但已。云云。

乞祠申省狀　二十日

某昨任江東提刑，屢以母老求去。及叨收召，累疏陳情而不獲命，入對君父，出謁宰執，首以侍養爲請。不自意受明主非常之知，舉我朝久虚之典，錫第入館，侍經掌制，有徐俯、吕本中、曾幾、陸游所不敢當者〔四七〕。某深願竭謏聞以助緝熙，奏薄技以裨潤色，重念偏親八十有七，素患目疾，晚而益甚。竊見《禮經》九十家不從政，所以某弟克遜先辭泉州，後辭袁州，奉祠歸養。某爲長子，當親年喜懼之時，犯《禮經》不從政之戒，上何以事國，下何以見士大夫，又何以訓子弟乎？立身如此，何以議人之是非、規朝廷之得失乎？兼身去庭闈二千餘里〔四八〕，每望家訊，魂飛目斷。載念某之仕宦尚長，老者之光陰難得，惟有早乞骸骨，歸效子職，庶幾可全行檢，少報劬勞。某初來時已露此情，荷廟堂及班列諸公勉以少留，方可言去。今五閲月矣，是用刳肝瀝血，歸投洪造。欲望朝廷特賜敷奏，畀以祠廟，使之奉親。昔人有言，求忠臣於孝子之門，若他日君父有繁難使令，皆某捐軀盡職之日也。某下情無任戰灼俟命之至。

二十一日得旨不允。丞相與楊右司柬云：早間將上，謂上必不樂，而天顔甚和，必有區處。

録丞相柬并御槧 十二月二十二日夜

「史嵩之職名，衆論譊譊未已，今別降指揮，却以昨夜降諭御筆繳進，仍令給舍日下書行命詞。」二十二日戌時，某恰得御槧如上，謹以拜呈。諸賢盡力回天之效〔四九〕，聖上舍己從人之德，書之簡冊，有光多矣。即遵聖旨書行命詞，幸甚。某惶恐拜稟修史侍講中書秘監、修史侍講給事尚書。御筆：昨者史嵩之預乞掛冠，今已從吉，可依所乞守金紫光禄大夫、永國公致仕，已降除職宮觀旨揮更不施行〔五〇〕。

二十三日，太學上書。

二十四日，以殿中侍御史章琰論列去國。

跋語

初，嵩之起復，衆論交攻，上令終喪。其後臺諫多請壞其起復之麻，蓋慮其前銜未去也，疏不止。嵩之於草土中預乞致仕〔五一〕，上批候服闋除職與宮觀〔五二〕。至是祥禫〔五三〕，全臺以至給舍、侍從、館學官與四學諸生迭上章攻詆，皆不付出。一日宣引宰職議之，方露施行消息，亦莫知如何施行也〔五四〕。臘月初九夜御筆：「嵩之預乞掛冠，今已從吉，可依所乞守本官職致仕，已降宮觀指揮更不施行。」十一日黄至後省〔五五〕。先是給事趙克家令趙侍郎茂寔來約予，茂寔時行三下房。如施行未愜公論，則予先繳，如再不報則二人助之。致仕命下，予折簡茂實，報給事以欲繳黄之意〔五六〕。茂實以克家回柬來云：「致仕指揮欠罪狀一二語，此則難但已。若繳則上意回而沮之，恐併此收了，反成紛紛。」又折簡扣李内翰元善，答以諸藁所止是如此，恐別有恩數則尚費區處。予以諸人所言有理而止，蓋元善亦慮有恩數矣。既而思之，諸人所守之責已塞〔五七〕，惟詞頭的當予筆，今御筆不著其罪而從其自乞，何以示天下後世，遂條其無父無君之罪〔五八〕，且援綦崇禮草秦檜罷制請御筆故事〔五九〕，乞坐下罪名〔六〇〕，載之訓辭。十二日也〔六一〕，不報。十三日得丞相柬云：上令宣諭，山相致仕，欲示保全，可只作自陳行詞。又付下御前所録嵩之乞致仕奏狀，令體此降制。時國人皆以嵩之致仕爲喜〔六二〕，遂具依應回奏〔六三〕。又思御筆有「守本官職」之文〔六四〕，官者金紫也，職者若不奏審〔六五〕，忽帶相樞致仕〔六六〕，則後省受公議之責矣。遂於回奏：「云云。契勘本官見封永國公，合於階官下帶永國公致仕。」十四日御筆：「可守金紫光禄大夫、觀文殿大學士、永國公致仕，已降宫觀指揮更不施行。」省吏節略予奏狀中「合於階官下帶永國公致仕」之文〔六七〕，止將「所守何職」四字報行，謗之所由起也。是日予進講，上面趣行詞〔六八〕，余尚未知觀文之除，講退始知之。至暮吏來書黄，余留黄，奏乞寢罷職名〔六九〕，十五日也。十六日，中使王倫宣諭：「卿既遵承，又復入奏，可依已批諭命辭。」即奏：昨來遵承之際，時未除職名，乞寢職名，方敢奉詔〔七〇〕。且援秦熺守大觀文致仕係學士院降麻〔七一〕，隨奉宣諭〔七二〕，可一面與書行。又回奏，乞續於經筵審處聖旨。十七日與克家、茂實聯銜繳黄，乞寢觀文之命，皆不付出。十八日，刑部謝侍郎又來宣諭〔七三〕，趨行詞，即以公論交攻難下筆爲詞以對。是日予致齋秘書省。十九日，茂寔以簡送太學生某來相見〔七四〕，袖出衆士所上書稿，意若示恩於余者。予謝之曰，屢嘗執論而未報，若有策可以感悟天聽，雖公論交攻，吾願以一身當之，不敢求苟免。其人唯唯而去。二十日，余齋宿太一宫，自以稽留詔令忤觸威顔，必得重譴〔七五〕，即齋宫上疏乞出。廿一日得旨不允。丞相與楊右司柬云：「早間將上，謂必不樂，而天顔甚和。」廿二日，予謁朝假，夜三鼓，丞相録示御槧，則已別降旨揮寢大觀文之命，止以金紫守永國公致仕〔七六〕，且諭給舍書行命詞〔七七〕。廿三日，太學士人上書。廿四日，章殿院琰上殿，論予畏禍揣摩〔七八〕，先傳奏牘以賣直，證言削稿以欺君。時士人攻嵩之者免解，士大夫攻嵩者擢用，何禍之畏〔七九〕！既謂之揣摩反覆，則其言邪曲矣，何直之賣！余元奏乞令二三大臣議定取旨，何槀之削！思之不得其説。往往奏篇之末有「密削此疏」一句，「削」猶「筆」也，章誤以「削」爲「焚」爾。省吏既節略奏審全文，止報四字，臺官與士人又就奏疏全篇中勦取一句或一字以相組織。士人又言，既疏其無父無君，何不休致之外別請追削〔八〇〕？於時舉國力争，朝廷施行止於如此，一詞臣匹雛之力，烏能加重其刑！李元善與諸槀從所乞亦止於如此〔八一〕，何爲而不責之者乎！豈非舉國皆可恕，惟余當用《春秋》責備之法乎！又以揣摩見誣，且十三日方上奏揣摩，十四日已留黄駁論，是爲善揣摩乎！上因應之道侍郎進講，諭之云：前批除職，後批守職，非文而何？然則上亦知其非詞臣之咎矣。時人皆言初間致仕命下，只合徑作貶詞〔八二〕，余曰：御筆元有職字，奏審初意本欲截住，若截不住則有司可以力争，明主可以理奪，君臣之間豈不明白正大，何至胥吏脱漏官人之謂耶！況貶詞屬刑房，不屬上三房耶！況封駁之司正恐書了黄，行了詞，則無以自解。今留黄連日，玉音耳提面命，丞相宣諭於其先，侍郎宣諭於其後〔八三〕，中貴人一日宣諭者再，至獨立雷霆之下〔八四〕，屢有執奏，終於不書黄，不草制，若上震怒之，誅殛之，雖死無憾。今聖主幸赦其罪而行其言，奪其觀文之命如余初奏矣，不料其所以獲罪於公議也。設以前之一審爲誤，則後之四繳亦誤耶！昔蔡確之貶，宰執如范堯夫、王正仲，從官如彭器資、曾子開，皆坐此而去。但四君子者寔有救解之言，惟余所坐，不知其由。然入朝百許日，受上異知，獎擢不次，言者因其留黄不書行，方命不草制，有可推之勢，急擊而逐之，則安敢不自訟焉！初余之召，或言某公薦語尤力，諸人方攻某公，余受無鬚之禍。又龔基先除淮東漕，章以祝余，余先一日已駁論之，疏内有云：「拔擢淮士當得剛直如王萬者〔八五〕。」章銜其語。又余群從爲湖南漕，因科舉之事爲潭士所訴〔八六〕，士恐余居中爲援，遂併見攻。所上之書，某上舍之筆，潭人也，因併志之。淳祐丙午歲除日書。

〔一〕有：原無，據翁校本補。

〔二〕其子：原無，據翁校本補。

〔三〕裂：原作「烈」，據翁校本改。又「五内」原作「日内」，在此不可解。翁校本作「五日内」，亦當衍「日」字。按五內者，言五臟之內也。史嵩之有父喪，正人子傷心欲絕之時，故云「五內分裂」也。

〔四〕陽：原作「楊」，據文意改。

〔五〕事：原無，據翁校本補。

〔六〕「四明」上原有「明」字，據翁校本刪。

〔七〕「邊」下原有「事」字，據翁校本刪。

〔八〕者皆：原無，據翁校本補。

〔九〕婦：原作「父」，據翁校本改。

〔一〇〕戚：原作「成」，據翁校本改。

〔一一〕委：原作「要」，據翁校本改。

〔一二〕謂：原作「爲」，據翁校本改。

〔一三〕矣：原作「失」，據翁校本改。

〔一四〕制：原作「致」，據翁校本改。

〔一五〕衍：原作「愆」，據翁校本改。

〔一六〕詞：原作「調」，據翁校本改。

〔一七〕知：原作「主」，據翁校本改。

〔一八〕奏：原作「奉」，徑改。
〔一九〕重於：原作「推其」，據翁校本改。
〔二〇〕聞：似當作「間」。
〔二一〕相：原無，據前文所述補。
〔二二〕「葉」下原有「顒」字，據翁校本删。
〔二三〕此句原作「皆以終身止資爲改」，據翁校本改。
〔二四〕即具依：原作「具回」，據翁校本改、補。
〔二五〕具：原作「見」，據翁校本改。
〔二六〕思：原作「恩」，據翁校本改。
〔二七〕王倫：原作「王論」，按前後數文言及此人皆作「倫」，據改。
〔二八〕應：原作「允」，據翁校本改。
〔二九〕野：原無，據翁校本補。
〔三〇〕階：原作「戒」，據翁校本改。
〔三一〕掖：原作「依」，據翁校本改。
〔三二〕少：原作「小」，據翁校本改。
〔三三〕覲：原無，據翁校本補。

〔三四〕制：原無，據翁校本補。
〔三五〕應：原重此字，據翁校本刪。
〔三六〕「必」下原有「降」字，據翁校本刪。
〔三七〕「以」下原有「係」字，據翁校本刪。
〔三八〕面：原作「向」，據翁校本改。
〔三九〕先：原無，據翁校本補。
〔四〇〕宣：原無，據文意補。
〔四一〕「之」下原有「大」字，據文意刪。
〔四二〕「全」下原有「以」字，據翁校本刪。
〔四三〕「反」下原有「詆之」二字，據翁校本刪。
〔四四〕公：原無，據翁校本補。
〔四五〕進止：原作「旨進」，據翁校本改。
〔四六〕公：原無，據翁校本補。
〔四七〕曾：原作「魯」，據翁校本改。
〔四八〕去：原無，據翁校本補。
〔四九〕盡：原作「書賢」，據翁校本刪改。

〔五〇〕降：原無，據翁校本補。

〔五一〕之：原無，徑補。

〔五二〕觀：原無，據翁校本補。

〔五三〕禫：原作「禪」，據翁校本改。

〔五四〕知如何：原作「何如」，據翁校本乙補。

〔五五〕日：原作「月」，據翁校本改。

〔五六〕繳：原無，據翁校本補。

〔五七〕所守之：原作「之所」，據翁校本乙補。

〔五八〕條：原作「例」，據翁校本改。

〔五九〕「請」下原有「以」字，「故」原作「改」，據翁校本改。

〔六〇〕名：原作「命」，據翁校本改。

〔六一〕也：原作「夜」，據翁校本改。

〔六二〕「國」下原有「公」字，據翁校本删。

〔六三〕回：原作「日」，據翁校本改。

〔六四〕守本官職：原作「官守官本職」，據前録《御筆》删改。

〔六五〕職者：原無，據翁校本補。

〔六六〕「忽」下原有「相」字，據翁校本删。
〔六七〕「省吏」下原有「部」字，據文意删。
〔六八〕詞：原無，據翁校本補。
〔六九〕職：原作「節」，據翁校本改。
〔七〇〕奉：原作「除奏」，據翁校本删改。
〔七一〕且：原作「日」，據翁校本改。
〔七二〕隨奉宣諭：原無，據翁校本補。
〔七三〕郎：原無，據翁校本補。
〔七四〕太學生：原作「大學士」，據文意改。
〔七五〕重譴：原倒，據翁校本乙。
〔七六〕「公」下原有「之命」二字，據翁校本删。
〔七七〕諭：原作「論」，據翁校本改。
〔七八〕「論」字原無，「揣」下原有「靡」字，據翁校本删補。
〔七九〕禍：原作「祈」，據翁校本改。
〔八〇〕請：原作「諸」，據翁校本改。
〔八一〕槖從：原作「稿」，據翁校本補、改。

〔八二〕此句後原有「割有肉漢公明臣卿多士主此論」凡十三字，意不可解，翁校本則徑删。兹附記於此，更俟詳考。

〔八三〕論：原無，據翁校本補。

〔八四〕至：原作「全」，據翁校本改。

〔八五〕剛直：原作「例真」，據翁校本改。

〔八六〕潭：原作「譚」，據翁校本改。

後村先生大全集卷之八十一

掖垣繳駁 看詳狀附

繳秦九韶知臨江軍奏狀

準中書門下省送到録黄一道，爲秦九韶差知臨江軍，令臣等書行書讀，須至奏聞者。右，臣等竊見九韶除目初下，輿論沸騰，臣等即欲駁論，而録黄旬日始至後省，則聞九韶已爲臺臣所劾罷郡。臣等若可以已，又恐妨同除諸人，黽勉書黄。未發間，訪外議皆謂罪罰未當罪，蓋其人不孝不義、不仁不廉之事，具載丹書。臣等不復縷數，姑以後省舊牘考之。去秋有江東議幕之除，首遭駁論；其冬又除農丞，前去平江措置米餫，後省再駁，其命遂寢。奉祠猶未一年，以郡起家。若使其真有材能，固不可以一眚廢，今通國皆謂其人暴如虎狼，毒如蛇蝎，奮爪牙以搏噬，鼓唇吻以中傷，非復人類。方其未出蜀也，潰卒之變，前帥藏匿某所〔一〕，九韶指示其處，使凶徒得以甘心。人死我活，有愧戴履。倅蘄妄作〔二〕，幾激軍變；守和販鹺，抑賣於民。寓居霅之關外，凡側近漁業之舟，每日抑令納錢有差〔三〕，否則生事誣陷，大爲閭里患苦〔四〕。李曾伯帥廣，委攝瓊管，則九韶至瓊僅百許日，郡人莫不厭苦其貪暴，作《卒哭歌》以快其去。其見於鄉行、見於官業如此。親莫親於父子，九韶有子，得罪於父，知九韶欲殺之也，逃生甚密，九韶百計搜求得之，折其兩脛，其見於家行者又如此〔五〕。而不自循省，不知斂退，得郡未厭，方且移書修門，雅意本朝。其所以譸張無忌憚至此者，以其所居密邇行都，小舟易服，鑽刺窺伺〔六〕，無所不用其智巧。後省雖曾駁論，而去歲兩疏反成薦書，彼將何所懲創而不覆出爲惡乎！

臣等欲望聖斷，將九韶更加鐫黜，屏之遠郡，以懲凶頑，以快公論。庶使今後被臺諫論列、給舍繳駁、得罪未久之人，不敢妄有干請，稍存朝廷紀綱，亦可以清中書之務，不勝幸甚。所有前項録黄，臣等雖書名而未發〔七〕。謹録奏聞，伏候勅旨。

〔貼黄〕臣等今繳奏止是秦九韶，於内同黄魏近思等欲乞别項給黄，令臣等書行書讀。謹黏連隨狀繳奏，伏候勅旨。

〔一〕帥：原作「師」，據文意改。

〔二〕蘄：按文意，此當是州名，而宋無「蕲州」，以字形而言，或爲「蘄」之誤。

〔三〕納：原作「之」，據翁校本改。

〔四〕苦：原作「若」，據翁校本改。

〔五〕於家：原倒，據翁校本乙。

〔六〕伺：原缺，據翁校本補。

〔七〕等：原無，據翁校本補。

繳趙汝攣通判淮安州奏狀

準中書門下省送到録黄一道，爲朝奉郎趙汝攣差通判淮安州，替蹇材望改差闕，令臣書行，須至奏聞者。

右，臣竊見汝攣兩經按劾，勿與親民差遣。前一次已經改正外，後來一次雖已該赦，尚未改正。淮安雖未係邊郡，通判却是親民，若與放行，恐援例者衆〔一〕。兼汝攣居鄉兜攬公事，人所不齒。太常博士鄭良臣，甫汝攣招致其畔主之僕，又謀以女婚良臣之子，鄉人尤薄其所爲。欲乞睿斷，將汝攣新授差遣寢罷。所有録黄，臣未敢書行。謹録奏聞，伏候勑旨。

〔一〕援：原作「拔」，據翁校本改。

繳師應極知漳州奏狀〔一〕

準中書門下省送到録黄一道，爲師應極知漳州，令臣書行，須至奏聞者。

右，臣竊惟漳雖列郡，地望素高，遠則先朝以處朱熹，近則陛下以處李韶，一大儒，一從官，調守不輕如此〔二〕。師應極者，名論稍卑，鄉相當軸〔三〕，一手拔擢，不爲不遇矣，而言論風旨，世無傳焉。但聞其爲東閣郎君所厚而已，今一旦起廢，乃得先儒、從臣補處，不但公議不恕〔四〕，亦非所以愛應極也。欲乞睿斷，將應極新除寢免，别與差遣。所有録黄，臣雖僉名，未敢書行。謹録奏聞，伏候敕旨。

〔貼黄〕臣點對同黄内劉宗申差知萬安軍，契勘宗申係右選人差除，合屬下四房，欲乞照舊格例改送下四房書行。併候敕旨。

〔一〕繳：原無，據前後題例補。

〔二〕「如此」上原衍一「如」字，據文意删。

〔三〕當：原無，據翁校本補。

〔四〕下一「不」字原缺，據翁校本補。

繳令狐震己辟差知象州奏狀

準中書門下省送到録黄一道，爲辟差令狐震己知象州，填見闕，須至奏聞者。右，臣竊見象州經蠻韃蹂踐之後〔一〕，聚落殘破，户口稀疏，宜令廉平之守以拊摩之。令狐震己者〔二〕，不知爲何如人，嘗爲潭之僉幕，去而倅桂〔三〕，了無善狀，惟著貪聲，攫拏之外〔四〕，一無所長。使蠻韃得以長驅深入〔五〕，魚肉湖南、江西兩路數州生靈者，曾伯也；贊曾伯閉門不發一矢者，震己也〔六〕。至今潭、桂之人莫不切齒其貪謬，今乃以千里赤子付之，是使狼牧羊也。臣愚欲乞睿斷，將震己新命寢罷，别選良牧，以惠遠民。所有上件録黄，臣未敢書行。謹粘連隨狀繳奏〔七〕，伏候勑旨。

〔一〕經：原作「荆」，據翁校本改。
〔二〕令：原脱，據翁校本補。
〔三〕桂：原作「掛」，據翁校本改。
〔四〕攫拏：原作「攖拿」，據翁校本改。
〔五〕得：原作「足」，據翁校本改。

〔六〕也：原無，據翁校本補。

〔七〕「粘連」原倒，「繳奏」原倒，并據翁校本乙。

繳糜弇令赴行在奏事奏狀

準中書門下省送到録黄一道，糜弇令赴行在奏事，令臣書行，須至奏聞者。右，臣竊惟召節所以進有德之士，旌宣勞之臣，倘非其人，難逃物議。臣竊見淮東總領糜弇昨除總餉也，剽聞輿論，皆謂其人乃大全之上客，潛至都司〔一〕。今兩冰山皆去矣〔二〕，此物當見睍而消，何爲反有向陽之望乎！臣曰：大臣翕受敷施，不分門庭，不立黨與，至公也。爲弇者，謂宜痛自刻勵以蓋前愆〔三〕，勉殫忠力以收後效。議者亦意其有材而前者用之未盡，既而愒玩許久，一籌不畫。其初往也，力懇朝廷盡蠲舊欠〔四〕，止從弇到任日爲始任責。大臣一切從其所請，一一科降以與之，宜可以展布矣，未幾又以匱告。前後科降以數千萬計〔五〕，而拖欠軍餉自若，其科降之請未已也。不知弇之所職何事，國家所以選擇而使之者何意，可謂不才無具之甚矣。

臣聞弇前在建昌，大全分司九江，深相交結。用大全親吏高鑄爲承受〔六〕，忝遷擢。大全又薦於潛，潛遂用爲宰士，與共謀畫。後朝廷行下根刷高鑄財物田産隱寄於大全家者，弇諭所委官云：「此事宜子細，丁旦夕出來，着甚來由，此等播揚〔七〕？」聞者縮頭。弇爲王臣而忘公朝之大德，懷權門之私惠；爲餉臣而不體國之殫竭，屢煩大農之科降。其不忠不職之罪，宜加黜削，顧頒弓旌之命以寵負乘之人〔八〕，可乎？臣愚欲乞睿斷，將弇奏事指揮特賜寢免，更加鐫責，以爲事君懷二、奉事無狀者之戒〔九〕。所有録黄，臣未敢書行。謹録奏聞，伏候勅旨。

〔貼黄〕臣今所奏止是麋弇，於内同黄吳勢卿、趙日起，欲乞别行給黄，令臣書行。謹連粘隨狀繳奏以聞，伏候勅旨。

〔一〕都：原作「郡」，據翁校本改。
〔二〕今：原無，據翁校本補。
〔三〕勵：原作「勘」，據翁校本改。
〔四〕「盡」下原有「欠」字，據翁校本删。
〔五〕「以」下原有「與」字，據翁校本删。
〔六〕受：原作「授」，據翁校本改。
〔七〕等：原作「謂」，據翁校本改。
〔八〕負：原無，據翁校本補。
〔九〕之：原無，據翁校本補。

繳李桂監察御史兼崇政殿説書奏狀

準中書門下省送到録黄一道，爲李桂除監察御史兼崇政殿説書，令臣撰述，須至奏聞者。右，臣自辛亥以後，屏居田里十年，不與士大夫接，不知李桂爲人何如，但爲聖主親擢，必得其人，即時書黄。去後賓客訪臣，皆言桂家素温，向來登第蓋資於人。及宰華亭，爲臺臣常挺所劾，罪載簡書。浦江之政又無善狀，獄案具存，不可掩覆。一旦由筦庫而擢察院，侍經筵，上至學士大夫，下至輿臺皂隸，皆言其人嵬瑣汚濁，何以糾逖官邪！空疏鄙俗，何以裨益聖學！物議沸騰，皆責臣不合書行。臣竊惟多士滿朝，明主拔而用之，何患無人？必若用桂，不但辱臺，又且辱國。自來臺臣或以其人望、或以邑最而進，未有通國嗤笑、兩邑敗闕而可以峨豸者〔一〕。陛下用人每以公議爲權衡，惟此一事上累聖德。臣爲衆議所誚，雖已書過録黄，然詞頭屬臣秉筆，臣既知桂之謬庸，不知所以措詞，謹具繳駁以聞。欲望聖聰博采外議，及取常挺向來劾桂之疏〔二〕，俯垂乙監，特發英斷，將新除監察御史兼崇政殿説書旨揮並賜寢免〔三〕，姑與在外合入差遣，以快公論，以戒不揆分量、干求速化之人。所有詞頭，臣未敢撰述，伏候勅旨。

〔一〕敗：原作「販」，據翁校本改。

〔二〕「取」字原無，「挺」下原有「以」字，據翁校本補刪。

〔三〕「政」字原無，「揮」原作「指」，據翁校本補、改。

繳厲文翁依前資政殿學士知建康府沿江制置使江東安撫使兼行宫留守暫兼淮西總領奏狀〔一〕

初五日未時，同徐給事。

右，臣等恭覩御筆，厲文翁依前資政殿學士、知建康府〔二〕、沿江制置使、江東安撫使、兼行宫留守、暫兼淮西總領。除目一頒，衆聽咸駭，皆謂金陵重鎮，方承平時尚且以元老重臣爲之，況今黠虜逆雛，狡謀叵測，所賴以遮蔽江北風寒、應援上流緩急者，制闖而已〔三〕。文翁素行與其宦業，天下自有公議，臣等不暇縷數。最是江上透渡之事〔四〕，實文翁之作俑誤國，不特臣經孫言之〔五〕，在朝之士皆知之。竊意陛下物色，亦必得其實矣，今乃以閫鉞留鑰授之〔六〕。臣等非不知陛下以其人小慧小材可備粗使〔七〕，欲拔擢而富貴之。其他任使尚於安危大計無預，今兹委寄，大有關係，陛下獨不爲金甌慮乎！臣等嘗溯其所至，爲四明則四明壞，爲九江則壞九江。今再至四明，曾未旬月，不聞有善政，惟聞其簿録大姓爲第一義。先聲如此，移之金陵，内何以服將士吏民之心，外何以寒夷狄姦雄之膽！邊事如此，謀帥如此，豈不與先朝遺韓、范行邊之事戾乎！

臣等皆以寒遠諸生遭逢聖主，豈不知靖共泯默可以自保，然内銜聖恩，外迫清議，故及録黄未至之先控此血忱。欲望聖慈收回成命，别加任使，仍乞以臣等奏狀留中不行付出，庶幾臣等可免沽激求名之罪，而宰輔不執奏、風憲不論列之謗亦可弭矣〔八〕。臣等職守所繫，不敢辱官，用敢冒犯天顔，下情無任戰灼候命之至。

〔一〕「學士」原作「大學」，據正文改。「安」下原有「府」字，「留守」原作「留寺」，據翁校本删改。
〔二〕府：原作「縣」，據翁校本改。
〔三〕「制」下原有「國」字，據翁校本删。
〔四〕「透」原作「偷」，「事」字原無，據翁校本改、補。
〔五〕孫：原重一「孫」字，據翁校本删。
〔六〕留：原無，據翁校本補。
〔七〕慧：原作「惠」，據翁校本改。
〔八〕「之」下原有「罪」字，據翁校本删。

再繳奏狀 初五日酉時，再同徐給事。

右，臣恭覩御筆除厲文翁指揮，已於録黄未至之先冒貢愚忠，乞寢其命。席藁私室，正此待罪，伏準中書門下省送到録黄一道，令臣等書行書讀。區區管見，已具前奏，伏計睿明必賜采擇〔一〕。今來不敢輒變前説，所有録黄，委難書行書讀，繳連在前。内有同黄人，乞別項給付。謹録奏聞，伏候勅旨。

〔御筆〕厲文翁疇昔未能寡過，公論多及之。近者海閫之行，朕已再三告戒，頗能體承，初政殊有可觀。今兹江閫之除，蓋以其熟於邊事故也。卿等可且書行，如後日更納敗闕，卿等言之未晚。

〔一〕睿明：原作「眷命」，據翁校本改。

三繳奏狀

初五夜二更，同徐給事。

右，臣不避誅譴〔一〕，兩具奏牘，乞寢厲文翁江閫之命。天高聽藐，未蒙俞允，至煩天筆委曲開諭。臣等伏讀，不勝震越。聖訓謂其疇昔未能寡過，則爲人不逃明鑑；第謂其海閫初政，殊有可觀，臣等所聞則異於是。賓客滿官舍，攝局皆私人，市區鷄豚不足以供厨竈之需〔二〕，公帑緡錢不足以充車魚之費，禁米及旁郡之境〔三〕，估籍至無辜之人，衆心惶惑〔四〕，市井蕭條。一月之間，報政如此，安在其能體承聖訓也！四明之民已不堪矣，移之江閫，又將若何？陛下又謂其熟於邊事，則濡須、九江已試若何？昔仁宗朝二虜桀驁，以夏竦臨邊，則招一驢束草之侮；及五路無功，罷竦而用韓、范，則心驚膽破之謡興矣。

臣等竊謂多事之秋，謀閫帥與偏帥不同，偏帥可以材智充，閫帥必以德望選。文翁粗有材幹，全無德望，深恐對壘聞之，有輕中國之意。臣等祇知爲陛下忠謀，不暇爲文翁計，亦不暇爲身計，瀆至於三，猶庶幾萬一有回天之理。伏望聖慈特發睿斷，毋嫌反汗，亟與銷印。所有録黄，謹粘連在前。蓋臣等誤蒙陛下使之承乏封駁，若或書行書讀，則是容悦事陛下，爲臣不忠，罪孰大焉！謹録奏聞，伏候敕旨。

〔一〕譴：原作「遣」，據翁校本改。
〔二〕鷄：原作「鴨」，據翁校本改。
〔三〕境：原作「竟」，據翁校本改。
〔四〕衆：原作「家」，據翁校本改。

繳回御筆奏劄　初五夜

臣等適具奏，未敢書行書讀厲文翁新除録黄〔一〕。今恭準御筆宣諭，臣等除已別具奏聞外，謹將上件御筆繳連回奏，伏乞睿照。

〔一〕「敢」下原有「行」字，據翁校本删。

與丞相簡 初五日午時

某等適覩御筆〔一〕，厲文翁除沿江制置使、知建康府〔二〕。昔除侍郎某，嘗有狂言，今既出守，尚可黽勉奉詔。惟厲除目關繫甚大〔三〕，不但某難放過，夕郎亦住不得，不免聯名入文字，以去就争之。念各受大丞相異知，不敢不密以告。夕郎見在某處同作奏，欲乞鈞知。

〔一〕某：原作「臣」，據翁校本改。
〔二〕建康府：「康」原作「寧」，據第一奏題改；「府」原作「史」，據文意改。
〔三〕除目：原倒，據翁校本乙。

録丞相回柬 初五日酉時

某伏領聯璧之槧，具悉盛指，某即以繳進。恰得上令某傳諭二丈，此除不過以其熟於邊事而然，既已容其爲海閫，則江閫亦可容也，意欲二丈勿上繳疏。某既不能遏於未命之時，今又乃任調停於已播敷之後，愧莫甚焉。如能體上意，付之忘言，是又出於望外也。夕拜侍郎，意不殊此。

又柬 初五日酉時

某等伏領鈞槧宣諭聖意，必欲某等書黄，聞命震恐。但某等初五日未時入第一奏，黄至又於申時入第二奏，有通引司批收可考。酉刻方承鈞誨，聞聖意，則文字已直達矣。自知狂愚妄發，必且忤旨，恐有黜責，尚望大丞相解釋君父〔一〕，各從輕典，實出吾君吾相生成之造〔二〕。

〔一〕解釋：原作「解什」，據文意改。

〔二〕實：原無，據翁校本補。

三　初六日

某等兹因後省職事，所有駁論文字，一日三上〔一〕，既稽詔旨，又違御筆，罪當萬死。方此席藁俟誅，共領鈞槧，乃知天顔甚温，天語甚平。伏讀至此，感涕俱零。聖意欲某等且與放行一次，某等即當遵奉。第初以公議而繳駁，終以宣諭而轉移，小臣固不足道，然給舍失官自某等始，其辱朝廷也甚矣。反復思之，必不得已，乞且令爲海閫，責以後效，既爲四明省一月兩迎送之費，而江閫又可以擇有威風德望之人，上下之間，泯然而無迹矣。區區愚管如此，不識大丞相能爲某等達此意於上前否？更合取自鈞旨。

〔一〕「所有」至「三上」，翁校本作「有所駁論，一日之間，文字三上」。似當從之。

録丞相回柬　初六夜

某夜來伏領寶槧，旋以繳入，適方付出〔一〕，謹以歸還。未時辱回示，亦即繳聞，且乞仍留海閫。修黄而上，旋得御筆，已賜矜從。聖主從善如流，真爲盛德，而侍郎與夕郎不負厥官，尤可詔來世矣。夕郎不殊此悃，幸轉致。

〔一〕「適」原作「過」，「出」字原無，據翁校本改、補。

與丞相劄　初六夜

某兩日因職守頻聒鈞聽，退念戰恐，無地自容。入夜恭領鈞誨遺回小槧，竊知聖天子虛懷從諫〔一〕，無拔山之難〔二〕，賢宰相造膝密啓，有回天之力，復使制閫改畀德望之人〔三〕。街談巷議皆服除授之公，黠虜逆雛不敢萌輕中國之心，西掖東省稍得以舉有司之職。異日天下記之，史冊書之，陛下聖德、我公相業輝映千古，某與瑣闥因吾君、吾相附名竹帛之末，骨朽有餘榮矣。銜戴恩造〔四〕，肺腑激烈。燭下稟謝，未能展究梗概〔五〕，尚容與瑣闥趨伏翹材控布，仰丐鈞照。

〔一〕從：原無，據翁校本補。
〔二〕無：原無，據翁校本補。
〔三〕「復使」原作「使陪」，「望」字原無，據翁校本改、補。
〔四〕銜戴恩造：原作「銜造帶恩」，據翁校本改。

〔五〕究：原無，據翁校本補。

録丞相回劄 初七日

某茲覩舍人不肯奉詔，明主可爲忠言，印雖刻而終銷，鞶既錫而仍褫，君有盛德，臣荷美名，厥惟休哉。某調鼎無功，持衡有虧，今得泯於無迹，佩賜已侈，謝函幾於倒置，用還以控布〔一〕。乞丐台照。

〔一〕布：原作「等」，據張本改。

録丞相回給事柬

某伏辱珍帖〔一〕，昭伆相與篤密之至〔二〕，凡領後村槧，郇公大名必附焉。某薦嘗具復，必皆關徹。某不能執奏於未造命之始，仍使二賢塗歸於既出綸之後，吾亦甚自愧也。聖上本心清明，其從善從諫如流如轉圜不足喻之〔三〕。既許尼其新而仍其舊，而二賢風節愈足簡在上心，某惟有敬嘆而已。某嘗以寶槧繳進〔四〕，茲始付出，稟答非敢後也。

〔一〕「某」下原有「等」字，據翁校本删。
〔二〕「仞」字疑當作「訒」，翁校本則徑删。又「與」字原無，據翁校本補。
〔三〕喻：原作「諭」，據翁校本改。
〔四〕寶：原無，據翁校本補。

録給事回丞相柬〔一〕

某洊於後村許恭覩鈞槧〔二〕，每蒙齒及賤名，已深榮感。兹者伏領誨答，細書温言，如與所敵，跪誦一再，益佩謙抑之盛心。惟是昨者妄發，自謂必干斧鉞之誅，適覩録黄，惟史大資除目在焉，聖主虚心無我，舍己從人，真堯舜之君也。然非大丞相執奏有回天之力，曷濟登兹！某與後村遭遇如此，真千載之一也。感恩戴德〔三〕，筆舌莫殫，尚圖同後村鞠躬鈞座以控謝臆〔四〕。仰丐鈞照。

厲江閫命下，余迫公論，閉門作奏。徐夕郎來，曰：「願挂名。」余曰：「某忝竊横金矣〔五〕，公未落權，不敢相强。」徐曰：「若不恰好，繫鐵帶歸亦甘心。」因相與共議，及黄未至先論駁，聯名疏上，未末矣〔六〕。申後黄至，再疏。至酉得御筆宣諭，鈞槧傳旨，令且放行一次。余二人畫時入第三奏争之〔七〕，聞相亦力諫。詰旦，詔厲仍舊鄞閫。事寢無迹〔八〕，外間莫知，謾録奏藁，以見上舍己從人、相論事回天之意。

〔一〕「錄」下原有「諫」字，據翁校本删。

〔二〕鈞：原作「鈞」，據翁校本改。

〔三〕戴：原作「盛」，據翁校本改。

〔四〕座：原無，據翁校本補。

〔五〕横：原作「黄」，據翁校本改。

〔六〕未末：原作「未未」，據翁校本改。

〔七〕晝：原作「盡」，據翁校本改。

〔八〕迹：原作「適」，據翁校本改。

學士院繳奏

繳史宇之除工部侍郎辭免奏 辛亥八月

臣立朝孤危，若非君父保全，頃刻不能自安。自前月二十三日，因侍經筵求去之後，又聞輪對官箋注臣奏篇，加以「姦邪」、「姦諛」之名。臣杜門累疏歸田里〔一〕，方來束擔俟命，忽承御封付下史宇之辭免工部侍郎除目，令臣草不允詔。臣竊見宇之嘗除侍郎，見作次對，昨守括蒼，頗有惠政，畀之貳卿，亦不爲過。但陛下方躬執珪幣，稱秩元祀〔二〕，祖宗故事，率召元臣故老陪祠，今乃擢一未更事之少年，使之從上雍屬車之後，非籲俊尊上帝之誼也。臣惟答詔必有褒詞，臣前擿西掖，嘗論嵩之之罪，不樂臣者尚且斷章剿句〔三〕，横加誣衊，今若秉筆以褒宇之之美，天下後世其謂臣何！臣詳宇之辭免有内祠外麾之請，自量甚審，欲望聖慈行其自乞，令以本職奉京祠，即與從班無異，或畀一郡以老其才，徐加進用未晚。臣以職守所係，昧死上干雷霆之威〔四〕。所有前件不允詔，未敢撰述〔五〕。伏候敕旨。

〔一〕累：原作「参」，據翁校本改。
〔二〕祀：原作「杞」，據翁校本改。
〔三〕者、句：原無，據翁校本補。
〔四〕干：原作「于」，徑改。
〔五〕撰：原作「選」，據翁校本改。

再繳奏 八月十一日

臣今月十一日承中使閤長鄧惟聰得旨差傳口諭，令臣取史宇之辭免文字只今進入〔一〕。臣於初十日詞頭到院之初，已具管見聞奏，今來不敢輒變前説。所有史宇之辭免文字，謹隨奏繳進，伏乞睿照。

〔一〕「令」、「免」二字原無，據文意補。

與廟堂劄 八月十三日

某愚蠢不識事體〔一〕，既已妄發，仍復執迷不改，罪在不赦。縱使君父海涵春育，廟堂川納藪藏，某特何面目復敢至緝熙殿與光範門乎！兼甚病〔二〕，勢可慮，詳見公牘，欲望鈞慈速賜敷奏施行。

〔一〕某：原作「臣」，據翁校本改。

〔二〕「甚病」二字疑倒。

後省看詳申省狀

浙東提舉林光世所上景定嘉言狀〔一〕

某等今將林光世上二十篇同共看詳，見其《國勢》之篇以警字爲説，謂警於怵迫不若警於暇豫〔二〕，警於俄頃不若警於悠久〔三〕，又謂：「一於警者，藥石於强壯也；因事而一警者，病而求藥也；警至於屢，是玩病而求藥也。藥可廢乎哉？亦可恃乎哉〔四〕？」其言有味。《人材》之篇謂方今中外乏使，才非法之可盡，欲求之於法之外。《議財》之篇欲寬征薄斂〔五〕，而籍贓吏以佐國用。《議兵》之篇謂河東之兵以童貫用之則遁〔六〕，采石之兵以王權統之則散〔七〕，欲精擇將。《杜倖門》之篇言黄門則援曹騰、王甫，言房帷則引韋氏、楊氏〔八〕，且歷述前代弄臣外戚伶優以爲戒〔九〕，欲得不避怨如杜衍者以守法。其《斥讒》、《去黨》之篇及條陳貪吏庸闒之罪，與前後臣僚奏請多合。至於詳考炎、紹蠲弛德音〔一〇〕，冀寬今日民力，末論精間牒、增城築二事〔一一〕，皆可行。某等切見光世所言，其大者有益於治體，其次者亦切於時務，文字簡潔條鬯〔一二〕，貫穿古今。但其中有曰尸曰黥曰殺之類〔一三〕，某等竊謂我朝以仁立國，列聖心心相傳，至今上而恩德愈厚。

聽言之道，擇其善者行之而已，此亦近日廷紳奏篇恐手滑之意也。

〔一〕題中「嘉」原作「喜」，據本集卷九三《水村堂記》所述改。
〔二〕前一「於」字原無，據翁校本補。
〔三〕若：原無，據翁校本補。
〔四〕「可」下原有「味」字，據翁校本删。
〔五〕財：原作「則」，徑改。
〔六〕河：原作「何」，據翁校本改。
〔七〕石：原作「右」，據翁校本改。
〔八〕帷：原無，據翁校本補。
〔九〕且：原作「耳」，據翁校本改。
〔一〇〕弛：原作「施」，據翁校本改。
〔一一〕末：原作「未」，據翁校本改。
〔一二〕條：原作「修」，據翁校本改。
〔一三〕黥：原作「點」，據翁校本改。

歐陽經世進中興兵要申省狀

某等竊惟多事之時，抵掌談兵者多矣，往往采摭昔人之陳言〔一〕，傅益近歲之邊事〔二〕，如進士時務策而已〔三〕。經世此書，頗出胸襟〔四〕，無所蹈襲。第生長江西，未嘗游邊，於山川地形險要阨塞非目擊身履，又所圖上刀鎗弓弩及攻城炮車之類，未經試用。其可得而看詳者，如論國勢機事，亦有可采。其人家世業儒〔五〕，而衣裝單急，禿巾窄袖，如從戎者。所進之書良費紙札，又當此貴糴，久困桂土，深可憫念。方四郊多壘，士習兵書戰策者，宜廣搜羅。某等伏見武舉一科，弓馬近於具文，所取不過解作《七書》義者，欲經世與免武舉解一次〔六〕，給據與赴今年省試，庶幾可得遺才。

〔一〕摭：原作「遮」，據翁校本改。

〔二〕傅：原作「傳」，據翁校本改。

〔三〕「如」下原有「此」字，據翁校本删。

〔四〕襟：原作「襍」，據翁校本改。

〔五〕儒：原無，據翁校本補。

〔六〕「欲」下原有「免」字，據文意刪。

太學生列劄薦奚滅申省狀

某等今將奚滅繳到文字一册點對，内上趙與篡、吳潛二書。方與篡之尹京、潛之作翰林學士也〔一〕，其門如市，士爭趨之以售其諂。滅於與篡有瓜葛，且與之厚，乃能譏其牟利叢謗〔二〕，勸其早退；於潛爲桑梓，乃能規其輕脱，策其必敗。此二書固已有先見之明矣。及丁大全擅國，則又能奮筆與太學諸生共攻其罪〔三〕，遂爲沈翥以言語羅織捕繫，押回本貫。聖化改絃，士大夫忤潛、全者以次拂拭擢用。滅素知名六館，文益老健〔四〕，氣益强剛〔五〕，所以諸生合詞薦於公朝，理宜旌異。但本人已永免文解，事關學校，欲乞鈞判更送國子監指定申。

〔一〕篡：原作「筐」，據翁校本改。後同。

〔二〕譏：原作「訊」，據翁校本改。

〔三〕與：原作「於」，據翁校本改。

〔四〕健：原無，據翁校本補。

〔五〕剛：原作「則」，據翁校本改。

看詳阮秀實進所撰文藁申省狀

某等今看詳阮秀實《文藁》，其經説如解嚴父配天，引下文謂配天者后稷而非武王〔一〕，謂尊祖乃所以嚴父，非進其父於祖〔二〕；謂周公制禮於成王之時〔三〕，不言宗祀武王於明堂〔四〕，則配帝者文王而非武王。其説極有義味。如解周正月，謂殷建丑，惟稱丑月，謂十二月；秦建亥，惟稱亥月，爲十一月。引「惟元祀十有二月」及《史記》、《漢史》爲證，又引《七月》之詩及《月令》之文。又《春秋》書無冰者三，皆於冬月，謂周雖建子，未嘗以十一月爲正月。主三統之説而力排三正之非〔五〕，亦前人所未及〔六〕。柳宗元《封建論》甚辨，先儒嘗掊擊之矣，秀實於先儒掊擊之外〔七〕，更出新意以矯其偏。文勢甚奇，記序雜文頗簡潔麗密，蓋苦心積勤而作者。其人少有雋聲，故趙尚書汝談喜其文，安晚鄭丞相序其稿，而才高命窮，頓挫場屋，失身右弁。老之將至，手抄所作文藁十六冊兩部投進，無一點一畫草筆，其精專有如此者〔八〕，顧使陸沉於小使臣、廣南監當，誠爲可惜〔九〕。某等竊見本朝雖崇尚理學，然以文字取人，如賀鑄始亦武爵，後改文資之類。欲望朝廷詳酌，於格法之外將秀實特加旌異〔一〇〕，少慰其生平燈窗之勤，亦以見聖世蒐羅遺逸之意。

〔一〕文：原無，據翁校本補。
〔二〕句首原有「配天」二字，據翁校本刪。
〔三〕「公制」二字原倒，據文意乙。
〔四〕「王」下原有「之」字，據翁校本刪。
〔五〕「主」下原有「紅」字，「而」下原有「未」字，據翁校本刪。
〔六〕前：原作「先」，據翁校本改。
〔七〕外：原無，據翁校本補。
〔八〕精：原作「真」，據翁校本改。
〔九〕誠：原作「忱」，據文意改。
〔一〇〕特：原無，據翁校本補。

魏國表所上進太極通書解忠烈節孝二傳申省狀

某等竊見《通書》、《太極圖説》，先儒下注脚者不知其幾家也，至矣盡矣，不可以復加矣。國表於先儒注脚之外，又章分句解而成此編。乍見疑其好異求奇者〔一〕，徐讀而詳考之，皆因先儒之説，參合彼此，融液異同，歸之於是而已。此等文字特不可離經畔註，若夫觸之而長，演之而伸，及孔氏之門者用功亦不過如是。温陵之魏，素稱多材，國表兄弟擢科第者數人，皆有姓氏於世。惟國表場屋頓挫，失身勇爵，非其志也。前太常少卿洪天錫每稱其才學。嘗爲山陽宰，訪求徐積、趙立遺事〔二〕，爲之立傳，以勸忠臣孝子。其人著美名而負屈稱，今垂老矣，與阮秀實事體一同。而國表又嘗請福建漕司文解，兹迫省試，二人者材高技癢，各以其所著述叫閽籤天。某等披閲其書，信有可采。至於旌異其人，則在朝廷，或使之收場屋桑榆之功，或就成忠郎、步軍司機宜上與陞擢差遣，亦足以慰其老而能學之志。

〔一〕求奇：原作「求異」，據翁校本改。
〔二〕趙：原無，據翁校本補。

稽山書院山長薛據所上進孔子集語相臣揆鑑狀〔一〕

照得薛據山長行誼之美，秘書省所申已詳。所有朝廷發下二書，令本省看詳。某等竊見近世伊洛門人各記其師弟子問答之語，謂之語録〔二〕，或者又纂輯諸家所記，彙分爲朱氏、張氏《語略》〔三〕，不厭其詳且盡也。《論語》一書，乃孔氏門人高弟記其師弟子問答之語〔四〕。然孔氏言滿天下，薛山長又采摭夫子之語見於諸經者〔五〕，名曰《集語》，其尊師嗜學之意勤於學伊洛者。《揆鑑》二十卷，引援自昔名相事業尤詳。但故真文忠公所著《記》有人臣輔治一門，近刊行於三山者，議論純粹〔六〕，體用該貫，後有作者不能加矣。薛山長此作，亦可以輔真公之書。當聖主崇儒右文，士有片言寸善，兼收並取。今薛據二書有益學者，委有可嘉，欲乞鈞判將二書送秘書省收藏。其省官乞將本官擢用，乞從朝廷酌量，或與陞等差遣施行。

〔一〕相臣揆鑑：原作「揆成鑑」，據翁校本删補。

〔二〕謂之語：原無，據翁校本補。

〔三〕「朱」下原有「子」字，據翁校本删。

〔四〕子：原在「記」字上，據翁校本乙。

〔五〕山：原無，據翁校本補。

〔六〕純：原作「祥」，據翁校本改。

後村先生大全集卷之八十二

玉牒初草

寧宗皇帝 嘉定十一年

正月癸酉朔，御大慶殿，羣臣朝賀。辛巳，填留守氏距。壬午，樞密院奏李全、劉全、楊友、季先率先歸附，尅復東海漣水等處，詔李全特補武翼大夫、東京路副總管，楊友、季先並修武郎、京東路鈐轄。癸未，吏部引見某人等三十九人，詔並改合入官。贈武信軍節度使畢再遇太尉，賜故天章閣侍講胡瑗謚曰文昭。乙酉，臣僚奏：「今後有司議謚，當博采是非之實，不可專據行狀。」從之。臨安府奏獄空，詔獎之。己丑，朝獻景靈宮。乙未，右諫議大夫黄序奏《納諫用人》等五箴。臣僚奏三衙江上諸軍并兩淮忠義、義勇、民兵，令主帥、制置司、郡守各嚴閲習。從之。丙申，雷。殿中侍御史李楠奏：「比來朝廷治贓吏失之寬。」上曰：「孝宗治贓吏甚嚴。贓吏害民，豈可不治？」丁酉，吏部引見某人等二十四人，詔並改合入官。

二月癸卯朔。甲辰，禮部侍郎袁燮奏：「今日邊陲不靖，非朝廷有意用兵，緣被其擾，不得不應。」上曰：「既彼侵犯，若不能應，何以爲國？」庚戌，月入井。癸丑，復李壁元官，與祠。甲寅，大風。丙戌，白虹貫日。丁巳，進武翼大夫不嫖福州觀察使，襲封嗣濮王。丙寅，日有戴氣。臣僚奏：朝士非休務日及公事聚議，不得出謁。黄序奏：「史館宜擇專官修帝紀，餘官分撰志、傳；遇史官闕，不拘資格；或補外，許以藁隨，修畢上之。」詔從其議。

三月壬申朔，趙方奏：知均州應謙之因虜犯江，棄郡入山，賴統制馮杞捍禦始定。詔謙之降兩官罷。庚寅，詔：「今歲明堂惟事神儀物如舊制，其乘輿、服御、中外支費並從省約，有司條具以聞。」壬辰，工部尚書兼國史、實録院修撰任希夷等奏乞修《孝宗皇帝寶訓》。丙申，禮部員外郎李琪奏，乞令太常寺將慶元元年以後典禮編纂成書〔一〕。丁酉，徐應龍等奏進讀《通鑑》徹卷，乞宣付史館。並從之。詔：「法有標撥，爲祖、父俱亡而祖母與母有前晚嫡庶之分設。今後應一母所出子孫及祖與父年老抱疾者，並不得抑令標撥，雖出祖父母與父母之命，亦不許用，州縣毋得給據。」從大理丞沈繹請也。

四月壬寅朔。癸卯，朝獻景靈宮。乙巳，監察御史盛章奏洩米外國之弊，乞下淮東漕司、沿海州郡措置關防，犯者處以軍法。又奏撫州歲起米綱，守臣移易水脚之費，抑進納富民部餫，乞下江西漕臣考覈水脚錢出入之數，今後輪差見任官。從之。辛亥，月入太微垣。甲寅，以禱晴舉行寬恤之政。己未，以經筵進讀《資治通鑑》終篇，賜宰執、講讀、修注官燕於祕書省。癸亥，閤門舍人熊武輪對，上謂武曰：「卿是東宮官，太子如何？」武奏云：「殿下賢明仁孝，勤儉節用，人之才否，事之是非，無不盡知。每日講論之暇，無他嗜好，手不釋卷。且動如節度，又不喜飲酒，臣每輪當宿直，絶不聞宴飲之樂。」上曰：「此天賦也。」丁卯，以今年九月有事於明堂。戊辰，黄序奏：「兩淮、湖北、京西守倅之俸悉取銅會，州縣小吏或折酸酒，或以鐵錢，而又積壓不支。乞委逐路運司，下所部增小吏俸，將鐵錢并交子、銅會作三色，按月支給。」從之。

五月辛未朔。丁丑，以明堂有期告於天地、宗廟、社稷、宮觀。戊寅，臣僚奏乞修復義倉舊制，歲終令丞合一縣所入數上之守貳，守貳合諸縣所入數上之常平，常平合一道數上之朝廷。令丞替移，必批印紙，攷其盈虧，議其殿最。從之。壬午，潼川路提刑兼提舉丁必稱奏：知資州李耆崗、磐石縣令宇文之寅輒移城外南津浮橋於西津〔二〕，竹木纖弱，溺死十有四人，乞並罷黜。從之。丙戌，臣僚奏知天水軍黄炎孫偷生誤事，詔炎孫鐫二秩罷。壬辰，御射殿，閲新舊行門射藝有差。盛章奏〔三〕：「法科鋪陳斷案舊以五十五通爲十分，以所通定分數，以分數辨等級、别恩例，凡七等。上四等除評事，餘三等循資占射。比年偶一中選，不問等級，皆可入寺，有司以其仕進太優〔四〕，遂難其題。在下者病取放之數窄，在上者患精通之士少。乞復七等之制，上四等除評事，餘三等初任注司法，經任注檢法。取之寬則習者必衆，用之精則濫者不容。」從之。甲午，詔前淮南轉運判官方信孺特鐫三秩。以給事中任希夷言其「皷倡儀真官民，聽其奔迸；私賂山東首領，意在邀功」故也。丙申，大理寺丞趙彦㦿輪對，乞擇守令。上曰：「守令難擇，監司則每路只消擇三兩人。」丁酉，命從臣日一人禱雨於天竺山〔五〕。戊戌，黄序奏前知江陵府、直秘閣趙善培昨以憲節兼帥襄陽，虜騎犯塞，驚畏成疾，易鎮江陵不聞有一施設，乃帶職名奉祠而歸。詔善培落職。

六月辛丑朔。癸卯，盛章奏，乞令諸路憲司歲終比較州縣獄，瘐死尤多者痛懲一二，從之。乙巳，臣僚奏：「新知處州吕祖平頃以珍玩取媚權姦，祖儉乃其堂兄，祖平恐爲所累，圖寫宗枝，指爲疎族，用以自解，守江陰無善狀，乞罷括蒼新命。」從之。丁未，李安行奏遴選愛民奉法者爲郡守，老成有風力者爲監司，從之。袁燮進對〔六〕，奏蜀中不靖。上曰：「秋高馬肥，是他時月，尤當爲備。」燮奏云：「今日事勢迫切，不容少緩〔七〕。」上曰〔八〕：「蜀帥不可不易。」又奏：「兩淮、荆襄間近雖稍静，然不可忽。」上曰：「夷狄姦詐，何可輕信？」燮奏云：「講和却是省事，但虜人之意不專在歲幣，難與通和。」上曰：「他擄掠所得已數倍於歲幣。」燮奏云：「誠如聖諭。虜既不通和，中國尤當嚴備。」庚戌，月入氐。卒亥，填星留守亢。乙卯〔九〕，有流星大如太白。辛酉，詔湖州賑恤安吉縣被水之民。丙寅，録行在繫囚。

七月庚午朔，日有食之。壬申，右正言李安行奏〔一〇〕：「陛下雙隻皆視朝而延訪之時不久，早晚皆講讀而作輟之日不常，聽納雖不倦而議論之見於施行者無幾，奉養雖有節而帑藏之耗於侵欺者不察，豈非安於小康而有怠心乘之耶！願陛下謹終如始，以興治功。」從之。給事中任希夷繳奏成都路運判梁綸輕信浮言驚擾〔一一〕，中書舍人黄宜奏知天水軍黄炎孫負印先遁。詔綸奪兩秩罷，炎孫追三秩〔一二〕，居於辰州。以集英殿修撰、知平江府趙彦櫨爲寶謨閣待制，旌其職事修舉也〔一三〕。甲戌，監察御史蔡闢奏兵部侍郎黄序遍歷臺諫，嗜利無厭，詔與祠禄。監察御史王夢龍奏國子司業林埛巽懦貪鄙，乞行黜罷，從之。歲星入井。辛巳，詔知潼川府許奕與祠，提刑丁必稱罷，以侍御史李楠言其皁郊之擾妄奏失實故也。乙酉，以袁燮爲編類《孝宗皇帝寶訓》官。壬辰，詔進知泉州真德秀官一等〔一四〕，旌其擒捕海寇之功也。丁酉，詔諸以贓罷，毋得輕受文狀，遽改正，必檢會元劾罪犯輕重，爲之處分。從李楠請也。戊戌，左司諫盛章奏：「乞戒飭監司帥守，凡日前差入僉廳之人並令回任，違者御史臺覺察，受差人罷黜，所差官例責罰。」從之。

八月庚子朔。辛丑，臣僚奏：「年來贓吏罰輕，自今罷免者勿與祠〔一五〕，鐫褫者勿叙復，竄斥者勿近徙，永不親民者勿改正，已甚則施杖配估籍之法，乞下有司著爲令甲。」從之。癸卯，權工部尚書胡榘奏事云：「殘虜本無能爲〔一六〕，陛下愛兼南北，初未有征伐意，内因廷臣横議〔一七〕，外而邊臣邀功，使邊境久未安。」上曰：「皆邊吏希望爵賞〔一八〕，爲國生事，不可不戒。」以右丞相兼樞密使史彌遠爲明堂大禮使〔一九〕，參知政事鄭昭先爲禮儀使，簽書樞密院事曾從龍爲儀仗使，吏部尚書李大性爲鹵簿使，户部尚書薛極爲橋道頓遞使。甲辰，以安德軍節度使師嵒提舉萬壽觀。詔平江府新創嘉定縣，分置五鄉，可易以依仁、循義、服禮、樂智、守信爲名，從守臣所請也。丙午，歲星入井。臣僚奏：「新除起居舍人留元剛立朝傾險〔二〇〕，治郡荒淫，乞寢新命。」詔與宫觀。壬戌，寶謨閣待制、新知興元府、充利州路安撫使聶子述内引朝辭〔二一〕，上曰：「朕將付卿全蜀〔二二〕。」子述奏：「臣材識凡下，深懼無以稱塞陛下使令之意。」乙丑，臣僚奏前知黄州謝汲古識淺行污，乞寢召命，詔與宫觀。戊辰，盛章、李安行進對，論「敵情變詐〔二三〕，願陛下毋以虜退爲可喜，日與二三大臣講明備禦」。上曰：「邊備不先理會却遲。」安行奏：「《兵法》曰無恃其不來〔二四〕，恃吾有以待之。」上曰：「極是。」又臣僚言：「二廣大州，城池甲兵僅足自保；至於小州〔二五〕，城低池淺，兵或不及百人。南俗易動，中州姦盜率多配隸於此，猝有竊發，何以待之〔二六〕？今世言武備者類於兩淮、荆襄介意，而置嶺南於度外，臣恐如唐人每備西北，不知其禍在於東南。欲望朝廷不惜小費，於二廣要害去處葺浚城池，練習兵民〔二七〕，以備緩急。」從之。

九月庚午朔。癸酉，蔡闢奏：「今後聚斂之臣永不列於親民〔二八〕，刻剥之將永不使之馭軍。」從之。己卯，朝獻景靈宮〔二九〕。庚辰，朝享太廟。辛巳，大饗於明堂，赦天下〔三〇〕。雷。丙戌，月入畢。戊子，月入井。己丑，歲星守井〔三一〕。壬辰，監察御史王夢龍奏三邊移運之苦，謂：「如某州點夫，某州運米，又指某州出卸，涉歷三州〔三二〕，所運不過捌斗。計其資糧屝屨、點摘誅求之費，常十倍於八斗之直。中産之家雇替一夫，爲錢四五十千；下户一夫受役，一家離散。乞責諸路漕臣，增價就近和糴，以省陸運。」又奏：「朝廷近科降官錢，委淮西漕司雇夫移運，而官吏奉行不虔，所給不敷，樂就者鮮，未免驅迫。乞嚴飭典餫之官，凡所募雇，必須寬計其程，給卸以時。」從之。丙申，李楠奏二廣四弊：「一、右選不問有無出身，不顧格法違礙，皆睥睨符竹〔三三〕；二、武弁雜流冒辟縣令；三、選人入嶺，例求速化，既就此得一削，又改辟它州；四、嶺右獨桂林似中州，宦游來者，往往職隸諸州，身留八桂。乞令各路帥臣、監司，有右列求辟守令與夫改辟選人，苟圖薦削、不安本任者，按奏鐫斥，帥臣、監司自違戾者降責。」從之。

十月己亥朔。庚子，李安行奏：「日者郊禋肆赦，未幾雷聲隱然，皆由奉行之吏不能祇承德意，督責已蠲之租，淹留應釋之囚，沮抑參選之官，敗將當誅而幸免，逃卒或貸而不問，掩覆陣亡，裒尅衣廩，既失軍民之心，遂激上天之變。乞日與二三大臣講求布德修令之道，仍内委臺省、外令監司帥守等第覺察奉詔不虔者〔三四〕。」並從之。壬寅，恭謝於景靈宫。癸卯，如昨禮。以趙方爲龍圖閣待制，仍舊京湖制置使；大理丞游九功遷官一等，直祕閣知金州。己酉，崇政殿説書柴中行進講〔三五〕，奏曰：「所講唐《國風》以後詩〔三六〕，諸侯之事也，何足爲陛下道！顧其所述有是非得失、興亡治亂之迹，可以爲後世規鑒者。」上曰：「卿以名儒勸講，冀聞忠讜〔三七〕。」壬子，蔡闢奏：「科舉差官，每患科名員少，乞博採科第學識衆所推重者，以備考官之選。」從之。王夢龍奏：「邊郡幕職令佐雖考第舉員已足，並須成資受代。」癸丑，恭謝于太乙宫。甲寅，賜武臣宴于貢院。丙辰，瑞慶節，群臣上壽。丁丑，賜文臣宴于貢院。戊午夜，大風。己未，大燕集英殿。戊辰，盛章奏以太祖、太宗、真宗、高宗、孝宗講學爲法〔三八〕，從之。詔兩淮江浙監司、帥守，所部災傷州軍合蠲放賑濟去處，並從實以聞，違者臺臣劾之。

十一月己巳朔。庚午，命從臣日一人禱雨于天竺山，卿監郎官禱於霍山祠。辛未，就命禱雨從臣、卿監、郎官禱雪。壬申，蔡闢奏：「今後慶宴，毋得託疾避免。」從之。廣西經略鄒應龍奏知欽州林千之殺人而食，詔千之先罷，仍限一月具案來上。癸酉，袁燮進讀《高宗寶訓》，至「爲上極難處，一事不合人情則人得以議」，上曰：「人主作事，豈可不合天下之心？」又讀至「凡進一人，使人皆以爲當用，退一人，皆以爲當去，迺爲允當」，因奏：「高宗聖意，以爲進退人才皆當合天下之公論，願陛下以爲法。」上曰：「國人皆曰賢，然後用之，此便是公論。」又讀至「朝廷多是事急時許人賞典，事平後不能如所許與之，甚不可也」，因奏：「向來諸軍曾立戰功者，賞猶未及徧行。」上曰：「人無信不立，若賞典不信，何以使人？」又讀至「功過不相掩則賞罰信」，上曰：「有功則賞，有罪則罰，自是不可相掩。」甲戌，袁燮進讀《寶訓》至「王瓊專事交結」，因奏：「將帥交結，非能自出家財，不過掊刻軍士。」上曰：「今日將帥亦有此弊，何以成功？」又進讀「吳璘功賞」，《寶訓》云：「政有賞罰，如醫用藥，不及則不能治病，太過則傷氣，要須適中。」燮奏曰：「自古人君治天下只是中道，剛柔皆不可不中。」上曰：「柔而不中爲姑息，剛而不中爲霸道，剛柔皆得中爲王道。」燮曰：「誠如聖諭。」丙子，填起入氐，宿方口星。袁燮進讀《寶訓》，云「土豪等賞似太輕，宜遞加一等。」上曰：「此民兵邪？」燮奏曰：「即民兵也。建炎間，中原陷没，土豪多有能據險自守者，虜不能破，高宗所以優賞之。」因奏：「王辛者，即土豪也。去年光州被兵，辛首立功，以此知土豪可用。」四川制置使董居誼奏殘虜犯關，知成州羅仲甲、知西和州楊克家皆棄城不守，詔各削三官，克家送居道州，仲甲常德府。己卯，以左翼軍統領楊俊爲統制，旌其連獲賊寇、海道肅清故也〔三九〕。辛巳，刑部尚書徐應龍進讀《續帝學》，至「詔講讀官遇不開講日輪進漢唐故事有益政體者二條〔四〇〕，仍旬録申三省」，因奏：「近歲止進一條而不復申省，乞間以一二付外施行。」上曰：「所進故事便與輪對劄子一同，若有益於治道者，當付出行之。」壬午，蠲皇后殿置平江府長洲常熟田自嘉定十二年以後税租科敷等三年。袁燮進讀《寶訓》，至「上書《後漢·光武紀》賜右諫議大夫徐俯，手詔曰：『卿近進言宜熟看《光武紀》以益中興之治，因思讀之十過，未若書一遍之爲愈也』」。燮奏云：「高宗所謂讀十過未若書一遍，此語有益聖德。臣聞陛下龍潛時，親書吕公著《十事》，宜時以此等語灑之宸翰。」上曰：「吕公著有《十事》，司馬光有《五規》。」柴中行因言：「臣向於宗寺恭覽《玉牒》，載陛下日書三百字，不勝嘆仰。」甲申，校書郎袁甫進對言：「欲圖外治，當先内治。所謂内治無他，辨邪正而已。忠實者爲正人，諛佞者爲邪人。知有人主、知有國家者爲正人，知有身、知有私家者爲邪人。」上曰：「然。」又奏：「陛下若得正人以爲國家用，則朝廷根本既正，外患何憂不平？」上曰：「然。」徐應龍進讀《續帝學》，至「元祐三年五月，詔權住進講。八月，范祖禹言：『昔唐憲宗不對學士兩月，李絳奏曰：爲臣等竊禄偷安之計則便矣，其如陛下何？』」應龍曰：「范祖禹意謂人主深居閒燕，接見儒生之日少，恐爲近習所移，故發是論。大凡人主之學，當以此心爲先。祖禹此後又有正心之説，蓋心正則萬事皆正。惟陛下留神。」上曰：「祖禹愛君之切如此。」乙酉，袁燮進讀《寶訓》：「建炎元年，詔三省曰：宣仁聖烈皇后保佑哲宗，有社稷大功，姦臣懷私，誣衊聖德，其蔡確、蔡卞、邢恕、蔡懋取旨行遣。」燮奏曰：「高宗所以中興者，只爲能辨宣仁之誣，治蔡卞、邢恕等之罪，君子小人至此方見明白，此所以爲立國之本。」上曰：「邪正豈可以不辨！向來止爲邪正不分，所以致夷狄之禍。」又曰：「今日自是可爲之時。」燮、中行奏曰〔四一〕：「誠如聖訓，天下事未有不可爲者。」中行又奏曰：「更在陛下奮大有爲之志。」上曰：「然。」丙戌，太府少卿葛洪奏惠民五局以僞藥給賣，詔監官管淇、陶大章、閭邱椅各鐫一資，潘師文展磨勘二年。徐應龍進讀《續帝學》，至「蘇軾所讀淳化二年太宗皇帝謂侍臣曰：『諸牧監馬多死，近取十數槽寘殿庭下，視其芻秣。』軾因進言：『馬不能言，無由申訴，太宗皇帝深哀憐之。民雖能言，上下隔絶，不能自訴，無異於馬。四海之衆，又非如馬可致殿庭，惟當廣任忠賢以爲耳目。若忠賢疎遠，民之疾苦無由上達』」。應龍奏曰：「昔齊宣王不忍一牛之觳觫，孟子謂其恩當及百姓〔四二〕。蘇軾因殿庭飼馬事，廼言及民之疾苦。是皆遇物見意，廣其君之仁愛者也。」上曰：「昔人開導其君類多如此。」又奏曰：「今日之民困甚矣，任牧民之寄知此理者十無一二，望陛下與二三大臣講究可以寬民力者。至於除授守臣之際，亦乞審擇。」上然之。庚寅，皇太子講堂奏乞講《尚書》〔四三〕，從之。袁燮進讀《寶訓》云：「自古小人陷害君子，立爲朋黨之論。」燮奏曰：「慶元初，攻汝愚者謂之謀逆，所用之人謂之逆黨，汝愚豈謀逆者？」上曰：「此時天下洶洶。」燮奏曰：「賴陛下聖明，察見誣罔。」復奏曰：「逆黨之説既不足取信，又撰一名，謂之僞學。」上曰：「此謂道學也，若不立此名則無以排陷君子。」燮等奏：「誠如聖訓。」次進讀《續帝學》：「元祐元年，司馬康講《尚書·洪範》又用三德，哲宗問曰：『只此三德，爲更有德。』起居舍人王巖叟喜聞玉音，請書於册。」燮奏：「帝王之學要發問，《周易》言學以聚之，問以辨之，《中庸》言博學之必曰審問之〔四四〕。臣亦願陛下勤於訪問。」上曰：「問則明。」日南至，上不視朝〔四五〕。

十二月己亥朔，李楠奏知揚州應純之昨守山陽〔四六〕，背公徇私，揜將士功以私其子，乞賜鐫罷。從之。庚子，徐應龍進讀《寶訓》，至昭慈皇后處瑶華宮事，應龍奏曰〔四七〕：「兹事其初也，人定勝天；及其後也，天定能勝人矣。京城之變，昭慈已廢居瑶華〔四八〕，不與北徙〔四九〕。既而垂簾聽政，以位授之高宗，豈非宗廟社稷之靈護祐之乎？」上曰：「當時宮中所謂厭勝者，烏有此理？」應龍奏曰：「惟其不信，即無是事。若漢之武帝，惑孰甚焉。」李楠奏曰：「陛下聖明，迺灼見無是理。」癸卯，李安行奏：「乞將今年綱運應入浙者就江東三司截留科撥，理爲和糴之數，却責三司以元降糴本於浙西豐熟州郡就便收糴，徑解豐儲倉或平江、嘉興和糴倉，抵還兑撥之數〔五〇〕。其江東諸郡如建康、太平、池、寧國、廣德等處，有科撥隸司農寺交納者〔五一〕，亦許兑撥應副江上軍糧，却就行在支撥和糴米還司農寺支遣。其部綱賞格當照地里差次〔五二〕，與推元賞。」從之。盛章奏：「祖宗之世，內藏所積或至三十庫。三司有闕，於此假貸。陛下躬行節儉，而內帑空乏，諸州合解之數以囑托而寖虧，主藏出納之司以肆欺而侵盗。先朝修內司文歷令赴比部驅磨，元祐間御史上官均請復舊制，令户部、太府並主行內藏，撿察出納。今士大夫顧忌，無敢言者，不過以左右近習惡聞是説。願陛下參酌成憲，令外廷覈內帑。」從之。又奏雄勝軍統制侯汝楫御軍無律，赴援畏怯，詔鐫二秩，送軍前自効。甲辰，以禱雪躅大理寺、臨安府、三衙私酤茶鹽贓賞錢。丙午，臣僚奏：「安豐軍教官何知、昌化軍教官張毅然各擅離任，入朝覓舉，乞並罷黜。仍乞下諸路監司、郡守，今後教官不得妄作訪求遺書差出及入簽幕。」從之。己酉，御射殿閲軍頭司武伎。庚戌，月入井。辛亥，徐應龍進讀《續帝學》，至劉唐老言《大學》，論入德之序，應龍奏曰：「能知是理然後可以推而達之天下國家，唐老之言是也。」上曰：「《大學》之言甚切治體。」甲寅，袁燮進讀《寶訓》，至「上跋晉王羲之書《蘭亭詩序》」，云：『覽此《叙》，因思其人與謝安共登冶城，安悠然遐想，有高世之志。羲之謂曰：今四郊多壘，宜思自効，而虚談廢務，浮文妨要，恐非當今所宜。登臨放懷之際，不忘憂國之心，令人遠想慨然』」。燮因奏：「士大夫虚談廢務，浮文妨要，最計利害。高宗當紹興元年金虜方强、中國多故之時，發爲聖訓。今殘虜未平，邊烽未息，願陛下體高宗之意激厲士大夫。」上然之。丙辰，徐應龍進讀《寶訓》，至「紹興三年殿中侍御史常同言，六曹長貳拘守繩墨，宜少假以權，使得隨宜裁決。」上曰：「國朝以法令御百執事，有司奉法而不敢以私意更令，祖宗成憲不敢改也。」應龍奏曰：「常同之言誤矣，若使得從權裁決，豈復有成法乎？」上深然之。又讀《續帝學》，至「吕大防等奏人君之要在乎知人，若以正爲邪，以小人爲君子，則不可」。應龍奏曰：「姜公輔，天下皆以爲君子，而德宗乃以爲賣直；盧杞，天下皆以爲奸邪，而德宗乃以爲忠。亂亡相繼，未有不由於是。」上曰：「君子小人最爲難知，彼小人者亦能發君子之言，當即其事而觀之。」己未，以禱雪命大理寺、臨安府、三衙決繫囚，兩浙州縣亦如之〔五三〕。庚申，徐應龍讀《續帝學》，至「仁宗皇帝與講讀官講《詩》，至『誰能烹魚，溉之釜鬵』，謂侍讀丁度曰：『老子云治天下若烹小鮮，謂此也』」。應龍奏曰：「烹魚煩則碎，治民煩則亂。《詩》言誰能烹魚者乎，但滌其釜鬵而已。仁宗皇帝四十二年安靖之治，豈非自此言而推之耶？今日爲陛下牧養斯民者，以苛察爲明，以督促爲能，望陛下時有以丁寧訓飭之。」上曰：「然。」壬戌，給諸軍薪炭錢。甲子，以雪賜輔臣燕於尚書省。是歲斷死刑一百六十八人。

〔一〕典：原作「興」，據宋刻本、四庫本改。

〔二〕西津：原作「西洋」，據宋刻本、四庫本改。

〔三〕句首原有「壬辰」二字，據四庫本删。

〔四〕太：原作「水」，據宋刻本、四庫本改。

〔五〕雨：原作「臣」，據宋刻本、四庫本改。

〔六〕進：原作「達」，據宋刻本、四庫本改。

〔七〕緩：原作「繳」，據宋刻本、四庫本改。

〔八〕曰：原作「四」，據宋刻本、四庫本改。

〔九〕卯：原作「亦」，據宋刻本、四庫本改。

〔一〇〕安：原作「止」，據宋刻本、四庫本改。

〔一一〕綸：原作「給」，據宋刻本、四庫本改。

〔一二〕追：原作「迫」，據宋刻本、四庫本改。

〔一三〕職：原作「集」，據宋刻本、四庫本改。

〔一四〕泉：原缺，據宋刻本、四庫本補。

〔一五〕今罷：原無，據宋刻本、四庫本補。

〔一六〕殘：原缺，據宋刻本、四庫本補。

〔一七〕廷：原缺，據宋刻本、四庫本補。

〔一八〕邊吏：原缺，據宋刻本、四庫本補。

〔一九〕本句「樞密使史」以上爲原本第六頁，「彌遠」以下約四百字，誤入第八頁，據宋刻本、四庫本乙。

〔二〇〕剛：原作「綱」，據宋刻本、四庫本改。

〔二一〕利：原缺，據宋刻本、四庫本補。

〔二二〕蜀：原缺，據宋刻本、四庫本補。

〔二三〕變：原缺，據宋刻本、四庫本補。

〔二四〕恃：原作「侍」，據宋刻本、四庫本改。下句同。

〔二五〕「於小州」及下句「城低」：原缺，據宋刻本、四庫本補。

〔二六〕之：原無，據宋刻本、四庫本補。

〔二七〕兵民：原作「武兵」，據四庫本改。宋刻本作「民兵」。又「練習」以上約四百字爲原本第八頁，「兵民」以下約四百字爲原本第七頁，據宋刻本、四庫本乙。

〔二八〕「後」原作「從」，「列」原作「例」，據宋刻本、四庫本改。
〔二九〕景：原缺，據宋刻本、四庫本補。
〔三〇〕下：原缺，據宋刻本、四庫本補。
〔三一〕井：原缺，據宋刻本、四庫本補。
〔三二〕州：原作「洲」，據宋刻本、四庫本改。
〔三三〕竹：原作「所」，據宋刻本、四庫本改。
〔三四〕等：原無，據宋刻本補。
〔三五〕柴：原作「紫」，據宋刻本、四庫本改。
〔三六〕詩：原無，據宋刻本、四庫本補。
〔三七〕冀：原作「異」，據宋刻本、四庫本改。
〔三八〕講：原作「謹」，據宋刻本、四庫本改。
〔三九〕「其」下原有「過」字，據宋刻本、四庫本刪。
〔四〇〕開：原作「聞」，據宋刻本、四庫本改。
〔四一〕燮：原作「變」，據宋刻本、四庫本改。
〔四二〕當：原作「嘗」，據宋刻本、四庫本改。
〔四三〕書：原作「者」，據宋刻本、四庫本改。

〔四四〕言：原作「害」，據宋刻本、四庫本改。

〔四五〕朝：原作「朔」，據宋刻本、四庫本改。

〔四六〕昨：原作「非」，據宋刻本、四庫本改。

〔四七〕奏：原無，據宋刻本、四庫本補。

〔四八〕華：原作「筆」，據宋刻本、四庫本改。

〔四九〕徙：原作「徒」，據宋刻本、四庫本改。

〔五〇〕抵：原作「祗」，據宋刻本、四庫本改。

〔五一〕有科：原作「守料」，據宋刻本、四庫本改。

〔五二〕「差」下原有「之」字，據宋刻本、四庫本刪。

〔五三〕如：原作「知」，據宋刻本、四庫本改。

後村先生大全集卷之八十三

玉牒初草

寧宗皇帝　嘉定十二年

正月戊辰朔，上不視朝，文武百僚赴大慶殿朝賀。聶子述除寶謨閣直學士、四川制置使、兼知成都府。己巳，不視朝。癸酉，袁燮以己見進對，論「豫常燠若，時雪未應，由逸豫之故，願陛下至誠感格，庶幾天意可回。」上曰：「每日在禁中焚香致禱。」燮奏：「古人應天以實〔一〕。要須修政事，進忠良，屏邪佞，此應天之實也。」上曰：「人臣來説者少，不來説者多，朕只要人來説。」乙亥，大風。戊寅，袁燮進讀《寶訓》，至御史中丞趙鼎疏論宰相吕頤浩過失，燮奏：「祖宗立國規模，以大臣爲股肱心膂，任以大政，故大臣得以行志；以臺諫爲耳目，無所不言，故大臣不敢爲非。」上曰：「此所謂言及乘輿則天子改容，事關廊廟則宰相待罪。上下之情不通則爲《否卦》〔二〕。若臺諫不言，何緣得知？朕只要人來説。」吏部引見計釁等三十九人，詔並改合入官。蔡闢奏乞申嚴百官出入局之節及常朝後殿四參之禮，從之。壬午，下詔貢舉。甲申，盛章奏：「朝廷每給和糴犒賞並以銅券，而兩淮州郡將帥率以鐵鑹折支，物貴鑹輕，實原於此，乞嚴行戒飭。」李安行奏：「近有指揮，凡逃絶田産爲民冒耕若請佃在户者，並令召賣，拘錢解封樁庫。官吏奉行過當，開告訐之門，立剗奪之令，所在怨嗟。且逃絶田已經紹熙間置局出賣，嘉定間嘗再根括，爲錢不過一百八十萬緡而已。乞下諸路，應紹熙四年以前請佃之家不欠租課者，並免估賣。其因近降指揮爲人剗買者，給價還剗買之人。」並從之。甲午，吏部引見馬任仲等二十三人，詔並改合入官。袁燮進讀《續帝學》，至「上官均言『明君操術，自有至要。蓋好學則明天人之道，通古今之變；好問則察羣臣之情〔三〕，達天下之政』」。燮奏：「上官均之言可謂切當，臣願陛下勤於訪問。」柴中行因言：「亦須觀其所問之人，問於正人必能盡忠，問於邪人反爲正人之害。」上深然之。燮奏：「人之邪正亦不難知，但觀其所言爲己乎，爲國乎，則邪正判矣。」丙申，李安行奏知婺州趙懇夫褒斂析秋毫，每日輪官受輸〔四〕，别貯出剩，即其多寡以課能否。其折價也每石以七貫，而回糴軍糧也以三貫二百，軍民怨嗟。」詔罷之。

二月戊戌朔。庚子，太白晝見。袁燮進讀《續帝學》〔五〕：「崇寧三年幸太學，遂幸辟雍，御製《辟雍記》。宣和四年幸秘書省，次幸秘閣。」燮奏：「當時興學崇儒如此，未幾乃有夷狄之禍，何也？皆由邪正不明，是非顛倒，雖崇儒學亦無益。」柴中行言：「當時所作事不過止是觀美，初非務實，何以能遏夷狄之禍？」辛丑，徐應龍進讀《寶訓》，至「紹興八年，上謂輔臣：『廣南去朝廷遠，宜精擇郡守』」。奏云：「臣前此兩試廣郡，親見其間武臣爲郡者狼籍殊甚。」李安行奏云：「右科人止三任便可入廣郡，比文臣甚優。」上曰：「此等人未練歷，不宜輕畀以郡。」癸卯，徐應龍因進讀奏云：「前讀《資治通鑑》所載仇士良事，陛下能記之否？」上曰：「士良歸老，語其徒云：『天子不可令閑暇，暇必觀書，見儒臣則納諫，智深慮遠，吾屬恩薄而權輕矣。』」應龍云：「陛下能記此，天下幸甚。」庚戌，曾從龍除同知樞密院事、江淮宣撫使〔六〕，禮部尚書任希夷除端明殿學士、僉書樞密院事，兼太子賓客〔七〕。癸亥，以武師道爲池州副都統制。甲子，臣僚奏前四川制置使董居誼料敵無先見，臨事無豫備，蜀人怨之，深入骨髓，乞寢召命。從之。

三月丁卯朔，太學博士樓昉面對，讀劄至「事力不敵，猶當掩擊攻劫」，口奏云：「虜欲求和，皆非實意，若不能自立崖岸，彼豈肯退聽？」上曰：「當立此崖岸。」又讀至「變官軍怯懦之習」，口奏云：「若朝廷能駕馭，將帥能激昂，官軍人人敢戰，山東一邊自然不會頭重。」上曰：「然。」己巳，鄭昭先除知樞密院事，曾從龍參知政事，並兼太子賓客。戊子，大理寺丞梁丙降兩官罷，以臣僚論其「暫守楚州，短於御衆，激使攜貳」故也〔八〕。辛卯，夕有流星如太白。壬辰，知沔州兼利西安撫丁焴特轉朝奉大夫、直龍圖閣，賞其誅李好古之功也。好古爲利路副總管，擅斬統制張斌，領兵二千徑下沔州，或言其謀害張威、張虎，焴執而誅之，故有是命。其後乃有言好古寃者。癸巳，徐應龍進讀《寶訓》，至「建炎三年環慶帥王似言：陝西六路帥乞皆用武臣。帝曰：如范仲淹亦不在親臨矢石。」應龍奏云：「如丁焴在沔州，臨事深，識權變，若邊頭盡得若人而用之，復何患？」上曰：「此人殊有謀略。」甲午，袁燮進讀《寶訓》，至御筆督諸將進兵事，燮奏：「近日諸將多不肯向前，有領兵數萬，端坐兩月，更不出城一步者，宜戒飭之。」又讀《續帝學》，至「程瑀侍讀，隨事著明其說」〔九〕，上曰：「近年侍讀不進講義，得卿每事敷陳，甚善。」燮因奏：「觀程瑀事則知向來讀官亦進講義也。」上曰：「只讀一遍則無益於事。」

閏三月丙申朔，袁燮進對，因賀生禽僞駙馬，燮言：「若當時與虜講和，安得有今日之事？」上曰：「若講和則鋭氣銷鑠。」燮奏：「人主鋭氣豈可銷鑠？」己亥，臣僚奏吏部郎官康仲穎以儒自名〔一〇〕，中實峭深，前守天台無善狀，詔仲穎與祠。辛亥，柴中行進講羔裘大夫以道去其君之詩〔一一〕，言「古人三諫不用而後去之，此所謂以道去其君也」。上曰：「人主容納諫争，則人臣得以行其道。」壬子，袁燮進讀《寶訓》，至「上言劉錡順昌之勝未爲善戰，錡之所長在於循分守節。又稱李寶非惟驍勇，其心術亦可倚仗」〔一二〕。燮奏：「高宗選擇將帥，專取其用心，此乃萬世人主擇將之法。」柴中行亦言：「安豐受圍甚久，初未嘗出戰，却稱大捷十數。」上曰：「被圍七十餘日，乃敢欺罔如此！」庚申，袁燮進讀《寶訓》，至「手詔三省：『今後侍從有闕〔一三〕，選帥臣及第二任提刑資序者；卿監郎官闕，選監司郡守有政績者』」。燮奏：「高宗此詔可謂得人主用人之要，蓋必經歷外任然後通練世務。」上曰：「更迭之法，誠不可廢。」次讀《録忠義》門，燮奏：「蘇軾有言：平居有犯顔敢諫之士，則臨難有仗節死義之臣。今日立朝之士偷免苟容者多，只觀輪對便自可見。」上曰：「此只是爲爵禄。」燮奏：「陛下更宜崇獎節義。」

四月丙寅朔。辛未，前知袁州鄭自誠奏事論苟同之弊，上曰：「雷同最是今日大患。」自誠奏：「轉移之機，全在陛下。」壬申，填入氐、房口。癸酉，月入太微垣。臣僚奏成都提刑周居信被召累月，遷延營私，乞寢召命。從之。甲戌，臣僚奏知池州葉凱以酷濟貪，乞行鐫斥，從之。詔諸道提點刑獄以五月按部理囚徒。癸未，朝獻景靈宮。甲申亦如之。辛卯，參知政事曾從龍除職與宮觀〔一四〕。太常議故相余端禮謚，曰忠肅。壬辰，知樞密院事鄭昭先兼參知政事。盛章奏：「太府卿、四川總領王鉉姦險貪惏，隱匿糴本祠牒，科諸路夫錢數百萬，蜀民怨咨，皆謂一年而取十年之賦。制帥庸懦，鉉每侵撓其事權，禍流四蜀。歸裝捆載，舳艫蔽江。乞重寘典憲。」詔鐫三秩罷之。癸巳，李楠論曾從龍初命宣威，遷延卜日，乞寢除職予祠之命。又奏董居誼誤國害民，出蜀席卷，乞重行黜責。並從之。居誼褫職鐫三秩。甲午，福州觀察使李貴進右武大夫，爲興元都統制。

五月乙未朔，以鄭昭先權監修國史、日歷，同提舉編修勑令。丁酉，詔：「朕紹累聖之統，撫九有之師，信不足以睦鄰，威不足以制敵。醜虜匪茹，輕啓於兵端；生民何辜，重罹於荼毒。空國以逞，仍年于兹。往來迭擾於三垂，大小不知其幾戰。賴天意厭亂之久，而人心助順之多，我武用張，彼氣自奪。果速鯨鯢之戮，遂空狐兔之群。漸底晏清，少寬憂顧。然念創殘之後，尚多愁嘆之聲。室廬既墟，婦子不保。民力困而轉輸未已，農時失而賦役未蠲。扞邊死事之家，盍昐䘏典；臨陣血戰之士，當議優恩。或失律而逋逃，或乘時而嘯聚，悉疏禁網，用穆返衡。於戲！除戎器，戒不虞，敢廢修攘之政？發德音，下明詔，共爲安集之圖。咨爾群倫，體予至意。應兩淮京襄湖北利州路沿邊諸州軍府縣鎮曾經蹂踐驚擾及轉餉勞役去處，恤死節，赦罪囚，蠲租賦各有差。」辛丑，以武功大夫、忠州團練使張威爲右武大夫、揚州觀察使，依前沔州都統制。癸卯，袁燮進讀《續帝學》，至「迪功郎朱熹辭召命，乞嶽廟，上曰：『熹安貧樂道，改合入官，主管台州崇道觀』」。燮奏：「熹累召不至，而孝宗亦重之，自初官即與改秩，可見崇儒好賢。其後入爲侍從，出典方面，又嘗擢置經筵。當陛下龍興之初，實爲講官。」上曰：「記得朱熹在經筵，即是朱在之父。」燮同説書柴中行奏：「陛下記得朱熹如此〔一五〕，其子猶在罪籍，本無大過，陛下能拔擢而用之，亦足以見不忘忠賢之後。」上然之。臣僚奏監司州縣期會不報，動涉歲年，乞詔省部考覈稽遲，必罰無赦。從之。甲辰，以扈再興爲鄂州副都統制。乙巳，利西路安撫司言和州鄉貢進士何大用等三十四人狀，乞將權知郡趙彦吶優加旌異，詔彦吶特轉兩官知西和州。丙午，袁燮進讀《續帝學》，孝宗皇帝聖訓云：「朕常語東宫，德性已自温粹，須是廣讀書〔一六〕，濟以英氣，則爲盡善。」燮奏：「人君之德固以温粹爲本，然不濟以英氣，則無以立大事，決大疑。惟有英氣則有英斷，而人主之德全矣。欲全此德，非學問不可，此孝宗所以言廣讀書也。」上曰：「此事全在學問。」丁未，徐應龍等奏進讀先朝范祖禹所進《帝學》徹卷，乞宣付史館。從之。己酉，詔安邊所没入實應縣韓侂胄田五十九頃，撥充忠義人耕種，從淮東提刑賈涉請也。辛亥，以崇信軍節度使、開府儀同三司、萬壽觀使安丙爲保寧軍節度使，依前開府儀同三司、四川宣撫使〔一七〕、兼知興元府、利東路安撫使。己未，秘書監柴中行輪對奏：「近上官職須親出陛下手，然後權歸於上。」又奏：「古之用人，謂之尊上帝。」上曰：「只是要無私，不用非人也。」又奏：「三學伏闕，此事不可含糊，須早處分。大抵公是公非合於人心，則人心自平。」上曰：「然。」又論邊事：「臣觀邊庭種類至多，使殘虜滅亡，亦須數十年不定，朝廷卒未有息肩之期，安可一日少忘邊備！今偷安之徒只欲苟目前富貴，豈復顧陛下宗廟社稷子孫計哉！又今日大患最在虛誕，使邊備失措置，難倚仗。」上曰：「須是慤實理會。」因奏：「山東人雖受節制，就招刺，然亦不可置之腹裏。況陰誘韃人，是再添一山東也。」又論：「公生明，偏生暗。此心一偏，邪正是非貿亂，雖欲知之，不可得矣。此是知人之法，然必在人主先明其德，然後邪正是非不能亂。」上然之。癸亥，以進讀《續帝學》終篇賜宰執、講讀、修注官燕於秘書省。詔令侍從、兩省、臺諫各擇文武可用之才二三人姓名來上，籍於中書，隨才任使。

六月甲子朔，臣僚奏尚左郎官陳天宜昏眊跛倚，與宮觀。乙丑，臣僚奏新除太常少卿蔡闢未嘗試邑，昨除臺察，冒然居之，彈擊多私意，出臺有怨言，詔與宮觀。丙寅，録行在繫囚。丁卯，權工部尚書胡榘、禮部侍郎袁燮並罷。以右諫議大夫李楠、殿中侍御史盛章、右正言胡衛、監察御史徐龜年張次賢言其和戰異論，待班漏院，會食公堂，紛争求勝，釁開朋黨，害及國家，故有是命。庚午，以隨州棗陽縣爲棗陽軍，從京湖制置趙方請也。辛未，太白晝見。乙亥，以嗣濮王不嫖薨輟視朝。庚辰，太白入井。壬辰，臣僚奏軍器監黎伯巽傾詐，兵部郎中高禾當華髮之年，有嬰孺之嗜，刑部郎中趙彦适權姦之甥，乞並與郡。著作郎陳黼憒憒無聞，與參議官。大理寺正沈繹、丞蔣誼與宮觀。並從之。詔：「朝士補外，惟殿試前三名、省元釋褐、狀元朝蹟稍深許之爲郡〔一八〕，餘未經作邑人，非三丞二著權郎，且與通判差遣。」癸未，李楠奏：「前江淮制置使李珏權重謀疎，泗上之役，實珏逼行，損國家威重，啓夷狄輕心〔一九〕。乞候服闋奪職。仍乞沿江兩淮各命制置使〔二〇〕，其有官序尚卑，資望猶淺，則姑命以副使。」從之。丁亥，命從臣日一人禱晴於天竺山，卿監、郎官禱於霍山祠。詔二廣監司，應闕官去處不許白帖差攝，已差人限兩月赴本司陳毁，違者追冒請俸給，計贓坐罪。己丑，張次賢奏申嚴胄試假託宗枝、遷就服屬之弊，從之。辛卯，太白經天。

七月甲午朔。壬寅，進信陽軍守臣趙綸官二等，旌其守禦之勞也。太白歲星合於井。辛亥，宣繒奏董居誼誤國罪大〔二一〕，僅降三官落職，未足示懲。詔居誼更降兩官，送居永州。甲寅，盛章奏乞先降羅本，令臨安府、兩浙漕司差人運至極邊諸郡〔二二〕，廣糴米斛〔二三〕，以寬淮民。從之。臣僚奏池州副都統制武師道誕謾無勇，詔罷之。庚申，蠲天水軍嘉定十一年分貢瑞慶節銀絹，以經虜寇焚蕩故也。辛酉，光州奏虜犯光山縣，知縣許洎、權統制韓貴叶力捍禦，貴鏖戰屢捷，以寡不敵衆陣歿，洎守城不屈而死。詔贈洎武翼郎、貴修武郎，並與一子承信郎，仍各給其家錢千緡。

八月甲子朔。丙寅，胡衛奏：「今後該封襲嗣濮王、安定郡王之人，令寓居州軍審驗堪拜跪者津遣至宗正司銓量，都堂審察，令奏事訖取旨除授。或序當承襲、不堪拜跪者，特轉一官，與一子恩澤，却於以次人選襲。」又奏選擇老成更練之人爲知宗。並從之。詔户部申嚴州縣受租苛取之禁，漕臣察其違者劾之。庚午，臣僚奏江西浙東等處和糴並以一色官會，近乎抑配，乞以金銀品搭〔二四〕。從之。壬申，太白犯權御女星。甲戌，詔四川制置司依舊利州置司，令安丙往來興元府等處措置邊面。丁丑，太白犯權左角少民星。壬午，蠲建寧府七縣嘉定七年至九年第五等户積欠税租，爲緡錢十萬。從守臣史彌堅請也。癸未，月入井。甲申，月犯熒惑。庚寅，李楠奏：「朝紳進對、監司守臣條上五事與夫草茅獻議〔二五〕，多有可采而未及行，乞置籍記録，委官考察其可行者條列取旨。」從之。

九月癸巳朔。庚子，侍讀徐應龍讀《寶訓》：「有自東京來者云張九成投僞齊，帝曰：『朕固知其不然。』」應龍奏曰：「非高宗聖明，九成必遭中傷。」上曰：「飛語烏足信？」又讀：「張常先、汪召錫、莫汲、范洵等告訐，帝曰：『可並與追削編置。』」應龍奏曰：「《詩》云：『取彼譖人，投畀豺虎。』高宗可謂深得詩人疾讒之意。」上曰：「此誠可爲子孫家法。」甲辰，李楠進讀《寶訓》，至諭輔臣曰：「朕欲治贓吏，須檢舉祖宗舊法，先告諭，庶行之不暴。」上曰：「祖宗治贓吏至棄市。」楠奏：「高宗嘗曰：『不必至此，笞黥足矣。』繼今有贓敗者，乞並遵高宗聖訓，杖脊流之嶺表。」乙巳，徐應龍進讀《通鑑》，至「吳起爲將，與士卒最下者同衣食，分勞苦，卒有病疽者，起爲吮之」。應龍奏曰：「昔之將帥與士卒同甘苦，得其死力；今之將帥事掊尅而不恤士，欲其臨危效命，〔二六〕，得乎？惟陛下嚴戒飭之。」癸丑，詔令皇城司招刺三百人，配填親從等闕。省衢州西安縣西尉，置龍游縣主簿，從臣僚請也〔二七〕。乙卯，以皇叔保康軍節度使、開府儀同三司、嗣秀王、判大宗正事師禹爲少保〔二八〕，保寧軍承宣使、知閤門事楊石爲保寧軍節度使，奉國軍承宣使〔二九〕、知閤門事楊谷爲奉國軍節度使。徐應龍進讀《寶訓》，至「紹興二十六年樊光遠進對，云『近投荒者還官職，物故者復資品，録子孫』」。又「帝諭輔臣曰：『往時士子或上書忤秦檜，押往本貫或它處聽讀〔三〇〕，致妨應舉，可並放逐便』」。上曰：「當時秦檜用事，在朝賢者斥逐去盡。」應龍奏曰：「高宗既爲之復官職，録子孫，至於聽讀士人亦令逐便，恩亦厚矣。陛下觀書能察及此，公道幸甚。」丙辰，月入太微垣。己未，建康都統許俊奏前軍統領張世忠策應濠州，畏怯逗撓，委棄衣甲。詔張世忠鐫三官，降準備將。辛酉，臣僚奏沿邊令尉須年六十以下方許差注。見任人令各州察其疲老不堪任使者，赴部別行注授。從之。

十月癸亥朔。甲子，朝獻景靈宫。丁卯，臣僚奏乞戒敕監司郡守各察其屬，舉賢糾惡，歲終具數來上，省部置籍稽考，違者臺臣覺察重罰。從之。己巳，詔權殿前司事務王端理獻錢會叁拾萬貫，令本司樁管。庚午，月入羽林。辛未，張次賢奏：「淮西陸運舊分兩路：東路自安豐運至無爲，無爲運至廬，廬運至濠；西路自蘄運至黄，黄運至光。地之相去各不下三百里，半月可以往復，民亦樂趍。近歲邊吏措畫乖方，東路之夫遣往西路，甚或不給路費，顛踣道路。乞戒敕諸司，勿得越境借夫，諸邊吏假軍期科優者，必罰無貸。」從之。甲戌，工部郎中張午進對，奏：「前此方面之臣及江淮諸將類無可恃，當急收賢望，拔用智勇。」上曰：「然。」又奏：「内帑之積無餘，版曹之用不繼。」上曰：「内帑誠不及向來。」午奏：「聖德恭儉，宜貫朽粟紅。今中外之財皆若不足，必有其故，當節用不當取民。」上曰：「誠是。」又奏邊事，上曰：「蜀中兵火可念。」午奏：

「陛下軫念遐遠如此。天下無十全之利，圖事揆策，固當惟目前之安；而銷患制變，亦不可不熟計其後。」上曰：「當慮後。」戊寅，以瑞慶節賜武臣宴於貢院。庚辰，群臣上壽。辛巳，賜文臣宴於貢院。癸未，大燕集英殿。丙戌，李楠奏：「乞下提舉常平司，申嚴州縣推排陞降之法〔三一〕，違者憲、漕互察以聞。」從之。辛卯，胡衛奏：「知欽州林千之殺人爲饌，乞差大理寺官審勘。」上曰：「然。」又奏：「乞令四蜀守臣各修軍政。厢禁軍弓手之籍闕者，日下招填。仍令逐路帥臣督察其奉行不虔者。」從之。臣僚奏淮東提刑兼知揚州洪伋退縮辭難，乞別與州郡。從之。時朝議移帥閫於楚州，伋有異論故也。

十一月癸巳朔。丁酉，以雪賜輔臣宴於尚書省。徐龜年奏前主管川秦監牧公事趙彦綰靳吝本錢，不盡支散，致四川都統司戰馬闕數，乞寢彦綰召命。從之。己亥日南至，御文德殿〔三二〕，羣臣朝賀。有流星大如太白。癸卯，詔臨安北山劍門嶺今後毋得於其所鑿山伐石，以張次賢論其泄山川陰陽之氣故也。甲辰，遣大理正孫涇鞫林千之獄於全州。辛亥，以少傅、岳陽軍節度使、充萬壽觀使、永陽郡王楊次山爲太保、安德昭慶軍節度使，進封會稽郡王致仕。尋薨，輟視朝二日，贈太師。戊午，以前四川安撫制置使聶子述爲寶謨閣待制，提舉江州太平興國宫。給事中宣繒奏子述入蜀之初〔三三〕，不能拊定潰卒，乃悉誅之，激而爲亂〔三四〕，害及王人，驚惶奔竄，僅以身免，乞將子述奪職罷祠。從之。己未，李楠奏於無事爲有事之備，上曰：「極是。寧有備而無事，不可無備而事至無所措手。」楠奏：「殘虜雖已垂亡，宜加意設備。」上曰：「困獸猶鬬。」壬戌，詔置安邊所幹辦公事一員。臣僚奏：「今後宗室監試，無官應舉，照鎖應以七人取二人省試。乞下禮部，將三舉所放數上之朝廷，如取應例，立爲定額。」從之。

十二月癸亥朔。甲子，臣僚奏：「鹽官縣海潮衝突，沙岸傾坍，去縣逼近，人皆皇皇。乞行下浙西諸司築，仍撥上供錢米爲工役費。」從之。丙寅，著作郎陳德豫進對，奏畢，上曰：「人主緊切無出敬天、親賢二事，卿言極當。」辛未，詔以歲晚嚴寒，出豐儲倉米三萬石賑臨安貧民。詔省闈增置點檢試卷官二員，專考宗子試卷。辛巳，胡衛奏權刑部侍何剡久苦末疾，弗爲去就，詔剡與宮觀。乙酉，臣僚奏乞飭泉廣二司及諸州舶務，除依條抽分和市外，毋得和買，違者計贓論。從之。丙戌，臣僚奏乞諭三邊制帥、逐路帥臣，搜訪偏裨之有武勇智慮者奏聞，令樞密院審察陞擢〔三五〕。從之。丁亥，臣僚奏：「前知瓊州楊炎正大言無實，激成黎人之變；知貴州陳士廉專事欺誕，妖寇跳梁，副吏何彬爲賊謀主而不能察。」詔炎正、士廉各鐫一秩罷之。又奏申嚴京官臺參之制〔三六〕，謂「如有過犯未改正者，本臺未與放參，銓曹注擬亦視臺關爲準，今或於未應參選，徑欲參臺。乞下臺部，自今京官劾罷元犯，應二年若一年半參選者與仍舊外，其有限半年放參者，並展作一年」。從之。戊子，臣僚奏：「戰士歿於行陣者增支請給一年半，因傷歸柵身死者增支九箇月，而孝糧兩月在其外，此開禧三年、嘉定十一年旨揮也。近歲主將諱敗，陣歿者申逃亡〔三七〕，因傷歸柵者云病死，請給截日住支，老幼轉爲乞丐。乞下諸軍，痛革此弊〔三八〕。」從之。己丑，以陳立爲興元副都統制，程信爲利州副都統制。是歲，兩浙路户二百八十九萬八千七百八十二，口五百八十三萬九千七百八十七；福建路户一百六十八萬六千六百一十五，口三百四十八萬九千六百一十八。斷死刑一百六十八人〔三九〕。

〔一〕實：原作「寶」，據宋刻本、四庫本改。
〔二〕句首原有「則」字，又「情」原作「精」，據宋刻本、四庫本删改。
〔三〕群：原作「郡」，據宋刻本、四庫本改。
〔四〕輸：原作「輪」，據宋刻本、四庫本改。
〔五〕績：原缺，據宋刻本、四庫本補。
〔六〕除：原作「徐」，據宋刻本、四庫本改。下句同。
〔七〕太：原作「二」，據宋刻本、四庫本改。
〔八〕貳：原無，據宋刻本、四庫本補。
〔九〕著：原作「者」，據宋刻本、四庫本改。
〔一〇〕穎：原作「隸」，據宋刻本、四庫本改。
〔一一〕中：原作「仲」，據宋刻本、四庫本改。
〔一二〕仗：原作「杖」，據宋刻本、四庫本改。
〔一三〕從：原缺，據宋刻本、四庫本補。

〔一四〕知：原作「政」，據宋刻本、四庫本改。
〔一五〕如：原作「如如」，據宋刻本、四庫本删。
〔一六〕「廣」下有有「德」字，據宋刻本、四庫本删。
〔一七〕使：原作「事」，據宋刻本、四庫本改。
〔一八〕惟：原作「推」，據宋刻本、四庫本改。
〔一九〕輕：原作「卿」，據宋刻本、四庫本改。
〔二〇〕命：原無，據宋刻本、四庫本補。
〔二一〕大：原作「天」，據宋刻本、四庫本改。
〔二二〕運：原作「還」，據宋刻本、四庫本改。
〔二三〕斛：原作「解」，據宋刻本、四庫本改。
〔二四〕搭：原作「格」，據宋刻本、四庫本改。
〔二五〕條：原作「僚」，據宋刻本、四庫本改。
〔二六〕效：原作「劾」，據宋刻本、四庫本改。
〔二七〕請：原作「諸」，據宋刻本、四庫本改。
〔二八〕府：原作「度」，據宋刻本、四庫本改。
〔二九〕奉：原作「奏」，據宋刻本、四庫本改。

〔三〇〕往：原無，據宋刻本、四庫本補。
〔三一〕陛：原作「陛下」，據宋刻本、四庫本删改。
〔三二〕文：原作「史」，據宋刻本、四庫本改。
〔三三〕繒：原作「贈」，據宋刻本、四庫本改。
〔三四〕爲：原無，據宋刻本、四庫本補。
〔三五〕陛：原作「陛」，據宋刻本、四庫本改。
〔三六〕奏：原無，據宋刻本、四庫本補。
〔三七〕申逃亡：原無，據宋刻本、四庫本補。
〔三八〕痛：原作「病」，據宋刻本、四庫本改。
〔三九〕百六：原無，據宋刻本、四庫本補。

後村先生大全集卷之八十四

商書講義

盤庚中

盤庚作，惟涉河以民遷。

作，起也。諭民以必遷之意。

乃話民之弗率，誕告用亶其有衆。

話，善言也。蘇氏曰：「民之弗率，不以政令齊之而以話言曉之，仁也。」亶，誠也，以誠意大告於衆。

咸造勿褻在王庭，盤庚乃登進厥民曰：「明聽朕言，無荒失朕命。」

中上二篇，《正義》以爲未遷時事，呂氏以中篇爲已離舊都，未至新邑，方有懷土之思，未見安居之樂，盤庚於中路使民造庭，聽我告諭，而無敢慢褻。王庭，蓋道路中行宮〔一〕，如《周禮》掌次是也。呂説得之。

嗚呼！古我前后，罔不惟民之承，保后胥慼，鮮以不浮於天時。

承，順也，言我先王順從民欲，民亦保我先王而與之同其休戚。浮，行也，言君既恤民之憂，民亦行君之令，君與民皆行天時。

殷降大虐，先王不懷，厥攸作視民利，用遷。

虐，災也，言邑居墊隘，水泉鹹鹵。懷，思也，言先王不思故居。「厥攸作」猶前言「盤庚作」〔二〕，視民有利則用徙。

汝曷勿念我古后之聞？

言先王遷事。

承汝俾汝，惟喜康共，非汝有咎，比於罰。

言我法先王順汝，欲使汝安且樂，非謂汝有咎惡徙汝〔三〕，比近於殃罰之。

予若籲懷茲新邑，亦惟汝故，以丕從厥志〔四〕。

言予所以召呼懷來新邑之人者，亦惟以汝故也，將使汝久居而安，以大從汝志。

今予將試以汝遷，安定厥邦。

既涉河而遷矣，猶言將試以汝遷，以觀安定與否。吕氏謂「於此見盤庚不自用處」。

臣按商之都邑世有河患，湯已前勿論矣，自湯至盤庚凡五遷。夫思患預防，君之遠慮；安土懷居，民之淺見。臨以君令，孰敢不從，而盤庚於弗率者〔五〕，登之進之而不鄙夷，話之告之而無忿疾。曰「天時」，曰「降大虐」，謂天時當遷，非人所能違也；曰「古我前后」，曰「古后之聞」，謂先王嘗遷而非自我作古也；曰「先王不懷」，雖先王不思此土矣；曰「視民利用遷」，曰「俾汝惟喜康共」〔六〕，蓋欲利汝，非以害汝，欲汝安且樂，非欲汝勞且怨也；曰「惟民之承」，曰「承汝」，曰「亦惟汝故」，曰「丕從厥志」，皆屈己以順民，非强民以從己也。古者行利民之政，尚恐人情之疑信，必耳提面命，使之洞曉；後世爲咈民之事，不計人情之違順，但勢驅威迫，劫以必從。嗚呼，此盤庚所以爲賢王歟！

汝不憂朕心之攸困，乃咸大不宣乃心，欽念以忱，動予一人，爾惟自鞠自苦。

攸困〔七〕，謂我心憂汝，汝乃大不布腹心，以誠敬感動我，徒然胥怨，自取窮苦〔八〕。

若乘舟，汝弗濟，臭厥載。

不遷之害如舟在中流不渡，臭敗所載之物。

爾忱不屬，惟胥以沈〔九〕，不其或稽，自怒曷瘳？

汝忱不能上達〔一〇〕，又不能考其利害，及淪胥禍至，但自怨怒，疾何以瘳？

汝不謀長以思乃災，汝誕勸憂。

不計遠慮患而樂於危亡。

今其有今罔後，汝何生在上？

有今無後，何以久生？

今予命汝一，無起穢以自臭。

命汝一德一心也。「起穢自臭」，《正義》以爲覆述上文「臭厥載」之意。

恐人倚乃身，迂乃心。

《正義》曰：倚，曲也；迂，廻也。恐汝爲人所誤，身心廻曲，不欲遷徙。

予迓續乃命於天〔一一〕，予豈汝威〔一二〕，用奉畜汝衆。

言所以遷者，欲迎續汝命於天，欲養汝衆，非以威脅。

臣謂邑居墊隘，水泉鹹鹵，民之通患，非君之私憂。是時君民皆遷徙，皆勞苦，君軫民之患而民不恤君之憂，妄相扇動，至於不忱不敬。故盤庚反覆告戒，比之上篇尤爲深切。乘舟者期於濟，弗濟則所載之物臭敗於中流矣；行道者期於至，弗至則養生之具蕩析於半塗矣。胥沈〔一三〕，言懷安必死於溺也；曷瘳，言胥怨何損於病也；勸憂，猶孟子言安其危而利其災、樂其所以亡也；有今罔後，猶俗言有今日無明日也；自鞠自苦，自怒自臭，言自作孽也；倚乃身、迂乃心，言趨利避害當勇猛而決裂〔一四〕，不當廻曲而前却也。廻曲二字，乃民心迷惑而然〔一五〕，曰欽曰忱曰謀曰思，皆自其心之迷惑者而啓迪之，使之曉然，更相告語，云去舊邑至新都，溺者更生矣，病者有瘳矣，憂者怨者鞠者苦者皆樂業矣〔一六〕。不遷之害如彼，遷之利如此，汝盍知所擇乎！曰迓續汝命，曰畜養汝衆，曰予豈汝威，其意愈確鑿親切〔一七〕，而其辭愈雍容和緩。三代君民相與之際情文如此〔一八〕，視秦漢以下詔令不侔矣。

予念我先神后之勞爾先，予丕克羞爾，用懷爾然。

言我先哲王撫勞爾之先人，我今亦欲養汝、念汝而然。

失於政，陳於兹，高后丕乃崇降罪疾，曰：「曷虐朕民？」

陳，久也，腐也。若久予此則將腐敗而後已。我高后將重降罪疾於我，曰：「何爲不遷，以虐吾民？」

汝萬民乃不生生，暨予一人猷同心，先后丕降與汝罪疾，曰：「曷不暨朕幼孫有比？」故有爽德，自上其罰汝，汝罔能迪。

汝不念生生之計，與我同心謀遷，我先后又將重降罪疾於汝，曰：「曷不與我幼孫相親比以從乎？」幼孫，盤庚自謂也。爽德，言先后明德在天，必罰汝〔一九〕，汝將何辭？

古我先后，既勞乃祖乃父，汝共作我畜民，汝有戕則在乃心。我先后綏乃祖乃父，乃祖乃父乃斷棄汝，不救乃死。

汝爲我養民，乃有殘民之心，鬼神之所棄絶也〔二〇〕。言汝父祖亦不祐汝。

兹予有亂政同位，具乃貝玉，乃祖乃父丕乃告我高后曰〔二一〕：作丕刑於朕孫，迪高后，丕乃崇降勿祥。

亂，治也。蘇氏曰：「凡吾亂政同治之臣敢利汝貝玉，則其祖當告我高后而誅之。」古者君民通稱朕，故臣民之孫子曰朕孫。

臣按上篇已有此論，至此又再三申言之，謂遷非己意，乃我先后及汝乃祖乃父之意，汝違我可也，我先后其可違乎？汝祖父其可違乎？曰神后曰高后曰先后，泛指先王嘗遷者，非專指湯也。曰罪戾，曰斷棄，曰丕刑，曰不祥，言必至之禍首及我次及汝也。曰乃祖父告我高后，説者以爲商俗明鬼，假設是辭，非也。《正義》曰：不從君爲不忠，違祖父爲不孝，欲其從君順祖，陳忠孝之義以督勵之。其説甚正。臣深味此章，竊以爲物本天，人本祖，君民之分雖異，其情一也。遷國大事，念昔先王與汝先人經營創造之難，今我與汝跋履道路之勤，大而生生之業，微而貝玉之類，悉爲區畫。通君民爲一家，合上下爲一心，想聞其語者油然動其焄蒿悽愴之心，洋洋乎如在其上，如在其左右矣。我仁宗嘗語王素曰：「朕真宗子，卿王旦子。」深得此意。

嗚呼！今予告汝不易。

易字《正義》讀爲難易之易，與下文意貫。王肅解爲變易之易，亦通。

永敬大恤，無胥絶遠。

蘇氏曰：「遷國大憂也，君臣與民一德一心而後可，相絶遠則殆矣。」

汝分猷念以相從，各設中於乃心。

群臣當分明相與謀念，和協以相從。「設中」猶言「立的」也。

乃有不吉不迪，顛越不恭，暫遇姦宄。

謂不善者，不道者，犯上者，奪人之貨者。《左傳》曰：亂在外爲姦〔一二〕，在内爲宄。

我乃劓殄滅之，無遺育，無俾易種於兹新邑。

當割絶滅之，勿遺種於新都。

往哉生生，今予將試以汝遷，永建乃家。

《正義》曰：長立汝家，謂賜之以族，卿大夫稱家。臣曰非也，臣民通稱家。

臣以爲此章乃詰上文訓告之辭，「永敬大恤」即前所謂「殷降大虐，惟胥以沈」也〔一三〕，「無胥絶遠」即前所謂「不暨予一人猷同心」也，「汝分猷念以相從」即前所謂「汝不謀長以思乃災」也。丁寧告戒，詞窮理盡，然後使之設中於心。蓋人心各有中正之理，昔迷而今悟，昔違而今順，繫乎此中之設與不設而已。既悟矣，既順矣，既遷矣，然而猶有不善者、不道者、犯上者、奪人之貨者，是下愚不肖、不可話言之人，然後殄滅之刑行焉。或曰此言與「予豈汝威」之意若相反，臣按《正義》曰：「惡種在善人之中則善人亦變易爲惡，故必絶其類。」又曰：「易種猶今之俗言相染易。」其説甚精確。曰「往哉生生」，曰「汝何生在上」，曰「汝萬民乃不生生」，凡三言之，謂遷以利民，非止利君也。曰「今予試以汝遷，永建乃家」，曰「今予試以汝遷，安定厥邦」，凡再言之，謂將爲臣民建家，非止爲國定都也。字字句句，起結相應，昔人乃謂《盤庚》聱牙詰曲難讀〔一四〕，臣所未喻。

〔一〕宫：原作「言」，據《增修東萊書説》卷一一改。

〔二〕前：原無，據翁校本補。

〔三〕徙：原作「徒」，據《尚書·盤庚中》注疏改。

〔四〕丕：原作「否」，據《尚書》本文改。

〔五〕於：原作「之」，據翁校本改。

〔六〕喜：原作「善」，據《尚書》本文改。

〔七〕攸：原作「所」，據《尚書》本文改。

〔八〕取：原作「敢」，據翁校本改。

〔九〕沈：原作「忱」，據《尚書》本文改。

〔一〇〕違：原作「遠」，據翁校本改。

〔一一〕予：原作「牙」，據《尚書》本文改。

〔一二〕予：原作「子」，據《尚書》本文改。

〔一三〕沈：原作「忱」，據翁校本改。

〔一四〕趨：原作「麴」，據翁校本改。

〔一五〕迷：原作「述」，徑改。

〔一六〕「怨」原作「怒」，「苦」原作「若」，并據翁校本改。

〔一七〕鑒：原作「認」，據翁校本改。
〔一八〕相與：原倒，據翁校本乙。
〔一九〕必：原作「心」，據翁校本改。
〔二〇〕棄：原作「京」，據文意改。
〔二一〕父：原作「祖」，據翁校本改。
〔二二〕外：原作「內」，據翁校本改。
〔二三〕沈：原作「忱」，據《尚書》本文改。
〔二四〕庚聱：原作「詰聱」，據翁校本改。

盤庚下

盤庚既遷，奠厥攸居，乃正厥位。

奠其所處，正郊廟、朝社之位。

綏爰有衆曰：無戲怠，懋建大命。

綏，撫也。撫字之曰：不可戲狎怠惰，勉爲子孫長久之計。

今予其敷心腹腎腸，歷告爾百姓於朕志。

古注曰「輸忱於百官」，臣曰非也，臣民通曰百姓。

罔罪爾衆，爾無共怒，協比讒言予一人。

罔罪，原之也，無共怒以謗我。

臣按上篇乃未發舊都，其詞詳；次篇乃方在中道，其詞嚴；下篇則已至新都，其詞和。詳者陳古先、設譬喻以曉之，嚴者欲作丕刑、劓殄滅以齊之，和者則撫綏之矣，罔罪之矣。古語有之，民生在勤。況國都初建，諸事草創，廬舍未備，器用猶闕，勤苦植立，庶可堅久，游戲怠惰，朝不謀夕矣，大命何以建乎？方其未發、未至也，浮言胥動，聒聒險膚者、不迪不吉者、姦宄者實繁有徒，不免以禍福刑罰恐動之。今居已奠矣，位已正矣，前所謂浮言、險膚、姦宄之人，豈能無丕刑殄滅之恐〔一〕，故又敷予心腹腎腸、告朕志以安之。《正義》曰：恕其前愆，與之更始也。人情多含忍於事急之時而發洩於事平之後，此臣民之所以憂慮，而盤庚之所以不得不委曲反覆告諭之也。臣民之聞此言，可以無怒矣，無謗我矣。前二篇無非出於心腹腎腸，至此又申言之者，蓋君民之情當表裏明白洞達，不可有纖毫瞭昧疑惑〔二〕。豈惟遷都，凡事皆然。太祖皇帝聖訓有云：「少有邪曲，人必見之。」近日朝野共憂者二事：其一曰定大計。如區處內學，雖聖意先定，必待明詔赫然而後中外愜志。其一曰去小人，今天下公論以爲稔惡怙權過於檜、侂者，宸衷固以洞照，終未發爲播告，見之施行，臣民惶惑至今，恐非敷心腹腎腸之義。惟明主留神。

古我先王將多於前功，適於山，用降我凶德，嘉績於朕邦。

多，言增大之也；適，言徙也〔三〕。依山自固則凶德去，善功立。

今我民用蕩析離居，罔有定極。

言先王已遷，至此復圮。極，止也。《正義》曰訓極爲中，非也。

爾謂朕曷震動萬民以遷，肆上帝將復我高祖之德，亂越我家。

言朕豈樂於遷徙以震動爾民哉，天欲復我高祖之德，以治於家。越訓于〔四〕。

朕及篤敬，恭承民命，用永地於新邑。

言當與篤厚恭敬之人奉承民命，長居於茲。

肆予冲人，非廢厥謀，弔由靈。

弔，至也，音的；靈，善也。

各非敢違卜，用宏茲賁。

決於龜卜而不敢違，用光大此遷都之業。

臣聞窮則變，變則通。先王初遷，謂光大於前人矣，自河適山，謂凶去而績立矣，然蕩析離居之患率見於繼世之後。蓋陵谷有時而移，市朝亦隨而改，不遷何所止乎！言今茲之遷非欲震動爾民，殆天將復我先王之德，治於我家耳，言天及祖宗以爲當遷也。「朕及篤敬」，言朕與篤厚莊敬之臣亦以爲當遷之也。「恭承民命」，言遷敬順民志，全民命也。自盤庚遷都以後，終商之世不復再遷，則「永地茲新邑」之言信矣。謀至於善而止。不遷非善謀也，烏得不廢〔五〕？

遷善謀也，烏得不用？疑至於卜而止。不遷非吉兆也，烏得而從？遷吉兆也，烏得而違？古者大事皆卜，邾文公卜遷，違卜而有禍，是其驗也。宏，大也；賁，飭也。言新都益宏大而乖飭矣。三篇大綱，言遷非己意，一曰天，二曰祖宗，三曰民。古之賢王畏天尊祖敬民，不敢自用如此，彼爲「天不足畏、祖宗不足法、人言不足恤」之説者，真萬世之罪人乎！

嗚呼，邦伯師長百執事之人，尚皆隱哉！

邦伯謂州牧，師長謂衆公卿，百執事謂大夫以下。《韻略》云：隱，痛也。

予其懋簡相爾，念敬我衆。

懋，勉也；簡，記也。相，助也，助汝念敬我衆民。

朕不肩好貨，敢恭生生，鞠人謀人之保居，叙欽。

肩，任也；敢，果也；鞠，養也。謂不任好利之人，而用果敢敬恭能鞠民生者，能爲民謀慮使之奠居者，如此等人我則取而用之。

今我既羞告爾於朕志，若否，罔有弗欽。

羞，陳也。直以朕志順否告爾〔六〕。

無總於貨寶，生生自庸，式敷民德，永肩一心。

前言具貝玉，後言總貨寶，多取而兼有之之詞也。庸，用也。

臣按三篇文義見當時視民癢痌疾痛切身之意。其群臣百官未必皆然，故告之曰「嗚呼隱哉」以感動之。有念敬我衆者，我則懋之、簡之、相之；有鞠人之生、謀人之居者，我則叙之。卒章曰「無總於貨寶」，又拈起次篇貝玉之言以勵之。又曰「朕不肩好貨」，以身率之。可謂反覆告戒之意至矣。商邑屢遷，雖云河患，王肅以爲君奢，皇甫謐以爲民奢，鄭康成以爲君民俱奢。言君奢者以天子宮室奢侈，侵奪下民；言民奢者以豪民室宇過度，逼迫貧乏。蓋壞風俗無若浮侈，耗財力無若營繕。土階、瓊室，治亂所由分也。臣去國久而復來，竊見都城風俗稍異於昔，王侯邸第、湖山亭館〔七〕，鱗次櫛密，丹碧相照，士大夫貴貨而賤德，小人崇飲而飾游，乃有如盤庚三篇之所反覆告戒者。陛下儉德一似列聖，苑囿臺榭無所增益，獨於竹宮甲帳斧斤不絕〔八〕，輪奐過美。敵難方深，兵費方闊，一隅事力有限，豈可又自爲一穽於國中哉！夫惟君奢然後民奢。今陛下儉於身而奢於觀廟，亦奢也。鄭康成所謂君民俱奢，盍留聖慮，損其太甚，停其未作，專以淳朴先天下，則盤庚所謂「總於貨寶」者與夫近日之臣民貴貨賤德者、崇飲飾游者，皆將丕變。

〔一〕「之」下原有「人」字，據翁校本改。

〔二〕暸：似當作「曖」。

〔三〕徙：原作「徒」，據翁校本改。

〔四〕訓于：原倒，據翁校本乙。

〔五〕廢：與下句「遷」原互倒，據翁校本乙。
〔六〕朕志順否：原作「順朕志者」，據翁校本改。
〔七〕俟：原作「候」，據翁校本改。
〔八〕絶：原作「繼」，據翁校本改。

論語講義　一

陽貨欲見孔子，孔子不見。歸孔子豚，孔子時其亡也，而往拜之。遇諸塗，謂孔子曰：「來，予與爾言。」曰：「懷其寶而迷其邦，可謂仁乎？」曰：「不可。」「好從事而亟失時，可謂知乎？」曰：「不可。」「日月逝矣，歲不我與。」孔子曰：「諾。吾將仕矣。」

臣按陽貨名虎，《語》所謂執國命之陪臣〔一〕、《春秋》所書竊寶玉大弓之盜也。當欲見夫子之時，雖未有囚季威子、劫魯公之事，夫子逆知其惡而不往見。虎知夫子之賢而妄冀其助己，遂設鈎致之策〔二〕，有歸豚之禮。夫子必時其亡而往謝之者，猶不往見之初意也。遇諸塗，無所避，則不容不見矣。夫子世之宗師，曲阜龜蒙之人以至列國君臣莫不尊事。虎一妄人，乃曰「來予與爾言」，其辭氣鄙暴如此，與莊周所記盜跖訕侮聖人之言奚異〔三〕？以懷寶迷邦爲未仁，以好從事亟失時爲未知，何其窺聖人之小而量聖人之淺乎！又曰「日月逝矣，歲不我與」，猶前日鈎致之初意也。子曰：「諾，吾將仕矣。」朱氏曰：「將者，且然而未必之辭也。」深得夫子本旨。當時閭諸侯或欲以季孟之間待子，或待子而爲政，子皆未嘗峻拒〔四〕。蓋天下之惡未至於虎者，固聖人之所不絕，惟虎也義不可與之交際。特聖人之言氣象渾厚，玆諸也，若不絕惡而有深絕之意焉。揚雄謂子於陽虎詘身以信道，噫，雄爲此言，將以自文其仕莽之罪！夫子既未嘗仕，身何嘗詘？若雄北面新室，乃可謂之詘矣，故楊氏深闢其説而朱氏書雄爲「莽大夫」〔五〕。

子之武城，聞絃歌之聲。夫子莞爾而笑曰：「割雞焉用牛刀？」子游對曰：「昔者偃也聞諸夫子曰：『君子學道則愛人，小人學道則易使也。』」子曰：「二三子！偃之言是也，前言戲之耳。」臣於此章見周衰，爲政者稍已趨於功利，夫子厭之，故一聞絃歌之聲，莞爾而笑。按武城之政初無赫赫可紀〔六〕，然能使絃歌之聲達於四境，氣象如此，可謂賢矣。夫子以其用大道治小邑，故有牛刀割雞之喻。子游聞聖人之言，不敢自以爲能，故有昔者偃也聞諸夫子之對，明其得於師授也。君子小人雖異，皆不可以不學道；治小邑與治天下雖異，皆不可以不尚禮樂教化。君子而學道，子賤、子游是也；小人而學道，單父、武城之民是也。無計功謀利之心則愛人矣，無犯令違教之俗則易使矣。當時洙泗之上所講明者如此，猶恐門人未喻，又曰：「二三子！偃之言是也。」謂治小邑當以大道，牛刀之言戲爾。冉求亦高弟〔七〕，無他過，徒以爲季氏聚斂之故，至有非吾徒之語，受鳴鼓之攻。由後世觀之，偃迂儒也，求能吏也，繩以孔門論人之法，偃賢於求遠矣。自武城、單父之後，漢有卓茂、劉方，唐有元德秀，庶幾其遺風。近時南面百里者，但聞笞扑，寂無絃歌，徒知催科，烏識撫字！聖明在上，儻味孔門之言，采漢唐之事，擇其間學愛者、能撫字者嘉獎而尊寵之〔八〕，則子賤、子游之徒出矣。

佛肸召，子欲往。子路曰：「昔者由也聞諸夫子曰：『親於其身爲不善者，君子不入也。』佛肸以中牟畔，子之往也，如之何？」子曰：「然。有是言也。不曰堅乎，磨而不磷；不曰白乎，涅而不緇。吾豈匏瓜也哉，焉能繫而不食！」

臣按佛肸，晉大夫趙簡子之中牟宰，以中牟畔而召夫子，與陽貨、公山弗擾鈎致之意同。亂臣必誅，危邦不入，孔子家法也。子路疑子之欲往，舉平日所聞於師者以爲問。夫天下之不善至畔而止，然知夫子之爲賢，則其善心之僅存者亦不可誣。夫子猶天地也，因其僅存之善而庶幾萬一能改其莫大之惡，遂不顯絶之。然於陽貨之勸仕也，曰將仕而未嘗仕；於費、中牟之召也，曰欲往而終不往。至此而後可以見聖人之心矣。子路未知其然，方且切切焉慮二畔之浼夫子，故不説於其始，質疑於其後。夫子於是有磨不磷、涅不緇之説，古注謂「至堅者磨之而不薄，至白者涅之而不黑」；朱氏謂堅白不足而欲自試於磨涅，其不磷緇者幾希。臣謂惟夫子然後至此地位，下乎此則爲揚雄仕莽、荀彧附操矣。匏瓜不食之喻，言君子未嘗不欲其道之行，而亦未嘗枉道以求合也。昔叔孫通諸生翕然以其師爲聖人，子路親得聖人以爲之師，而不苟同如此。嗚呼，此其所以能結纓也夫！

子曰：「由也，汝聞六言六蔽矣乎？」對曰：「未也。」「居！吾語女。好仁不好學，其蔽也愚；好知不好學，其蔽也蕩；好信不好學〔九〕，其蔽也賊；好直不好學，其蔽也絞；好勇不好學，其蔽也亂；好剛不好學，其蔽也狂。」

臣謂「好仁不好學，其蔽也愚」，以士言之，宰我所問入井求仁之類是也；以君言之，徐偃王以仁先國是也。「好知不好學，其蔽也蕩」，以士言之，惠施、公孫龍之徒是也；以君言之，周穆王知足以知車轍馬足之所至而不足以知《祈招》之詩是也。「好信不好學，其蔽也賊」，以士言之，尾生是也；以君言之，宋襄公不重傷、不禽二毛以至於敗是也。「好直不好學，其蔽也絞」，以士言之，證父攘羊是也；以君言之，自狀其好貨好色好世俗之樂者是也。「好勇不好學，其蔽也亂」，以士言之，荆軻、聶政是也；以君言之，楚靈王能問鼎而不能救乾溪之敗是也。「好剛不好學，其蔽也狂」，以士言之，灌夫駡坐、寬饒酒狂是也；以君言之，夷吾以愎諫敗、主父以胡服死是也。夫曰仁、曰知、曰信、曰直、曰勇、曰剛皆美德，上而人君、下而士君子之所當好，然不學以明其理，則各有所蔽，學所以去其蔽也。此章雖爲子路發，其義甚廣。内「其蔽也絞」，朱氏云：絞，急切也。《泰伯》篇又曰「直而無禮則絞」。

子曰：「色厲而内荏，譬諸小人，其猶穿窬之盜也與！」子曰：「鄉原德之賊也〔一〇〕。」子曰：「道聽而塗説，德之棄也。」

臣謂色厲内荏者，外飾盛嚴，中懷柔弱，若可欺世，及臨之以利害，怵之以禍福，未有不震慴失其所守者。子在鄉黨，恂恂如也。一旦夾谷之會，毅然叱齊侯、兵萊夷矣。故門人稱之曰「溫而厲」，謂外溫而内嚴也。鄉原之義，孟子謂其閹然媚於世，又曰衆皆悦之。朱氏曰：「原，愿也。似德而非德。」以夫子之聖而不能使叔孫、武叔、陽虎之類皆悦己，而原人能使一鄉之人翕然稱善，僞孰甚焉？「道聽而塗説」，朱氏曰：「雖聞善言，不爲己有。」夫子於三人行必擇其善者而師之，異乎聞之而不能行、徒以資空談者。夫飾貌欲盜名，故譬之盜；原人能亂德，故以爲德之賊；且聽説無益於己，故以爲德之棄。

子曰：「巧言令色，鮮矣仁。」子曰：「惡紫之奪朱也，惡鄭聲之亂雅樂也，惡利口之覆邦家者。」臣謂純乎天理而不雜以一毫人僞之謂仁。巧言在《書》爲「諞言」，在《詩》爲「長舌」；「令色」在孔門爲足恭，爲諂笑。皆人僞也，其去天理遠矣，故曰「鮮矣仁」。天下有正色，有正聲，然紫能奪朱，鄭能亂雅〔一一〕；天下有正理，有正論，然利口者能使是非、賢不肖易位。故聖人深惡之。孔門論仁多矣，臣以爲「巧言令色鮮矣仁」一章，當與「剛毅木訥近仁」一章並觀。蓋木訥者必不能巧言，剛毅者必不能令色。以剛而訥者爲近仁，則巧而令者不仁甚矣。若人也，其始止欲順悦人主之意，而其終乃至於傾覆人之國家，三儒之於齊，趙高之於秦，江充、李訓之於漢、唐，虞世基、裴矩之於隋是也。

子曰：「予欲無言。」子貢曰：「子如不言，則小子何述焉？」子曰：「天何言哉？四時行焉，百物生焉，天何言哉？」

臣謂夫子生於周末，作爲六經，言滿天下，然後道術之已裂者復合，人文之幾息者復續，豈無言者哉？其意謂學者於此能默而識，觸而長，演而伸，則有不可勝用者。子貢平時既無真知實踐之功，反有「不言何述」之問，故夫子有「天何言哉」之答。四時之所以行，百物之所以生，蓋天理流行發見，非諄諄然命之也。夫子亦學者之天也，其妙道精義流行發見，蓋有在於六經之外者。當時顔子止受用一仁字，曾子止受用一孝字，而爲大賢；子貢躬行不足，口辯有餘，徒以言語求夫子，其在孔門雖有「可與言詩」之褒，然不能免方人之誚。安於資質之偏而不以顔、曾自勉，此所以終身列於言語之科也夫！

子曰：「唯女子與小人爲難養也，近之則不孫，遠之則怨。」

臣按此章曲盡女子小人情態。牝雞之晨、緑衣之僭，此女子之不孫者也；《長門》之賦、《團扇》之詠，女子之怨者也；登車之寵、割褎之恩，小人之不孫者也；旋濘不顧、受甲不戰，小人之怨者也。自古惟女子小人親昵之則怙寵陵分，疏外之則藏怒宿怨，然則近之既不可，遠之亦不可歟！朱氏曰：「君子之於臣妾，莊以涖之，慈以蓄之，則無二者之患。」盡之矣。

子曰：「年四十而見惡焉，其終也矣。」

臣按此章當與「四十五十而無聞焉，斯亦不足畏也已」一章並觀。蓋人之少也，乃血氣方剛未定之時，言行未必皆合理而中節。及四十則可以不惑矣，强仕矣，苟踐此境而無聞焉，見惡焉，其亦不足畏已，其終於此已。見惡者，無善可稱也；終者，止而不復進之辭也。朱氏曰：「勉人及時遷善改過也。」蘇氏曰：「此亦有爲而言，不知其爲誰。」其説有理。

微子去之，箕子爲之奴，比干諫而死。孔子曰：「殷有三仁焉。」

臣按三仁之中惟比干死於殷，而微子、箕子皆入於周〔一二〕，然夫子槩曰殷有三仁者，言殷能用此三人國必不亡。以臣節論之，剖心而死者爲難，見幾而去、忍辱而留者爲易，顧同以仁稱何也？臣讀《書》至《殷誥》，然後知微子遯去之意，否則宗祀絶矣。讀《易》至《明夷》，然後知箕子養晦之義，否則彝倫斁矣。王通有言：「生以救時，死以明道，同以仁稱，不亦宜乎！」嗚呼！以微子之精識，比干之忠節，用其一焉，足以存國〔一三〕，而況箕子之學貫天人而包事物，曠古之英、經世之才也。今皆不能用，一戮一去，其囚者遂爲武王陳《洪範》而建皇極，殷欲不亡〔一四〕，不可得也。

〔一〕臣：原作「民」，據翁校本改。

〔二〕鈎：原作「鈞」，據翁校本改。

〔三〕侮：原作「悔」，據翁校本改。

〔四〕子：原無，據翁校本補。

〔五〕夫：原作「矣」，據翁校本改。

〔六〕可：原作「能」，據翁校本改。

〔七〕弟：原作「第」，據翁校本改。

〔八〕撫字者：原無「者」字，據翁校本補。又按，此句翁校本改作「擇其間能學道撫字者嘉奬而尊寵之」，似更明白通暢。

〔九〕信：原作「言」，據翁校本改。

〔一〇〕原：原作「愿」，據翁校本改。後同。

〔一一〕雅：原作「樂」，據翁校本改。

〔一二〕箕子：原作「比干」，據翁校本改。

〔一三〕存：原作「存存」，據翁校本删。

〔一四〕亡：原作「忘」，據翁校本改。

後村先生大全集卷之八十五

論語講義〔一〕 二

上闕。齊不能用則行，魯受女樂則去，衛問陳則不對，費、中牟召則不往。朱氏曰：「雖不潔身以亂倫，亦非忘義以徇禄。」其説密矣。

太師摯適齊，亞飯干適楚，三飯繚適蔡，四飯缺適秦，鼓方叔入於河，播鼗武入於漢，少師陽、擊磬襄入於海。

臣按：註家謂太師樂官之長，少師樂官之佐〔二〕。亞飯至四飯，古注謂樂師樂章，朱氏謂以樂侑食之官。鼓謂擊鼓者，鼗謂小鼓有耳柄者。曰摯，曰繚，曰缺，曰方叔，曰武，曰陽，曰襄，皆其名也。三代禮樂達天下，魯雖小國，以周公所封，得用天子之禮樂，故樂官特詳備於他國，皆工其業。師摯之始〔三〕，《關雎》之亂，師襄以琴傳夫子，二人其尤著者。加以洙泗道化方行，雅頌復正，雖伶人賤工，耳目濡染，槩有見聞。及魯益衰，三威擅國，受女樂矣，舞八佾矣，於是太師以下皆散之四方，入於河海以去亂。及秦滅漢興，三代禮樂散亡已盡，然絃誦之聲聞於魯城，金石絲竹之音聞於禮堂。張氏謂聖人自衛反魯，俄頃之助功化如此，豈不信哉！

周公謂魯公曰：「君子不施其親〔四〕，不使大臣怨乎不以，故舊無大故則不棄也，無求備於一人。」

臣按此章乃伯禽就封，周公戒之之辭也。「不施其親」，古註云：「施，易也。言不以他人之親易己之親。」其説不通。朱氏云：「施，陸氏本作『弛』，言遺棄也。」臣謂不薄其所厚也。「不使大臣怨乎不以」，朱氏謂：「大臣非其人則去之，在其位則不可不用。」臣謂疑則勿用，用則勿疑。既使之居大臣之位矣，若榮其身而不行其道〔五〕，豐其禄而不盡其材，名曰用而實未嘗用也。怨非忿懟之謂，猶言有遺恨耳。繞朝有「吾謀適不用」之語，燭之武有「少不如人今老矣」之對，蹇叔有哭師之舉，三者皆非大臣〔六〕，以諫不行，言不聽，未能釋然於心如此，況於任理亂安危之寄，豈可使之有不吾以之歎哉？「故舊無大故則不棄」〔七〕，大故如酈商於呂禄〔八〕、不棄如孔子於原壤之類。「無求備於一人」，謂於人求疵則天下無全人矣。李氏曰：「四者皆君子事，忠厚之至也。」

周有八士：伯達、伯适、仲突、仲忽、叔夜、叔夏、季隨、季騧。

臣按：八士或曰成王時人，或曰宣王時人。張氏曰：「記善人之多也。」《微子》一章，首述三仁，次述接輿、沮溺、荷蓧，次述伯夷、叔齊、虞仲、夷逸、朱張、柳下惠、少連，次述師摯以下樂官，而以八士終之。如三仁、逸民八士，皆古聖賢，固士君子之所願學。至於襄、摯之流，不過伶倫之賤工、草野之放士，亦惓惓接引如此，豈非以去者猶愈於偷生而處危亂、隱者猶賢於撓節而饕富貴者乎！

子張曰：「士見危致命，見得思義，祭思敬，喪思哀，其可已矣〔九〕。」

臣按此章論學者立身之大節。危謂死生患難，得謂富貴利澤。士方平居，高談闊論。曰白刃可蹈也，及臨之以刀鋸鼎鑊，則有失節者矣；曰爵禄可辭也，及試之以簞食豆羹，則有動色者矣。古之君子臨危必致其命而不求苟免，結纓死難、免胄入狄是也〔一〇〕；見得必思其義之當受與否，弗視千駟、力辭兼金是也。「思敬」謂主一，交於神也；「思哀」謂不二事，純乎孝也。四者有一缺陷，不足以爲士矣。

子張曰：「執德不弘，信道不篤，焉能爲有？焉能爲無？」

臣按此章論學者行己之要，亦人君觀人之法。德謂足於己者，道爲達於天下者，執謂夾持固守，信謂真知力踐。然執之不弘，未免淺心狹量，不能尊賢容衆；信之不篤，未免先傳後倦，無以任重致遠。斯人也，德度力量有所限止，孔門所謂具臣、漢人所謂取充位者也，豈足爲輕重有無哉！必翕受敷施如臯陶，必自任天下之重如伊尹〔一一〕，然後可以爲唐虞三代之佐矣。

〔一〕本卷首頁全缺，故本文亦失題，然殘文所議皆出《論語》，故據以擬題。

〔二〕師：原作「樂」，據前文改。

〔三〕摯：原作「擊」，據前文改。

〔四〕施：原作「弛」，據翁校本改。
〔五〕「行」下原有「其行」二字，據翁校本删。
〔六〕者：原作「者者」，據文意删。
〔七〕大：原作「夫」，據前後文改。
〔八〕商：原作「寄」，據翁校本改。參《史記》卷九五《酈商傳》。
〔九〕其：原作「期」，據翁校本改。
〔一〇〕纓：原作「縷」，據翁校本改。
〔一一〕「任」下原有「矣」字，據翁校本删。

周禮講義

《夏官司馬》下

匡人：中士四人，史四人，徒八人。
撢人：中士四人，史四人，徒八人。
都司馬：每都上士二人，中士四人，下士八人，府二人，史八人，胥八人，徒八十人。
匡人掌達法則，匡邦國而觀其慝，使無敢反側，以聽王命。

撢人掌誦王志，道國之政事，以巡天下邦國而語之，使萬民和説而正王面。

臣按注釋：匡，正也，所以正人。八法八則，乃太宰所以治官府都鄙者，今復列於夏官之屬〔一〕，何也？蓋太宰建此法此則於王朝，而匡人達此法此則於天下，法則達而邦國正矣。地官有土訓掌道地慝，謂瘴蠱之類〔二〕；誦訓掌道方慝，謂辟忌之類。此云「觀其慝」，謂人之惡隱微而未露者。觀者非察見淵魚及從復道窺人情之謂慝，欲禁之於未然，消之於未萌，使無敢反側，則惟王命是聽矣。撢，探也，所以探取王志。王者深居九重，君民遼絶，上下之情常患不通，故必發之於政事，見之於播告，如《訓》、《誥》、《誓》、《命》之文，曰「敷予心腹腎腸」，曰「朕心朕德惟乃知」，曰「咸聽朕言」，則王之志、國之政事固欲其明白洞達於四方萬里之遠。訓方氏道四方之政事與上下之志，是達下情於上也；撢人誦王之志、道國之政事以語天下之邦國，是達王志於下也。巡者，周行天下，如古者皇華之馳原隰、後世輶軒之行郡國是也。上下之情通則萬民和説，而惟王面之鄉矣。

都司馬掌都之士庶子及其衆庶車馬兵甲之戒令，以國法掌其政學以聽國司馬。家司馬亦如之。

臣按注釋：都，謂王子弟所封及三公采地；家，謂卿大夫采地，司馬主其軍賦；士，謂國子之已命者；庶子，謂國子之未命者；衆庶車馬兵甲之戒令，謂王有戒令徵兵於采地，則都司馬致於士庶子，士庶子受而行之〔三〕。政音征，注家以爲軍賦，亦音如字。古者雖一都一家必有政有學，井賦邱甲、鄉校家塾是也。蓋非政無以成天下之務，非學無以成天下之材。然苟涣散而不相統一，殊異而不能混同，是若都若家自爲政爲學，故必掌以國法而必聽於國司馬焉。都司馬見於經者，列國皆有之，宋孔父、晉魏絳是也。家司馬見於經者，叔孫氏之司馬鬷戾是也。家司馬亦如都司馬，聽於國司馬〔四〕，上下相維，脉絡相通，此夏官所以首於大司馬而以家司馬終之歟！

宫伯掌王宫之士庶子凡在版者。掌其政令，行其秩叙，作其徒役之事，授八次八舍之職事。若邦有大事，作宫衆則令之，月終則均秩，歲終則均叙，以時頒其衣裘，掌其誅賞。

臣以《疏義》考之：伯，長也。士庶子，謂王宫中諸吏之適子，庶子其支庶也。版，謂名籍也；秩，謂依班序受禄也；叙，謂次第其材藝高下也；徒役之事，隨太子使役也。此宫伯所掌之政令也。八次，謂宿衛所在；八舍，謂休沐之處。衛王宫者必居四角，如宿之拱極也。大事，謂寇戎之事；作，起也；令，戒令之也；衣裘，若今賦冬夏衣也〔五〕；誅賞，謂當其功罪也。古者君臣一心，宫府一體，宿衛之士皆世胄之流，其見於經者如伯禽侍成王學、如吕伋爲天子虎賁。周公、太公之子也，《書》所謂「侍御僕從，罔非正人」，虎賁綴衣趣馬，小尹左右攜僕，亦惟吉士，豈不信而有證哉！夫其親授職於外，其子弟授職於内，内外無間、上下不疑如此，國與家同休戚，君與臣同憂樂〔六〕，治安至於八百年之久，有以也。季世專取如虎如羆之士爲王爪牙，而公卿子弟雖有伯禽、吕伋之賢，不得親近。君自君，臣自臣，宫自宫，府自府，古意掃地盡矣。善乎諸葛亮之言曰：「宫中府中，俱爲一體，陟罰臧否，不宜異同。」臣味其言而有感焉。

膳夫掌王之食飲膳羞，以養王及后、世子。凡王之饋食用六穀，膳用六牲，飲用六清，羞用百有二十品，珍用八物，醬用百有二十甕。王日一舉〔七〕，鼎十有二，物皆有俎。王者富有四海，當享四海之奉；德合天地，當備天地之産。膳從肉從善〔八〕，蓋膳主乎肉，肉貴乎善〔九〕，故王之食飲膳羞專命膳夫掌之。后，天子之配；世子，天下之本。故亦以其養王者而養之。食則稌黍稷粱麥苽，其穀六；膳則馬牛羊豕犬雞，其牲六；飲則水醬醴涼醫酏，其清六；羞則出於牲及禽獸，以備滋味，其品至於百有二十；珍則淳熬淳母、炮豚炮牂、擣珍、漬熬、肝膋〔一〇〕，其物八。又醢人共五齏七醢七菹三臡凡六十甕，醢人共齏菹醢物凡六十甕以爲醬。饋者，饋而進於尊也。舉則盛饌，殺牲也。王日食一大牢，鼎十有二，牢鼎九，陪鼎三。物謂鼎實，陪鼎之物在豆，惟牢鼎之物在俎，故云「亦九俎」。其盛多備禮如此，先王豈固窮鼎俎之欲以求肥甘足口之爲哉？以一人而治天下，以天下而奉一人，其禮不可以不極也。《書》之《洪範》曰：「惟辟玉食，臣無有玉食。」言尊無二上，非玉其食不稱也。雖然，此周禮，周公太平法也。若堯飯土鉶，啜土簋而帝，禹菲飲食而王，越句踐嘗膽而霸，漢光武食滹沱麥飯而濟大業，我藝祖皇帝與趙普熾炭燒肉而議天下事，何待膳夫哉〔一一〕！

以樂侑食，膳夫授祭品，嘗食，王乃食。卒食，以樂徹於造。王齊日三舉，大荒則不舉，大札則不舉，天地有災則不舉，邦有大故則不舉。

王者動以禮樂。樂所以導和也，故王之勸食必以樂，及其已食而徹於造食之處，亦以樂。蓋食飲膳羞所以養其氣體，而樂則和其心志，心志和而後氣體充。王將食而祭先，膳夫授之，示有先也〔一二〕。凡品物以共王之食，膳夫嘗之，示有尊也。凡皆禮之大也。散齊七日，致齊三日，將以致精明而奉祭祀，故其日凡三舉。至於有凶荒，有疫癘，有天地之災，有寇戎之患〔一三〕，則味與樂不敢一舉焉。夫如是，然後得禮樂之正。故嘗因是而思災眚變故，雖治世而亦有謙抑貶損，乃賢王之本心，聖經之格言，後代之明鑑。陛下即位三十八年，間值小警，痛自責躬，豈徒示減膳徹樂之虛文〔一四〕，蓋真佩甘酒嗜音之明訓，用能年穀屢豐而百姓樂，胡塵肅清而四境寧。昔貞觀之君，旱蝗三載，疚心拊恤，力行仁義，卒基外户不閉、斗米三錢之效。開元之主，太平日久，驕侈心生。黎園羯鼓，何其樂也，異時夜雨聞鈴，何其悲也！犀箸鸞刀，何其盛也，異時胡餅糲飯，何其衰也！一得一失〔一五〕，於此可以驗矣。

王燕食則奉膳贊祭。凡王祭祀，賓客食，則徹王之胙俎。凡王之稍事，設荐脯醢。王燕飲酒則爲獻主。掌后及世子之膳羞，凡肉脩之頒賜皆掌之，凡祭祀之致福者受而膳之，以摯見者亦如之。歲終則會，唯王及后、世子之膳不會。

王祭食〔一六〕，置胙於俎，及與賓客禮食，主人飲食之俎皆名曰胙俎。俎最尊，必膳夫親徹，不敢使其屬也。稍事，謂小事而飲酒也。按，脯醢腊人、醢人共之，膳夫設荐之而已。燕飲酒，謂燕諸侯於路寢之類。獻主，謂代王爲主，臣莫敢與君亢禮也。「掌后及世子之膳羞，及肉脩之頒賜皆掌之。」脩，脯也。按后、世子之饋〔一七〕，內饔進之〔一八〕，膳夫主其數而已。致福，謂羣臣家祭而歸胙者；摯見，謂卿執羔、大夫執雁、士執雉而來者，皆受而膳之於王也。歲終則會，謂頒羣臣則計其少多，惟王及后、世子之膳不會，有尊也。世子惟膳不會，其餘皆會。説者謂會其禽則無禽荒之失，會其酒則無酒荒之失，會其服則無好潔衣服之失，所以教世子也。王與后膳服皆不會，非蕩然無禁止也。按太宰以九式均節邦用，凡羞服匪朌好用皆在焉，有司雖不得而會計，冢宰固得而均節之矣〔一九〕。此周公之相業也。厥後京、黼輩居均節之任，而倡豐亨豫大之説以導侈〔二〇〕，領應奉之司以固寵，是知膳夫、庖人享上之小忠也〔二一〕，烏識大臣之事哉！

庖人〔二二〕：中士四人，下士八人，府二人，史四人，賈八人，胥四人，徒四十人。掌共六畜六禽六獸，辨其名物，凡其死生鱻薨之物以共王之膳與其薦羞之物及后、世子之膳羞，共祭祀之好羞，共喪紀之庶羞〔二三〕，共賓客之禽獻。凡令禽獻，以法授之，其出入亦如之。凡用禽獻，春行羔豚膳膏香，夏行腒鱐膳膏臊，秋行犢麛膳膏腥，冬行鱻羽膳膏羶。歲終則會，唯王及后之膳禽不會。

王者一身至眇也，而其爲天地宗廟社稷萬姓之所繫望則至大也〔二四〕。庖人共王之膳羞至末也，而共其膳羞所以養王之身則至重也〔二五〕。六畜謂馬牛羊豕犬雞，六獸謂麋鹿熊麕野豕兔，六禽謂羔豚犢麛雉雁。名以命之，物以色之，是謂之辨。死生，以其氣之聚散言；鱻薨，以其物之久近言。凡此四者，共王之膳而進之。備品物曰荐〔二六〕，致滋味爲羞，至於后、世子之膳羞亦共之〔二七〕，至於祭祀思其親之所嗜好者皆共焉。朝聘賓客之在館，則以禽獻之〔二八〕，書其所共禽獻之數授之獸人，獸人入之庖人，庖人出而付之使者。此則爲賓客獻者也，而其所以獻王者則又順四時，均五行，求其氣味之和而用之。用，謂煎和也；行，亦用之義也。舊説謂春則草始生，羔豚美，夏則物易腐。腒，謂乾雉也；鱐，乾魚也。秋則百草實，犢麛肥，冬則陽氣大。鱻，魚也；羽，雁也。魚潛雁定而肥，故用之。又曰：香，牛也；臊，犬也；腥，雞也；羶，羊也。各取其脂煎和之。凡此皆因其氣之盛衰而調其味之節適，蓋口納味，形納氣，一味之不調，一氣之不順，皆不可以不謹。歲終會其所出，唯王及后之膳禽不會，有尊也。按《月令》四時所會與此各異，蓋周、秦之禮不同。説者曰：此所謂常珍也，若異饌則不可。以爲常嗜之，必將以口腹累四方萬里之遠矣，漢以枸醬興師動衆開西南夷〔二九〕，唐以荔支立堠置驛取之交是也〔三〇〕。我祖宗儉德卓冠百王，夜飢思食羔而不忍索，慮啓無窮之烹殺也；嗜淮白鱃而不肯求之於外，恐開非時之貢獻也。烏虖！必如是而後可以享天下之奉矣。

内饔掌王及后、世子膳羞之割亯煎和之事，辨體名肉物，辨百品味之物。王舉則陳其鼎俎，以牲體實之，選百羞醬物珍物以俟饋，共后及世子之膳羞。辨腥臊羶香之不可食者：牛夜鳴則庮，羊泠毛而毳，羶；犬赤股而躁，臊；鳥皫色而沙鳴，貍；豕盲眡而交睫，腥；馬黑脊而般臂，螻。

凡宗廟之祭祀，掌割亨之事，凡燕飲食亦如之。凡掌共羞、脩刑、膴胖、骨鱐，以待共膳。凡王之好賜肉脩，則饔人共之。

膳夫之屬，庖人共其物於始，饔人熟其物於終。饔有内外，内饔所掌者王及后、世子膳羞之割烹煎和之事。解牲體謂之割，熟物謂之烹，煎調以五味謂之和。體各有名，如脊、脅、肩、臂、臑之屬；肉各有物，如胾、膰之屬。百品味，舉成數言之也，醬物、珍物皆在焉，以俟饋也。至於辨腥、臊、羶、香之不可食，如牛之夜鳴者庮朽也，羊毛之結者爲冷，長者爲毳，犬之股赤疾走不常者，鳥失色而鳴嘶者，豕之眂盲而睫交者，馬黑脊而其文般旋至於臂者，皆不可食。蓋物反常爲怪，凡人猶有食忌，況至尊乎？此内饔之所必辨也。宗廟祭祀，謂四時及禘、祫、月祭之類。説者曰：内饔不掌外神。燕飲食，謂賓客。共羞〔三一〕、脩刑、膴胖、骨鱐之者，以待共膳也。刑謂鉶羹，膴謂肉臠，胖謂半體，骨謂體之連骨者，鱐謂魚之槁者〔三二〕。若夫王有所愛好而賜之肉脩，則使饔人之屬共之，不必煩内饔也。臣惟内饔之職，其要在於割烹煎和。臣今章分句解，若非君子遠庖厨之義，然古人比作相如鹽梅，比治國如烹鮮，安得如伊尹者而使之割烹，如傅説者而使之調和哉！

外饔掌外祭祀之割烹，共其脯脩，刑膴，陳其鼎俎，實之牲體魚腊，凡賓客之飧饔饗食之事亦如之。邦饗耆老孤子〔三三〕，則掌其割亨之事，饗士庶子亦如之。師役則掌共其獻賜脯肉之事。

外祭祀謂天地、山川、社稷、四望之類，外神皆是也。掌其割烹，共其脯脩、刑膴，陳其鼎俎而以牲體魚腊實之，賓客之飧饔饗食之事亦如之〔三四〕。夕食爲飧，熟食爲饔。饗如行人饗禮九獻之類，食如行人食於九舉之類，皆厚禮也。耆老孤子，謂死於王事者之父母與其子也。士庶子，謂充宿衛於内、備守禦於外者也，皆先王之所愛遇，故燕饗之。師徒田役，尤當序情閔勞，故於勞遇犒師之時，有飲獻賜予之禮。臣嘗反覆外饔所掌五事，祭祀、賓客之外，如耆老孤子〔三五〕、如士庶子、如師役居其三，皆所以用衆者也，古人尤拳拳焉。蓋人之情未有不畏死而貪生也，先私而後公也，惡勞而喜逸也，上之人有以激之，則生者可使死，私者可使公，逸者可使勞。飲食雖末，禮意寓焉。羊羹不及御者，宿怨；鶉肏見遺英雄，畜憾。淮陰壯士不忘漂母，翳桑餓人卒免宣子，是可以爲微末而忽之乎！

亨人掌共鼎鑊以給水火之齊，職外内饔之爨亨煮，辨膳羞之物，祭祀共大羹鉶羹，賓客亦如之。臣按鄭康成注：鑊所以煮肉及魚蜡，既熟乃升於鼎。齊謂多少之量，言實水於鑊，爨之以火，皆有齊也。爨，注謂今之竈。《周禮》《儀禮》皆言爨，自孔子以後皆言竈。辨膳羞之物：其來獻也，内饔已辨於始，及給付也，亨人又辨於終，謹之至也。祭祀供大羹鉶羹，賓客亦如之：注謂不致五味爲大羹，加鹽菜爲鉶羹；祭祀如郊天祭地大禮，必簡明水元酒是也；賓客如大享聖賢，禮有隆殺，牛羊倉廩事，舜祝鯁祝饐以養老是也。又其後則鼎肉餽子思，醲酒待穆生，禮益薄矣。

甸師掌帥其屬而耕耨王藉，以時入之，以共齍盛。祭祀共蕭茅，共野果蓏之薦。王之同姓有罪，則死刑焉，帥其徒以薪蒸，役外内饔之事。郊外曰甸。説者曰：王藉在郊，故以甸名官；有教民之義，故曰師。屬，謂府史胥徒也。以耒犂地謂之耕，以金芸草謂之耨。古之王者仲春躬耕帝藉。藉之言借也，借民力治之也。以時入之：謂麥夏熟，禾黍秋熟，十月獲之，送於地官神倉。齍盛：謂祭祀所用穀也〔三六〕。粢，稷也，穀之長也。在器曰盛。祭祀共蕭茅：蕭謂香蒿，茅立祭前，沃酒其上，《左傳》曰「包茅不入無以縮酒」是也。共野果蓏之薦：有核曰果，桃李之屬；無核曰蓏，瓜瓞之屬。《禮》荐櫻桃，《詩》采蘩采蘋是也。王之同姓有罪則死刑焉：《文王世子》曰：「公族有死罪則磬於甸人。」又曰：「獄成致刑於甸人。」古者刑人於市，惟公族刑於隱者，不忍暴於外也。帥其徒以薪蒸，役外内饔之事：木大曰薪〔三七〕，小曰蒸。薪蒸亦出於甸，耕耨之暇，人各采薪以供烹爨〔三八〕，則斂不及民矣。按鄭氏謂甸師乃共野物官之長，禽獸魚鱉莫非野物，而以稼穡先之者，重本也。

獸人掌罟田獸，辨其名物。冬獻狼，夏獻麋，春秋獻獸物。時田則守罟，及弊田，令禽注於虞中。凡祭祀、賓客共其死獸生獸。凡獸入於腊人，皮毛筋角入於王府。凡田獸者，掌其政令。

臣按獸人掌罟田獸，蓋先期而罟取其當田者，謂生致之以備田也。名物如麋鹿狼麕野豕兔之屬，以其羣游取食，或害苗稼，故田而取之，苟非其所當田則勿取，此所謂辨也。《傳》曰：「鳥獸之肉不登於俎，皮角羽毛齒革不登於器，則公不射。」使非名物素辨，則當田之時豈暇擇乎？獸人既罟獲於其先，及田則虞人執之以俟，《詩》謂「一發五豝」是也。此先王之田而非後世從禽之謂也。守罟以備縱逸，既田而止之之謂弊，虞人植旌於中，獸人令田衆各以所獲置其下，公獻之外，得分取之，然則共王之賓祭膳羞亦無幾矣。若夫冬夏春秋各以時獻，則有不時不食之謹；皮毛筋角藏以備用，則無暴殄天物之奢。掌其政令，不過使民知蒐田以時而已。一獸人之職掌區處纖悉如此，先王交於萬物有道，自奉養有節，可槩見也。然臣嘗疑獸人府史胥徒止與庖人相等，夫麋鹿狼麕野豕兔之類，豈四十人所能調服？及觀夏官之屬有所謂服不氏者，掌養猛獸而教擾之，祭祀則共猛獸，有賓客之事則抗皮。説者以爲虎豹熊羆屬也，蓋又難於獸人，乃無府史與胥，僅有徒四人而止。去古既遠，書難盡信，使其果爾，亦足以見先王不以獸勞人也。膳羞雖無六獸〔三九〕，未爲欠闕，安所用猛獸乎〔四〇〕？臣聞周公相武王，驅虎豹犀象而遠之矣，服不氏何爲？又聞作《無逸》戒成王，曰「文王自朝至於日中昃不遑暇食」，「不敢盤於遊田」矣，專設田獸之官列於庖膳之次，固亦宜在所略，臣是以備著之。

歔人掌以時歔爲梁，春獻王鮪，辨魚物爲鱻薧以共王膳羞。凡祭祀、賓客，共其魚之鱻薧，凡歔者掌其政令，凡歔征入於玉府〔四一〕。

鼈人掌取互物，以時簎魚鼈龜蜃凡貍物，春獻鼈蜃，秋獻龜魚，祭祀共蠯蠃蚳以授醢人〔四二〕，掌凡邦之籍事。

臣按歔人、鼈人分兩官者，魚浮游則用網笱之具，介物貍藏則用簎刺之具。絶水爲梁〔四三〕，以笱承其空而取魚，《詩》曰「敝笱在梁」、又曰「毋逝我梁，毋發我笱」是也。《月令》季春薦鮪於寢廟，此曰「王鮪」，獻其大者。四時惟夏不取魚，魯宣公濫於泗淵則里革以非時諫。秋冬亦不如春月澤梁之盛，故特言春。共其魚薧者，或可以生鮮，或可以薧乾，必預辨而爲之政令也。互物謂介甲之物，龜爲介蟲之長，王用以卜，故不名官。籍謂以杈刺之於泥〔四四〕，猶莊周言「擉鼈於江」。凡介甲而貍藏者皆用籍〔四五〕，故曰掌凡邦之籍事。不但龜鼈能貍藏，魚亦有之，鰍鱔之類是也。蠯，蛤也；嬴，螔蝓也；蚳，蛾子也。互物之小者則醢人受之。《大戴記》曰：甲蟲三百六十。《爾雅》及後世《江》《海》賦中名物甚多，此特舉其可醢者耳。古人祭祀之禮，内致其敬，外備其物，設官如此纖悉。然其獻也，各着時之一字，蓋欲蠕動之物無一不遂其生，不得已而取之，必以其時可也。伊尹稱有夏之德，曰「魚鼈咸若」；孟子言王道之始，「數罟不入污池，魚鼈不可勝食」。彼以矢魚見譏，羹黿召亂，始謂田獻飲食之微，安知其患之至此哉！

〔一〕今：原作「令」，據翁校本改。

〔二〕「謂」字原缺，「瘴」原作「障」，據翁校本補、改。

〔三〕士庶子：原無，據《周禮·夏官·都司馬》注疏補。又次行「井賦邱甲」原作「并賦兵甲」，據翁校本改。

〔四〕句首原有「都司馬」三字，顯與前文重複，故删。
〔五〕今：原作「令」，據翁校本改。
〔六〕臣：原作「親」，據翁校本改。
〔七〕一：原無，據《周禮·天官·膳夫》本文補。
〔八〕肉：原作「内」，據翁校本改。
〔九〕善：原作「膳」，據翁校本改。
〔一〇〕湇：原作「淳」，據《禮記·内則》改。
〔一一〕夫：原作「大」，據翁校本改。
〔一二〕示：原無，據《周禮·天官·膳夫》注疏補。
〔一三〕戎：原作「戒」，據翁校本改。
〔一四〕示：原作「亦」，據翁校本改。
〔一五〕得一：原缺「一」字，據翁校本補。
〔一六〕食：似當作「祀」。
〔一七〕后：原無，據前後文補。
〔一八〕内：原作「肉」，據翁校本改。
〔一九〕家：原作「家」，據翁校本改。

〔二〇〕豫：原作「稼」，據《宋史》卷四七二《蔡京傳》改。參《周易》《豐》、《豫》二卦。

〔二一〕〔二二〕庖：原作「疱」，據翁校本改。

〔二三〕共喪紀之庶羞：原脫，據《周禮注疏》卷四本文補。

〔二四〕繫：原作「擊」，據翁校本改。

〔二五〕共：原缺，據翁校本補。

〔二六〕備品物曰：原作「薄爲」，據翁校本改、補。

〔二七〕亦共之：原無，據翁校本補。

〔二八〕獻：原作「獸」，據翁校本改。

〔二九〕動：原作「勤」，據翁校本改。

〔三〇〕「交」下原有「活」字，據翁校本删。

〔三一〕共：原無，據前文補。

〔三二〕謂：原無，據文意補。

〔三三〕老：原作「耄」，據翁校本改。

〔三四〕賓：原作「實」，據翁校本改。

〔三五〕老：原作「者」，據翁校本改。

〔三六〕也：原無，據《周禮·天官·甸師》注疏補。

〔三七〕大：原作「火」，據翁校本改。
〔三八〕采：原作「米」，據翁校本改。
〔三九〕羞：原作「蓋」，據翁校本改。
〔四〇〕安所用：原作「況所謂」，據翁校本改。
〔四一〕「入」原作「人」，「玉」原作「王」，據《周禮》本文改。
〔四二〕羸：原作「贏」，據《周禮》本文改。
〔四三〕絶：原作「蝦」，據翁校本改。
〔四四〕杈：原作「枝」，據翁校本改。
〔四五〕用：原無，據翁校本補。

後村先生大全集卷之八十六

進故事

丙午九月二十日〔一〕

呂太后時，諸呂擅權，欲危劉氏，右丞相陳平患之，力不能爭。嘗燕居深念，陸賈往，直入坐，曰：「何念深也？」，平曰：「生揣我何念？」賈曰：「不過患諸呂耳。」陳平曰：「然。爲之奈何？」賈曰：「天下安，注意相；天下危，注意將。將相和則士豫附，士豫附，天下雖有變，則權不分。權不分，爲社稷計，在兩君掌握耳。君何不交驩太尉？」平用其計，兩人深相結，呂氏謀益壞。出《陸賈傳》。

臣按是時劉氏之危甚矣，賈爲平、勃謀，宜有奇策，而其言不過曰「將相和則士豫附，士豫附，天下雖有變則權不分」而已。以《漢書》考之，平、勃未嘗有不和之事，其必同欲安劉，同欲誅呂，而賈之言如此，豈非當時將相亦嘗有小扞格未通之情歟！大臣之情未通，則小臣觀望，莫敢親附，姦人窺伺，陰圖權柄。賈以一言通之，二人者亦幡然相結，呂氏固在掌握中矣。豈惟平、勃哉，臣稽之前代，至於本朝，種、蠡共國而越霸，廉、藺相下而趙重，丙、魏同心而漢中興，李、郭相勉而唐再造，吕、范懽而夏羌臣，趙、張睦而劉麟走，皆將相和之驗也。若夫外有飄忽震蕩之暴虜〔二〕，旁有睥睨憤毒之姦臣，於斯時也，居弼諧之地，任安危之責〔三〕，均受主眷，各負人望，本無吕、范之隙，素有趙、張之好，於圖事揆策之際，又能降心以求至當之論，通情以泯異同之迹，使覘國者曰「江左君臣輯睦，未可圖也」，則外憂内患庶乎可銷弭矣。

〔一〕日：原無，據翁校本補。
〔二〕震：原作「震震」，據翁校本删。
〔三〕責：原作「貴」，徑改。

丙午十二月初六日〔一〕

紹興元年，秦檜拜右相，二年罷爲觀文殿學士奉祠。上召翰林學士綦崇禮曰：「檜言南人歸南，北人歸北，朕是北人，將安歸？」又曰：「檜自言『使臣爲相，可聳動天下』，今無聞焉〔二〕。」又灑御筆付崇禮曰：「檜不知治體，信任非人，人心大摇，怨讟載路。」崇禮以聖語著之訓詞。尋以殿中侍御史黄龜年累疏奪職，又詔以親札及檜罪布告中外〔三〕。五年，檜復資政殿大學士，六年復觀文殿學士知温州，改知紹興府。檜乞暫奏事，入見，除醴泉觀使兼侍讀，俄令權赴尚書省治事。七年，除樞密使。八年，拜右相兼樞密使。九年，左相趙鼎罷。十一年，韓世忠、張俊、岳飛罷兵柄，飛坐誅，檜拜左相。十二年，拜太師。二十五年，檜薨。出《實録》及《檜傳》。

臣恭惟高宗皇帝聰明聖武，侔德周宣、漢光，中興之英主也。初罷檜相，明斥其罪，形之親札，載之訓辭，榜之朝堂，又奪其職名，天下謂檜不復用矣。後五年再入，又二年再相，在位十九年然後死。臣按還蹕錢塘本趙鼎之謀也，時和議已有萌矣。向使鼎與諸賢主謀於内，諸名將宣力於外，必不專恃和，雖和必不至於甚卑屈。於是檜用計逐鼎，挾虜自重〔四〕。高宗始欲和約之堅，舉國以聽，然大柄一失，不可復收，甚眷鼎、浚而鼎、浚不得不貶，甚眷世忠、俊而世忠、俊不得不罷，甚眷飛而飛不得不誅，甚惡熺而熺爲執政。一時名臣如李光、王庶、曾開、晏敦復〔五〕、李彌遜、胡寅、張九成、胡銓諸人，或過海，或投荒，或老死山林，專欲除人望以孤主勢。此猶可也，其甚者陰懷異志，撼摇普安，雖至尊亦有靴中匕首之防。甚矣，姦臣之可畏哉！其既退也，必有術自通，以媒復進；其復進也，必有術自固而不復退。謀伏於既退之時，禍烈於復進之後，臣於檜之始末有感焉。若夫無檜之功，有檜之罪，以一身戰九州四海之公議，要領獲全，毫毛無傷，其姦慝之狀不形之親札，不載之訓辭，不榜之朝堂，不付出諫官御史論疏，不削奪，他日安知不如檜之覆出乎？惟聖主留意。

〔一〕日：原無，據翁校本補。
〔二〕令：原作「令」，據翁校本改。
〔三〕札：原作「礼」，據翁校本改。
〔四〕自：原作「目」，據翁校本改。
〔五〕敦：原作「亨」，據《宋史》卷三八一《晏敦復傳》改。

辛亥六月九日

杜衍爲相，尤抑絶僥倖〔一〕，凡内降與恩澤者一切不與，每積至十數則封還之。或詰責其人，上謂歐陽修曰：「外人知杜衍封還内降耶，吾居禁中，每以杜衍不可告之而止者多於所封還也，其助我多矣。」出《國史》杜衍本傳。

臣按内降非盛世事也。《詩》詠后妃，以無私謁爲賢；桑林禱旱，以婦謁盛自責。蓋自昔未嘗無是事，但古先哲王理慾明，界限嚴，能防其微、杜其漸爾。降及叔季，非惟不能防杜，又且開扃破鐍以導其業，西園賣官、斜封墨敕，至今遺臭。故諸葛亮有合宫府爲一體之論，唐人有「不經鳳閣鸞臺何名爲敕」之歎。惟我朝家法最善，雖一熏籠之微，必由朝廷出令，列聖相承，莫之有改。其後老蔡用事，患同列異議，始請細札以行之。初猶處分大事，既而俯及細微。後不勝多，至使小臣楊球、張補代書，謂之東廊御筆，汔成禍亂。臣嘗竊論祖宗盛時内降絶少，間出一二，則有論列者，有繳駁者，有執奏者。誨、純仁等寧謫而不以濮議爲是，茂良、必大寧去而不與兩知閤並立，衍寧罷而不肯求容權倖之間，此所以爲極治之朝也。臣采之輿言，謂邇日蹊隧傍啓，廟堂積輕，中外除授間有不由大臣啓擬、近臣薦進者。顯仕率貴游之子，專城多恩澤之侯。畿郡調守，上煩宸斷〔二〕；小臣改秩，或出中批。既累至公，亦傷大體。求者與者奉行者皆以爲常，不以爲異，遂使天下之人以誨、純仁、茂良、必大之事責望有司，以衍之事責望大臣，以仁宗禁中之語責望明主，臣竊爲陛下君臣惜之〔三〕。本朝名相多矣，惟衍號爲能却内降者，豈有他道哉！臣嘗考之，其拜也在慶曆四年九月，其免也在明年正月，當國僅三數月。噫，此衍之所以能直道而行乎！臣故謂小臣能以去就爲輕，雖大事可論；大臣能以去就爲輕，雖内降可執，横恩可寢。人主能以朝廷紀綱爲重，貴近干請爲輕，則堂陛尊而命令肅矣。惟陛下留神。

〔一〕抑：原作「柳」，據翁校本改。

〔二〕宸：原作「震」，據翁校本改。

〔三〕「爲」上原有「以」字，據翁校本删。

辛亥七月初十日

乾德四年，上宴紫雲樓，謂趙普等曰：「下愚之民，不分菽麥，若藩侯不爲撫養，務行苛虐，朕斷不容之。」出《長編》。

紹興二十五年御批：「孟忠厚宫觀，奉朝請。」魏良臣奏：「忠厚戚里中最賢。」上曰：「朕深不欲以外戚任朝廷之事，萬一有過，治之則傷恩，釋之則廢法，但可加以爵禄奉祠。」出《高宗聖政》。

臣恭惟藝祖皇帝以神武削平僭僞，六合一家，乃漢祖思猛士守四方之日，而乾德之宴，顧以藩侯不能撫養愚民爲憂，識者謂本朝國祚靈長、民心固結，皆紫雲樓數語有以基之。陛下視邦選侯，尤不輕畀，偏州小壘，亦必朝辭，豈不欲得良二千石與之共理乎！朝家調守，不過兩塗：一曰才望，二曰資格。如其當得，孰不謂宜？苟二者之俱無，忽一朝而濫予，游談聚議，寧免紛紛：曰某戚畹家也，曰某貴介子也，纔齒仕版，即登鵷序〔一〕，甫踰弱冠，已佩虎符，至有大馮去小馮代者。昔人以四十專城爲榮，今不待四十矣。雖重侯累將之家，固多英妙；然牧人御衆之任，必屬老成。臣嘗爲郎銓部，見年未三十人不許注三萬貫場務；郡寄重於場務多矣，奈何以千里之赤子，付之四姓之小侯乎！士大夫除在朝清望官外，必二考宰邑，兩任佐州，歲月推移，蒼顔白髮，乃敢請麾。幸而得之，率三數人共守一闕，遥指瓜熟，如俟河清。凡江浙近裹稍可屈指之郡，昔以待近臣之均佚、名流之補外、庶僚之賢勞者，今多以處左戚。勳閥世胄，争趍便安；寒門素族，甘就遐遠。風憲紀綱之地，間有論執；除擢臨遣之際〔二〕，終難斡回〔三〕。臣謂乾德四年之詔，萬世人主擇藩侯之法也；紹興二十五年之詔，萬世人主待外戚之法也。陛下各書一通，置之座右，則岳牧之選不及私昵，勛戚之恩有所限止矣。臣謂陛下天性至仁，已予者不可奪，繼是勿予可也；已遣者不可返，繼是勿遣可也；許大臣争執，有司論駁可也。昔者棸、蹶、番、楀並列膴仕而周衰〔四〕，許、史、丁、傅稍有聲問而漢微，獨本朝戚畹，謙下損挹，異於前代。蓋祖宗但賦以禄而不任以事，乃所以深愛之也，豈必使之與寒士争進哉！惟陛下垂聽。

〔一〕即：原作「郎」，據翁校本改。

〔二〕擢：原作「權」，據《歷代名臣奏議》卷二八九改。

〔三〕斡：原作「幹」，據《歷代名臣奏議》卷二八九改。

〔四〕衰：原作「衺」，據翁校本改。

辛亥九月二十日

元祐初，以李常爲户部尚書、鮮于侁爲京東漕。見《長編》。

臣嘗考論古今，自漢中葉筦摧之法行，上而公卿，下而賢良文學，各持一論。然公卿之論常勝，雖合賈誼、董仲舒諸名儒，唇敝舌腐而不能少殺其勢。惟本朝則不然，所用三司使如寇準、蔡齊、王堯臣、包拯、宋祁、張方平、蔡襄之流，其人平日既持賢良文學之論，一旦居公卿之位，施爲建置終不敢背儒者大旨，此其所以異於漢也。熙寧改法，初猶用程顥、蘇轍爲官屬，其後薛向、吴居厚之徒始進。於是司馬光得政，内擢李常爲版書，外擢鮮于侁爲漕，以救其弊，元祐相業第一義也。臣謂國家此一氣脉，宜迓續不宜間斷，宜培養不宜椓伐。顧今天下兵不可汰，官不可省，郊廟之禮不可闕，掖庭之用不可會，臣非敢立高虚之論，直以理財爲非也。昔之理財者，摧抑富商巨賈之盜利權者爾〔一〕，逐什一以養口體者不問也；削弱豪家大姓之侵細民者爾，營斗升以育妻子者不問也。天地所産，海之魚鹽，藪之薪蒸，漆枲絲紵之百貨，械器陶冶之一藝，蓋販夫販婦、園夫紅女所資以爲命者，苟操斡之無遺〔二〕，則歎愁之寧免？漢筭緡錢，下逮末作之人；唐爲宫市，害及鬻樵之夫。治世氣象，不宜如此。向也榷酤榷契〔三〕，信有遺利；今囊括殆盡，弓張未弛。猝失利源〔四〕，邑困繭絲之取；邑無生意，民受池魚之殃。治世氣象，不宜如此。議者排之愈力，執事者持之愈堅，踵漢庭鹽鐵論之弊，失先朝前輩儒臣治賦之意，麟趾之澤息，蠆尾之謗興，將安取此？臣觀今日事勢，損上未易言也，酌中制以取之足矣；裕民未易言也，捐末利以還之足矣〔五〕。昔陳恕令三司吏各條茶法〔六〕，第爲三等，曰：「上者取利太深，可行之商賈，不可行之朝廷，吾用其中者。」真計臣之心也。王旦遣漕臣，曰：「朝廷榷利至矣。」真大臣之言也。惟陛下詔廟堂省府亟圖之。

〔一〕「摧」原作「摧」，「巨」原作「臣」，據《歷代名臣奏議》卷二七三改。

〔二〕斡：原作「幹」，據《歷代名臣奏議》卷二七三改。

〔三〕榷：原作「摧」，據《歷代名臣奏議》卷二七三改。

〔四〕猝：原作「倅」，據《歷代名臣奏議》卷二七三改。

〔五〕捐：原作「損」，據《歷代名臣奏議》卷二七三改。

〔六〕令：原作「今」，據翁校本改。

辛亥閏月初一日

石虎死，蔡謨曰：「胡滅實爲大慶，然度德量力，非時賢所及。」殷浩北伐，王羲之曰：「區區江左，誉綜如此，識者寒心。」桓温謀遷洛，孫綽曰：「趨死之憂促，返舊之樂賒。」出《晉書》。

臣竊惟居重御輕者安〔一〕，虛内事外者危。胡運寖衰〔二〕，士氣稍振，荆甲擣虚，重闢土疆，蜀兵攻堅，大獻俘馘。向也我師畏韃如虎，今遂能袒裼而暴，下車而搏，雖未遽收卞莊子之功，然亦頗奮馮婦之勇矣。此皆陛下廟謨帷略、長駕遠馭所致。如聞閫臣忠憤激發，荆狃一勝〔三〕，蜀謀再舉，識者憂之。臣觀晉人畫江自守，精兵名將往往分布沿流重鎮，如庾翼在襄陽〔四〕，陶侃在武昌，褚裒在京口〔五〕，桓温在姑熟之類。故昔人有「長江千里，如人七尺之軀，護風寒者不過數處」之喻，而自江以北之地則付之祖逖、劉琨輩，使自疆理。琨握空拳守并，逖以素隊千人、布三千匹渡江，不給鎧仗。晉人能量事力、權輕重如此，偏安一隅而不害其立國，非偶然也。今之閫臣握兵柄，操利權，朝家又抽摘科降以助之，適值目前之安静〔六〕，遂有分表之經營，比之晉人則似輕堂奥而重極邊，虛根本而事遠略。臣不敢援引前古，姑以近事言之。趙范欲圖唐、鄧，唐、鄧不可得而棗陽先失，於是安、隨、郢、復、均、房之境皆爲丘墟。趙彦呐欲圖秦、鞏〔七〕，秦、鞏不可得而劍闗不守，五十四州蕩覆。豈非外重而不能御、内虛而無以守，其勢必至此歟？臣竊私憂過計，謂江陵重然後可以援襄、樊，重慶實然後可以圖漢中。范與彦呐即吾龜鑑矣。蔡謨、王羲之、孫綽之言，蓋英雄豪傑之所誚侮，以爲怯懦者，然自晉至今，欲保守金甌使之無缺者，終不能易此論也。惟陛下詔閫臣熟籌之。

〔一〕臣：原脱，據《歷代名臣奏議》卷三三九補。
〔二〕寖：原作「寢」，據《歷代名臣奏議》卷三三九改。
〔三〕狃：原作「紐」，據《歷代名臣奏議》卷三三九改。
〔四〕翼：原作「翌」，據《歷代名臣奏議》卷三三九改。
〔五〕袁：原作「袁」，據《歷代名臣奏議》卷三三九改。
〔六〕安：原無，據《歷代名臣奏議》卷三三九補。
〔七〕呐：原作「蚋」，據《宋史》卷四一三《趙彥呐傳》改。

辛酉正月二十八日

李錡誅，憲宗將輦取其貲〔一〕，李絳與裴垍諫曰：「錡僭侈誅求，六州之人怨入骨髓，願以其財賜本道，代貧民租稅。」制可。出《唐書·李絳傳》。

臣竊惟蠹天下之財莫如兵。黼、貫開邊，以太平全盛之事力不能供億燕山一路，至於科天下免夫錢以助之而猶不足。嵩之建督，有二稅權借三分之令，公然取之於民。今兵拏不解數十年於此矣〔二〕，陛下至仁，不忍加賦。先是稍進大吏乾没之贓、勢家悖入之貨而別儲之〔三〕，或者疑焉。及狂猘南吠，危機交急，羽檄召天下兵何啻數十萬，百費蝟毛而起，陛下慨然輂別儲金帛以犒師，民間晏然，不知有兵。臣時在田里，始悟陛下前日之積所以備今日之散，聖慮遠矣。及來京師，目擊近事，今日賜軍民雪寒錢也，明日復賜也，又明日詔發常平賑饑也。其大者如以高鑄三十餘萬緡之屋賜有功將帥，出奉宸御莊付外庭，處救焚拯溺之勢而行損上益下之事，真可以服人心而永天命矣。然邊宿重戍，國無餘力，損上之舉不可行也〔四〕，剥下之政不可行也，惟有馭貪之奪可以少助國計。臣猶記嘉定初，命殿中侍御史黄疇若、户部侍郎沈詵會簿，録諸權姦家貲，得九百一十三萬，没官産得七十一萬，號曰安邊所。其後日以增廣，至今猶賴其用。臣謂陛下當法寧考，以前後簿録諸大姦贓家貲田産別爲景定安邊所，詔大臣提其綱，近臣治其目，會錢粟各若干緡，解錢助糴本，粟補和糴。以臣所聞，圩田之入已厚，若益以御莊，又益以所積糴本，未論他路，如浙右歲糴百萬，幾可以減半矣。唐憲宗尚能納李絳之言，以李錡家財代六州租賦，而成中興之業。以陛下之英明，儻采臣策，所失者毫末，所得者億兆人之懽心，所延者千萬世之基祚。此陸贄所謂散小儲成大儲、捐小實固大實之説〔五〕，亦寧考之已行嘉定之近事也。惟陛下留神。取進止。

〔一〕輂：原作「葷」，據翁校本改。

〔二〕拏：原作「帑」，據翁校本改。

〔三〕贓：原作「賦」，據翁校本改。

〔四〕句首原有「可以服」三字，據翁校本删。

〔五〕捐：原作「指」，據《新唐書》卷一五七《陸贄傳》改。

辛酉三月十八日

乾道二年，鄂州都統制趙撙根刷告勅、宣劄、綾紙、文帖共三萬五千九百餘件，繳申朝廷毁抹，謂宜優賞，詔以撙爲龍神衛四廂都指揮。出《孝宗實録》。

臣端平初以樞掾兼侍右郎官，竊見本選小使臣凡一萬三千九百餘人，臣因奏對，尚患其冗。白首重來，蒙恩攝貳夏卿，每坐曹據案書押，副尉以下文帖不知其幾千萬紙。由此推之，大小使臣之給告身、綾紙者，又不知其幾也。南渡初，諸大將軍中有所謂武功隊，謂一隊之人皆武功郎。夫非高爵厚禄無以得人之死力〔一〕，況此一資半級，豈容靳惜？第補授既多，稽考實難，至有以十年前補帖欲脱漏差注者，賴郎官趙必普精明，察知頂冒，毁抹二帖。又以此一事推之，所謂頂冒脱漏者無窮也，司之所發摘者不過一二〔二〕，若捧土以塞江河，等爲亡益。臣謂戰士捐軀赴敵〔三〕，廪禄終身未足酬勞，若其身已殁而補授帖牒轉入他人之手，爲國耗蠹，無時而已，豈不甚可痛哉！臣愚見謂一軍之中某爲真立功人，某爲頂冒人，惟主帥尤知其詳。

今諸大將豈無賢如趙撙者，當時鄂渚一軍所刷至三萬五千餘件〔四〕，陛下何不以此事下詔風厲諸大將〔五〕，使各刷其所掌尺籍伍符中事故人姓名〔六〕，拘其告劄牒帖繳申朝廷，以討軍實，以省兵餉。俟諸處申到，取其根刷多者，法孝廟賞趙撙家法〔七〕，使有所勸。其奉詔不謹或差功級者〔八〕，用文帝罰魏尚故事，使有所懲〔九〕，以副陛下綜核名實之意。取進止。

〔一〕句首原有「大」字，據翁校本刪。
〔二〕句首似脱一「有」字。
〔三〕捐：原作「損」，據翁校本改。
〔四〕「鄂」下原有「注」字，據翁校本刪。
〔五〕諸：原作「請」，據翁校本改。
〔六〕其：原作「具」，據翁校本改。
〔七〕孝：原作「考」，據翁校本改。
〔八〕「功」下原有「六」字，據翁校本刪。
〔九〕懲：原作「徵」，據翁校本改。

後村先生大全集卷之八十七

進故事

辛酉六月初九日

簡宗廟，逆天時，則水不潤下。又曰：水失其性則霧水出，百川溢，淫雨傷稼穡。出《前漢·五行志》。

臣竊見自夏至後，霖雨兼旬，六軍兆姓繫命於浙西一稔。今惟吴門災不至甚，湖、秀歲事大可寒心。乃季夏乙未，臣執經緝熙，親聞玉音焦勞，天表蹙然，若無所容。先是徧走群望〔一〕，大發錢粟，求民瘼，雪獄冤，所以順水之性而欲其潤下者至矣。是日又有避殿減膳撤樂之詔。講退，雨意尚濃，俄而陰霾掃，簷溜絶，夕始見月，明日而暘烏出，又明日而潦縮。恭惟吾君之所以動天與天之所以應吾君者，何其速也！既拜手歸美於上，又考之經史，采摭前世水潦證驗〔二〕，以助陛下敬天愛民之意。威公元年秋大水，董仲舒、劉向以爲諸侯伐魯、伏尸流血所致。漢文帝後元三年，大水，雨晝夜不絶三十五日，史臣謂是時匈奴驕，侵犯北邊，殺略萬計。今虜雖自去春一大懲創，然戰士未解甲，聊城久不下，得非殺氣致沴而未能召和乎？毋亦遵養時晦乎？董統無重臣〔三〕，兵財屬大將，得非邊民畏威而未懷惠乎？毋並用文武乎？莊公二十四年〔四〕，又明年大水，劉歆以爲嚴飾宗廟、丹楹刻桷所致，得非今之丹刻有未已者乎〔五〕？毋亦省其不急者乎？元帝永光二年夏秋大水，史臣以爲石顯用事所致。今北司肅然矣，得非昔所屏遠者陰懷覆出之念乎？毋亦放而絶之乎？成帝時黃霧四塞，諫大夫楊興、博士駟勝以爲同日拜五侯所致。今左畹肅然矣，得非猶有已高滿而不思危溢者乎？毋亦爲之限劑乎？夫大水也，霖雨也，黃霧也，示變者也；兵革也，夷狄也，土木也，官寺也，戚畹也，致變者也。皆陛下素講而習聞者。臣願陛下非苟知之，亦允蹈之，雨暘在天，敬肆在我，欲弭是變，當先去其所以致是變者。洚水儆堯，《雲漢》美宣。臣以衰朽，三侍旃厦，敢誦所聞以獻，惟陛下裁幸。取進止。

〔一〕徧：原作「偏」，據翁校本改。

〔二〕摭：原作「摭」，據翁校本改。

〔三〕「董」下原有「仲」字，據翁校本删。

〔四〕莊：原作「並」，據翁校本改。

〔五〕未已者：原作「本正施之僖官」，據翁校本删改。

辛酉七月十五日

河北水災，百姓暴露乏食，有司建請發廩，壯者人日二升，幼者人日一升。議者以爲水災所毁敗者甚衆〔一〕，可謂非常之變；遭非常之變者，亦必有非常之恩。使乏食之民相率以待二升之米，則其勢不暇於他爲，是以饑殍養之而已。被災者十餘州，州以二萬户計之，半爲不被災、不仰食縣官者，其半每户壯者六人，幼者四人，計月受粟五石。欲下詔貸以粟一百萬石，使可以支兩月，不妨其營生，而勿日給。出曾鞏《救災議》。

臣竊惟邇者湖、秀二州水災，從昔之所創見，陛下焦勞，憂形玉色，使常平使者守雪，以儒生代貴游。二州之人莫不延頸望惠，而迨今月餘，未聞朝廷有大蠲弛，意者郡縣體量未徧歟〔二〕？臺郡條畫未上歟〔三〕？臣惟救災以粟爲本，漢至文、景，晁錯始獻策募民入粟縣官，得以拜爵，得以除罪。始令輸於邊，邊食足則令入粟郡縣。文帝行其説，六百石爵上造，四千石爲五大夫，萬二千石爲大庶長。其後雖有軍役水旱，民不困乏，至於下詔蠲天下田租税之半，明年又全蠲之。其後上郡以西旱〔四〕，脩賣爵令而裁其價以招之，及徒復輸作〔五〕，得輸粟以除罪。臣昨脩《孝宗實録》，士民以入粟拜爵者歲不絶書〔六〕。及朱熹召對，語及賑荒，聖訓告以補授入粟之人〔七〕，且曰：「至此又説愛惜名器不得。」臣伏見此二郡巨室甚多，若朝廷采漢文、景及乾、淳已行，許之入粟於官，籍數來上，隨其多寡優與補授。白身人補官，已仕者減舉員或轉秩，士人免舉升甲首，寃者與伸雪〔八〕，負譴者從末減，不待科抑，人自樂輸。雖云秋成絶望，或囷倉偶有於宿儲，或智力能運於他處。所入既多，然後用曾鞏前説，每户計口多寡，各貸兩月，向後得熟，歸粟於官。臣又見《孝録》，遇災傷州縣率停其年二税，或減分數，候次年帶補。凡此之類，皆合舉行。臣聞今歲浙東、江湖、福建皆得上熟，自吳門至常、潤亦稔，惟二郡及近畿數邑被災〔九〕。曾鞏欲賑十州，故請貸粟百萬石，今止貸二郡及三數邑，亦朝廷事力可辦〔一〇〕，況又募民入粟相助乎！此事當如救焚拯溺，若上之人付之悠悠，下之人必以具文塞責。臣聞縣令字民之官，不損猶應言損。唐代宗之言「立而視其死，孔距心之罪」，代宗非英辟，距心非賢大夫，然其言乃千萬世檢放賑恤不刊之論。惟陛下詔攸司亟圖之。取進止〔一一〕。

〔一〕甚：原作「其」，據翁校本改。

〔二〕徧：原作「爲」，據翁校本改。

〔三〕〔四〕郡：原作「群」，據翁校本改。

〔五〕輸：原無，據翁校本補。

〔六〕歲：原作「藏」，據翁校本改。

〔七〕聖：原作「堅」，據翁校本改。

〔八〕冤：原作「完」，據翁校本改。

〔九〕「數」原作「及」，「被」原作「彼」，據翁校本改。

〔一〇〕辦：原作「辨」，據翁校本改。

〔一一〕取：原作「助」，據翁校本改。

辛酉八月二十日

乾道二年，詔免和糴一年。宰執魏杞等奏：「版曹言歲糴一百五萬石，行之近三十年，恐不可遽減。」上曰：「計臣之論，不得不然。朕觀仁宗朝嘗下詔蠲免一年租税，朕甚慕之。今既未可行，有餘則糴，不足則減，亦上下通融之意。」出《孝宗實録》。

臣以乾道版漕之言推之，其云和糴行之近三十年，是建炎猶未行此事也，其始於紹興間乎？中更趙、張之賢，秦之譎，而不免於作俑，豈非四大屯待哺者衆，一日不糴則執事者凜然有乏興之憂歟〔一〕！自乾道至今，行之又將百年，民亦安之，不以爲異。然昔也通諸路止糴一百五萬，今吴門一郡而糴百萬〔二〕，通諸路不知其幾倍矣。加以凶相當國，增額抑價，浙中鉅產化爲下户者十室而九。所幸聖主赫然改紀，去其太甚，浙民方有絲髮生意，不幸歲事又敗於積潦。先是五六月水災，止及湖、秀，及七月之水則併吳田爲壑，三數郡之人皇皇然救死之不贍。天子臨朝惻然，不待臣僚奏請〔三〕，濬發玉音，吳郡歲糴減五十萬石而湖全免，秀與旁縣亦減免有差。夫以三十年已行不可已之事，而乾道天子有免一年之詔，百年久行未嘗輟之事，而景定天子有吳門免一年之詔，霅有全免之詔，聖神祖孫，一念愛民，若合符節。想見二郡災傷之民歌舞聖德，始知向者增額事由凶相，今兹減免恩歸聖主〔四〕，甚盛德也。然孝宗因免糴，又云：「仁宗嘗下詔蠲一年租税，朕甚慕之，今既未能行〔五〕，有餘則糴，不足則減，亦上下通融之策。」臣謂免一年租税，千百年帝王維漢文帝、我仁宗能行之，孝宗此志猶有望於後人。陛下當書此言於座右〔六〕，士大夫當誦此言爲訓典。文帝、仁宗能行之於天下安平之世，陛下豈不能行之於三州災傷之地？臣近者因進故事，嘗及救災，尋蒙朝廷采用。近見邸報，凡七月再水後所欲言者，廟謨講求已盡，臣尚有一二管見，不敢自隱。夫救荒以粟爲本，堆金積玉，饑不可食，寒不可衣。臣前講募民入粟，非使入錢也。然漢下令民皆樂輸，至於邊儲充足，又令輸之郡國。今雖下令，未嘗聞有應詔者，豈非舉世貴進士、任子，而賤入粟之人，雖有卜式、司馬相如、張釋之之材，亦例以銅臭見待〔七〕。臣謂當稍旌異，擢用其人。果材也，果能也，雖儕之於士大夫之列可也〔八〕。彼捐數百斛或千斛〔九〕，或多至萬斛，其爲費不貲矣。傾不貲之費，待之以甚薄之禮，加之以不美之名，宜人情之不樂就也。如近報弁鮑山承直以平糴見稱〔一〇〕，事聞於朝〔一一〕，終未聞有褒寵之詔。臣願借若人登郭隗之臺以來樂殺、劇辛之流，可乎？此臣之管見一也。臣聞浙右饑民有聚衆借糧者，有持械發窖者，有劫奪軍器船者，駸駸至於殺人矣。近遣朝紳賑恤，且調戈船巡警，又命大將收其伉健材武者爲兵，所以防微杜漸者至矣，然皆補瀉常法也，非救急之劑也。臣讀《曲禮》：年凶，君膳食不祭肺，大夫不食粱，士飲酒不樂。今焦勞惟聖躬爾。臣猶記先賢有守郡值河決者，布衣草屨與軍民雜居城上，河平乃下。真德秀守泉、福，討海寇，禱雨暘，皆齋居蔬素，寇平災熄乃入寢。今之士大夫皆能如此乎？未也。此臣之管見二也。地官荒政十二，以散利薄征爲首。説者謂散利是發公財之已藏者，汲黯是也；薄征是減民租之未輸者，陽城是也。今已藏者羽化無可發矣，未輸者預借而起催矣。此臣之管見三也。有所謂弛力者，謂古者用民之力歲不過三日，年荒併當用者弛之。今用民之力如竹宮甲帳之類，尚有當弛者乎？有所謂眚禮者，眚猶省也，今禮文之事如匪朌好賜之類，尚有當眚者乎？此臣之管見四也。臣少爲獄掾，竊見諸犯劫盜，必先覈實其所居是與不是災傷地分而爲輕重焉〔二〕，始悟法意與地官經文暗合。臣竊恐浙西官吏斷此等獄或不原其初意爲飢所驅，一切以杜後患文從事，以傷陛下好生之德，而干陰陽之和。蓋周家賑荒，先之以散利薄征而最後始及於除盜。夫必使之有求生之路，如是而不悛則法行焉，雖死不怨殺者矣。此臣之管見五也。惟聖君賢相圖之。取進止。

〔一〕乏：原作「之」，據翁校本改。

〔二〕郡：原作「群」，據翁校本改。
〔三〕臣：原無，據翁校本補。
〔四〕「令」下原有「慈」字，據翁校本刪。
〔五〕今：原缺，據前引補。
〔六〕「當」上原有「嘗」字，據翁校本刪。
〔七〕待：原作「侍」，據文意改。
〔八〕列：原作「例」，據文意改。
〔九〕捐：原作「損」，據翁校本改。
〔一〇〕弁鮑山承直：似當作「弁山鮑承直」。又「擢」似當作「耀」。
〔一一〕朝：原作「乾」，據翁校本改。
〔一二〕「所」下原有「民」字，據翁校本刪。

辛酉十月廿九日

慶曆二年，徙知渭州、龍圖閣直學士文彥博爲秦鳳路經略安撫招討使〔一〕，兼知秦州。集賢校理余靖言：「邊郡惟秦州最富實〔二〕，賊所以未敢來攻者，以韓琦爲守故也。若使琦且守此州，招懷種落，訓勵士卒，猶須精擇材勇以爲鬬將，庶幾賊昊有所畏，朝廷有所恃。今乃專委彦博守此一路，臣深爲朝廷憂之。三軍所恃者將爾，韓琦數年在邊，雖未成功，羌賊知名，士卒信服。今使彦博代之，恩信未洽，緩急有難，兵將肯用其命乎？且彦博新進，羌賊固輕之矣。」出《通鑑長編》。

臣以史考之，初夏竦招討五路，仲淹、琦各帥一路以副竦。及竦無功罷去，仲淹等始自副帥陞經略招討使，韓、范並駐涇原，擢彦博帥秦鳳，兼知秦州，可謂極一時之選。余靖尚且謂「使彦博守秦，恩信未洽，緩急有難，兵將安肯用命」。又云：「彦博新進，羌賊固輕之矣。」靖乃四諫之一，其言如此。時彦博未立貝州之功，名論尚輕，未得儕於韓、范耳。以此知謀帥當以望實爲主，而權譎不與焉。如羊祜不但邊人信之，敵國之人亦信之，曰「叔子豈酖人者」。如孔明，不但徐庶以爲卧龍，爲俊傑〔三〕，雖司馬懿亦以爲奇材。今日帥材絶少，臣謂當以此法求之，又當儲之於平日而不當求之於一旦。於路帥中儲閫帥，於閫帥中儲宣威，儲督視。士大夫中豈無杜預、陶侃，科舉中豈無郭汾陽，偏裨行伍中豈無吕蒙、齡石〔四〕，參佐中豈無馬總、温造、王庶、劉子羽，然不求其望實而但取其權譎〔五〕，誤矣。昔者趙括談兵，父不能過〔六〕，而秦人輕之，以爲易與，卒誘而坑之。雖括母亦知其必敗。噫，母婦人也，猶不可欺，況國人乎！況敵國之人乎！臣敢以慶曆諫臣所以告仁祖者爲陛下獻〔七〕。取進止。

〔一〕徙：原作「徒」，據翁校本改。

〔二〕實：原作「貴」，據《續資治通鑑長編》本文改。
〔三〕不但：原倒，據翁校本乙。
〔四〕禆：原作「裡」，據文意改。又「齡石」當爲「朱齡石」，晉宋間人，事蹟詳《宋書》本傳。
〔五〕「望」上原有「能」字，據翁校本删。
〔六〕過：原作「察」，據翁校本改。
〔七〕「慶」上原有「此」字，據翁校本删。

壬戌寅月初十日

貶崖州司户參軍丁謂量移光州。出《國史》。

臣按丁謂之竄海島也，天下料其不復返矣。流人表奏，無路自通，謂設計上表祈哀〔一〕，厚賂估客，外封與河南尹，尹不敢啓視，馳驛繳奏。雖以仁祖聖明，亦爲之動，果得内徙。甚矣，小人之可畏也！置之萬里鯨波之外，猶能用小術數脱歸。於時穆修有「却訝有虞刑政失，四凶何事不量移」之句。謂之卒於光州，天也。使其老壽，國家之患、縉紳之禍，必有如王曾之所憂者。曾豈幸人之死哉？臣嘗謂人主之尊如天，威如雷霆，權柄如龍泉、太阿，然小人或得而玩褻之，簸弄之。彼小人安能自通於人主，必有爲之奥主、爲之内詷者〔二〕。夫惟有奥主則譽言日至，有内詗則動息必知，進紛華以悦其耳目，求嗜好以蠱其心志。人主不察，以爲愛己也，親之信之，然後墮其術中，彼不動聲色而得吾之柄矣。臣姑舉其略。商鞅因景監，李斯因趙高，李訓因王守澄，丁謂因雷允恭，迷國誤朝，如出一轍。善乎！李石責北司之言曰：「李訓固可罪，然訓由何人以進？」北司慙沮。若但誅貶訓、謂而守澄、允恭則陽陽自若，禁防稍弛，詭秘潛行，臣恐四凶有時而量移矣。臣願陛下推原禍端始於爲奧主、内詗者，既疎遠之，又疎遠之。仍詔攸司奉行元日之詔，寬餘黨非寬死黨，赦輕罪非赦重罪，以一人心，以杜後患。

〔一〕計：原作「訃」，據翁校本改。

〔二〕奧：原缺，據翁校本補。

壬戌三月初三日

惟聖人能内外無患，自非聖人，外寧必有内憂。出《左傳》。臣叨塵朝列以來，每見君相之所深憂、中外之所通患，瀘將據瀘以畔也，漣、海未復也。籌西事者恐其幹沅、播，梗嘉、渝；慮東鄙者防其突山陽，窺海道。上下皇皇，憂在旦暮。賴天悔禍而人助順，將帥叶力，英豪慕義，歸疆闢國，一月三捷。凡向之深憂通患者，至此而冰釋矣。此皆陛下憂勤一念，惟天惟祖宗隲相啓佑之力，溥率同慶而臣獨有隱憂。臣聞古人以敵國外患比之法家拂士，言君心敬肆之頃〔一〕，天下治亂分焉。楚雖克庸而申儆箴訓國人者愈嚴，晉雖敗楚於城濮，然文公猶有憂色。臣嘗反復左氏所書，曰申儆者，謂戒懼之不可怠；曰箴訓者，謂篳路藍縷，謂民生在勤；曰文公有憂色者，謂得臣猶在。臣妄謂今日邊患紓矣，外間或言禁中排當頗密，能如前日之戒懼否？湖山舟艘稍盛，能如先朝之篳路藍縷否？又曰護必烈猶存，憂不大於得臣否？此雖游談聚議之訛，然亦私憂過計之意。昔鄭有武功而子産懼，晉復覆業而范文子諫，臣雖不及前賢，惟願陛下戒懼儉勤常如虜偷渡時，大臣洪毅忠壯常如蘋草坪〔二〕、白鹿磯時，公卿百執事常如吳潛聚議移蹕時〔三〕。及兹閑暇，相與汛掃朝廷，綢繆牖户，以續藝祖開基之運，以保光堯壽皇中天之業。臣崦嵫餘景，歸老田里，尚能作爲頌詩，歌舞太平。臣不勝惓惓。

〔一〕頃：原作「傾」，據翁校本改。

〔二〕蘋草坪：本集及《宋史》諸書記此地，多作「蘋草坪」。

〔三〕本文自篇首至本句「公卿」近四百字，全誤入下文，據文意移正。

壬戌七月初六日

晉文公敗楚師於城濮，楚殺得臣。出《左傳》。

晉廢中軍將軍殷浩爲庶人。出《晉書・殷浩傳》。

臣聞賞罰軍國之綱紀，宜賞而罰則有功者怠，宜罰而賞則負罪者玩〔一〕。以此御軍，軍不可御；以此治國，則國不可治矣。夫功莫大於保境衛民，罪莫大於僨軍蹙國。今有負僨軍蹙國之罪〔二〕，宜罰而賞，人心憤鬱，如桂閫、江閫此二人者〔三〕，臣請爲陛下精白言之。幹腹之傳且二十載，於是建閫桂林，倚之爲萬里長城，羽檄調精兵良將，分布要害，又竭東廣椿積泉粟以餉西廣，寇未至則先抽外戍以自衛，寇至則堅閉四壁而不敢出。使蠻韃數千烏合之寇，殘昭、容、柳、象，破全、永、衡諸郡及潭之諸邑，桂閫爲之也。天塹失險，危機交急，謂且順流而東，賴旬宣大臣下荆楚之甲以趍國難，大小百戰，虜不能支，一夕解去。而沿江副閫輕信狂生，欲邀奇功，遂使已去之虜廻戈，致死於我〔四〕。刲壽昌、臨、瑞三郡，蹂踐袁、吉、洪、撫之支邑〔五〕，烽火接於江、池、衢、信者，江閫爲之也。向非裴令處置，謝傅指授，禦之於蘋草坪，扼之於白鹿磯，則大事去矣。合湖廣江閩數路二十餘郡數十縣百萬生靈，怨此二人，深入骨髓。雖國家至仁，無大誅殛，然天下憤激，有公是非。削秩奪職，不傷毫毛，識者已議司寇失刑矣〔六〕。一旦江閫牽復於前，桂閫牽復於後，所謂削且奪者，不旋踵而還氈矣。臣嘗謂得臣治兵嚴而奉己薄，晉文公以其存亡爲憂喜。及城濮之敗，楚子使謂之曰〔七〕：「大夫若入，其如申息之老何？」得臣聞而自殺。殷浩有德有言，當時以其出處卜江左隆替。及山桑之敗，廢爲庶人。若二閫無得臣之才與浩之德，而僨軍蹙國之罪大於城濮、山桑之敗〔八〕，削奪終身，猶爲輕典，而又可以復玷缺乎〔九〕？《語》有之：「既往不咎。」臣非敢嘵嘵然咎既往也，議者皆謂此二人者，其身雖已閑退，其力猶足以交結貴近，經營召用，天下事豈堪此曹再壞耶？臣愚欲望陛下覽楚殺得臣、晉廢殷浩之事，申諭大臣，二人牽復之外，永不得收用，以解天下之疑惑，以存朝廷之紀綱。宗社幸甚。取進止。

〔一〕者：原作「也」，據翁校本改。

〔二〕僨：原作「憤」，據翁校本改。

〔三〕本句原無，據翁校本補。

〔四〕本句「致死」下原誤闌入約四百字，乃上篇之文，據文意移正。

〔五〕「蹂」原作「踪」，「吉」原作「告」，據翁校本改。

〔六〕刑：原作「刑」，據翁校本改。

〔七〕子：原作「於」，據翁校本改。

〔八〕僨：原作「憤」，據翁校本改。

〔九〕乎：原作「才」，據文意改。

後村先生大全集卷之八十八

記 一十七首

雲泉精舍

休文遊四方而歸，築精舍閣皂山中，面峰挹澗，手植葠杞梅竹無數。其言曰：「人莫不有嗜。嗜美色，末也，有嗜疥痔者焉。嗜爽口，末也，有嗜昌歜、羊棗者焉。又其大者，嗜聲名，嗜富貴。嗜無窮，力有限，則必疲心役智以求之而後饜。余山人也，世之所嗜率予之所不好，然亦有嗜焉。山椒之雲，自去自來，澗中之泉，隨取隨有，此予之所嗜也。蓋聲名、富貴非有力不可致，而世之嗜之者衆，是二物者不待有力可致，而世之嗜之者少，故予得而擅之。」噫，此遯世避俗者之高談也〔一〕！

或曰：休文讀書通古今，善屬辭，縱使老窮不遇，猶當蕭然陋巷，求顔子之所樂。今乃着華陽巾、黄練衣，修老氏之道，與窮猿野鶴爲友，壞美質而離本性，曷不返初服乎？僕曰：不然。昔賀監知章、姜相公輔晚節皆求爲道士而不可得。夫士以不降志辱身爲高，二子仕至卿相，始欲以其已降之志、既辱之身自附於幽人勝士，孰若高蹈遠引於未嘗降辱之先哉！僕婚宦二十年，所就何事？依違俯仰，有愧休文多矣。方將從休文入山，顧恐俗狀已成，雲見之斂態，泉見之鬬聲〔二〕，休文見之而閉關也，況敢輕議休文乎？休文楊氏〔三〕，名至質，豐城人。

〔一〕者：原無，據宋刻本、翁校本補。
〔二〕鬬：原作「悶」，據宋刻本、小草本、四庫本改。
〔三〕氏：原作「氏」，據宋刻本、小草本、四庫本改。

古田縣廣惠惠應行祠

廣惠惠應行祠者，縣令劉克遜之所作也。初，嘉定丙子，邑人即縣西隅爲惠應祠〔一〕，未幾遷於溪南，草創數楹，旁設廣惠香火，封爵同而位置異，觀者病焉。紹定己丑冬，積雨妨穫，令禱祠下輒霽。時劍、邵不靖〔二〕，聲摇邑境，徐村頑民效尤竊發。前一夕，西尉諸葛珏夢神告曰〔三〕：「賊至矣。」寤以告令爲備。及領兵搏賊，詣祠乞靈，穆卜龜從，賊果就縛。於是令、尉議辟故址，作新宮，合祠二神。丞洪某、主簿某、東尉某洎士民咸樂助。明年八月落成，廣惠居東，惠應居西，論其世也。使來徵記。

余惟聖人譏諂祭，古者祭不越望，魯可以祭泰山，楚不可以祭河。今夫桐川、昭武之神而食於福之支邑，無乃非古誼歟！然嘗論之，具仁義禮智謂之人，稟聰明正直謂之神。均是人也，有一鄉一國之士，有天下之士。惟神亦然，故有能驚動禍福一方者，有功被海内、澤流後世者，有歆豚蹄卮酒之薦者〔四〕，有歲食萬羊者，有依草附木以惑人者，有被衮服冕極國家之封冊者。今二神之祀起漢、隋訖今日，繇江浙至閩粤，綿綿不絕，比比相望，豈非聰明正直之尤者乎！豈非功被海内、澤流後世者乎！然則祭之非諂也，雖不在其望非越也。

祠因官亭廢基，捨隙地以增益者謝某。劉令莆人，值時多虞，拊民有恩，境内稱治。凡覺舍、廩廥、郵傳、津梁，繕葺一新，行祠特一事耳。洪丞番陽人，三洪之後。某簿，某郡人。某尉，某郡人。諸葛尉，温陵人，以捕賊功改京秩，將用於時矣。皆可書也。

〔一〕即：原作「郎」，據宋刻本、小草本、四庫本改。

〔二〕卲：原作「郡」，據宋刻本、小草本、四庫本改。

〔三〕尉：原作「村」，據宋刻本、小草本、四庫本改。

〔四〕卮：原作「魚」，據宋刻本、小草本、四庫本改。

新修三步泄〔一〕

瀕海之田皆依隄爲固，名曰長圍。昔人於圍内疏塘以灌溉，而南北洋凡十塘焉。塘皆有泄，所以嚴縱閉也。曰三步塘者，距海僅三步，地勢卑薄，脱遇淫雨，外潮内潦，隄潰泄隳。自嘉定辛巳至紹定庚寅，官歛民錢，亟築亟壞。辛卯又壞，太守温陵曾公用虎歎曰：「民之財有限，水之患無窮，長圍千餘丈，可使有罅缺乎？上腴數百畝，可使化瀉鹵乎？」於是判官趙汝莁奉檄脩廢，浮屠宗奐、宗超被選董役。用椿杙大小二千四百五十，竹落一千二百三十四，草千擔，夫千人。竹木草皆依市估，夫皆支僦直，錢皆出郡帑而民不知。事一毫，錢一孔，皆咨於元僚，付之兩衲，而吏不預。明年孟春告成，長二百六十尺〔二〕，深三十餘尺。噫，公之力勤矣，而塘民猶曰未也。内基雖固，外捍不密，久將復圮，請纍石爲二馬頭以禦潮〔三〕。又曰他塘率有贍租而此獨無。公立行其説，築馬頭，擇守僧，且取田於廢菴以贍焉。凡泄之費若干緡，馬頭之費若干緡，菴之租若干斛。

塘民德公之賜，相告語曰：今之牧守二年而去，處二年之暫而慮百世之遠，難也；不科歛於農〔四〕，難也；不誅費於僧，又難也。昔鄴中渠成，邑思西門；鴻隙陂壞，郡怨方進。然則便民之與病民也，興利之與遺患也，非特有智無智之異，亦仁與不仁之判與！夫智敏而易效，仁久而見思。敏而易效，能吏之事也；久而見思，循吏之事也。公治郡有異績，如增築城垣〔五〕，大修水利，余所記者特三步泄一事耳。

〔一〕修：原作「收」，據宋刻本、小草本、四庫本改。

〔二〕尺：四庫本作「丈」。

〔三〕纍：原作「索」，據宋刻本、小草本、四庫本改。

〔四〕科斂：原作「斁種」，據四庫本改。

〔五〕如增築城垣：原作「始覺其城」，據四庫本改。

興化軍新城

莆爲郡且三百年，猶不克有城，皆曰樂土也，緩事也。一日盗起汀、邵，他州皆增陴浚隍〔一〕，惟莆四封蕩然，破扉不闔。未幾盗寖南侵〔二〕，勢且及境，富家窖寶物，窶人挈空身，咸欲潰去。郡人陳公宓始倡版築之議〔三〕，士民和之，臺郡是之。會王侯克恭病，委其責於通守趙君汝盌。事方有緒而王、趙相踵即世。趙侯汝固始至，顧郡力已屈，則拜疏求助於朝，有旨賜祠牒五十，未至而趙侯去。陳公與郡人嘆息曰：「城其中輟乎！」於是天子擇曾侯用虎知軍事。侯博訪於衆，或謂城卑且薄不足恃，或謂費雜且廣無以繼。侯奮然曰：「卑者可高也，薄者可厚也，役不可以已也。且吾患無政，不患無財。」益市木石，益僦工徒。

先是，官晝丈尺，俾僧幹築，僧有能否，有勤惰，而官無賞罰。侯斥逐其不勉者，向之苟簡，悉趨堅好。既成，長一千二百九十八丈，高一丈八尺，表裏以石，覆以磚。五門樓堞，丹堊焕然，憑高望之，鉅麗突兀，疑化人之所爲、晝史之所摹也。凡用石以丈計者五萬七千一百七十二〔四〕，磚大小六十七萬八百，夫五萬一千四百，靡緡錢二萬四千六百七十七，楮幣六萬六千八百。内楮四萬，朝家所昐，錢楮各千，漕臺所助，餘悉出郡帑。昉於紹定三年之春，汔於四年之冬，蓋三百年不克爲者一朝而就，然則城果緩事乎？樂土果可常恃乎？

夫敵無脆，有備者勝；國無小，善守者全。樂毅能下齊而不能拔莒、即墨之二城，佛狸能飲江而不能克盱眙之孤壘，往事之明驗也。先朝懲儂寇之患，城廣城邕城桂，嶺海之民始奠其居。嘉定鑑開禧之迹，大城江北，樓櫓相望，然後並邊郡邑各能自立，近事之已效也。玩常而忽變，喜逸而憚勞，華元之謳，子罕之撲，人之常情也；以習安爲懼，以恃陋爲戒，墨翟之智，子囊之忠，侯之盛心也。侯治郡尤清苦，省逢迎之厨傳，罷遊觀之土木，獨民間有大利病必勇於興除，不以役巨費夥而沮。城成之明年，歲豐盜熄，乃下令蠲夏税，以撙節之贏代輸〔五〕。噫！侯知築是城，又知所以守是城矣。

初，役之興，陳公最盡力，且率大夫國人各相斤斲，其後趙君汝駉、判官趙君汝茯與有勞焉。莆人喜守備之固，美蕃宣之勤，復悲陳公之不及見也。某亦版籍一民〔六〕，豈不足以豪鄉閭，力不足以荷畚鍤，兹獲以筆墨小技記事之成，顧非幸歟！

〔一〕浚：原作「峻」，據宋刻本、小草本改。

〔二〕寖：原作「寢」，據宋刻本、小草本改。

〔三〕議：原作「儀」，據宋刻本、小草本、四庫本改。

〔四〕計：原無，據宋刻本、小草本、四庫本補。

〔五〕「摶」原作「樽」，「鸁」原作「嬴」，據宋刻本、小草本、四庫本改。

〔六〕籍：原作「築」，據宋刻本、小草本、四庫本改。

重脩太平陂

曾公守莆，惠民之政不可殫紀，水利最鉅；曰太平陂，曰三步泄，曰陳壩斗門，陂功最鉅。然始爲是陂者，趾石中流，斡溪右注，遡山逆行，翼以岸塍，導以圳溝，長二十餘里，溉七百頃。然沉石於淵，石微罅則址顛；激水入港，水暴決則岸頹。農失膏潤，官莫顧省。公聞而慨然，召莆田丞陳君告曰：「陂塘非若職乎？」丞曰：「敬受教。」起去冬，汔今春，圮岸頓崇，淺溝倏深。出新智爲散水石以窒罅衛址，塍用石尤多。或謂松性宜水，寘松於裏，飾石於表，可省費。公曰木不壽於石明矣，悉易以石。錢出公家者百五十萬，僦夫六千，不以煩民。郡人更名曾公陂，既庵以祠公，復屬筆於予，俾紀顛末。

余聞物之成壞存乎數，慮之疎密係乎人。三板之城可以不没〔一〕，千丈之隄有時而潰，昔人脩陂之田爲是設也〔二〕。紹興復田，八姓之力，故陂事迭主之。八姓皆有私田於陂，知護田則知愛陂矣。百年之間，八姓盛衰不常，於是有私田盡去而視陂田爲券内、置陂患於度外者。公按其籍，歲得穀一百六十九石、錢四十一千，各有奇。曰：「果脩陂，此足矣。」以田屬囊山寺，陂正一人，幹一人，以庵僧充，甲首、長工各二人〔三〕，歲給錢穀一如舊約。租之出納、陂之脩廢，在八姓不可問，在僧可覆也，公之慮遠乎哉！

夫循吏遺迹之在天下甚衆，余足歷目覩，如桂之靈渠本秦史禄，號史禄渠；廣陵之三塘本漢陳登，號陳公塘。由秦漢至今千餘載，世代殊異，權位銷歇，二邦之人尚稱思故侯名氏不已〔四〕，此豈有所諂畏而然歟？他日云曾公陂者，猶是矣。公名用虎，温陵人，仁而明。丞名子頤，三山人，敏而勤。宜特書大書。寓士林尉起屖、釋智上、法均皆竭勞於陂〔五〕，宜牽聯得書。

〔一〕板：原作「坂」，據宋刻本、小草本改。
〔二〕田：原作「由」，據宋刻本、小草本改。
〔三〕長：原無，據宋刻本、小草本、四庫本補。

〔四〕二：原作「一」，據宋刻本、小草本、四庫本改。

〔五〕皆：原作「勞」，據宋刻本、小草本、四庫本改。

重脩通判廳

倅治創於崇寧，葺於淳熙，歲久頹圮滋甚。舊即東廡爲門，坐則面墻，陳君伯玉僅新其堂，他未暇及。趙君野翁既至，則曰：廳卑於堂，門設於廡，非制也。乃命高棟礎〔一〕，增舊基，而廳益明敞；撤屏蔽，達通逵，而門始端直。面勢巍然，官府以尊。

自國初置倅，與監司、太守俱名按察，異時獨銜發僚吏，奮筆塗書判，長官一舉手輒從旁掣之，倅嘗横矣。及其久也，有按察之名，無事權之實，更以督經總制錢爲職業，籌算喪雅道，敲撲敗清思〔二〕，司存冷落，吏民侮玩，遇事至前，謙遜退避，自托於聾丞者皆是也。然則昔也惡權之專而惟患守之不分，今也病權之分而惟恐倅之不削，亦其勢然歟！

君於經總制至其額而已，不求豐以示能；於郡事叶其長而已，不立異以炫智。公退則静坐一室，讀書觀畫，風日佳時，或攜賓客以登臨山水、追逐雲月爲樂，雅道未嘗喪，清思未嘗敗也。堂之役實寶慶三年，門之役實紹定五年。陳君名振孫，趙君名汝駉〔三〕，皆永嘉人。

〔一〕「高」下原有一「堂」字，據宋刻本、小草本、四庫本刪。
〔二〕「思」與下句首字「司」原倒，據宋刻本、小草本、四庫本乙。
〔三〕趙：原無，據宋刻本、小草本、四庫本補。

聽雨堂

天下之至音非静者不能聞，至樂非定者不能知也。風之翏然也，水之淙然也，嘯之噂然也，人於耳同也；然南郭子綦以爲天籟，元結以爲全聲，阮籍以爲鼓吹、爲鳳音，得於心異也。何也？躁之不如静也，動之不如定也。雨之爲聲至矣，而聞者鮮焉；兄弟羣居之樂至矣，而知者鮮焉。昔之人有以絲竹陶寫爲樂者，有以朋友切偲爲樂者。絲竹托於物之聲也，人也；雨自然之聲也，天也；朋友取諸人之樂也，外也；兄弟脩於家之樂也，内也。今夫大衾長枕，短檠細字，漏斷人寂，壎唱篪和，當此之時，溜於簷、滴於階者，如奏簫韶，如鼓雲和，静者聞躁者不聞也，定者知動者不知也。此吾友野翁名堂之意。

夫近世言友愛者推蘇氏，其聽雨之約，千載而下聞之者猶凄然也。抑蘇氏能爲此言也，非能踐此言也，余嘗次其出處而有感焉。方老泉無恙，二子虞侍，家庭講貫，自爲師友，竊意其平生聽雨莫樂於斯時也。既中制舉，各仕四方，憂患齟齬，契闊離合，於是聞雨聲而感慨矣。中年宦達，晏寐早朝，長樂之鐘、禁門之鑰方屬於耳，而雨聲不暇聽矣。歲晚流落，白首北歸，一返陽羡，一居潁濱〔一〕，聽雨之約終身不復諧矣。故曰非能踐此言也。

今野翁兄弟俱以才業光顯於時，雖爲是堂，余恐其騎馬聽雞之時多，對牀聞雨之時少，願刻鄙語於堂上，暇則覽焉。蓋惟静可以聞此聲，惟定可以知此樂，惟早退可以踐此言也。

〔一〕潁：原作「穎」，據四庫本改。

陳曾二使君生祠〔一〕

紹定癸巳，郡人作長樂陳公、温陵曾公生祠於譙樓之東，揭美績、懷賢牧也。

初，陳公以寶慶丁亥出守，在郡才數日而去，然崇風化，肅紀綱〔二〕，訪故家，禮名勝，精采一變，威愛並流，民至於今稱之。去之三年，盜起汀、邵，蔓延劍、建〔三〕，名城壯邑相繼失守。陳公繇延平牧爲招捕使，爲提點刑獄，毅然以一身爲吾閩百萬生靈請命上帝，躬擐甲胄〔四〕，大小百戰，巢穴掃清，種孽殲夷。人皆知上四州賴陳公而復安，而不知下四州非陳公而幾危也。先是盜攻陷泉之支邑，下四州之人驚曰：吾屬無噍類矣。陳公命别將李僊提偏師南下，道興、泉，抵漳、汀，盜始潰去。蓋上四州力戰而全，下四州不戰而全，謂陳公尤有大造於下四州者，非歟！昔齊相立攘戎之功，夫子興微管之嘆，此言必傑出之才而後可以救横流之禍也，陳公有焉。浚朝廷深原致盗之本，旌拔良吏，曾公實來剖符。其治有陳公之風，保境衛民，郡以無警；陂築壘〔五〕，農不知役。吏蠹民瘼，燭見廋隱；山偷海劫，鉏去根穴〔六〕。善良吐氣，豪猾喪膽。教令清明，上下信服，乃行寬恤之政，蠲三縣紹定五年夏税萬七千緡。既而曰惠及於有田者而已，以普濟寺穀四千斛計口予民〔七〕，代編户出僦直九千緡，冬寒散貧民錢四千緡，各有奇。既而曰惠及於民而已，庠序有餽，卒乘有犒，恩意益周匝矣。秩滿，上艱其代。曾公於民愈無厭斁，取六年夏税半蠲之，莆田下户萬九千全蠲之，且立社倉以遺後人。其節用愛人，損上益下，合於經旨。昔季康子患盗，夫子告以「不欲」，此言盗生於欲，而無欲者固盗之所畏也，曾公有焉。

會陳公自建帥洪，曾公自莆牧建〔八〕，在朝在野，翕然以爲曾公之宜代陳公也。於是莆人聚而謀曰：盗之方熾，戡定之難；盗之甫息，綏靖之難。陳公戡定於前，曾公綏靖於後，皆稱賢牧，皆有功德於是邦。今其去我，吾儕小人其忘之乎！或曰：合而祠之，可乎！或曰：生祠非古也。余曰：泥古者一己之見〔九〕，懷惠者衆多之情，慕宋璟之介不如爲宋邑之通，仆廣人之碣不如聽桐鄉之祀〔一〇〕。況莆人之於二公，漸被教化，沐浴膏澤，自有不容釋者。持一己之見，咈衆多之情，可不可也〔一一〕。雖然，二公方擁麾鉞，居權位〔一二〕，亦無怪或者之云爾〔一三〕。於千百年之下，是祠也，與石室之文翁、峴首之叔子相爲長久，將有升堂而起敬者，讀碑而墮淚者，至此而後可以觀人心焉。

〔一〕使：原無，據四庫本補。
〔二〕綱：原作「網」，據四庫本改。
〔三〕建：原作「達」，據四庫本改。
〔四〕擐：原作「環」，據宋刻本、小草本改。
〔五〕陂：原作「坡」，據宋刻本、小草本改。
〔六〕穴：原作「冗」，據四庫本改。
〔七〕普：原作「不」，據四庫本改。
〔八〕牧：原作「拔」，據四庫本改。
〔九〕己：原作「至」；見：原作「情」。并據四庫本改。
〔一〇〕仆：原作「撲」，據宋刻本、小草本改。
〔一一〕可也：原作「一乎」，據宋刻本、小草本改。
〔一二〕位：原作「居」，據四庫本改。
〔一三〕爾：原無，據四庫本補。

興化軍創平糶倉

平糶倉者，太守寶章曾公之所作也。公在郡三年，蠲弛予民以鉅萬計，至是復捐楮幣萬六千緡爲糴本，益以廢寺之穀。寺之産及五貫而糴，民不與也；倉之政擇二僧而付，吏不與也。糴視時之價，不抑也；糶視糴之價，不增也。別儲錢楮二千緡備折閱，又撥廢寺錢三百緡供縻費。歲儉價長則發是倉以權之，歲豐價平則散諸錢市易新穀以藏焉〔一〕。其纖悉載規約，而建置大指如此。郡人懽呼雷動，更相賀曰：異時富家南船迭操穀價低昂之柄，以制吾儕之命，今公爲民積穀五千斛，富家之仁者勸，鄙者愧，南船亦不得而擅壟斷之利矣〔二〕，非可賀也夫！

先王委積之法遠矣，熟而斂，飢而散，李悝之法也；賤而糴，貴而糶，耿壽昌之法也，今之常平是矣。貸其本，取其息，荆公所謂《周官》之法也，今之社倉是矣。然艮齋魏公猶以二分之息咎朱文公，以爲祖金陵之餘論。公爲是倉，忠厚惻怛，有常平不費之惠，無社倉取息之謗，純乎仁義而不以一毫霸政參之矣。

或曰：不有常平乎？曰：常平之遇歲豐也，不易而腐也，易而無所受也。是倉則不然〔三〕，其易也無害於僧也，其糶也有利於民也。常平以使者典領，使者去民遠而不時發也，郡縣去民近而不敢發也。是倉屬於郡而不屬於使者也，掌乎僧而不掌乎吏者也，守以規約而不守以文法也。廣先賢之遺意，輔常平之不及，不在茲乎？

或曰：艮齋之論高矣美矣，其後艮齋之倉先廢，而文公之倉不獨建人守之〔四〕，往往達於天下郡邑，則以二分之息扶之故也。乃若有本無息，日消月磨，本竭而倉敗矣。曰：別儲之錢爲是設也。昔無倉而今有倉，公之惠也；脩其政無使之壞，養其本無至於竭，後人之責也。立法而過憂後日之必弊，則法不可立矣；爲善而逆慮後人之不能繼，則善不可爲也。

公將奉使江右，顧瞻舊邦，眷焉不忘，其待吾民厚也。若夫潤澤之以俟君子〔五〕，其待後人尤厚也。公名用虎，温陵人。倉於作院廢址〔六〕，以紹定六年季夏落成，聽事中敞，兩廡對峙，屋皆三間，垣廡宏壯。莆田丞陳子頤實贊其議，涖其役二僧〔七〕，住囊山者曰智上，住華巖者曰法均云。

〔一〕錢：原無，據四庫本補。
〔二〕壟：原作「龍」，據四庫本改。
〔三〕句首原有一「其」字，據四庫本删。
〔四〕「倉」上原有一「食」字，據四庫本删。
〔五〕俟：原作「待」，據宋刻本、小草本改。
〔六〕於作：原倒，據宋刻本、小草本乙。

〔七〕「役」上原有一「政」字，據四庫本删。

福清縣創大參陳公生祠

紹定三年某月某日，詔罷福州福清縣税，陳公貴誼之請也。時公以從槖侍經筵，間爲上言：「臣之鄉邑土瘠俗貧，物貨不産，商賈靡至，其民皆墾山種果菜、漁海取鮭蛤之屬以自給〔一〕。海口鎮在縣之東，另有墟市〔二〕，縣民之適鎮者，鎮民之至縣者，不過各負挈所有以相貿易。既税於鎮矣，徑港在縣之南，又置税焉，又税於縣焉，是二十餘里之内凡三税也，不已重乎？臣嘗訪求其故，税錢之隸縣者日止數緡，隸州與漕者月各四十緡而已。官府之大，利源之廣，豈與赤子較此毫末哉！臣以爲罷之便。」玉音欣然，即可其奏。邑之父老既扶攜聽詔，歌咏聖德，復相與像公而祠之。

《記》曰：「與其有聚斂之臣，寧有盗臣。」唐人亦云捕蛇之不幸，未若復賦之不幸。悲夫，天下之不仁至盗而止，復有不仁於盗者乎！天下之毒至蛇而止，復有毒於蛇者乎！此儒者之篤論，而聚斂之臣所未嘗講也。故人主必親近儒臣，然後聞正大之言，然後功利之説莫得而進〔三〕。公之建是言也，非私其邑之人也，儒者家法然也。齊設衡麓舟鮫之官以籠山海藪澤之利〔四〕，姑尤聊攝之人羣起而詛；尹鐸爲邑，减其户租，晉陽之人卒懷其惠。衆之爲是祠也，非私公之賜也，民之秉彝然也。

初，嘉泰壬戌，公之先太師内相嘗有此請，其議中格，至公乃纘成之。公家世邑人也，去而僑於武康，居畿輔之近而不忘鄉井之遠，處旂厦之邃而深隱閭閻之患，其父子間議論風旨如此，所謂世載其德者歟！所謂必百世祀者歟！雖然，建一議，畫一策，近臣之事也。一夫不獲，時予之辜，四方有敗，必先知之，大臣之任也。天下郡國之廣不止一方，生民疾苦之多不止一事，公方坐政事堂，與吾君吾相汲汲共圖之矣〔五〕，吾儕小人何足以知之！

〔一〕取：原作「造」，據四庫本改。

〔二〕另：原作「劣」，據四庫本改。

〔三〕功：原作「公」，據四庫本改。

〔四〕鮫：原作「蛟」，據宋刻本、翁校本改。

〔五〕汲汲：原無，據四庫本補。

漳州代輸丁錢

民年二十至六十輸丁錢，自五季始。罷之自祥符始，獨漳、泉、興化錢先折米，不克罷。蔡公襄、龐公籍踵使閩，俱條其害，議格不行。龐公後相皇祐，竟奏減三郡所輸有差。未幾米復爲錢。

端平元年，趙侯以夫建言：「丁錢宜罷久矣，顧歲額萬七千緡隸於漕〔一〕，守不得專，而況民以全鏹輸，官以半楮發，此官不欲罷也〔二〕。年甲付吏手，縻費等正錢，此吏不欲罷也。官吏規近獲，民被長患，深可嗟閔。以夫嘗會州家常賦外有廢刹租利錢，所入不下丁口之數，舊以充橐裝篚實者。今朝廷大明好惡，表廉黜貪，賄道永絶，請以此錢爲民代輸。」安撫使真公某、大漕袁公某聞而擊節，上於朝曰：「漳州此舉可爲分符守土者法。」詔可其奏。侯俾余記之。

余惟取民易，予民難。陳洪進創立之賦循襲三百餘年，中更賢牧守何啻數十公，而不能革，豈以爲既取而不可復予歟？至侯乃本先賢遺意，去漳民痼疾，亦會天子方用儒相，力行仁政，而連帥、部使者皆以德選，故侯所請朝奏而暮報也。使侯而不遇此時，雖請不得達，雖達不過下其事有司。彼桑大夫固不主賢良文學之議〔三〕，而爲觀察使者未必通陽城、元結之意，又不過非笑以爲迂闊而已。夫因不必因之法，誤也，然因之以至如此之久，余以是知取民之易也。革不容不革之弊，宜也，然革之必待如此之時，余以是知予民之難也。

始侯下車，鄰寇猝至，四封告警，諸道之兵會於漳，調度繁興，應之裕如，生禽其渠魁以獻。勞賜吏士，費以千萬，民不知斂，而猶有餘力及斯事，然則世之謂郡縣空乏不可復措手者，其果然歟？

〔一〕七：原無，據宋刻本、小草本補。

〔二〕官：原無，據四庫本補。

〔三〕彼：原缺，據四庫本補。

登聞檢院續題名

前紀起紹興庚申，迄紹定壬辰，凡九十三年，自王君習至孟君點凡八十八人。石盡而繼之者未暇續也，陳君瑢始與陳君纘議礱石爲後記。

惟古今之官不同，而登聞檢院者，本先王設鼓立木遺意，不已重乎！嘉定以來，當路諱言，箝結成風，天子患之。布衣某人詣匭上書，有司以休沐不即受，被譴左遷矣〔一〕，然物情顧望，猶未丕變。於是英斷赫然，更化改元，舉相去凶，下詔求言。在廷之士，畢輸忠讜，下至草茅，人人知上意，封事輻輳。語或激訐〔二〕，上亦不以爲忤，親灑宸翰，申命近臣差擇而施行焉。於乎，聖矣哉！

先朝人人得言事〔三〕，監門論新法，縣佐議儲貳〔四〕，諸生諫花石，若是者不可殫紀。上方脩祖宗故事，思救時弊，博通下情。君當是時，居是官，日閱天下章奏，豈無鄭俠、婁寅亮、鄧肅之流，其亟以告諸朝，表而出之，使後之人指君名氏而言曰：是能助端平天子開言路者。

〔一〕左：原作「右」，據四庫本改。
〔二〕許：原作「計」，據四庫本改。
〔三〕人人：原作「夫人」，據四庫本改。
〔四〕佐：原作「优」，據四庫本改。

華亭縣建平糴倉

環吳會爲邑者百數，以華亭爲大；詣銓曹注令者千數，以華亭爲難。琴堂常虚席莫敢就，有就者世輒目以奇材。余行四方，聞某縣蠲某賦，某縣革某弊，昔難而今易者往往有之，而華亭之難自若。蓋竭一縣財粟盡輸之州〔一〕，通天下之縣皆然也。至於學也，倉也，與社稷並而不敢廢，雖甚凋陋猶存其名，惟華亭併常平義倉之名而廢之。噫，其難至是歟！

餘姚楊君瑾奉璽書〔二〕，綰銅墨，境内稱治，上下信服〔三〕。君喟然曰：「吾儒者也，受子男之封，任芻牧之寄，詎可以善事上官、不得罪巨室爲職業乎？去歲夏五民苦貴糴，邑無粒粟，斂於諸豪，吾心愧焉。」會常平使者曹公豳脩舊法，太守趙公與篡奉新書，歲留米五千石於縣，華亭於是乎有義倉。君曰：「二公所以惠我縣者至矣，然斂散之權令不得專，吾將有以輔之。」取撙節餘錢一萬緡〔四〕，糴三千石，規縣東爲屋五楹别儲之，華亭於是乎有平糴倉。

昔王介甫嘗恨士大夫不能講先王之意以合於當世之故，余每嘆其言之善而又病其太高。夫常平創於漢，義倉昉於隋，士大夫不能講漢、隋之法以合諸當世者有之矣，況遠而及於先王之意歟！顧壯哉縣生齒之繁，貴豪之衆，水旱凶荒之備一日不可闕者，相承百年，莫過而問，必待下有賢令，上有賢監司、太守而後舉行，然則民之望治不其愈難歟！君既在端平循吏之目〔五〕，滌華亭難治之謗，薦墨交上，有旨陞擢。期月之間，績狀如此，使盡其材而究於用，其可書者何止一倉，余又將秉筆以俟。

〔一〕州：原作「官」，據四庫本改。
〔二〕璽：原作「辟」，據四庫本改。
〔三〕服：原作「伏」，據宋刻本、小草本改。
〔四〕搏：原作「樽」，據宋刻本、小草本改。
〔五〕目：原作「日」，據四庫本改。

汀州重建譙樓

汀，古郡也，官寺皆百年老屋，廪廪覆壓。紹定六年〔一〕，建安李公出守，稍撤而新之，由堂寢至門廡，由庫厩至亭榭〔二〕，皆焕然改觀，獨譙樓以費夥未遑及。公益務節縮，得鏹二萬緡，將改作。適當路牟利，左右望而豪奪，公慮是役之貰禍，移積鏹糴米若干斛爲均惠倉，汀人始免貴糴之患。會上親政，放黜貪濁，用真公德秀爲帥，視屬部如家。公臨郡滋久，所積又萬緡，乃申初志，六閲月而樓成。手詔頒春亭舊翼以廡，屬城南門，後廢弗葺，居民冒侵，對列邸肆，中通綫路。公别給以在官田宅，復兩廡，併城南門樓高大之。郡治之前，可立萬馬。鉅麗如是，然傭作募而使，材瓦市而致，六邑之民不知有役焉。

初，庚寅、辛卯間，閩爲盗區，禍起於汀，四封之内大抵皆盗，而營卒亦因執郡將〔三〕，欲戕吾民〔四〕，人情視汀猶毒蛇鷙獸之窟宅也。公以偏師襲礮而巨寇擒，單車入城而畔卒誅，天子嘉獎，就畀符竹。或者尚爲公慮，曰：兵驕也〔五〕，民悍也〔六〕，財乏也。既而公在郡四年，前之恣睢犯上不可調柔者皆斂首順令，兵果驕耶？前之强獷負固未易拊循者皆革面慕化，民果悍耶？亂離瘡殘之後，練兵積粟，猶有餘力以飾蠱壞〔七〕，美輪奂，財果乏耶？

昔《春秋》書新作南門以示譏〔八〕，蓋清風至而脩城郭，營室中而土功始，司空塓人以時受功〔九〕，周制具存，不待其敝而後改也。僖公治魯二十年而有斯役〔一〇〕，則國内之事闕遺不及舉者多矣。公歲月視僖公孰久近，樓視一門孰難易，竊意夫子復生，將特書大書之矣，而又奚譏？

公名華，字實夫，資忠義而輔以才智。計而戰，戰則克；慮而動，動必成〔一一〕。余從真公久，見其尚論當世人物，如公僅屈一二指，故因斯樓之成，具書之以諗後人云。

〔一〕「定六年」及下句「建」，原無，據四庫本補。
〔二〕由庫厩至：原無，據宋刻本、小草本補。
〔三〕將：原作「人」，據四庫本改。
〔四〕吾民：原作「害」，據四庫本改。
〔五〕句首原有「民」字，據四庫本删。
〔六〕民：原無，據四庫本補。
〔七〕以飾蠱壞：原缺，據四庫本補。
〔八〕「示讖」及下句「蓋清」：原缺，據四庫本補。
〔九〕人以時受：原缺，據四庫本補。
〔一〇〕魯二十年：原缺，據四庫本補。
〔一一〕慮而動動必成：原作「動而慮，慮必成」，據四庫本改。